Les Chevaliers d'émeraude

TOME VI
Le journal d'Onyx

Du même auteur

Parus

Anne Robillard

Les Chevaliers d'émeraude

TOME VI
Le journal d'Onyx

Éditions de Mortagne

**Catalogage avant publication de Bibliothèque
et Archives nationales du Québec et Bibliothèque et Archives Canada**

Robillard, Anne, 1955-

Les Chevaliers d'Émeraude

Éd. originale : 2002-
Sommaire : t. 6. Le journal d'Onyx.

   ISBN : 978-2-89074-775-3 (v. 6)

I. Titre. II. Titre: Le journal d'Onyx.

PS8585.O325C43 2008   C843'.6   C2008-940698-2
PS9585.O325C43 2008

Édition
Les Éditions de Mortagne
Case postale 116
Boucherville (Québec)
J4B 5E6

Distribution
Tél. : 450 641-2387
Téléc. : 450 655-6092
Courriel : info@editionsdemortagne.com

Tous droits réservés
Les Éditions de Mortagne
© Ottawa 2009

Dépôt légal
Bibliothèque et Achives Canada
Bibliothèque et Archives nationales du Québec
Bibliothèque Nationale de France
2er trimestre 2009

ISBN : 978-2-89074-775-3

1 2 3 4 5 – 09 – 13 12 11 10 09
Imprimé au Canada

Nous reconnaissons l'aide financière du gouvernement du Canada par l'entremise du Programme d'aide au développement de l'industrie de l'édition (PADIÉ) et celle du gouvernement du Québec par l'entremise de la Société de développement des entreprises culturelles (SODEC) pour nos activités d'édition. Gouvernement du Québec – Programme de crédit d'impôt pour l'édition de livres – Gestion SODEC.

Membre de l'Association nationale des éditeurs de livres (ANEL)

REMERCIEMENTS

Je voudrais remercier toutes les bibliothécaires et tous les libraires qui suggèrent à leur clientèle de lire les Chevaliers d'Émeraude. Vos noms reviennent très souvent dans les commentaires que je reçois sur le site Internet et en personne lors des séances de signature et des salons du livre. Beaucoup de Chevaliers et d'Écuyers n'auraient pas pu connaître la saga sans vous. Merci à mon équipe qui fait des pieds et des mains pour trouver des produits dérivés qui vous permettront de patienter entre les tomes. Je vous ferai bientôt connaître le résultat de leurs efforts sur la page d'accueil du site. Merci à Max, Caroline et Alexandra des Éditions de Mortagne qui en voient de toutes les couleurs depuis le début de cette aventure. Il n'est pas toujours facile de calmer les inquiétudes d'un auteur ! Merci aussi à Annie de m'avoir réconciliée avec la révision.

À mes ami(e)s qui m'appuient partout dans le monde, à Cindy, à David, aux gens d'O.R. qui se réjouissent à chacun de mes succès, à Chantal qui veille sur moi, à Marie-Soleil qui propage les valeurs de l'Ordre grâce au forum officiel, à Élise qui a accepté la lourde tâche d'administrer le site Internet, à Catherine Mathieu que je fais parfois travailler au fouet (!) pour vous offrir de plus en plus de merveilleux dessins, à ma famille, à ma mère qui m'accompagne dans mes nombreux déplacements pour s'assurer que je tienne le coup, à ma sœur Claudia qui passe des heures à vérifier chaque détail de mes tomes, merci pour tout.

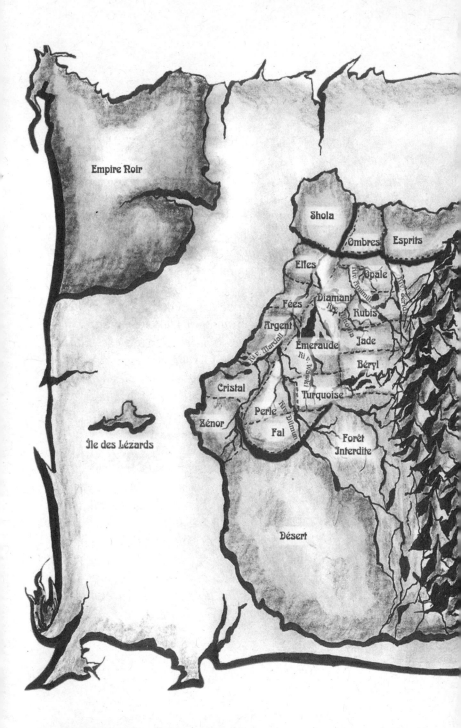

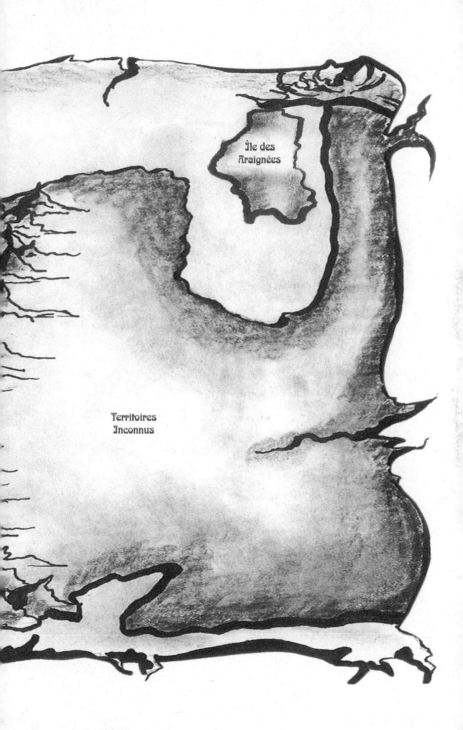

Île des
Araignées

Territoires
Inconnus

L'ORDRE
PREMIÈRE GÉNÉRATION

~

CHEVALIER WELLAN D'ÉMERAUDE
ÉCUYER BAILEY
ÉCUYER VOLPEL

◇

CHEVALIER BERGEAU D'ÉMERAUDE
ÉCUYER ARCA
ÉCUYER BIANCHI
ÉCUYER KUMITZ

◇

CHEVALIER CHLOÉ D'ÉMERAUDE
ÉCUYER JANA
ÉCUYER MAÏWEN

◇

CHEVALIER DEMPSEY D'ÉMERAUDE
ÉCUYER ATALL
ÉCUYER KOWAL

◇

CHEVALIER FALCON D'ÉMERAUDE
ÉCUYER OFFMAN
ÉCUYER YANN

◇

CHEVALIER JASSON D'ÉMERAUDE
ÉCUYER HIALL
ÉCUYER LORNAN
ÉCUYER ZERROUK

◇

CHEVALIER SANTO D'ÉMERAUDE
ÉCUYER CHESLEY
ÉCUYER HERRIOR

L'ORDRE
DEUXIÈME GÉNÉRATION
～

CHEVALIER BRIDGESS D'ÉMERAUDE
ÉCUYER GABRELLE
ÉCUYER YAMINA
✧

CHEVALIER KERNS D'ÉMERAUDE
ÉCUYER MADIER
ÉCUYER SHERMAN
✧

CHEVALIER KEVIN D'ÉMERAUDE
ÉCUYER ROMALD
✧

CHEVALIER NOGAIT D'ÉMERAUDE
ÉCUYER BOTTI
ÉCUYER FOSSELL
✧

CHEVALIER WANDA D'ÉMERAUDE
ÉCUYER URSA
ÉCUYER JOSLOVE
✧

CHEVALIER WIMME D'ÉMERAUDE
ÉCUYER AMAX
ÉCUYER CALLAAN

～

L'ORDRE
TROISIÈME GÉNÉRATION
~

CHEVALIER ARIANE D'ÉMERAUDE
ÉCUYER WINKS
ÉCUYER KISILIN
✧

CHEVALIER BRENNAN D'ÉMERAUDE
ÉCUYER DREWRY
ÉCUYER SALMO
✧

CHEVALIER COLVILLE D'ÉMERAUDE
ÉCUYER SILVESS
ÉCUYER PROROK
✧

CHEVALIER CORBIN D'ÉMERAUDE
ÉCUYER BRANNOCK
ÉCUYER RANDAN
✧

CHEVALIER CURTIS D'ÉMERAUDE
ÉCUYER DAVIS
ÉCUYER DIENELT
✧

CHEVALIER DEREK D'ÉMERAUDE
ÉCUYER DAIKLAN
ÉCUYER KRUSE
✧

CHEVALIER HETTRICK D'ÉMERAUDE
ÉCUYER CANDIELL
ÉCUYER IZZLY
✧

CHEVALIER KAGAN D'ÉMERAUDE
ÉCUYER FALLON
ÉCUYER SHEEHY

✧

CHEVALIER KIRA D'ÉMERAUDE

✧

CHEVALIER MILOS D'ÉMERAUDE
ÉCUYER CARLO
ÉCUYER FABRICE

✧

CHEVALIER MORGAN D'ÉMERAUDE
ÉCUYER ZANE
ÉCUYER HEILDER

✧

CHEVALIER MURRAY D'ÉMERAUDE
ÉCUYER DYKSTA
ÉCUYER RIESER

✧

CHEVALIER PENCER D'ÉMERAUDE
ÉCUYER AKERS
ÉCUYER ALISEN

✧

CHEVALIER SAGE D'ÉMERAUDE

✧

CHEVALIER SWAN D'ÉMERAUDE
ÉCUYER ROBYN
ÉCUYER DILLAWN

ONYX

PROLOGUE

Dans le premier tome, *Le feu dans le ciel*, Émeraude Ier ressuscite un ancien ordre de chevalerie afin de protéger le continent d'Enkidiev contre les nouvelles tentatives d'invasion d'Amecareth, empereur du continent d'Irianeth et seigneur des hommes-insectes. Dotés de pouvoirs magiques, les nouveaux Chevaliers d'Émeraude sont enfin prêts à combattre l'ennemi.

La Reine Fan de Shola se présente au château qui les abrite et confie à Émeraude Ier sa fille Kira, alors âgée de deux ans. Wellan, le chef des Chevaliers, devient amoureux de Fan, mais le Royaume de Shola subit le premier les attaques féroces des dragons de l'Empereur Noir et tous les Sholiens, y compris la belle reine, sont massacrés.

Les Chevaliers parcourent alors Enkidiev afin de trouver des volontaires pour creuser les pièges qui stopperont l'assaut des monstres.

Le deuxième tome, *Les dragons de l'Empereur Noir*, commence sept années plus tard. Maintenant âgée de neuf ans, Kira désire plus que tout au monde devenir Écuyer. Mais pour l'empêcher de devenir une cible facile pour Amecareth, Wellan et le magicien Élund refusent sa candidature.

Décidant de prendre son destin en main, la princesse mauve conjure le défunt Roi Hadrian d'Argent, jadis chef des anciens Chevaliers d'Émeraude, de lui apprendre le maniement des armes.

Pendant ce temps, les dragons d'Amecareth s'infiltrent sur le territoire d'Enkidiev sous forme d'œufs flottants jusqu'aux berges de ses nombreuses rivières, où ils éclosent. Au même moment, Asbeth, le sorcier recouvert de plumes de l'empereur, s'attaque aux Chevaliers.

Comprenant qu'il ne pourra pas le vaincre à l'aide de ses seuls pouvoirs, Wellan se rend au Royaume des Ombres pour y recevoir l'enseignement des maîtres magiciens. Il y découvre des hybrides conçus par Amecareth et protégés par l'Immortel Nomar qui veut s'assurer que leur père insecte ne les retrouve jamais.

Pendant que Wellan apprend à maîtriser de nouvelles facultés magiques, ses frères et ses sœurs d'armes traquent Asbeth dans les forêts du continent. Le sorcier s'empare alors du corps d'un jeune Elfe et conduit les Chevaliers sur le bord de l'océan pour les y anéantir. Mais, de retour de son exil dans le monde souterrain, Wellan fait échouer les plans de l'homme-oiseau.

Dans le troisième tome, *Piège au Royaume des Ombres*, Kira a quinze ans et ressent les premiers frémissements de l'adolescence. Elle réalise son rêve le plus cher : elle devient enfin Écuyer d'Émeraude.

Ressentant le besoin de s'unir à une compagne, Jasson et Bergeau se marient, imitant ainsi leurs compagnons Dempsey, Chloé et Falcon.

Au moment où Wellan visite le Royaume d'Argent, une magnifique pluie d'étoiles filantes signale la naissance du porteur de lumière, personnage central de la prophétie qui prédit la fin du règne d'Amecareth. L'Immortel Abnar, chargé par les dieux de veiller sur les humains, ramène aussitôt le bébé à Émeraude afin de veiller sur lui.

Sur la plage d'Argent, la Reine Fan apparaît à Wellan pour l'avertir que les troupes d'Amecareth convergent vers Zénor. Tous les Chevaliers s'y rassemblent en vitessse. C'est après avoir éliminé seule les dragons de l'ennemi que Kira découvre finalement ses origines. Mais elle n'a pas le temps de s'apitoyer sur son sort, car les Chevaliers doivent répondre à un appel de détresse en provenance du Royaume des Ombres.

Aux abords du cratère de ce vaste pays recouvert de glace, Wellan est la proie d'un sortilège d'Asbeth qui a survécu à leur dernier duel et qui entend se venger. Ayant incendié le sanctuaire des hybrides, le sorcier poursuit impitoyablement la princesse mauve dans les galeries sou-terraines. Au moment où elle s'échappe sur les plaines enneigées de Shola, Asbeth est finalement neutralisé par la puissante magie de Nomar.

Ayant accompli leur mission, les Chevaliers rentrent à Émeraude, sans se rendre compte que le jeune Sage qu'ils ramènent avec eux est possédé par l'esprit vengeur du Chevalier Onyx. Sous les traits du jeune paysan innocent, le renégat prononce le serment d'Émeraude dans le château où il a jadis failli perdre la vie et rassemble les objets qui lui redonnent ses pouvoirs d'antan.

Dans le quatrième tome, *La princesse rebelle*, Kira, âgée de 19 ans, devient enfin Chevalier et épouse Sage d'Émeraude, ignorant qu'il est possédé par l'esprit du renégat Onyx. Lorsque ce dernier se décide enfin à se venger d'Abnar, Wellan et les Chevaliers d'Émeraude doivent déployer toute leur force pour l'empêcher de détruire leur allié immortel. Ils sont alors stupéfiés de constater la puissance qu'Abnar avait jadis accordée aux anciens soldats de l'Ordre.

Une fois redevenu lui-même, Sage doit faire face à une vie dont il n'a aucun souvenir, mais Kira lui apprend patiemment tout ce qu'il doit savoir. Soumis de nouveau aux épreuves magiques d'Élund, le jeune guerrier démontre qu'il a toujours de grands pouvoirs, mais qu'il ne sait pas comment les utiliser. Il reviendra donc à Wellan de le guider.

Au milieu des célébrations organisées en l'honneur de Parandar, le chef des dieux, un homme agonisant se précipite dans la grande cour du Château d'Émeraude et annonce aux Chevaliers que des créatures inconnues déciment la côte. N'écoutant que leur cœur, les valeureux soldats se portent au secours des villages éprouvés. Ils découvrent que des hommes-lézards ont enlevé les femmes et les fillettes du Royaume de Cristal et qu'ils continuent de remonter la côte. Les Chevaliers leur tendent donc un piège au Royaume d'Argent et les repoussent vers la mer.

De retour au château, Wellan épouse enfin Bridgess. Après la grande fête donnée en leur honneur, ils s'échappent d'Émeraude pour aller passer quelques jours seuls au bord de l'océan.

Dans le cinquième tome, *L'île des Lézards*, démontrant une fois de plus leur courage et leur sens de la justice, les Chevaliers d'Émeraude se lancent au secours des femmes et des fillettes kidnappées au Royaume de Cristal par les lézards et emportées sur leur île lointaine.

Wellan n'emmène avec lui que quelques-uns de ses Chevaliers, consternant les autres qui devront rester de garde à Zénor. Les Chevaliers d'Émeraude s'embarquent donc pour cette périlleuse mission, accompagnés du Magicien de Cristal qui leur réserve une surprise de taille...

Pendant ce temps, dans les ruines du Château de Zénor, Dempsey prend en charge les jeunes Chevaliers et les Écuyers. Ils subissent l'assaut d'un nouveau serviteur de l'Empereur Noir, encore plus cruel que le sorcier Asbeth.

Wellan ayant défendu à ses soldats de communiquer avec lui tandis qu'il s'infiltre sur l'île des Lézards, Dempsey et ses frères d'armes affrontent seuls Sélace, le sorcier-requin. Pendant ce temps, Santo guérit les femmes-lézards empoisonnées par l'eau de leur île, tandis que Kira joue le rôle d'une déesse venue protéger le peuple reptile. Lors de la traversée de retour, Kira lutte contre le sorcier sur une île déserte. Ce dernier est neutralisé par des rayons d'énergie d'origine mystérieuse.

ᴅᴀᴠᴀɴᴛᴀɢᴇ ᴅᴇ ᴩᴏᴜᴠᴏɪʀꜱ

Au retour du Royaume d'Opale, où ils avaient empêché des créatures ressemblant à des rats de semer la famine, les Chevaliers d'Émeraude se reposèrent quelques jours. Wellan s'entretint avec chacun de ses soldats et passa beaucoup de temps avec Kevin qui se sentait coupable de la mort de son Écuyer Curri à Zénor. Le grand chef lui expliqua patiemment qu'il n'aurait pas pu le sauver même s'il avait été présent, l'attaque du sorcier-requin ayant été trop rapide. Wellan savait que la perte de son apprenti laisserait dans le cœur de Kevin une plaie béante que seul le temps pourrait guérir.

Wellan aurait bien aimé réconforter Swan, victime elle aussi des crocs et de la méchanceté de Sélace, mais la fougueuse guerrière se dirigeait toute seule vers Zénor pour aller chercher l'homme qu'elle aimait. Un nouveau vent de passion semblait souffler sur l'Ordre, puisque la belle Ariane avait pour sa part décidé de passer quelques jours à Opale afin d'apprendre à mieux connaître Kardey, le capitaine de l'armée du Roi Nathan.

Une fois certain que tous ses Chevaliers se remettaient de leur dernière mission, Wellan s'isola dans la bibliothèque du Château d'Émeraude, comme il le faisait au retour de chaque combat. Il analysa en détail leur expédition sur l'île des hommes-lézards et l'intervention providentielle d'Abnar qui avait métamorphosé Kira en déesse-reptile. Sans elle, toutes leurs têtes se reposeraient au bout de piques dans le village de Kasserr, leur chef.

Puis, l'image du requin plongeant sur le pont du bateau recommença à le hanter. Aucun des Chevaliers à bord n'avait pu l'arrêter, ni même pressentir son attaque. De plus, tandis qu'ils poursuivaient le sorcier, la lenteur du bateau de pêche aurait également pu coûter la vie à la princesse mauve, Jasson et lui ne l'ayant rattrapée que sur la montagne rocheuse au centre de l'île abandonnée. Wellan ne s'expliquait toujours pas la destruction de Sélace. Il revit dans son esprit l'explosion de son corps argenté. Pourtant, aucun rayon magique ne l'avait atteint. Une faille dans un sol volcanique pouvait laisser échapper des flammes ou des gaz mortels, mais pas réduire en pièces une créature. Que s'était-il donc passé ?

Il se rappela aussi l'intervention de la déesse de Rubis qui avait propulsé leur embarcation vers Zénor. Pourquoi Abnar n'avait-il pas fait la même chose à l'aller ? Plus Wellan pensait aux événements des dernières semaines, plus il en venait à la conclusion que les Chevaliers d'Émeraude ne possédaient pas suffisamment de pouvoirs pour affronter leurs ennemis.

Il bondit de son siège et quitta la bibliothèque. Décidé à en avoir le cœur net, il sortit du palais. Sous la pluie, il calma sa respiration, désireux de conserver à tout prix son sang-froid devant le Magicien de Cristal. Dans la tour isolée des autres édifices du château, il trouva l'Immortel les bras croisés, comme attendant sa visite. Wellan s'arrêta devant lui. Il le salua d'un furtif mouvement de la tête avec l'intention de tenir ses bonnes résolutions.

— Je continue de ressentir la mauvaise influence d'Onyx dans votre cœur, le devança Abnar.

— Je n'ai donc pas besoin de vous dire, si vous lisez aussi facilement en moi, que nous avons dû affronter sans vous un nouveau sorcier.

— Je ne peux pas être partout à la fois, sire Wellan.

— C'est justement pour cette raison que vous devez nous accorder des facultés magiques supplémentaires.

— Je n'en vois pas la nécessité.

— Quoi ! tonna le grand chef, son visage passant subitement au rouge.

À l'étage supérieur, Lassa entendit l'éclat du Chevalier. Il délaissa les jouets de bois et de céramique alignés sur son lit et se rendit jusqu'à l'escalier où il pourrait écouter la conversation sans être vu. Il reconnut la voix de Wellan. « Pourquoi est-il en colère ? » se demanda Lassa. Ce gamin connaissait beaucoup de choses malgré ses cinq ans, mais il ne comprenait pas toujours les adultes ni Abnar, son protecteur. Le petit prince risqua un œil sur le palier inférieur.

— Vous m'aviez donné votre parole ! s'exclama le Chevalier, tout en arpentant la pièce circulaire devant l'Immortel. Lorsque je vous ai demandé de nous octroyer davantage de pouvoirs, vous avez refusé en me disant que vous seriez à nos côtés pour nous appuyer, mais vous avez disparu sans plus de façons !

– Lassa était en danger, répondit Abnar, très calme.

– Mais vous n'êtes pas revenu après l'avoir mis en sûreté ! Nous avons été attaqués par un sorcier encore plus maléfique qu'Asbeth ! C'est la Reine Fan qui nous a prévenus de l'invasion du Royaume d'Opale, la déesse de Rubis qui a poussé notre vaisseau à vive allure vers le continent et mon fils qui nous a permis d'atteindre Opale à temps pour empêcher les rats de causer la perte de ses habitants !

« Il a un fils ! » s'égaya Lassa, songeant que ce serait merveilleux s'il se trouvait quelque part dans le château et s'il était assez vieux pour jouer avec lui.

– Les dieux m'ont d'abord et avant tout confié la garde du porteur de lumière, riposta l'Immortel.

– Alors, si vous préférez rester ici avec Lassa, faites que nous soyons assez puissants pour nous passer de vous ! exigea le grand chef, qui s'arrêta brusquement devant le Magicien de Cristal. Le territoire que nous devons protéger est immense ! Accordez au moins aux Chevaliers la faculté d'aller rapidement d'un royaume à l'autre, comme nous l'avons fait il y a quelques semaines grâce à Dylan !

Abnar demeura silencieux et profondément contrarié. Il ne pouvait pas punir Wellan pour son impertinence, puisque ce n'était pas un homme ordinaire. Theandras elle-même le protégeait et le maître magicien Fan de Shola le portait dans son cœur. Il ne pouvait donc pas l'écarter du revers de la main pour mettre fin à ses incessantes demandes. Les Chevaliers d'Émeraude ne représentaient plus la fabuleuse armée de jadis. Moins nombreux, ils faisaient par contre preuve de plus d'honnêteté et de courage. Mais quelle serait leur réaction s'il leur accordait une plus grande puissance ? Par expérience, il avait appris que les humains n'étaient jamais satisfaits et qu'ils s'entretuaient pour posséder davantage de pouvoirs.

— Je n'accorderai qu'à vous seul le don de faire voyager votre armée dans l'espace, décida finalement Abnar.

— Et s'il devait m'arriver malheur ? résista Wellan.

« Mais comment cela se pourrait-il ? » s'étonna Lassa qui continuait à les épier. De toutes ses figurines de céramique, celle à l'effigie de Wellan triomphait toujours de ses ennemis ! Elle mettait tous les monstres de bois en déroute et c'était elle qui possédait la plus grande magie !

— Alors, je choisirai un autre Chevalier capable d'utiliser sagement ce pouvoir réservé aux Immortels.

Wellan ne répondit pas. Sa colère redoubla. Il désirait plus que tout au monde protéger Enkidiev contre les attaques de l'Empereur Noir, mais il ne pouvait pas le faire sans moyens.

— Je comprends votre frustration, sire, assura Abnar.

— Dans ce cas, accordez-nous toutes les facultés que possédaient les Chevaliers d'antan.

— Je vous donnerai d'abord celle de vous déplacer à votre guise et si je constate que vous n'en abusez pas, alors je vous en attribuerai d'autres.

Un seul pouvoir ? À un seul Chevalier ? Pour la première fois de sa vie, Wellan regretta d'être devenu un Chevalier d'Émeraude, car ces hommes semblaient bien n'être que des marionnettes manipulées par un Immortel insensible.

Avant de prononcer des paroles acerbes qu'il regretterait par la suite, le grand chef quitta la tour. N'écoutant que son cœur, Lassa apparut devant Abnar, qui arqua un sourcil avec agacement.

– Comment un soldat aussi bon que sire Wellan pourrait-il abuser de sa magie ? s'exclama le gamin.

– Je t'ai déjà prié de ne pas écouter les conversations des adultes, Lassa.

– C'est plutôt difficile dans cette tour, maître.

Abnar considéra longuement le Prince de Zénor. Ses grands yeux de saphir étaient remplis de reproche.

– Les humains ne sont pas des êtres infaillibles, répondit-il finalement.

– Et les Immortels ?

Abnar aurait pu le punir pour son effronterie, mais il choisit plutôt de l'écouter jusqu'au bout afin d'écraser sa rébellion une fois pour toutes.

– Il n'y a que les dieux qui ne se trompent jamais.

– Dans ce cas, rappelez le Chevalier Wellan et donnez-lui ce qu'il réclame, implora l'enfant.

– J'ai déjà octroyé de grands pouvoirs à des soldats tels que lui dans le passé et je l'ai amèrement regretté.

– Mais ces anciens Chevaliers ont sauvé Enkidiev ! Qu'arrivera-t-il si les nouveaux n'y arrivent pas ? Qu'adviendra-t-il de moi et de la prophétie ?

– Si c'est ton avenir qui t'inquiète, jeune homme, sache que les dieux eux-mêmes te protégeront si tous les humains venaient à disparaître.

– Mais à quoi servira-t-il que je détruise l'empereur s'il n'y a plus personne sur le continent ?

Abnar décida de ne pas répondre aux arguments de l'enfant. Armène grimpa alors l'escalier, transportant une boîte de bois remplie de victuailles. Elle la posa sur la table de travail et glissa un regard intrigué vers l'Immortel et le garçon qui s'observaient. Sans dire un mot, elle se débarrassa de sa cape ruisselante de pluie. La gouvernante n'aimait pas les voir s'affronter à tout moment, mais elle n'avait pas le droit de gronder le maître pour son comportement austère.

– Je réfléchirai à tes paroles, Lassa, assura le Magicien de Cristal avant de se dématérialiser.

– Je vous remercie, maître.

L'enfant se tourna vers Armène dont le visage était crispé par l'angoisse. Pour la rassurer, il gambada joyeusement jusqu'à elle et se jeta dans ses bras pour y puiser une bonne dose d'affection maternelle.

– Vous vous êtes encore disputés, déplora la servante.

– Non, Mène. Je lui ai seulement fait connaître mon point de vue, comme Kira m'a recommandé de le faire.

– Je ne suis pas certaine que Kira ait une bonne influence sur toi, en fin de compte, se moqua-t-elle.

– Mais nous sommes reliés par notre destin ! Je n'y peux rien !

Il se libéra de l'étreinte d'Armène pour courir jusqu'aux trésors qu'elle avait rapportés du palais. Il plongea l'index dans une tarte encore chaude et lécha le jus de fruit coulant sur son doigt.

– Lassa ! le réprimanda la servante en lui donnant une claque amicale sur la main.

– C'est si bon et j'ai si faim !

– Dans ce cas, retourne là-haut et lave-toi les mains.

Lassa utilisa ses pouvoirs magiques et s'éclipsa en arborant un adorable sourire.

2

UN GRAND CHOC

Armène s'empressa de disposer les aliments dans des plats et des bols de grès, les répartit de façon appétissante dans un grand plateau puis monta à l'étage supérieur. Son petit prince l'attendait à la table. Pourtant, quelques semaines plus tôt, elle avait du mal à lui faire avaler plus de deux bouchées par repas. Depuis le retour de Wellan et de Kira au Château d'Émeraude, il retrouvait son enthousiasme et son appétit.

– Mais il y a beaucoup trop de nourriture là-dedans ! s'exclama Lassa, surpris par le nombre de mets.

– Il y en a suffisamment pour ton visiteur et toi, répondit Armène, malicieuse.

– Un visiteur ? Mais qui ?

– Moi ! fit la voix de Kira sur le palier.

Le petit prince sauta de son tabouret. Kira le serra avec affection et le ramena à sa place.

– À moins que tu ne préfères la compagnie du Chevalier Wellan, bien sûr, se moqua la jeune femme en s'asseyant devant lui.

– Non ! s'exclama l'enfant. Reste !

– Évidemment que je vais rester, puceron. Je ne suis venue que pour toi.

– Raconte-moi votre mission chez les hommes-lézards et celle au Royaume d'Opale !

Tout en prenant son repas, Kira lui confia que les reptiles l'avaient prise pour une déesse parce qu'elle avait retrouvé une vieille épée ayant appartenu à un certain Roi Ménesse.

– Le sauvetage des femmes de Cristal s'est effectué d'une façon inattendue, mais la mission a tout de même été un succès.

– Et au Royaume d'Opale, tu as affronté l'empereur ? s'enquit Lassa avec intérêt, assis sur le bout de son banc.

– Pas tout à fait, avoua Kira après avoir avalé une bouchée de pain frais. Il avait lâché sur Enkidiev des animaux affamés qui mangeaient tout sur leur passage.

– Et vous les avez éliminés ?

– Jusqu'au dernier, assura-t-elle. Jamais nous ne laisserons les hommes-insectes s'emparer de notre continent, Lassa. Jamais.

Rassuré, le petit prince s'empiffra de viande rôtie, de mie qu'il trempa dans sa sauce, de figues et de petites tartes aux fruits, sous le regard satisfait d'Armène. Elle aimait bien voir ses deux enfants adoptifs passer du temps ensemble.

– Mais j'ai entendu dire que tu as fait des bêtises en mon absence, déclara Kira en fronçant ses sourcils violets.

– Juste une petite..., murmura le garçon en déposant son gobelet de lait sur la table. J'ai eu envie de jouer avec mon ami Liam et je me suis transporté chez lui avec ma magie. Nous avons couru sous la pluie pour échapper à un gros corbeau noir, mais un homme dans le verger nous a sauvés. Il était mauve comme toi, Kira.

La nouvelle étonna la princesse. On lui avait pourtant dit que Jahonne, la mère de son mari Sage, était la seule survivante du massacre d'Alombria. Lassa lui décrivit alors l'inconnu et Kira dut admettre qu'il lui ressemblait en effet en tout point.

– C'est donc un Sholien comme toi ! conclut fièrement le gamin.

La jeune femme secoua doucement la tête pour dire non. Le prince, sensible aux émotions des autres, capta sa tristesse. Il quitta son banc, s'approcha d'elle et lui prit les mains en ressentant son malaise.

– Tu peux me dire la vérité, fit-il bravement.

– Les Sholiens ne sont pas mauves, Lassa, soupira-t-elle, seulement les hybrides.

– C'est quoi, un hybride ?

– C'est une personne dont un des parents est humain et l'autre est d'une espèce étrangère.

– Mais tes parents à toi étaient la Reine et le Roi de Shola.

– Ma mère, la reine, était elle-même hybride, car elle avait du sang d'Elfe, de Fée et d'humain dans les veines, mais le Roi Shill n'est pas mon père.

Étonné, l'enfant blond la dévisagea. Kira hésita à lui révéler la vérité, malgré son intelligence exceptionnelle, car il n'avait que cinq ans.

– Tu ne sais pas qui il est, n'est-ce pas ? s'attrista Lassa.

– Je ne connais pas son nom. Je sais seulement que c'est un homme-insecte.

Cette révélation secoua le petit prince, qui faisait fréquemment d'horribles cauchemars au sujet de l'empire d'Amecareth. Kira regretta aussitôt d'avoir été aussi franche avec lui. Très peu de gens connaissaient sa véritable identité, à part ses compagnons d'armes, mais comme il était le porteur de lumière, Lassa ne devait pas demeurer dans l'ignorance. L'incompréhension qu'elle lut dans ses beaux yeux bleus lui mit tout de même le cœur en pièces.

– Je crois qu'il est préférable que je rentre au palais maintenant, s'étrangla-t-elle en cherchant désespérément Armène des yeux.

La servante se posta derrière elle. Elle lui massa les épaules, tout en expliquant au gamin que cette belle fille était bien plus humaine qu'insecte. Mais Lassa continuait de fixer Kira avec stupeur. Incapable de supporter plus longtemps son silence, cette dernière se leva et se sauva en direction de l'escalier.

– Kira ! la rappela Armène.

La princesse se précipita dans la cour du château, sous la pluie dure et froide.

La servante se retourna vers son protégé et soupira de découragement. « Comment redresser cette fâcheuse situation ? » se demanda-t-elle.

– Je ne voulais pas lui faire de peine, mais je n'étais plus capable de dire un mot, s'excusa Lassa, très malheureux.

– Est-ce que tu as peur d'elle maintenant ?

– Non ! Kira est ma meilleure amie ! Mais je ne savais pas que les insectes lui ressemblaient...

– Ils ne sont pas du tout comme elle ! s'exclama la servante, horrifiée. Ils sont tout noirs avec la peau épaisse comme du cuir, des yeux énormes scintillant comme des braises et des espèces de cornes à la place de la bouche !

– Arrête, Mène ! supplia le jeune prince en pâlissant.

Se rendant compte que sa description, bien que fidèle, terrorisait l'enfant, Armène le souleva dans ses bras et le serra avec amour.

– Kira a du sang d'insecte, c'est vrai, murmura-t-elle dans son oreille, mais elle est tout ce qu'il y a de plus humain, je t'assure.

– Mais pourquoi sa mère a-t-elle épousé un monstre ?

– Tu es trop jeune pour comprendre ces choses, mon agneau, mais sache au moins que c'était un accident, quelque chose qui ne devait pas arriver.

Elle se dirigea vers la berceuse, y prit place avec lui et le berça jusqu'à ce qu'il fut complètement rassuré. Elle aurait préféré que Kira attende quelques années avant de lui révéler l'existence des hybrides, mais la vérité était la pierre angulaire de tout l'enseignement des Chevaliers d'Émeraude. La Sholienne ne pouvait pas mentir au porteur de lumière.

– Kira sait-elle que c'était un accident ? demanda-t-il finalement en restant blotti contre Armène.

– Oui, et elle n'est pas très fière de porter en elle le sang de l'ennemi, mais ce n'est pas sa faute.

– C'est étrange que les dieux l'aient choisie pour protéger celui qui est supposé détruire les insectes, tu ne trouves pas, Mène ?

– Les dieux ont leurs raisons d'agir comme ils le font et nous n'avons certainement pas le droit de les questionner. Tu comprends bien ce que je te dis, Lassa ?

Il hocha doucement la tête et enfonça davantage son petit nez dans les plis de la tunique chaude de la gouvernante pour réfléchir à la bouleversante soirée qu'il venait de vivre.

3

UN CHEVALIER AFFLIGÉ

Après sa conversation plutôt frustrante avec Abnar, Wellan se réfugia une fois de plus à la bibliothèque afin d'être seul et de redéfinir sa place dans l'univers. C'était l'un des deux seuls endroits au monde, avec sa caverne de cristal au Royaume de Rubis, où il se sentait vraiment en sécurité. Il choisit de réfléchir dans la section des livres interdits. Il savait qu'aucun des plus jeunes élèves d'Élund, nouvellement arrivés à Émeraude, n'oserait le déranger à cet endroit.

Il s'installa sur un banc de bois. Appuyant son dos contre le mur, il se tourna vers la fenêtre en laissant son regard se perdre dans le rideau de pluie qui fouettait le palais. Les Chevaliers d'Émeraude n'étaient pas des soldats comme les autres. Ils ne combattaient pas un ennemi ordinaire. L'Empereur Noir n'était pas au bout de ses ressources et les guerriers qu'il envoyait sans cesse à l'assaut du continent s'avéraient de plus en plus coriaces. « Les Chevaliers peuvent-ils vraiment gagner cette guerre ? » songea-t-il.

Dans le grand hall avec ses frères et ses sœurs d'armes, Bridgess perçut la détresse de son mari. Falcon et Santo la consultèrent du regard, lui demandant silencieusement s'ils devaient intervenir. Elle secoua la tête et quitta la pièce en silence, car c'était son rôle à elle, en tant qu'épouse, de venir en aide à leur grand chef. Sa puissante énergie la conduisit facilement jusqu'à la bibliothèque et elle s'arrêta entre deux rayons pour observer Wellan. Adossé à la pierre, il regardait dehors. « Il est beau comme un dieu et inquiet comme un Immortel », pensa la jeune femme en s'avançant finalement vers lui.

Wellan était si profondément perdu dans ses pensées qu'il ne vit Bridgess qu'au moment où elle s'agenouilla devant lui sur le plancher froid. Il demeura muet, mais elle capta sa souffrance. Elle lui prit les mains et les embrassa avec tendresse. Il la laissa faire, même si les jeux de l'amour étaient la dernière chose dont il avait envie.

— C'est bien la première fois que je ressens autant de doute en toi, s'étonna-t-elle. Que se passe-t-il ?

— Je commence à croire que les Immortels se moquent de nous et que nous perdons notre temps à vouloir sauver le monde, se plaignit-il. Les premiers Chevaliers n'étaient certes pas des hommes aussi vertueux que nous, mais au moins ils possédaient des pouvoirs leur permettant de faire face à Amecareth. Même s'ils ont pour la plupart perdu la vie aux mains d'Abnar, ils ont tout de même réussi à protéger Enkidiev.

— Nous avons toujours défait l'ennemi, mon beau Chevalier, lui rappela Bridgess.

— Parce que les guerriers de l'empereur que nous avons affrontés jusqu'à présent ne sont pas des êtres magiques. Qu'arriverait-il si nous rencontions une armée de sorciers ?

Son épouse s'assit sur ses genoux et l'étreignit, même si elle savait que rien ne pourrait vraiment le réconforter ce soir-là.

– Je ne sais plus si je veux poursuivre ce combat, Bridgess, murmura-t-il en fermant les yeux.

– Et que ferais-tu si tu n'étais pas le plus valeureux de tous les soldats d'Émeraude ? Détrôner ton frère Stem au Royaume de Rubis ?

– Non, ce serait bien trop injuste. Mais il y a des territoires inexplorés au-delà des volcans de l'Est et de grandes forêts tropicales au sud de Béryl.

– Mais tu n'es pas un froussard, Wellan d'Émeraude. Jamais tu ne fuirais devant l'ennemi, même si tu n'avais aucun pouvoir magique.

– Je ne suis pas non plus le jouet des Immortels, grommela-t-il. Si notre race est aussi importante pour la survie du monde qu'ils le prétendent, alors qu'ils la protègent eux-mêmes.

– Es-tu en train de me dire que tu as envie de fonder une nouvelle colonie au-delà des volcans ? se moqua Bridgess en lui mordillant l'oreille.

« Comme le Chevalier Onyx, se rappela-t-il. Ayant échappé à Abnar, il est remonté vers les terres inhospitalières du nord avec une poignée de paysans et il a fondé Espérita, le Royaume des Esprits. » Voyant qu'il ne répondait pas, Bridgess emprisonna son menton entre ses mains.

– Je plaisantais, assura-t-elle.

– Mais c'est une très bonne idée, répondit-il très sérieusement.

Elle le sonda et découvrit avec surprise qu'une partie de son cœur rêvait d'une vie tranquille sur une terre que lui et ses fils cultiveraient. Jamais Bridgess n'avait soupçonné de telles aspirations en lui. L'exemple parfait du soldat dévoué, il aurait sacrifié sa propre vie pour protéger Enkidiev. Son allure royale et imposante trahissait ses origines, mais jamais la jeune femme n'aurait pensé trouver en son mari une âme de fermier.

– Je veux bien t'accorder tout le temps dont tu as besoin pour y songer, mais, en attendant, tu vas devoir te plier à mes caprices.

L'ombre d'un sourire flotta sur le visage du grand Chevalier. Comment les femmes arrivaient-elles toujours à adoucir l'humeur des hommes ? Bridgess effleura ses lèvres d'un baiser invitant, puis d'un deuxième. Il alla chercher le troisième. Pleine de douceur, elle réussit à l'arracher à la bibliothèque et à le mener à leur chambre à coucher. À force de caresses, Wellan finit par oublier Abnar, les Immortels, les volcans et les forêts inexplorées. Après une longue nuit d'amour, il s'endormit en paix dans les bras de son épouse.

Couchée près de lui, Bridgess glissa les doigts dans les cheveux blonds de son bel époux en songeant à leur union. Elle ne comprenait pas pourquoi ils n'avaient pas encore conçu d'enfant, puisqu'elle multipliait les occasions de lui donner un héritier. Les paupières closes, elle se blottit contre lui en se promettant de consulter les magiciens à ce sujet.

4

POUR NE PAS BLESSER SAGE

Bouleversée par la réaction de son petit prince préféré, Kira déambula sur les nombreux étages du palais en contemplant le sol, avant de se décider à rentrer dans ses appartements. Elle aimait Lassa depuis le premier jour où elle l'avait bercé dans son ancienne chambre du palais. Elle s'était même fait un devoir de le visiter à chacun de ses retours au Château d'Émeraude. Pourtant, sa peau mauve n'avait jamais indisposé l'enfant. Elle aurait dû se douter que son appartenance à l'empire causerait un grand choc à Lassa, car c'était ce monde qu'il devrait détruire pour accomplir son destin.

Elle entra chez elle en silence et jeta un coup d'œil dans son salon privé. Il était tard, mais Sage ne dormait pas encore. Il était assis par terre près de l'âtre. Des flammes bienfaisantes donnaient à ses yeux opalins des reflets spectraux. Tout comme elle, il était un hybride, mais avec la peau blanche. Elle s'agenouilla derrière lui et passa ses bras autour de son torse.

– Ce n'est pas raisonnable de garder un petit garçon debout jusqu'à une heure pareille, lui reprocha Sage.

– Mais je l'ai quitté il y a longtemps. J'ai erré dans le palais comme un vieux fantôme.

Il pivota vers elle, la forçant à relâcher son emprise et à reculer un peu. Il était mignon lorsqu'il s'inquiétait ainsi, mais elle ne voulait pour rien au monde lui causer du chagrin. Puisque du sang d'insecte coulait aussi dans ses veines, il n'était pas question de lui parler du comportement de Lassa.

– Dis-moi ce qui ne va pas.

– Je crois que j'en ai tout simplement assez de cette inactivité, expliqua-t-elle, ce qui n'était pas tout à fait un mensonge.

– Mais nous ne sommes rentrés au palais que depuis une semaine !

– Il pleut sans arrêt et nous ne pouvons pas nous promener à cheval ni nous entraîner ni...

– Mais nous pouvons nous reposer, la coupa-t-il, parce que nous aurons bientôt d'autres horribles créatures à affronter.

Il avait évidemment raison.

– Même toi tu as besoin de t'arrêter un peu, ajouta-t-il.

– Oui, c'est vrai, concéda Kira pour éviter qu'il découvre la peine qu'elle dissimulait de son mieux.

Il la fixa dans les yeux un moment afin de s'assurer qu'elle lui disait bien la vérité. Sa belle épouse mauve adoptait souvent un comportement protecteur envers lui, tout en exigeant qu'il se taille sa propre place parmi ses frères d'armes. C'était une attitude qu'il avait bien du mal à saisir.

— Il y a autre chose que nous pourrions faire, suggéra-t-elle pour chasser l'inquiétude qu'elle voyait naître en lui.

Tenté, Sage lui donna quelques baisers prometteurs, puis réussit à l'attirer jusqu'à leur grand lit chaud et moelleux. Soudain il se mit à penser à son faucon, resté à Zénor avec Farrell. Kira lut aussitôt ses pensées et en profita pour le taquiner.

— Tu vas devoir choisir entre elle et moi ! s'écria-t-elle en feignant d'être vexée.

— Ce n'est même pas une femelle, se défendit Sage.

— Avec les yeux doux qu'elle te fait, ses petits cris amoureux et sa fâcheuse habitude de venir se coucher près de toi ?

— Kira, ce n'est qu'un oiseau.

— Qui partage ton lit !

Sage scruta l'esprit de sa femme et constata qu'elle se payait sa tête. Il la gratifia d'un sourire joyeux et se mit à la chatouiller impitoyablement jusqu'à ce qu'elle demande grâce.

— Si tu ne peux plus vivre sans ton petit animal favori, nous pourrions demander à Wellan la permission d'aller le chercher à Zénor, murmura-t-elle dans son oreille.

– Je l'ai déjà fait et il a répondu que Swan se chargerait de nous le ramener.

La visible déception de son époux fit sourire Kira. « Il est réellement attaché à ce rapace », comprit-elle.

– Je suis certaine qu'il s'est ennuyé de toi et qu'il sera heureux de te revoir, affirma la jeune femme.

Avant que Sage ne sombre dans la tristesse, Kira l'embrassa de manière à rallumer sa passion.

5

La promesse de la déesse

Au matin, lorsque Wellan s'éveilla, le temps était à l'orage, ce qui indiquait le retour prochain des jours chauds. Bridgess ne se trouvait plus à ses côtés, mais il ne s'en inquiéta pas, car les femmes prenaient toujours leur bain avant les hommes. Il se retourna sur le dos, s'étira puis étendit ses sens autour de lui comme le lui avait enseigné Nomar. Graduellement, il entra en contact avec la pierre froide du château, puis avec ses habitants, la pluie à l'extérieur, les animaux cherchant un abri, la turbulence de l'atmosphère, l'énergie emprisonnée dans les nuages.

Wellan ouvrit les yeux dans la caverne de cristal, son sanctuaire spirituel, là où il pouvait prier et refaire ses forces. La lumière émanant du bassin illumina les parois de verre en dessinant de petits diamants sur sa peau. Il laissa l'endroit magique nourrir toutes les fibres de son être. Se recueillant profondément, il avoua à Theandras, la déesse de Rubis, le doute profond dans lequel il était plongé au sujet de son engagement envers l'Ordre d'Émeraude.

— *Aie confiance en toi, Wellan de Rubis*, fit la voix rassurante de sa protectrice, résonnant dans la caverne. *Tu es né pour commander les hommes et tu le fais bien.*

– Je suis seulement un bon soldat, déesse.

– *Non, mon fidèle serviteur. Ton commandement s'étend bien au-delà de tes brillantes facultés militaires.*

– Mais comment puis-je défendre les hommes d'Enki-diev sans l'appui des Immortels ?

– *Nous avons capté la détresse de ton âme et nous la com-prenons. Abnar a aussi des leçons à tirer de ses erreurs du passé, mais il apprendra.*

– Au risque de voir disparaître notre race ?

Le silence de Theandras inquiéta le Chevalier, qui craignit de l'avoir offensée par sa témérité. Qui était-il pour juger les desseins supérieurs ? Si les dieux avaient décidé de sacrifier les humains pour donner une leçon à un Immortel, il ne pourrait certainement pas les en empêcher. Honteux, il allait mettre fin à sa méditation lorsque tout son être fut enveloppé d'une bienfaisante chaleur.

– *Tu sais bien que cela n'est pas notre vœu,* réfuta la déesse.

– Dans ce cas, je vous en conjure, intercédez auprès de Parandar pour les soldats qui le vénèrent, implora Wellan. Nous ne sommes pas des milliers comme jadis pour combattre l'empereur des hommes-insectes et nous ne possédons pas les pouvoirs des anciens Chevaliers d'Éme-raude. Nous voulons au moins nous déplacer plus rapide-ment afin de contrer les offensives ennemies. Vous savez comme moi que notre territoire est étendu. Et si le ciel juge que nous avons la sagesse requise pour dominer notre cupidité, nous aimerions aussi qu'il décuple nos facultés magiques.

– *Je comprends tes inquiétudes et je parlerai aux autres dieux en ta faveur*, le rassura sa bienfaitrice. *Je suis bien placée pour savoir que le cœur des nouveaux Chevaliers est beaucoup plus pur que celui de leurs ancêtres.*

– Je vous remercie au nom de tous mes frères et sœurs d'armes.

– *Va en paix, Wellan de Rubis.*

Le grand chef réintégra brusquement son corps et eut l'impression de tomber du plafond jusqu'à son lit. Il s'accrocha aux couvertures en haletant. La méditation était pourtant censée être un exercice apaisant, mais, curieusement, il se sentait surchargé d'énergie. Le grand prêtre du temple de Theandras, au Royaume de Rubis, lui avait enseigné, dès son jeune âge, que cette divinité exerçait une grande influence sur Parandar, le chef du panthéon. Si elle le soutenait dans ses revendications auprès de l'assemblée des dieux, sans doute le Magicien de Cristal serait-il forcé d'exaucer ses vœux.

Il entendit les pas de ses frères dans le couloir et décida de se rendre aux bains avec eux. L'eau chaude et leur compagnie lui procureraient certainement du réconfort. Il ignorait qu'au même moment, son épouse consultait le magicien Élund à l'autre bout du château.

6

UNE AMÈRE DÉCEPTION

Ce matin-là, Bridgess quitta Wellan avant son réveil pour qu'il ne devine pas ses intentions. Elle revêtit une tunique, laça ses sandales et traversa le palais. Contrairement à celle d'Abnar, la tour du Magicien d'Émeraude était rattachée au reste du château. Heureusement, car la pluie s'abattait toujours sur la région.

Elle gravit l'escalier de pierre qui menait au premier étage. Elle appela Élund par voie télépathique. Il était tôt, mais le vieil homme avait déjà fait sa toilette. Surpris par la requête de Bridgess, il descendit lentement en fronçant ses sourcils broussailleux.

– Que me vaut cette visite à une heure aussi hâtive ? demanda Élund en s'arrêtant devant la femme Chevalier.

– Il s'agit d'une affaire personnelle, maître. Wellan et moi sommes mariés depuis quelque temps, mais nous n'avons pas encore d'enfant et j'aimerais savoir si c'est mon corps qui ne peut pas en concevoir.

– Je vois...

Il la fit asseoir sur sa table de cristal, qui possédait le don de détecter toutes les maladies. Sa surface s'illumina d'une lumière très blanche mais ne révéla aucun problème physique.

– Tu es en parfaite santé, Bridgess, assura Élund. Peut-être est-ce Wellan qui souffre d'un mal quelconque ? Je suggère que tu me l'envoies dès que ce sera possible.

– Merci, maître, fit-elle en cachant tant bien que mal son inquiétude.

Wellan ayant été souvent victime de sortilèges depuis le début de sa carrière de soldat, Bridgess crut nécessaire de consulter un mage un peu plus puissant. Elle quitta la tour d'Élund, mais au lieu de se rendre au hall des Chevaliers, elle courut sous la pluie en direction de l'antre du Magicien de Cristal. Elle s'engouffra dans l'escalier étroit et atteignit la grande pièce où il enseignait jadis l'histoire et la magie aux élèves d'Émeraude. Elle abritait désormais les quartiers d'Armène. L'Immortel ne s'y trouvait pas. Bridgess sentit la présence de la servante et du petit Prince de Zénor à l'étage supérieur.

– Maître, appela-t-elle en mettant un genou en terre.

Abnar apparut aussitôt devant elle dans un éclair éblouissant et posa un regard inquiet sur l'épouse de son Chevalier le plus têtu.

– Je regrette infiniment de vous importuner, mais votre sagesse me serait d'un grand secours, commença la jeune femme, décidément plus courtoise que son mari.

– Je vous écoute.

– Malgré tous nos efforts, il semble que Wellan et moi ne puissions avoir un enfant, lui expliqua-t-elle bravement, car les humains ne devaient jamais demander aux Immortels d'intervenir dans leurs problèmes domestiques. Mon ventre demeure stérile.

– Ce n'est pas votre faute, Bridgess, mais celle de votre époux, répondit-il sans sourciller. Lorsqu'un homme conçoit un enfant avec un maître magicien, il ne peut plus en avoir d'autres dans le monde des mortels.

Sa déclaration crue et sans compassion planta un poignard dans le cœur de la femme Chevalier, mais sa fierté de soldat lui défendit de fondre en larmes devant l'Immortel. Elle le salua d'un mouvement vague de la tête, incapable de prononcer un mot de plus, et tourna les talons. Le Magicien de Cristal n'était pas dupe. Il avait capté sa peine. Cependant, malgré tous les pouvoirs que lui accordaient les dieux, il ne pouvait pas redonner au grand Chevalier la fertilité qu'il avait sacrifiée en donnant la vie à Dylan.

Wellan se prélassait dans l'eau bienfaisante des bains lorsqu'il ressentit le malaise de Bridgess, comme tous ses compagnons d'ailleurs. Santo lui lança un regard insistant d'un coin du bassin. Falcon s'empressa de nager jusqu'à lui, le visage crispé par l'inquiétude.

– Je m'en occupe, décida le grand chef.

– Tu es certain de ne pas avoir besoin de nous ? demanda Falcon.

– Absolument certain.

Wellan sortit de la grande piscine fumante. Il enfila sa tunique sans même prendre le temps de se sécher. Il se hâta dans le long couloir menant à la cour du château et poussa la porte de bois qui s'abattit brutalement sur le mur extérieur. Ses sens invisibles lui indiquèrent que sa femme se trouvait au pied de la tour du Magicien de Cristal. Il l'aperçut à travers le déluge. Bridgess était bien trop éloignée de lui pour qu'il puisse distinguer ses traits. Un éclair fulgurant déchira les nuages noirs et le tonnerre secoua la forteresse. Son épouse n'ayant jamais tout à fait maîtrisé sa peur des orages, Wellan crut que c'était là la source de sa détresse. Mais pourquoi se trouvait-elle en dehors du palais ?

Le grand chef se précipita pieds nus dans la boue. Il courut jusqu'à l'autre extrémité du château, aussi rapidement que le portèrent ses longues jambes. Il s'arrêta devant Bridgess, abritée sous une arche de la tour, le visage caché dans ses mains, pleurant à chaudes larmes.

– Tu n'as plus rien à craindre, je suis là, susurra-t-il en l'attirant dans ses bras.

Elle se réfugia contre lui et continua de sangloter sans pouvoir s'arrêter. Wellan la serra tout en sondant son cœur. À sa grande surprise, ce ne fut pas sa peur des orages qu'il y trouva, mais un chagrin bien plus personnel, beaucoup plus profond.

– Tu aurais au moins pu me le dire, parvint-elle à articuler au milieu de ses sanglots.

– Te dire quoi ?

– Que tu ne pouvais plus concevoir d'enfants...

– Moi ?

Devant sa confusion, feinte ou non, Bridgess tenta de le repousser. Il saisit solidement ses bras et la fixa droit dans les yeux.

– Mais qui prétend une chose pareille ? se fâcha-t-il.

– Le Magicien de Cristal... Je voulais juste savoir pourquoi je n'étais pas encore enceinte... et il m'a dit que les hommes qui conçoivent des Immortels... ne peuvent plus jamais avoir d'autres enfants.

– Bridgess, je suis désolé, murmura-t-il, aussi affligé qu'elle. Je l'ignorais, c'est la vérité.

Elle se débattit pour se libérer de lui, mais il resserra son étreinte en cherchant les mots qui calmeraient son chagrin. Le tonnerre secoua une fois de plus le château. Bridgess poussa un cri de terreur. Alors, Wellan la souleva dans ses bras et la transporta sous la pluie jusqu'à l'aile du palais où logeaient les Chevaliers.

Bridgess s'accrocha à la tunique de Wellan avec désespoir. Elle ne releva la tête que lorsqu'ils furent dans leur chambre. Le grand chef lui retira sa tunique trempée, puis ses sandales. Elle enfila sa chemise de nuit sans protester. Il l'enveloppa dans une chaude couverture et la fit asseoir sur leur lit, avant de changer ses propres vêtements et de prendre place devant elle. Il dégagea les cheveux blonds trempés qui collaient au visage de son épouse en lui transmettant une vague d'apaisement. Des larmes continuaient de couler sur les joues de Bridgess.

– Je te jure que je n'en savais rien, répéta-t-il avec sincérité.

– Alors, cette femme de Shola t'a ensorcelé pour que tu lui donnes un enfant magique sans te dire ce que tu risquais ? hurla-t-elle, en colère.

– Elle obéissait aux dieux...

– Et ces dieux t'ont-ils dit que tu deviendrais stérile ?

Wellan secoua négativement la tête, tout aussi malheureux qu'elle. Il comprenait sa rage et sa douleur, mais il ne savait pas quoi lui dire pour l'apaiser. Il ne pouvait certainement pas retourner en arrière et refuser de recevoir la Reine de Shola dans son lit. Il ne pouvait pas non plus empêcher son épouse de réaliser son rêve le plus cher, celui de devenir mère.

– Bridgess, je suis vraiment navré...

Elle essuya en vain ses larmes avec la couverture, mais sa peine était si profonde qu'elles continuaient de s'échapper de ses yeux. Un autre coup de tonnerre la fit sursauter. Wellan l'embrassa sur le front pour la rassurer.

– Il est écrit dans un vieux texte de loi qu'une femme qui a épousé un homme infertile a le droit de demander au roi d'annuler son..., commença-t-il.

Bridgess appuya brutalement ses deux mains sur sa bouche pour le faire taire.

– Comment oses-tu me dire une chose pareille ? cria-t-elle. Je t'aime plus que tout au monde, Wellan d'Émeraude ! Comment pourrais-je unir ma vie à celle d'un autre homme ?

Il prit doucement les poignets de Bridgess et embrassa ses doigts avec amour, plongeant son regard dans le sien.

– Et moi, je t'aime au point où je ne veux que ton bonheur, affirma-t-il. Je sais qu'il est important pour toi d'avoir des enfants.

– Pas sans toi...

– Alors, je crois bien que la seule solution sera d'adopter des orphelins.

– Ils n'auront ni tes yeux, ni tes cheveux, ni...

– Ils posséderont les excellentes valeurs que nous leur transmettrons et c'est cela qui rapproche vraiment les membres d'une même famille. C'est aussi pourquoi tous les Chevaliers sont reliés entre eux comme des sœurs et des frères même s'ils proviennent de royaumes différents.

– Moi, je pourrais être votre fils, fit alors une voix aiguë derrière Wellan, les faisant tressaillir Bridgess et lui.

Ils se retournèrent vivement. Au pied du lit, le petit Lassa, vêtu d'une longue tunique blanche, les observait. Un éclair dans la fenêtre illumina l'enfant, lui donnant tout à coup un air d'Immortel. Il trottina jusqu'aux deux adultes, grimpa entre eux et se jeta au cou de Bridgess.

– C'est une offre bien tentante, jeune homme, admit Wellan en lui frictionnant le dos, mais un couple ne peut adopter que des enfants qui n'ont plus de parents. Le Roi Vail tient à toi.

– Mais il a d'autres enfants, pas vous, protesta Lassa.

– Ton père verrait les choses différemment, je le crains.

Il était d'ailleurs préférable de ne pas provoquer d'incident diplomatique, surtout avec ce monarque qui craignait que son fils ne lui ait été enlevé pour toujours. Mais la présence de Lassa dans ses bras semblait redonner du courage à Bridgess. Le Prince de Zénor y resta blotti pendant un long moment. Puis, soudain, ils entendirent l'appel d'Abnar dans leurs esprits.

– Oups..., fit le gamin en se dégageant de l'étreinte de la femme Chevalier. Je dois retourner dans ma tour, je pense.

– Tu es le petit garçon le plus gentil du monde, murmura Bridgess en essuyant ses dernières larmes.

– Si vous changez d'idée, vous savez où me trouver.

Il l'embrassa sur la joue et disparut en faisant la moue, car il savait qu'il allait être puni par l'Immortel. Un terrible coup de tonnerre effraya la jeune femme qui se réfugia tout contre Wellan.

– Cette décision t'appartient, Bridgess, chuchota-t-il dans son oreille. Je ferai tout ce que tu me diras de faire.

– Jure-moi que tu ne partageras plus jamais ton lit avec la Reine de Shola.

– Je te le jure. Comment pourrais-je combler une femme qui m'a séduit avec l'unique intention de se servir de moi ? Ce n'est pas ce que j'appelle de l'amour.

– Moi non plus, mais elle, au moins, elle a eu des enfants.

– Bridgess...

Elle cacha son visage dans le cou de Wellan et recommença à pleurer. « Élund nous a enseigné la magie et les soldats du roi comment nous battre, mais personne ne nous a montré à apaiser un cœur endolori », déplora le grand Chevalier en la serrant contre lui.

UN PETIT PRINCE SENSIBLE

Ayant entendu l'appel d'Abnar, Lassa utilisa ses pouvoirs pour retourner dans la grande tour de son protecteur immortel. L'enfant savait qu'il ne devait jamais quitter son cocon magique, mais la peine de Bridgess l'avait profondément ému. Il apparut devant le Magicien de Cristal qui l'attendait, les bras croisés. Son visage austère mit le petit prince en garde. Cette fois, Abnar était vraiment fâché.

– C'était seulement une petite visite de rien du tout, s'excusa Lassa en fixant le plancher. Je n'ai pas été parti longtemps et je n'ai pas quitté l'enceinte du château. Je suis allé chez le Chevalier Wellan qui m'aurait défendu si...

– Sur ton lit, il y a un livre que tu dois avoir terminé avant le repas du soir, le coupa l'Immortel sur un ton cassant. Je serai de retour à ce moment-là pour vérifier que tu m'as obéi.

Sur ces mots, Abnar se dématérialisa. Le prince risqua alors un œil dans la pièce. Immobile devant l'escalier, Armène tenait un plateau de nourriture. Elle ne savait plus si elle devait gronder l'enfant ou le réconforter.

– Es-tu aussi allé voir Kira pour t'excuser ? demanda-t-elle.

Lassa secoua négativement la tête. Il se dirigea vers son lit, découragé par la taille du document que lui assignait son mentor. Il n'aurait jamais le temps de jouer aux figurines avec toutes ces pages à lire ! Il donna un coup de pied à la base du lit avant d'y grimper en poussant un bruyant soupir. La servante l'observa un moment puis déposa son repas sur la table. Pourquoi l'Immortel se montrait-il si dur envers Lassa alors qu'il avait été si tendre avec Kira ? Elle mit le couvert et somma le gamin de venir prendre place.

– Je n'ai pas faim, Mène.

– Tu ne vas pas recommencer à bouder tes repas, soupira la gouvernante. Le Chevalier Wellan est rentré au château et tu sais que tu es parfaitement en sécurité, ici.

– Ma gorge est serrée parce que le monde est rempli de souffrances.

– Que racontes-tu là ?

– Il y a beaucoup d'hommes et de femmes qui sont malheureux dans ce château et dans la campagne d'Émeraude aussi. Et quand je suis allé avec Abnar au Royaume de Zénor, j'ai ressenti la même chose.

Le petit garçon sauta du lit et se traîna jusqu'à son tabouret en baissant un regard découragé sur les plats. Il aurait aimé recommencer à zéro son repas avec Kira. Elle était humaine comme lui, sauf qu'elle avait la peau mauve et les yeux violets, et, surtout, elle était le meilleur soldat de tout Enkidiev.

– Dis-moi ce que tu ressens, Lassa, l'enjoignit la servante en s'asseyant devant lui.

– Ce ne sont pas mes émotions à moi, Mène. Ce sont celles des autres, mais elles se rendent jusqu'à mon cœur. C'est difficile à expliquer.

– Connais-tu ceux à qui elles appartiennent ?

– Certains, oui, mais pas tous. Je n'ai pas eu l'occasion de rencontrer beaucoup de gens depuis que je vis à Émeraude.

« Évidemment, puisqu'il est enfermé depuis sa naissance », pensa Armène. Mais comment pouvait-elle, simple humaine, s'opposer à la volonté des dieux et des Immortels ?

– C'est la douleur du Chevalier Bridgess qui est la plus forte, continua Lassa en promenant un morceau de pain dans son bol sans y toucher.

– Tu veux m'en parler ?

– Elle ne peut pas avoir de bébé à cause du Chevalier Wellan. Je ne comprends pas exactement pourquoi, mais cela lui cause un grand chagrin. J'ai tenté de la consoler tout à l'heure, mais le maître m'a rappelé ici.

– Je ne devrais pas encourager tes désobéissances, mon poussin, mais selon moi, tu as bien fait. La pauvre femme méritait un peu de réconfort.

– Les dieux aiment beaucoup le Chevalier Wellan, alors je pense bien qu'ils leur trouveront un enfant abandonné qu'ils pourront adopter.

– Tu es petit, Lassa, mais tu as le plus grand cœur du monde.

Le prince leva ses yeux de saphir sur la gouvernante et déchiffra ses sentiments.

– Si au moins je pouvais m'en servir plus souvent pour aider les autres...

– Un jour, maître Abnar sera obligé de te laisser sortir de cette tour.

– Mais quand, Mène ?

– Quand tu sauras tes leçons et que tu maîtriseras ta magie, sans doute.

Le visage du porteur de lumière s'illumina enfin. Armène venait de lui montrer le chemin de sa délivrance. À partir de cet instant, il allait devenir un élève modèle et il pourrait bientôt sortir de sa prison !

8

UN MARI PERSPICACE

Dans ses appartements, Kira pensait à Lassa et à sa déception lorsqu'il avait appris la vérité à son sujet. Allongée sur une table capitonnée de sa salle de bain privée, la jeune femme mauve laissait le masseur lui délier les muscles du dos. L'inactivité commençait vraiment à lui peser. L'Empereur Noir allait sans doute faire débarquer sous peu d'autres créatures aussi dévastatrices que les rats. Elle ne pouvait pas se permettre de perdre sa forme.

Kira tentait d'imaginer la prochaine invasion lorsque Sage entra dans la pièce réchauffée par un bon feu. Il huma l'air, en se délectant du parfum des huiles préférées de son épouse. Il s'approcha d'elle en silence. D'un geste de la tête, il congédia le serviteur. Il frotta ses mains pour les réchauffer et poursuivit le travail de détente sur les épaules de Kira. Reconnaissant le contact de son mari, la princesse esquissa un sourire.

— Tu es doué, tu sais, ronronna-t-elle.

— Je parie que tu dis ça à tous les hommes qui te massent, se moqua-t-il.

— Non, seulement à ceux qui sont mon mari.

Il continua le merveilleux traitement pendant quelques minutes, puis se rappela l'air abattu que Kira arborait la veille.

— Si tu me disais maintenant ce qui s'est réellement passé entre Lassa et toi hier soir, souffla-t-il, à la grande surprise de la Sholienne.

— J'ai pourtant essayé de te cacher ma peine ! s'exclama-t-elle en se retournant. Comment l'as-tu su ?

— Tes yeux n'étaient pas aussi brillants que d'habitude et tes oreilles étaient légèrement rabattues sur ta tête. J'ai tout de suite compris que quelque chose n'allait pas. Mais quand tu as prétendu le contraire, j'ai décidé de ne pas insister.

— Je regrette de ne pas m'être confiée à toi hier, Sage. Ce n'est pas digne d'une bonne épouse.

— Il y a des moments où il est facile de se vider le cœur et d'autres où c'est impossible, même pour des gens mariés qui se disent tout. J'ai déjà vécu la même chose autrefois, quand j'habitais chez mon père. Nous étions très proches, lui et moi, mais il y avait des confidences que je ne pouvais tout simplement pas lui faire.

— Je ne voulais pas te cacher la vérité, mon chéri. Je ne t'en ai pas parlé parce que je ne désirais pas te faire de la peine.

Il l'obligea à s'allonger de nouveau sur le ventre. Il frotta ses omoplates pour les détendre, tout en l'invitant à lui raconter sa soirée. Kira lui relata donc fidèlement toutes les paroles échangées lors de son court repas avec Lassa et la peine que lui avait causée le prince horrifié.

— Si j'avais su comment il allait me traiter plus tard, je ne lui aurais jamais donné mon biberon, grommela-t-elle.

Sage fit un effort surhumain pour ne pas éclater de rire.

– Tu l'as seulement surpris, Kira, lui fit-il observer. Il croyait sans doute que tu es mauve parce que tes ancêtres sont des Elfes et des Fées. Et il est encore si jeune. Donne-lui le temps d'assimiler cette terrible vérité.

– Je pense qu'il est suffisamment brillant pour saisir que je porte en moi l'ennemi qu'il doit détruire.

– Alors, c'est à toi de lui expliquer que rien n'arrive pour rien. Si les dieux ont décidé que tu devais naître hybride pour protéger le porteur de lumière, c'est sans doute parce qu'un jour ton origine différente pèsera dans la balance.

– Je n'avais jamais pensé à ça...

– Lassa n'est pas un petit garçon ordinaire. Il est l'élu, celui que Parandar a choisi pour sauver la race des hommes. Il finira par comprendre ton rôle dans son destin et le lien qui vous unit.

Il arrêta de la masser et se pencha pour l'embrasser dans le dos, entre les épaules, puis remonta vers sa nuque. Kira poussa un gémissement de plaisir et ferma les yeux. Décidément, elle avait épousé le plus raisonnable de tous les Chevaliers. Jamais elle ne regretterait de vivre avec lui.

– Tu es un homme compréhensif, Sage d'Émeraude, murmura-t-elle. Si tu savais comme je t'aime...

– Pas autant que moi.

Elle se redressa, passa les bras autour de son cou et ils échangèrent un long baiser.

9

UN AVEU EMBARRASSANT

Wellan s'assura que Bridgess était bien endormie, enroulée dans une chaude couverture, au milieu de leur lit. Il pouvait sentir l'inquiétude de leurs compagnons maintenant rassemblés pour le repas. C'était son devoir de les rassurer. Il lava ses pieds couverts de boue, enfila un pantalon et des bottes de cuir et quitta la chambre. Grand commandant d'armée, il possédait le talent de s'exprimer clairement sur le champ de bataille, mais il doutait de son efficacité à expliquer ses problèmes conjugaux à ces vaillants soldats. Pourtant, il devait le faire.

Rassemblant son courage, il entra dans la pièce d'où provenaient des odeurs appétissantes. Dès qu'ils aperçurent leur chef dans l'embrasure de la porte, les Chevaliers se turent. Plutôt embarrassé à l'idée de ce qu'il devait leur dire, Wellan se rendit à son banc, près de ses Écuyers, et s'y assit. Il contempla cette belle assemblée de guerriers qui le fixaient avec appréhension.

– Mais vas-tu nous dire ce qu'elle a, à la fin ? s'exclama Falcon, exprimant ainsi l'inquiétude de tous ses frères.

Wellan leva d'abord les yeux sur la galerie et constata à son grand soulagement que les nouveaux étudiants d'Émeraude avaient regagné leurs classes. Ce qu'il allait révéler à ses hommes ne les concernait en aucune façon.

– Elle a découvert que je ne pouvais pas lui donner d'enfant, déclara-t-il soudain en posant un regard infiniment malheureux sur Santo qui, lui, aurait pu la combler bien des fois si elle l'avait épousé.

– Le savais-tu lorsque vous avez uni vos destinées ? demanda Kevin.

– Nous l'ignorions tous les deux. En fait, c'est elle qui vient de m'apprendre qu'un homme qui a conçu un Immortel ne peut plus avoir d'autres enfants.

– Alors, la sorcière de Shola t'a bien eu ! explosa Falcon, mécontent.

« Heureusement que Kira ne se trouve pas parmi nous, car elle se serait certainement offensée de l'opinion de Falcon », songea Wellan, même si leur compagnon exprimait sa propre pensée.

– Il ne sert à rien de revenir sur le passé, s'éleva Chloé avec sa sagesse habituelle. Ce qui est important ici, c'est de trouver une solution au problème de Bridgess et de Wellan, pas de condamner qui que ce soit.

– Dans un cas semblable, la loi permet à Bridgess de choisir un autre mari, leur rappela Dempsey en fixant Wellan dans les yeux.

– Je le lui ai déjà mentionné, soupira le grand Chevalier, mais c'est une option qu'elle refuse de considérer.

– Alors, il ne vous reste que l'adoption, conclut Wanda.

– Tu pourrais demander au roi d'envoyer des messagers dans tous les villages afin de découvrir des orphelins, suggéra Nogait.

– Mais il faudrait que ce soient des enfants magiques, ajouta Kagan en repoussant ses belles boucles rousses, parce que le plus grand de tous les Chevaliers mérite d'avoir des héritiers dignes de lui.

– Moi, je pense que nous devrions d'abord laisser Bridgess se remettre du choc avant de lui proposer une quelconque solution, intervint une fois de plus Chloé.

Les Chevaliers se tournèrent vers elle et ne répliquèrent pas, lui donnant ainsi raison. Wellan la remercia d'un imperceptible mouvement de la tête et sentit son cœur s'alléger. Dempsey s'empressa de conseiller à ses compagnons de terminer leur repas avant que la viande ne refroidisse. Tous recommencèrent à manger. Mais Bailey, l'un des Écuyers de Wellan, posa la main sur le bras musclé de son maître, ressentant son chagrin derrière son masque de bravoure.

– Si nous pouvons vous aider, il faut nous le dire, fit doucement l'apprenti.

« Quelle belle jeunesse », constata Wellan en remarquant la sollicitude de ses deux garçons.

– Les Écuyers d'un soldat sont en quelque sorte ses enfants, répondit-il avec un sourire paternel. Vous pouvez me rendre fier en devenant les meilleurs Chevaliers de tout l'Ordre.

– Mais quand, maître ? l'interrogea Volpel.

– Très bientôt, je crois.

– Mais le code ne prévoit notre adoubement que dans deux ans, protesta Bailey.

– Il contient aussi de nombreuses exceptions, leur apprit Wellan, surtout en temps de guerre. Il n'est pas impossible que la procédure soit accélérée. À mon avis, vous vous battez déjà avec la même adresse que vos aînés et votre jugement est aussi sûr.

Les adolescents rayonnèrent d'espoir. Wellan leur donna des claques amicales dans le dos. Il se servit ensuite parmi les nombreux plats au milieu de la table de bois. C'est alors qu'il aperçut la mine inquiète des apprenties de Bridgess, assises un peu plus loin.

– Elle dort en ce moment, leur annonça-t-il, et si je la connais bien, elle aura repris son aplomb à son réveil. Votre maître est une femme forte. Elle a l'étoffe d'un grand chef. Ne l'oubliez jamais.

Gabrelle et Yamina hochèrent la tête dans un mouvement synchronisé, mais il était facile de voir qu'elles n'étaient nullement apaisées. Ces enfants faisaient partie de leur vie depuis si longtemps déjà qu'il était difficile de leur cacher quoi que ce soit, même pour leur bien.

Wellan mangea distraitement en faisant le point sur l'état du continent. Ils avaient anéanti les rats et ils s'attendaient à une nouvelle invasion d'une semaine à l'autre. Le chef aurait bien aimé disposer d'un informateur moins méfiant qu'Abnar et plus assidu que Fan pour lui brosser régulièrement le tableau de la situation sur la côte et ailleurs. Si seulement son fils de lumière était plus âgé...

Lorsqu'il fut rassasié, il prit une assiette et y déposa les mets préférés de Bridgess. Ses compagnons échangèrent un regard entendu. Wellan était le plus formidable des guerriers de leur temps, un brillant stratège et un escrimeur hors pair, mais aussi un époux tendre et dévoué. Somme toute, ce grand Chevalier représentait un bel exemple pour ces bouillants défenseurs du continent. Dempsey considéra son chef en glissant ses doigts entre ceux de Chloé. Leur couple, uni depuis bien longtemps déjà, était plus solide que celui de Wellan et de Bridgess et décidément moins explosif.

– Si tu voulais un enfant à tout prix, tu serais exactement dans le même état, lui murmura Chloé.

– Tu as sans doute raison, concéda Dempsey. Heureusement que nous avons pris la décision, dès le début, de n'élever que des apprentis.

Dempsey n'était certes pas le plus romantique des hommes d'Émeraude, mais sa patience, sa constance et sa fidélité en faisaient un merveilleux mari. Chloé l'embrassa sur le nez, lui arrachant un sourire, et poursuivit son repas.

10

LE VÉRITABLE AMOUR

Wellan entra dans sa chambre et vit que Bridgess dormait encore. Il déposa l'assiette sur la petite table près du lit. Il s'assura que son épouse était bien au chaud et l'embrassa sur le front. Il n'y avait rien de tel que le sommeil pour consoler le cœur.

Le grand Chevalier savait que ses deux garçons se rendraient probablement à la bibliothèque pour parfaire leurs connaissances de l'histoire. Ensuite, ils s'entraîneraient à l'épée. Il était important qu'ils commencent à agir seuls de plus en plus souvent, car le jour de leur adoubement approchait. En effet, leurs Écuyers étaient assez vieux maintenant pour jouir d'une plus grande liberté. Ils ne suivaient plus leurs maîtres qu'à la guerre. Au Château d'Émeraude, ils pouvaient se conduire de façon indépendante, comme de véritables soldats.

Pour profiter de ces quelques instants de liberté, Wellan décida d'aller se recueillir à la chapelle du palais. En longeant le couloir, il pensa à ses deux soldats féminins qui jouissaient d'une permission spéciale. Au lieu de rentrer avec ses frères après la campagne militaire au Royaume d'Opale, Swan avait mis le cap sur Zénor pour aller y retrouver

Farrell. Wellan ne comprenait pas l'attirance de sa jeune sœur pour ce paysan rebelle, mais le cœur n'avait-il pas ses raisons ? Quant à Ariane, elle était toujours à Opale, où le capitaine de la garde royale la courtisait. Wellan avait accordé ces congés aux deux femmes, mais il n'aimait pas les savoir aussi loin de lui.

Il entra dans la chapelle et prit place sur le sol, devant la statue de Theandras. Il chassa toutes ses inquiétudes avant de prier sa protectrice de l'aider à rendre Bridgess heureuse, même s'il ne pouvait pas lui donner les enfants qu'elle méritait. Il laissa ensuite ses pensées errer sur sa propre enfance au Royaume de Rubis. Il ne se souvenait pas d'avoir passé du temps dans les bras de sa mère et, pourtant, il avait une excellente mémoire de ces premières années.

Il se rappelait les excursions de chasse avec son père, les jeux dans la rivière avec son frère et sa sœur, les chiens qu'il caressait et les chevaux qu'il montait, mais aucune de ces activités n'avait jamais impliqué la Reine Mira. Lorsqu'il pensait à elle, il la voyait toujours assise sur son trône, aux côtés du Roi Burge, l'air sévère et digne. Il pouvait décrire en détail le bâton qu'elle utilisait pour le corriger, mais il n'aurait pas pu citer une seule de ses paroles colériques. Il savait que son père comptait beaucoup sur l'intelligence exceptionnelle de cette femme pour le seconder, mais lui avait-elle jamais manifesté son amour de façon passionnée, comme Bridgess le faisait avec lui ? Mira avait donné trois enfants au Roi de Rubis, mais les avait-elle portés uniquement pour accomplir son devoir ?

Wellan sentit les bras de Bridgess lui entourer le torse. Elle s'appuya contre lui et il s'attrista à l'idée que son père n'avait jamais été aimé comme lui.

– Je suis désolée, susurra la jeune femme en le serrant. Je ne me suis pas comportée comme un véritable Chevalier, tout à l'heure.

– Nous ne sommes pas faits de pierre, répliqua-t-il. De toute façon, tu avais parfaitement le droit d'être en colère.

– Mais je n'étais pas fâchée contre toi.

– Je sais.

Elle demeura un long moment immobile, puisant des forces dans les siennes. Il la laissa s'y abreuver, convaincu que c'était là une preuve indiscutable de son amour pour elle.

– Hier, c'était toi qui nageait dans l'incertitude et je t'ai rassuré, chuchota-t-elle. Ce matin, j'avais le cœur brisé et tu m'as consolée. Cette tendresse nous unit, Wellan. Tu n'as pas analysé ma peine, tu l'as acceptée. Tu as fait tout ce que tu pouvais pour l'apaiser. Tu es le meilleur mari que je puisse avoir, mon beau Chevalier d'Émeraude, et, un jour, nous trouverons sur notre route un fils que nous pourrons élever et protéger. Pour l'instant, ce qui est vraiment important, c'est que nous soyons ensemble et que nous continuions à nous traiter avec respect malgré toutes nos épreuves.

Wellan ferma les yeux, baignant dans la puissante vague d'apaisement dont Bridgess l'enveloppait au milieu de la chapelle. Ce qu'il vivait avec elle, c'était le véritable amour, celui qui ne cesse de croître et de se solidifier avec le temps. Bridgess avait raison. Ils finiraient par adopter un enfant digne d'eux, parce que les dieux n'abandonnaient jamais les humains qui les vénéraient.

– As-tu mangé ? s'inquiéta-t-il.

– J'ai pris quelques bouchées de ce que tu m'as apporté, mais je me suis surtout nourrie de la force que tes mains ont laissée sur l'assiette.

Surpris, Wellan pivota et la fixa dans les yeux. Il ignorait qu'elle savait extraire l'énergie des objets.

– Je l'ai appris dans un vieux grimoire, expliqua-t-elle avec un sourire. Il n'y a pas que toi qui aime se plonger dans la lecture des bouquins défendus, tu sais.

– Plus je te découvre et plus je t'aime..., murmura-t-il, les yeux embués de larmes.

Sur le plancher de pierre de la chapelle, ils échangèrent un long baiser. Wellan se permit d'insuffler encore plus d'énergie à cette belle femme blonde qu'il chérissait. Des rayons de soleil percèrent soudain les vitraux et illuminèrent la petite pièce de couleurs chatoyantes.

– C'est un signe du ciel, se réjouit Bridgess en caressant le visage de son mari. C'est pour nous que les dieux ramènent le beau temps sur Émeraude.

– Si nous en profitions pour prendre un peu d'air ?

Elle accepta joyeusement. Il l'aida à se lever. Main dans la main, ils allèrent à l'écurie seller leurs chevaux. En les faisant sortir dans la cour boueuse, ils constatèrent la clémence du vent. Ils quittèrent l'enceinte du château au galop et parcoururent la campagne environnante pour finalement s'arrêter aux abords de la rivière Wawki, gonflée à son plus haut niveau à cette période de l'année.

De gros nuages d'humidité roulaient encore dans le ciel, mais la lumière perçait à plusieurs endroits en réchauffant progressivement l'atmosphère. Bientôt, de nouvelles pousses apparaîtraient dans les champs. « Le cycle de la vie », se dit Wellan avec tristesse. Il mit pied à terre.

– Je me demande si le continent de l'Empereur Noir ressemble au nôtre, fit-il, songeur.

– Tu n'as jamais lu quoi que ce soit à ce sujet ? s'étonna Bridgess en descendant de cheval.

Ils marchèrent côte à côte le long du cours d'eau, tenant les guides de leurs bêtes d'une main, pour savourer ce répit dans la saison des pluies.

– Il y a bien peu de livres sur Amecareth et son monde, déplora-t-il. Ou bien ils ont été volontairement détruits par les Immortels ou bien les historiens ont eu peur de consigner par écrit ce qu'ils savaient.

– Ce qui n'a aucun sens, puisque c'est seulement lorsqu'on connaît bien son ennemi qu'on peut le vaincre. Ils n'ont certainement pas voulu nous laisser ainsi sans défense.

– Je vois que tu as assimilé tout ce que je t'ai enseigné, s'amusa le grand Chevalier en glissant sa main libre dans la sienne.

– Je n'ai rien oublié de ce que tu m'as dit, Wellan. La nuit, quand j'étais Écuyer, je me répétais toutes tes paroles de la journée pour qu'elles s'impriment dans mon esprit.

– Ce n'est donc pas étonnant que tu me ressembles autant.

Ils poursuivirent leur promenade en silence. Bridgess serra les doigts de Wellan. Non seulement elle se souvenait de tout ce qu'il lui avait appris depuis son enfance, mais aussi des réactions de toutes les femmes devant son mari. Maintenant adulte, elle comprenait l'éclat de leurs yeux et leurs sourires invitants... Il était si séduisant, si rassurant. Qui n'aurait pas voulu passer le reste de sa vie à ses côtés ?

– C'est flatteur..., se moqua-t-il, car il avait suivi ses pensées.

– Mais vrai.

– Dis-moi, as-tu eu le temps d'observer le jeune Farrell pendant que j'étais sur l'île des hommes-lézards ?

– J'ai eu l'occasion de bavarder avec lui quand Swan le laissait un peu tranquille, plaisanta-t-elle, et j'ai sondé son cœur.

– Sera-t-il un bon mari ?

La jeune femme éclata de rire en comprenant qu'il s'inquiétait pour sa sœur d'armes comme si elle était encore une enfant.

– Je le demande sérieusement, Bridgess. Si ce paysan n'est pas digne d'elle ou si...

– Wellan, tu n'es pas le père de Swan ! le coupa-t-elle en essuyant des larmes de plaisir. Et même si tu l'étais, ne penses-tu pas qu'elle est assez grande pour décider elle-même de ce qu'elle veut ?

– Mais je suis le premier à savoir que la passion n'est pas le meilleur des guides...

– Alors, si tu veux mon opinion sur les sentiments de Swan, je vais te la donner, mais rappelle-toi que c'est seulement mon avis.

Il accepta de l'écouter sans passer de commentaires. Tout en remontant la rivière, elle lui parla de la bouillante jeune femme qui avait été son Écuyer. Contrairement à d'autres Chevaliers, Swan ne voulait pas d'un compagnon de vie qui la suive au combat. Elle désirait plutôt s'unir à un homme sédentaire qui élèverait leurs enfants à la maison pendant qu'elle continuerait à protéger Enkidiev avec les soldats de l'Ordre.

– Et Farrell n'est pas aussi agressif qu'on a voulu nous le faire croire dans son village. Il a été mis à part en raison de ses puissants pouvoirs magiques. Il n'a aucune connaissance des armes et, pendant son séjour avec nous, il n'a jamais cherché à apprendre à s'en servir. Il aime regarder les étoiles. Il a un don certain pour tresser la paille de façon exquise et maîtriser les éléments. Il ne sait pas lire, mais il se délectait des poèmes que nous récitions le soir après le repas.

– Rendra-t-il Swan heureuse ?

– Oui, je le crois. Elle sait qu'il est différent de nous et elle accepte ses facultés magiques sauvages ainsi que les lacunes dans son éducation. Moi, j'ai trouvé ce garçon beaucoup plus aimable dès qu'il a commencé à fréquenter Swan. Et puis, je pense que ce serait une bonne chose qu'il rétablisse sa réputation dans son propre pays en épousant un Chevalier d'Émeraude.

– J'ai toujours su qu'il y avait un grand justicier en toi, la nargua Wellan.

Elle s'arrêta, lâcha les rênes de son cheval et se jeta au cou du grand Chevalier pour l'embrasser. Il ne résista d'aucune façon à cet élan spontané. Si Bridgess pensait que Farrell était un bon parti pour la jeune Swan, alors il s'en remettait à son jugement.

11

UNE TROUVAILLE INQUIÉTANTE

Lorsque Wellan ramena Bridgess au hall pour le dernier repas, après un long après-midi de plein air, leurs compagnons furent contents de la voir d'aussi belle humeur. Ils firent bien attention de ne pas parler de bébés ni d'enfants. Mais dès qu'ils eurent tous mangé et commencé à écouter les histoires abracadabrantes de Nogait, qui s'amusait à imiter Bergeau, Chloé s'approcha de Bridgess. Elle lui chuchota quelque chose à l'oreille. « Des secrets de femmes », pensa Wellan avec un sourire.

Bridgess lui annonça qu'elle allait détendre ses muscles aux bains avec l'aînée. Le grand Chevalier savait bien qu'en réalité, elle avait surtout besoin de se confier à sa sœur d'armes. Il hocha vivement la tête. Bridgess l'embrassa sur la joue avant de suivre Chloé.

Wellan se délassa en écoutant les moqueries de Nogait, qui exagérait tous les aspects des combats menés contre leurs ennemis et même d'affrontements n'ayant jamais eu lieu.

– J'ai vu de mes yeux Dempsey décapiter une vingtaine d'insectes d'un seul coup d'épée ! s'exclama le bouillant jeune homme aux cheveux bruns en bataille.

Dempsey s'étouffa avec le vin qu'il avalait. Pour leur part, les Écuyers encouragèrent les pitreries du Chevalier turbulent.

– Certaines de ces créatures possèdent vingt-quatre bras, tous armés de lances, mais un seul regard de Wellan les a tous fait ramper sur le sol devant lui ! poursuivit Nogait.

Wellan éclata de rire, au grand plaisir de ses camarades qui voulaient le voir s'amuser un peu. Puis, lorsque le conteur aux yeux pétillants se mit à parler de dragons qui brillaient dans le noir, le chef déposa sa coupe. C'était bien trop risqué de boire en écoutant les élucubrations de Nogait.

Soudain, son sang se glaça dans ses veines. Il chercha à déterminer la cause de son malaise. Il amplifia tous ses sens invisibles et repéra une présence maléfique dans le château. Étrangement, les autres Chevaliers, tous aussi sensibles que lui, ne réagissaient pas. Peut-être n'était-ce qu'un pressentiment ? Afin de ne pas les alarmer inutilement avant d'être certain que son esprit ne lui jouait pas des tours, il s'excusa auprès de Dempsey en prétextant devoir faire des recherches à la bibliothèque. Il quitta le hall en douce et marcha dans les couloirs du rez-de-chaussée en se laissant guider par ses antennes magiques.

Il s'arrêta au pied de l'escalier. La menace provenait d'en haut. Quelqu'un s'était-il introduit chez le roi pour attenter à sa vie ? Il grimpa les marches quatre à quatre, mais s'arrêta à l'étage des salles d'apparat et de la bibliothèque. En tournant lentement sur lui-même, il flaira la piste dans un des couloirs menant à la grande salle de savoir.

Prêt à intervenir avec sa magie, Wellan marcha prudemment entre les rayons chargés de vieux ouvrages reliés et de parchemins enroulés sur des bâtons de bois. Il s'arrêta net en apercevant Kira et Sage assis à une table sur laquelle reposait un curieux livre noir. Le danger provenait de là !

– Il était temps que tu arrives, lui reprocha la jeune femme mauve en se croisant les bras.

– Il aurait été plus simple que tu te serves de ton esprit pour m'appeler, rétorqua Wellan, contrarié.

– Et attirer tout le monde ici ? Ce n'était pas mon but.

– Il s'agit donc d'une affaire privée.

– Très privée, assura-t-elle en pointant le document.

– De quoi s'agit-il ? demanda Wellan.

Il étudia le livre en se servant de ses yeux puis de sa magie, mais cette dernière s'avéra inutile, car une force étrangère le protégeait. Il ne semblait pas y avoir de serrure physique ou magique sur sa couverture noire et luisante, mais Kira ne l'avait pas encore ouvert.

– Je n'y arrive pas, répondit-elle, ayant lu ses pensées.

– Où l'as-tu trouvé ? s'enquit le chef, qui n'avait jamais vu cet ouvrage ancien auparavant, lui qui avait pourtant lu tous les livres qui se trouvaient sur les rayons.

– À l'intérieur d'un compartiment secret, dans la section défendue. Plusieurs fois déjà, j'avais ressenti une curieuse énergie de ce côté, alors, ce soir, j'ai utilisé mes pouvoirs pour le repérer. Je n'ai pas encore réussi à l'ouvrir et j'ai vraiment tout essayé.

Sage hochait la tête pour appuyer les dires de son épouse. La curiosité de Wellan était piquée. Il essaya, à son tour, les incantations qu'il avait apprises auprès de Nomar. Le livre refusa obstinément de révéler ses secrets. Alors, il fit la seule chose qu'il pouvait faire : il appela à l'aide le Magicien de Cristal. Abnar apparut devant eux. Il jeta un œil sur l'ouvrage ancien et son expression se durcit instantanément.

– Vous le reconnaissez, n'est-ce pas ? déduisit Kira en l'observant.

– Je croyais que ce journal avait été détruit avec tous les autres, siffla Abnar entre ses dents.

– Donc, nous savons au moins que c'est un journal, s'égaya la princesse, qui aimait les énigmes.

– Qui l'a écrit ? voulut savoir Wellan.

– Un ancien Chevalier d'Émeraude, il y a plus de cinq cents ans.

– Pouvez-vous l'ouvrir pour nous ? s'informa le grand Chevalier.

– Même si je le pouvais, je n'y consentirais pas. Ne perdez pas votre temps. Il ne contient que les anxiétés d'un homme dont le cœur a été assombri par sa soif du pouvoir. Il ne ferait que semer le doute dans vos esprits.

– Qui pourrait l'ouvrir ? demanda Kira en faisant fi de ses conseils.

– Celui qui l'a écrit. Remettez-le à l'endroit où vous l'avez trouvé et oubliez-le. Ce sera plus prudent pour vous tous.

Sage tendit les doigts pour toucher la curieuse couverture épaisse et luisante dont l'énergie lui était familière.

– C'est de la carapace d'insecte, leur apprit Abnar, juste avant de disparaître dans un éclair brillant.

Kira et Sage firent brutalement reculer leurs bancs sur le plancher de pierre, horrifiés à la pensée que l'auteur du journal ait découpé et préparé la peau de leur ennemi pour s'en servir ainsi. Mais Wellan ne remua pas un cil. Il continuait de fixer le livre noir. Si le Magicien de Cristal lui-même ne voulait pas y toucher, cela en laissait deviner l'importance.

– Il faut trouver une façon d'y avoir accès, déclara-t-il sur un ton de commandement.

Kira se rappela alors que son époux possédait la faculté de retourner dans le passé. Wellan lut ses pensées et se tourna vers le jeune guerrier.

– Oh non..., refusa Sage en se levant.

Kira lui saisit le bras et le ramena en position assise sur le banc, mais Sage continua de secouer obstinément la tête.

– Tu sais que je n'aime pas ces incursions dans une époque qui ne me concerne pas.

– Je ne te demande pas d'aller te balader toute la nuit chez nos ancêtres, mon chéri. Je veux seulement que tu y fasses un saut, le temps de déverrouiller le livre.

Wellan ne disait rien, mais il était évident à son regard insistant qu'il appuyait la Sholienne. Si le contenu de ce journal pouvait changer le cours de la guerre contre l'empereur, c'était impératif d'en prendre connaissance.

– Tu plonges dans le passé, tu ouvres le livre et tu reviens, c'est tout, minauda Kira.

L'Espéritien avait vécu plusieurs expériences éprouvantes aux Royaumes d'Argent et de Zénor et il craignait de se retrouver une fois de plus en présence de personnages dont il ne savait rien.

– Mais si je n'arrive pas à vaincre sa protection magique ? s'énerva-t-il.

– Alors, je te ramènerai moi-même dans le présent, promit sa femme.

Sage prit une grande inspiration et ferma les yeux. Wellan lui enviait sa faculté de retourner dans le temps à volonté. Il aurait pu apprendre tellement de choses sur l'histoire d'Enkidiev s'il avait possédé lui-même ce pouvoir.

Sage relaxa tout son corps, bien que ce fût très difficile dans les circonstances, mais il ne voulait surtout pas décevoir son chef et son épouse. Il ne perçut pas sa glissade rapide dans le passé. Lorsqu'il ouvrit les yeux, il était assis au même endroit, mais Wellan et Kira avaient disparu. C'était pourtant bien la bibliothèque d'Émeraude. Devant lui reposait toujours le livre à la couverture noire. Il tendit une main tremblante vers le journal, mais le Magicien de Cristal se matérialisa près de lui.

– Je croyais vous avoir demandé de détruire toutes ces abominations, l'admonesta Abnar, les mains sur les hanches.

Sage allait se défendre lorsqu'un autre personnage sortit d'entre les rayons derrière lui.

– Mais maître, vous savez bien que le Chevalier Onyx est un grand sentimental, allégua-t-il.

Sage se retourna et reconnut le Chevalier Hadrian. Un sourire moqueur flottait sur les lèvres de cet ancien chef de l'Ordre. De toute évidence, ce dernier ne craignait nullement le Magicien de Cristal.

– Où sont les autres manuscrits ? interrogea durement Abnar.

– Tous partis, comme vous l'avez exigé, répondit Hadrian en posant une main amicale sur l'épaule de Sage.

– Je ne vous ai pas ordonné de les déplacer, mais d'utiliser vos facultés magiques pour les détruire.

– Et nous avons bien compris vos instructions, confirma l'autre, mais nous avons décidé de les brûler ailleurs pour éviter que les malheureux événements d'il y a quelque temps ne se reproduisent.

« Quels événements ? » se demanda Sage. Pourtant, il avait prêté attention à tous les récits de Wellan au sujet de la première incarnation de l'Ordre.

– Je m'occupe de convaincre mon frère Onyx de me remettre ses notes afin qu'elles flambent sur le même bûcher que les autres. Je vous en donne ma parole.

Abnar, qui avait exactement la même apparence que Sage lui connaissait, observa les deux hommes pendant un moment, hésitant à leur faire confiance.

– Si je devais apprendre que vous m'avez menti, ma colère serait terrible, proféra-t-il finalement.

Hadrian se courba avec respect, mais Sage était trop impressionné de se retrouver une fois de plus dans le passé pour remuer un seul muscle. Le Magicien de Cristal s'évanouit dans une pluie d'étincelles aveuglantes.

– J'espère que tous les Immortels ne sont pas aussi arrogants que lui, soupira Hadrian en allant s'asseoir de l'autre côté de la table.

Sage examina son interlocuteur avec plus d'attention que lors de leurs premières rencontres. Ses yeux francs et honnêtes étaient d'un gris ressemblant à l'acier et ses cheveux aussi noirs que la nuit.

– Et je n'arrive pas à comprendre pourquoi vous vous sentez tous obligés de consigner vos observations pour la postérité, poursuivit Hadrian. Nous avons infligé à l'ennemi une humiliante défaite. Jamais il n'osera remettre les pieds sur Enkidiev.

– Il ne faut jamais dire jamais, soutint Sage, de façon sentencieuse.

– Mais qu'est-ce que j'entends là ? Une bribe de sagesse de la part du Chevalier le plus sanguinaire du continent ?

Hadrian éclata de rire, mais Sage demeura impassible, car il ignorait comment son ancêtre réagissait jadis en présence de son ami. Le chef des Chevaliers remarqua aussitôt son absence d'émotion.

– Et tu dis ça sérieusement en plus ! s'exclama-t-il.

Sage baissa les yeux sur le livre noir en se rappelant que Wellan et Kira attendaient qu'il trouve la façon de l'ouvrir.

– Qu'as-tu écrit là-dedans, Onyx, et pourquoi est-ce si important pour toi ? demanda soudain Hadrian en perdant son sourire.

– C'est seulement un journal, s'entendit dire Sage. Je veux laisser quelque chose à mes descendants avant de disparaître, c'est tout.

– Disparaître ? répéta le Chevalier avec colère. Ne me dis pas que tu fais partie de ceux qui ont l'intention de renverser Abnar et les rois d'Enkidiev ?

Sage ne réagit pas. Il ne connaissait pas vraiment la réponse à cette question, mais son silence fit penser à son ami qu'il était fautif.

– Onyx, tu es ambitieux, mais tu n'es pas stupide. Le Roi d'Émeraude se meurt et ses fils sont trop jeunes pour lui succéder. Le peuple est si content d'avoir été délivré de la menace qui pesait sur lui qu'il se tournera certainement vers toi au dernier souffle de son souverain. Je t'en conjure, sois patient. Ne te mêle pas à ces Chevaliers dont le cœur est devenu noir comme le charbon.

Sage hésita à répliquer. Selon toute probabilité, son ancêtre avait dû se rendre coupable d'une telle conspiration. Voyant qu'il n'arrivait pas à lui faire entendre raison, Hadrian se leva brusquement, le saisit par le bras et le tira vers l'une des fenêtres percées dans les murs épais de la bibliothèque.

– Dis-moi que ce spectacle ne te laisse pas indifférent ! tonna Hadrian.

Sage vit les corps de plusieurs Chevaliers en armure verte suspendus par le cou à des potences au milieu de la grande cour. Il étouffa un cri d'horreur. Incapable de soutenir la vue de cette scène macabre, il se défit d'Hadrian et recula jusqu'à heurter un banc.

– C'est ce qui t'arrivera aussi si tu affrontes Abnar, mon ami, et je t'aime trop pour te laisser faire une chose pareille.

Sage se retourna. Il s'appuya en tremblant sur la surface de la table pour reprendre la maîtrise de ses émotions. Il sentit alors les mains d'Hadrian sur ses épaules et comprit qu'il ne l'avait effrayé que dans le but de lui remettre les idées en place.

– Onyx, je sais que tu as jeté un sort à ce journal et que tu es le seul à pouvoir le consulter. Tu crois sans doute que cela servira à te protéger, mais tu te trompes. Laisse-moi y jeter un coup d'œil afin de m'assurer qu'il ne contient rien qui pourrait te coûter la vie.

Craintif, Sage approcha la main de la couverture noire. À sa grande surprise, il réussit à la soulever comme si le livre n'était pas ensorcelé.

– Kira ! cria-t-il.

Le plancher céda sous lui. Il tomba pendant d'interminables secondes avant de sentir une fois de plus le banc de bois. Il ouvrit les yeux et aperçut la stupéfaction de Kira et de Wellan. Le livre était désormais ouvert devant eux. Sur sa première page, jaunie, apparaissait le dessin d'un terrible dragon à la gueule béante, le même que Sage avait déjà vu incrusté dans la peau de son avant-bras lors d'une de ses expéditions dans le temps. L'image des Chevaliers pendus dans la cour lui revint aussitôt en mémoire.

– Sage, est-ce que ça va ? s'inquiéta son épouse.

– Non... non, ça ne va pas du tout...

Avant que ses compagnons puissent intervenir, le jeune guerrier s'élança vers la porte. Alarmée, sa femme se précipita derrière lui. Wellan se retrouva seul avec le journal, tiraillé entre son devoir de rassurer son soldat ébranlé et son désir d'explorer le livre défendu. Puisque Kira avait décidé de s'occuper de Sage, il choisit plutôt de satisfaire sa soif de connaissance.

12

Le journal d'onyx

Tout de suite, Wellan comprit qu'ils affrontaient le même ennemi que les premiers Chevaliers, car l'illustration représentait bien un dragon de l'empereur. La bête monstrueuse était assise, ses pattes de devant repliées contre son poitrail, son long cou arqué comme celui d'un cygne et sa gueule ouverte, prête à attaquer.

Avant de toucher le livre, Wellan passa prudemment la paume au-dessus de sa surface. Nomar l'avait maintes fois mis en garde contre les objets manipulés ou ensorcelés par d'autres mages. Il existait plus d'une façon de poser un piège invisible. Il en avait déjà été victime quelques années auparavant dans le cratère d'Alombria. Il ne ressentit rien de malfaisant dans ce journal, outre le cadenas magique conçu par l'auteur pour empêcher les curieux d'en prendre connaissance.

Mais si Onyx ne voulait pas qu'on lise cet ouvrage, pourquoi ne l'avait-il pas emporté avec lui ? Et pourquoi l'avoir caché dans la bibliothèque au lieu de le détruire ? À moins qu'il ne l'ait volontairement laissé au palais dans l'espoir que ses descendants le découvrent un jour...

Prudemment, Wellan tourna la première page et trouva la suivante parsemée d'une écriture fine et soignée. Pourtant Sage et Farrell prétendaient tous deux que leur ancêtre commun était un paysan. Or, règle générale, ces bonnes gens ne savaient ni lire ni écrire. De plus, aucune date ne figurait au début de ce document. Il était donc impossible de savoir si Onyx l'avait écrit au début, au milieu ou à la fin de la guerre contre les insectes. Seule la lecture du journal pouvait lui fournir cette information.

Wellan rassembla plusieurs chandeliers. Il les plaça autour du livre, sachant qu'il ne pourrait pas s'arrêter avant d'avoir terminé sa lecture. D'un geste de la main, il alluma toutes les bougies et s'installa sur le banc de bois. Enfin, il se plongea dans l'ouvrage.

> « *Je m'appelle Onyx, fils de Saffron le meunier. Je suis né dans un petit village très éloigné du Château d'Émeraude, gouverné à l'époque par le Roi Jabe, un monarque juste, mais couard.* »

Wellan sourcilla d'étonnement. Il s'agissait là d'une accusation grave portée contre l'un des gouvernants du continent.

> « *Étant le septième fils d'un homme prospère qui pouvait déjà compter sur les aînés pour faire fonctionner son moulin et entretenir ses terres, il fut décidé que j'apprendrais à lire et à écrire afin de consigner les transactions de la famille et d'assurer la correspondance avec les conseillers financiers du roi. Je savais que je n'étais pas fait pour travailler la terre ou transporter des sacs de farine, mais je ne voulais pas non plus devenir un érudit. Je rêvais d'être commandant d'armée. Mais pour servir ainsi le royaume, il fallait*

provenir d'une famille noble. La mienne était à l'aise, tout au plus. Je me suis plié à la volonté de mon père, surtout par crainte, car les sanctions qu'il imposait à ceux qui lui résistaient étaient très sévères. J'ai donc commencé mes classes avec un maître à la maison, puis, lorsqu'il ne sut plus rien m'enseigner, mon père me fit admettre au château pour que je poursuive mes études auprès de Nomar. »

Le grand chef arrêta de respirer. Jamais il n'avait lu dans les nombreux traités d'histoire que possédait la bibliothèque que cet Immortel avait habité Émeraude. Le maître lui-même ne lui en avait jamais parlé lors de son séjour au Royaume des Ombres.

« Il m'a aussitôt indiqué les différentes sections de la bibliothèque et m'a défendu de lire certains volumes qu'il disait trop dangereux pour mon jeune esprit. Évidemment, la nuit, lorsque tout le château dormait, je me faufilais jusque-là et j'en dévorais quelques passages à la fois. »

Un sourire se dessina sur les lèvres de Wellan, qui avait jadis fait la même chose. De plus en plus intrigué, il tourna rapidement la page.

« La connaissance est l'arme la plus dangereuse. Ces bouquins contenaient des renseignements prodigieux non seulement sur Enkidiev, mais sur tous les autres continents du monde. J'ai appris que nous sommes entourés de civilisations étranges qui jouent un rôle précis dans le fonctionnement de l'univers. Et ces mondes n'ont même pas conscience de l'existence de leurs voisins. »

Wellan considéra cette section de la bibliothèque qu'il avait pourtant épluchée avec soin. Il avait lu tous les livres qu'il pouvait forcer avec sa magie, soit la presque totalité. Mais ils traitaient tous d'incantations complexes et peu utilisées. Où se trouvaient donc ces ouvrages sur l'histoire de ces peuples inconnus ? Il se replongea dans sa lecture en espérant apprendre tout ce que le Chevalier Onyx savait.

« *J'ai tout de suite été attiré par les livres qui racontaient les sanglantes conquêtes par l'Empereur Noir du continent appelé Irianeth. Je crois qu'au fond de moi dormait déjà une puissante ambition de posséder mon propre royaume, mais je n'étais qu'un paysan à qui l'on avait accordé le grand privilège de vivre au château. J'étais assuré de ne rien recevoir de mon père à sa mort, rien qui me permettrait d'acheter ma propre maison. Son moulin, ses terres et sa fortune iraient à mes frères qui les avaient fait fructifier. À moi, il ne léguerait que le savoir : un vaste empire où je régnerais seul.* »

« *Finalement, ce n'est ni le maître ni le roi, mais ma connaissance approfondie de l'esprit d'Amecareth qui m'a permis de m'élever au-dessus de ma condition. Lorsque Nomar a quitté le château sans annoncer où il allait, ses habitants n'ont pas remarqué que je n'étais pas parti avec lui. J'ai donc passé plusieurs semaines à lire en paix et à me rassasier la nuit dans les cuisines du palais. Mais je n'allais pas devenir un homme important en vivant comme un rat. À la mort de mon père, j'ai pris femme dans mon village, comme l'exigeait son testament. Mais puisque je n'étais plus tenu de lui obéir pour le reste, j'ai falsifié mes lettres de référence et je me suis enrôlé dans* » *l'armée afin de nourrir ma nouvelle famille. Je ne pouvais pas devenir commandant, parce que je ne possédais pas de fortune, mais j'aurais au moins la chance de me faire remarquer en tant que simple soldat. »*

« L'exercice physique étant un excellent contre-poids à un surplus d'activité mentale, mon entraînement militaire me fit le plus grand bien. Je maniais les armes de façon naturelle, mais je ne me battais jamais pour le plaisir. Chaque fois que je croisais le fer avec un adversaire, c'était pour le vaincre et l'écraser à mes pieds. J'ai donc acquis la réputation d'un soldat sans pitié et cela me fit rapidement monter en grade. J'étais devenu le bras droit du commandant en chef de l'armée d'Émeraude lorsque notre devoir militaire nous conduisit au Royaume d'Argent, où un grand nombre de paysans avaient mystérieusement été tués en une seule nuit par un ennemi insaisissable qui leur avait arraché le cœur. Nous ignorions à l'époque que ces premières agressions des insectes allaient se transformer en véritable invasion. »

« Il va raconter ses propres expériences militaires contre les forces d'Amecareth, comprit Wellan, et, selon toute probabilité, la dernière bataille sur les plages de Zénor, à condition toutefois qu'il ait tenu ce journal jusqu'à la fin de la guerre, juste avant de filer vers le nord avec ses disciples. » Il tourna la page, content de trouver la suivante remplie de la même écriture ancienne.

« Ma rencontre avec le Roi d'Argent fut probablement le tournant le plus important de ma vie. Hadrian était un jeune monarque, beaucoup plus

près de son peuple que tous ses prédécesseurs. Il ne se contentait pas de régner en sécurité dans son grand palais sur la colline, d'où l'on pouvait voir l'océan. Il avait appris à se battre et à monter à cheval. Sa Majesté était la même au milieu d'un combat que lorsqu'elle recevait sa cour dans ses beaux habits. Ce n'est pas de l'amitié que j'éprouvai d'abord pour lui, mais de l'envie. Il avait tout ce que je rêvais de posséder. Né riche et puissant, il mourrait riche et puissant. Je n'étais qu'un soldat d'Émeraude parmi tant d'autres, érudit, certes, mais vêtu des mêmes loques que tous mes compagnons d'armes. Mon seul bien précieux était mon épée. J'avais dépensé toute ma solde pour faire forger cette arme bénie par les dieux eux-mêmes. »

« *Parce que je ne venais pas d'une famille noble, j'admirais Hadrian de loin. Je me sentais indigne de respirer le même air que lui. Mais un soir, malgré toutes mes précautions, le destin nous réunit. En pleine nuit, sous le couvert d'épais nuages, les insectes ont débarqué avec leurs terribles dragons sur la plage du Royaume d'Argent où nous avions établi notre camp. Dès qu'il a su que les combats étaient engagés, le roi s'est précipité à notre aide avec ses propres soldats. Tout comme moi, Hadrian était un homme sans peur et un puissant guerrier. En peu de temps, nous nous sommes retrouvés au front, presque dos à dos, à abattre tout ce qui se trouvait devant nous. Heureusement, il ne s'agissait que d'un petit groupe d'éclaireurs de l'empereur, sinon nous aurions tous été massacrés.* »

« Ont-ils creusé des trappes pour piéger les dragons ? » se demanda Wellan, de plus en plus intéressé par le récit. Il trouva la réponse à la page suivante.

« *Les soldats-insectes furent faciles à tuer, mais leurs bêtes de combat se montrèrent plus coriaces. Elles nous attaquaient en lançant leurs longs cous devant elles. Seules les épées magiques comme la mienne parvinrent à leur trancher la tête au moment où leurs crocs s'enfonçaient dans le corps de leurs victimes. Beaucoup d'hommes périrent avant que tous ces monstres soient abattus. Le soleil se levait lorsque je me surpris à découper en rondelles le cou du dernier dragon, jusqu'à son poitrail, en poussant des cris de rage qui se répercutèrent très certainement jusqu'à Zénor.* »

« *Vidé de toutes mes forces et maculé du sang noir de nos ennemis et du sang rouge de mes compagnons, j'ai laissé tomber mon épée dans les galets. C'est à ce moment que j'ai aperçu Hadrian, debout à quelques mètres de moi, en tout aussi piteux état. Il tenait encore son arme, mais elle était devenue si lourde pour son bras épuisé que la pointe traînait sur le sol. Il m'a alors salué d'un mouvement de la tête. Je n'ai même pas eu le courage de lui répondre. Au lieu de rendre hommage à ce brave roi guerrier, j'ai tourné les talons et j'ai marché comme un idiot en direction de l'océan. Je ne savais plus ce que je faisais. Je ne savais plus qui j'étais.* »

Wellan aussi avait vécu ces périodes de désorientation après de dures batailles, encore plus terribles lorsque certains de ses frères étaient blessés et qu'il ressentait physiquement leur douleur. Mais jamais les soldats de la nouvelle incarnation des Chevaliers d'Émeraude n'avaient abattu de dragons adultes à l'aide de leur seule épée.

« Je crois que je suis tombé dans l'eau. Je ne sais pas si j'ai perdu conscience avant ou après m'être abîmé dans les vagues. Je ne me suis réveillé que le lendemain, nu comme un ver, dans des draps de satin. La chambre où je me trouvais était la plus somptueuse qu'il m'ait été donné de voir : autour de moi, il y avait de belles tapisseries tissées de bleu et d'argent, des statues de déesses et de dieux, des vases précieux contenant des fleurs fraîches qui embaumaient toute la pièce. Ce lit était si confortable que je ne voulais plus le quitter. On m'avait lavé et mes quelques blessures n'étaient que superficielles. Elles guériraient avec le temps. Nous ne savions pas encore comment les traiter nous-mêmes à l'époque. Nous l'avons appris plus tard avec Abnar. »

« Onyx a donc écrit ces lignes après avoir reçu ses pouvoirs du Magicien de Cristal », en déduisit Wellan, tout à fait captivé.

« Cette chambre était celle du Roi d'Argent et ses propres serviteurs exauçaient mes moindres désirs. Moi, le fils du meunier devenu érudit puis soldat, j'étais soigné dans la demeure d'un grand roi. On m'avait parfumé la peau et lavé les cheveux. Il y avait là de la nourriture en si grande quantité que je ne pouvais évidemment pas tout manger, mais mon cœur était heureux juste à la regarder. C'est alors que le Roi Hadrian est arrivé. Il portait des vêtements noirs sertis de pierres précieuses. Une chaîne d'argent ceignait

sa tête et des bracelets brillants ornaient ses poignets. Il était grand et robuste : un véritable seigneur. »

« J'ai voulu me prosterner au sol, mais le roi m'a saisi par les épaules, puis m'a serré contre lui en riant de bon cœur. Il m'a dit qu'il avait enfin trouvé un frère sur le champ de bataille et qu'il ne pourrait plus jamais se passer de moi. Il m'a donné des vêtements neufs car ses domestiques avaient brûlé mes loques. J'ai d'abord pensé qu'autant de bonté cachait quelques sombres desseins, mais tout ce que le Roi d'Argent voulait en retour, c'était l'amitié d'un compagnon d'armes de sa trempe. J'ai donc porté les couleurs de son royaume, même si j'étais un soldat d'Émeraude. Hadrian m'a fait cadeau d'une tunique entièrement composée de petits anneaux de métal que seule une épée puissante pouvait traverser. »

« Nous avons dès lors combattu côte à côte sur les plages des Royaumes d'Argent et de Cristal. Les soldats-insectes étaient de plus en plus nombreux et audacieux. Ils continuaient de faire débarquer leurs dragons sur le continent. Alors les hommes de Cristal, tous de vaillants guerriers, nous ont enseigné à piéger ces bêtes. Tandis que nous creusions les trappes à la sueur de nos fronts, le Magicien de Cristal nous est apparu. Il nous a parlé d'Amecareth, qui entendait dominer le monde. L'empereur des insectes était beaucoup plus ambitieux que son prédécesseur. Non seulement il voulait conquérir toutes les autres races de l'univers, mais il avait également l'intention de les anéantir afin de s'emparer de leurs terres. »

« Il y a donc cinq cents ans que le même Empereur Noir sème la dévastation chez ses voisins », calcula Wellan. Combien de peuples avait-il exterminés sur son passage ? Combien avaient résisté ?

> « C'est à ce moment que le Magicien de Cristal nous a fait une offre impossible à refuser. Si nous arrivions à rassembler une puissante armée, il nous donnerait les pouvoirs magiques qui nous permettraient de vaincre Amecareth et ses sombres serviteurs. S'il avait su que le Roi d'Argent allait s'assurer la loyauté de vingt mille bons soldats en provenance de tous les royaumes, il n'aurait probablement pas conclu ce marché, car il lui fut bien difficile, par la suite, d'éliminer tous ceux qui ne méritaient pas cette puissance. »

« Vingt mille soldats ! » s'étonna Wellan. Jamais dans le peu d'années qui lui restait à vivre il n'aurait la possibilité de mener autant d'hommes au combat. Il continua à lire attentivement, mais il n'apprit rien qu'il ne savait déjà au sujet des pouvoirs magiques accordés à ces hommes par Abnar : celui de lancer avec leurs paumes des jets de feu et des rayons destructeurs, ainsi que des halos d'énergie suffisamment puissants pour détruire toute une flotte.

Les premiers Chevaliers pouvaient aussi communiquer entre eux avec leurs esprits et déplacer des objets sans les toucher. Mais le Magicien de Cristal avait aussi augmenté leur force physique et ensorcelé leurs armes. Les nouveaux Chevaliers n'étaient donc qu'une pâle imitation des premiers. Après la description de leur adoubement collectif sous le nom de l'Ordre d'Émeraude, Onyx racontait ce qu'il savait sur les attaques des insectes.

« *Amecareth est un tacticien intelligent, mais parce qu'il est un insecte, il ne pense pas comme un soldat humain. Sa stratégie est beaucoup plus complexe. Il semble toujours ne poser qu'un seul geste à la fois, mais en réalité, il travaille sur plusieurs plans. Il ne lance jamais d'attaque inutile. L'empereur profite de ces invasions pour se débarrasser de ses sujets les moins forts et des races conquises qui lui déplaisent. Il les jette dans la mêlée au début des combats pour donner à ses ennemis l'impression que son armée est faible, puis il envoie ses véritables guerriers.* »

– Ses véritables guerriers ? répéta Wellan en glissant le bout de l'index sur les lettres anciennes.

Les hommes-insectes, puis les hommes-lézards et ensuite les rats... Ayant été faciles à repousser, ils risquaient en effet d'endormir la vigilance de ses hommes. Mais à quoi ressemblaient donc les véritables guerriers de l'empereur ?

« *Après plusieurs victoires sanglantes, notre armée s'est crue invincible. Alors, les gros insectes sont arrivés et ceux-là savaient se battre. C'est contre cet adversaire de taille que nous avons finalement mesuré notre valeur. Il est rapidement devenu évident que ces monstres tentaient de se diriger vers la Montagne de Cristal. Amecareth cherchait désespérément quelque chose. Il n'avait pas uniquement envoyé ses soldats pour s'emparer d'un nouveau territoire, il voulait probablement mettre la main sur le symbole même de notre unité, soit l'antre du Magicien de Cristal. Du moins, c'est ce que nous croyions. Pour Hadrian, il était hors de question que l'ennemi pénètre à l'intérieur des terres. Il voulait l'éliminer sur les*

*plages du continent, alors il a divisé nos forces,
de Zénor jusqu'au pays des Elfes, en mettant à
la tête de chaque groupe un de ses hommes de
confiance. »*

« Et il possédait suffisamment d'hommes pour le faire »,
calcula Wellan. Les nouveaux Chevaliers ne pourraient
jamais couvrir ainsi toute la côte et espérer la défendre,
surtout avec le quart des pouvoirs magiques de leurs ancêtres. Mais Onyx allait-il décrire l'élite militaire d'Amecareth ? Il tourna la page et sursauta alors que quelqu'un
l'enlaçait par derrière. Il tourna vivement la tête. Bridgess le
fixait avec amour.

– Mais quel est donc ce bouquin qui t'absorbe au point
où tu ne ressens même plus l'approche de ta femme ? se
moqua-t-elle.

Elle l'embrassa tendrement avant qu'il puisse répondre.
Il s'abandonna à ce baiser, même s'il aurait préféré poursuivre sa lecture. Il avait appris, en effet, qu'il était parfois
préférable de se comporter en époux avant d'agir en soldat.

– Ce ne peut pas être un nouveau livre, puisque tu as
déjà lu tout ce qu'il y a ici, réfléchit-elle.

– Il se trouvait dans un compartiment secret que Kira a
flairé. C'est un journal important pour nous tous.

– Un journal qui t'empêchera de dormir avec moi ?

Il garda le silence et elle comprit qu'elle ne gagnerait
pas la partie contre son intense curiosité. Elle embrassa ses
cheveux blonds de plus en plus parsemés de mèches grises.

– Je t'en parlerai demain matin, tenta-t-il.

– Je sais.

– Je te promets d'aller réchauffer ton lit dès que j'aurai terminé de lire ce document.

Bridgess jeta un coup d'œil à la taille de l'ouvrage et releva un sourcil incrédule. Cette fois encore il passerait très certainement toute la nuit dans la bibliothèque. Elle caressa doucement sa joue. Il prit sa main et l'embrassa.

– Je t'aime, murmura-t-il.

– Moi aussi. À demain, beau Chevalier.

Et elle s'en alla, suivie par le regard inquiet de Wellan. Il n'aimait pas faire des choix aussi difficiles. D'une part, il adorait sa femme et il voulait la rendre heureuse, mais il devait aussi, d'autre part, protéger Enkidiev. Les renseignements que contenait ce journal lui permettraient de faire un bien meilleur travail avec ses soldats.

13

LES GUERRIERS NOIRS

Wellan rapprocha davantage les chandelles des pages jaunies et se remit à la lecture du journal en peau d'insecte. À présent, le renégat y décrivait les premiers soldats impériaux, tous des créatures pour la plupart sans expérience de combat. Puis, finalement, le grand chef trouva ce qu'il cherchait. Onyx avait eu la présence d'esprit de noter tout ce qu'il savait au sujet de l'élite guerrière de l'empereur.

> « *Amecareth n'envoie jamais ses meilleures troupes au début des invasions, en raison de leur petit nombre. Il ne dispose que de deux mille combattants parfaits.* »

« Deux mille ! » s'alarma Wellan. Contre quatre-vingts Chevaliers et Écuyers ! Ce n'était pas dans les bras de Bridgess qu'il terminerait la nuit, mais dans la tour du Magicien de Cristal afin de protester contre la mission suicide qu'il leur confiait.

> « *Ce sont des mâles énormes et leurs bras d'acier ont appris à manipuler la lance. Ils n'hésitent pas non plus à se servir de leurs griffes pour trancher la gorge des humains ou pour les éventrer. Contrairement à leurs congénères moins puissants,*

ils ne craignent pas de se battre en plein jour ou sous la pluie. Ils ne possèdent aucun pouvoir magique, mais leur peau noire et épaisse les protège contre l'énergie de nos mains. Les armes sont beaucoup plus efficaces, mais encore faut-il qu'elles soient aussi puissantes que mon épée. Ces insectes sont de véritables machines à tuer qui ne connaissent pas la pitié. J'ai vu des soldats blessés demandant grâce être cruellement massacrés et piétinés par ces guerriers infatigables. Ils n'étaient que deux mille, mais nous avons mis des jours avant de les vaincre. Pourtant, nous étions dix fois plus nombreux qu'eux. »

« Ils nous ont attaqués en plusieurs escadrons séparés, d'environ une centaine d'individus chacun. Notre première erreur a été notre arrogance. Mon propre groupe de Chevaliers comptait plus de mille hommes, qui se sont rués en riant sur le petit détachement d'insectes disposés en éventail sur la plage du Royaume de Cristal. Mes soldats et leurs chevaux se sont mis à tomber comme des agneaux sans défense sous les lances de ces loups sanguinaires. Je les ai rappelés en toute hâte, mais j'avais déjà perdu la moitié de mes forces armées. Nous les avons ensuite bombardés de rayons de toutes sortes et n'en avons tué qu'un seul. »

« Hadrian m'a alors annoncé, dans mon esprit, qu'il avait aussi subi des pertes importantes sur les plages de son propre royaume et que la meilleure façon d'arrêter ces brutes à mandibules était le combat singulier. J'ai tout de suite ordonné à mes hommes de mettre pied à terre et de faire appel à la magie de leurs épées pour frapper les insectes le plus durement possible. Ce fut un combat long et *éprouvant, qui aurait pu être moins pénible si j'avais découvert plus tôt que l'unique moyen de les arrêter était de les frapper à l'intérieur du coude, la seule partie tendre de toute leur carapace. »*

Wellan tourna rapidement la page en remerciant Theandras, sa protectrice, qui lui permettait de lire ces lignes si importantes pour sa mission de protecteur des humains.

« Une espèce de collerette rattachée à leurs épaules rendait inutiles les tentatives de décapitation. Le reste de leur carapace était aussi dur que l'acier. Mes premières touches directes avec la pointe pourtant affilée de mon épée ont bien failli mettre mon bras en bouillie. Impossible de leur faucher les jambes, hérissées d'écailles, sur lesquelles plusieurs épées se sont brisées malgré leur qualité magique. C'est par pur hasard que la mienne a glissé le long de l'avant-bras blindé d'un insecte pour s'enfoncer dans le pli de son coude. Dès que son membre a été sectionné, le soldat ennemi a poussé un cri déchirant et s'est effondré sur les genoux. Du sang noir comme de l'encre jaillissait de la blessure, telle une fontaine. J'ai tenté de l'achever, mais le reste de son corps était solide, le cou en particulier. Alors, je lui ai coupé l'autre bras pour qu'il saigne à mort et je me suis porté au secours de mes frères d'armes en communiquant aux chefs des autres groupes ce que je venais de découvrir. »

« Ces formidables guerriers avaient reçu la mission de nous occuper sur la côte tandis qu'un troupeau de dragons, conduit par d'autres soldats d'élite débarqués dans le Désert, longeait la falaise de Zénor afin de pénétrer au Royaume de Cristal.

Leur but était bien sûr d'atteindre la Montagne de Cristal. Je ne disposais pas de suffisamment d'hommes pour leur bloquer la route. Hadrian m'a alors ordonné d'éliminer d'abord les insectes sur la plage avant de poursuivre le contingent de dragons. Apparemment, un autre groupe sévissait au pays des Elfes. Il descendait du nord, où nos troupes affrontaient également des guerriers d'élite. »

« Ce n'est qu'à la tombée de la deuxième nuit que j'ai finalement donné l'ordre aux survivants de mon détachement de retrouver leurs chevaux pour se lancer aux trousses des dragons. Mes hommes venaient de mener de durs et longs combats. Ils étaient épuisés, assoiffés et affamés, mais ils ont tous obéi à mon commandement. Nous avons foncé dans le tunnel de lumière. Lorsque nous en sommes sortis, devant la rivière Mardall qui sépare les Royaumes de Zénor et de Perle, nous avons constaté que nos compagnons en provenance de Zénor se portaient à la rencontre des dragons sur les terres de Perle. Au même moment, Hadrian ralliait tous nos soldats du pays des Elfes et du Royaume d'Argent pour exterminer les dragons à la frontière des Royaumes de Diamant et d'Émeraude. »

Les hommes d'Hadrian avaient donc réussi à franchir toute cette distance en peu de temps, en empruntant un tunnel lumineux. C'est d'abord cela que Wellan retenait de ce récit.

« Nous avons traversé la rivière et le Magicien de Cristal s'est alors joint à nous pour renouveler nos forces à l'aide de ses incantations d'Immortel.

Hadrian et ses troupes ont fondu sur l'ennemi avant qu'il n'avance davantage en direction du Royaume d'Émeraude. Nous aurions certainement pu vaincre cette armée d'insectes et de dragons, mais le vieux Roi d'Émeraude a décidé de prendre les choses en mains sans prévenir Abnar. J'ai vu son cheval harnaché de pierres précieuses grimper au sommet d'une colline du Royaume de Perle. J'ai d'abord pensé qu'il voulait observer les combats, mais il portait dans ses bras un petit garçon. J'étais persuadé que cet imbécile allait se faire mettre en pièces par les insectes qui continuaient d'avancer malgré les efforts d'Hadrian. Au contraire, d'un geste brutal, le roi enfonça son épée dans le corps du gamin. Un vent de panique aussitôt déferla sur les rangs de l'ennemi. »

« Tous les dragons et leurs maîtres se sont enfuis vers l'ouest en écrasant un grand nombre de mes compagnons. Je ne sais pas comment j'ai pu survivre à cette marée infernale. Après son passage, j'ai distingué, dans l'énorme nuage de poussière, les silhouettes des chevaux de mes frères d'armes qui poursuivaient l'ennemi. La voix d'Hadrian dans ma tête m'a ordonné de le suivre, mais je ne voyais absolument rien. J'ai donc talonné ma monture en direction de ce que je croyais être l'ouest. »

Wellan lut rapidement les paragraphes qui racontaient les ravages causés par l'armée impériale en déroute. Il connaissait bien cette partie de l'histoire. Onyx décrivait ensuite ce qu'il avait vu au Royaume de Zénor après la course effrénée des dragons à travers le pays : des villages entiers détruits, des paysans piétinés à mort, des champs dévastés. Puis il parla du massacre des insectes sur la plage, où les soldats d'Émeraude les avaient empêchés de regagner leurs vaisseaux. Wellan avait passé de longues heures à discuter avec Sage de ce qu'il avait vu à Zénor lors d'une incursion dans le passé. Il retrouvait exactement les mêmes détails dans le journal du renégat.

Les anciens Chevaliers ne communiquaient pas seulement entre eux avec des mots. Leur chef semblait aussi détenir le pouvoir de diriger ses hommes avec ses pensées. C'était d'ailleurs grâce à cette faculté qu'il avait réussi, lors de la dernière bataille, près du Château de Zénor, à rassembler en quelques minutes à peine les milliers d'hommes qui lui restaient pour vaincre les sorciers d'Amecareth.

Wellan poursuivit sa lecture en sentant son cœur devenir de plus en plus lourd. Jamais ses propres soldats ne pourraient défendre adéquatement Enkidiev si Amecareth utilisait la même stratégie que jadis. Il ne disposait pas d'assez d'hommes et leurs pouvoirs magiques étaient trop rudimentaires. Une armée de véritables guerriers impériaux aurait tôt fait de les écraser.

Ensuite, l'auteur du journal montrait les Chevaliers, persuadés que la guerre était enfin terminée, qui reprenaient le chemin de leurs royaumes respectifs. Abnar avait donc dû parcourir tout le continent pour procéder au désamorçage de leurs facultés magiques. Certains, comme le Roi Hadrian, acceptèrent humblement de s'en départir, mais d'autres résistèrent et tentèrent même de les utiliser contre lui. C'est à ce moment qu'Abnar se mit en colère. Il élimina sans remords les mauvais sujets. Plusieurs s'entretuaient déjà, désirant s'emparer de villages où ils entendaient imposer leur loi. Les monarques même furent menacés et le Magicien de Cristal dut se porter à leur secours. Ce fut un carnage encore plus important que celui engendré par la guerre contre l'empereur.

Pendant qu'Abnar remettait de l'ordre sur Enkidiev, Onyx était retourné dans son village d'Émeraude où l'attendaient sa jeune épouse et ses fils jumeaux. Mais il n'avait plus envie d'une vie de paysan pauvre, surtout après avoir goûté aux richesses du Château d'Argent. Il laissa donc sa petite famille quelques semaines plus tard pour aller demander au Roi d'Émeraude d'améliorer son sort en récompense de ses actions héroïques. Mais Jabe refusa de le recevoir.

« Qu'avait-il de mieux à faire, ce roi fainéant qui croyait avoir mis fin à la guerre en immolant un enfant ? Pendant des jours et des jours, j'ai demandé à voir mon souverain. En attendant la réponse de Jabe, je me suis réfugié dans la grande bibliothèque, mon repaire préféré. Là, j'ai écrit mon journal. Je voulais que mes fils sachent un jour que leur père était l'un des véritables héros de cette guerre. J'ai tout consigné, car j'avais pris la décision de ne pas abdiquer mes pouvoirs magiques lorsque l'Immortel l'exigerait. Je savais que je risquais la mort. J'écrivis aussi à Hadrian pour lui faire part de mes craintes et de mes ambitions. Il répliqua par plusieurs lettres dans lesquelles il tentait de me persuader d'obéir au Magicien de Cristal. Puisque je ne répondais pas à ses incessantes supplications, il s'est empressé de venir me sermonner en personne dans le palais du Roi d'Émeraude. »

« Je n'avais toujours pas obtenu d'audience. De surcroît, le vieux fou était tombé malade. Hadrian voulut d'abord me faire détruire mon journal, ayant appris que le Magicien de Cristal avait ordonné aux autres Chevaliers de se débarrasser des leurs. Mais, au lieu de suivre son conseil, j'ai jeté un sort à ce précieux bouquin pour que rien ne puisse l'altérer, ni le temps, ni les pouvoirs des Immortels. Hadrian était furieux contre moi. Il craignait pour ma vie, puisque Abnar mettait à mort ceux qui lui tenaient tête. Il m'offrit d'intercéder pour moi auprès du roi toujours alité, de me donner suffisamment d'argent pour m'acheter des terres et des serviteurs ou même de ramener ma famille dans son propre royaume, où nous pourrions vivre à ses côtés. Mais j'étais et je serai toujours un homme fier et obstiné. Je voulais gagner mon propre combat et, inconsciemment, c'était le trône du Roi d'Émeraude que je désirais pour moi-même. Et je n'étais pas le seul. »

« Une dizaine de mes anciens compagnons d'armes se sont présentés au château en exigeant que le Roi d'Émeraude leur cède son royaume. Hadrian s'est déchaîné. Il est sorti dans la grande cour pour leur rappeler le serment qu'ils avaient tous prononcé, mais ils se sont rués sur lui comme des animaux sauvages. Si le Magicien de Cristal n'était pas intervenu à ce moment-là, je crois qu'ils auraient mis mon ami en pièces. Tout s'est produit si rapidement que je n'ai même pas eu le temps de lui venir en aide. Des potences ont surgi de nulle part. Des cordes se sont enroulées, semblables à des serpents, autour du cou des Chevaliers devenus fous. Des milliers de soldats rôdaient sur le continent en quête de positions plus enviables que celles qu'ils occupaient avant la guerre. La pendaison de ces dix Chevaliers devait leur servir d'avertissement. »

Wellan se demandait ce qu'il aurait fait à la place d'Onyx, avec une famille à nourrir, s'il n'était pas né Prince de Rubis. Onyx méritait certainement une récompense pour son dévouement et son courage. Pourquoi avait-il été obligé de s'exiler ?

> « Évidemment, lorsqu'il eut réglé le sort de mes camarades récalcitrants, c'est vers moi qu'Abnar s'est tourné. Il m'a ordonné de détruire mon journal et de me mettre à genoux devant lui afin qu'il me dépouille de mes pouvoirs. Au lieu de lui obéir comme Hadrian m'avait supplié de le faire, je lui ai demandé de me donner le temps de m'y préparer. Il crut que j'avais d'abord besoin de me remettre du choc de la guerre et du spectacle de la mort de mes compagnons. Il a accepté d'attendre quelques jours, en m'avertissant que mon châtiment serait terrible si je profitais de ce sursis pour m'emparer du trône d'Émeraude. »

L'écriture du renégat devenait ensuite moins soignée, plus précipitée.

> « C'est la dernière nuit de mon sursis. Même si mon frère d'armes et ami, le puissant Roi d'Argent, a tenté de me saouler avec le meilleur vin du monde pour me rendre plus docile, j'ai décidé de cacher ce journal et de sortir du château en secret. J'ai jadis appris à disparaître aux yeux des humains grâce à une incantation trouvée dans un vieux grimoire. Je m'en servirai pour quitter le Royaume d'Émeraude à tout jamais. Je sais que je ne reverrai plus ma femme ni mes fils, mais en partant sans eux, je leur sauve la vie. »

Les ultimes phrases d'Onyx intéressèrent tout particulièrement Wellan. Il y avait rassemblé ses impressions sur les Immortels et les dieux et le rôle des humains dans leurs grands plans pour la création.

« *Nous ne sommes que du bétail pour les Immortels. Ils se servent surtout des plus méritants d'entre nous pour exécuter les tâches physiques que leur manque de matérialité ne leur permet pas d'accomplir. Leurs desseins ne sont pas clairs. Même s'ils prétendent obéir à la volonté des dieux, je suis désormais persuadé qu'ils ont aussi leurs propres ambitions de pouvoir. Ils ne sont pas nombreux, mais ils ont tous le même but : la domination de notre univers. Je souhaite du plus profond de mon cœur qu'un homme naîtra sur ce continent qui les dénoncera auprès des dieux. Mais je crains que ce ne soit pas le rôle d'un pauvre paysan comme moi. Peut-être qu'Hadrian y arrivera, car je lui ai écrit une longue lettre. Mais je n'en saurai jamais rien.* »

L'écriture s'arrêtait là, au milieu de la page. Wellan tourna frénétiquement toutes les autres, en vain. Il n'y avait rien de plus. En poussant un profond soupir de découragement, il referma le journal et s'adossa au mur de pierre. L'aube allait bientôt se lever. Il n'avait toujours pas sommeil. Il réfléchit longtemps, immobile comme une statue. Onyx confirmait sa pensée : les Chevaliers d'Émeraude étaient les marionnettes des Immortels. Ils allaient tous être immolés inutilement lorsque l'empereur enverrait ses véritables guerriers-insectes pour s'emparer de Kira ou du porteur de lumière. Au moment où le ciel commençait à s'éclaircir, Wellan se leva et quitta la bibliothèque en emportant le journal avec lui.

14

La démission

Wellan retourna à sa chambre dans l'aile des Chevaliers. Il contempla le sommeil paisible de Bridgess pendant un long moment. Les Immortels lui ayant retiré sa fertilité, il ne pourrait jamais la rendre heureuse comme elle le méritait, mais il pouvait encore lui sauver la vie. Dans les territoires inexplorés au-delà des volcans de son royaume natal, ils pourraient certainement mener une vie protégée pendant que le reste d'Enkidiev se ferait massacrer par Amecareth. Il emmènerait avec lui tous ceux qui voudraient bien le suivre, comme Onyx l'avait fait cinq cents ans plus tôt. Mais, contrairement au renégat, il ne conclurait aucune entente avec les Immortels afin de protéger les siens. Les colons créeraient ensemble une nouvelle civilisation et assureraient leur propre défense en dissimulant leur existence grâce à leurs pouvoirs magiques.

Le grand Chevalier revêtit sa cuirasse verte sertie de pierres précieuses, attacha sa ceinture d'armes autour de sa taille et remplaça sa belle épée à la garde de tête de dragon par celle que lui avait offerte le Roi d'Émeraude lors de son adoubement. Il s'empara de nouveau du journal, puis quitta le palais. La cour se réchauffait graduellement aux premiers rayons de soleil de la saison sèche. Au château, tout le monde dormait encore. Wellan savait que Abnar descendrait de son monde virtuel, même à cette heure matinale.

Il entra dans la tour en retenant sa colère de son mieux. Ce n'était pas facile d'admettre, même pour un homme aussi brave et courageux que lui, que toute sa vie n'avait été qu'un mensonge. En haut de l'escalier, il s'arrêta au milieu de la grande pièce où Kira avait jadis commencé à maîtriser sa puissance d'hybride... un autre pantin entre leurs mains. Au-dessus de lui se trouvaient les appartements du petit Prince de Zénor, qui ne vivrait probablement pas assez longtemps pour régner sur quelque royaume que ce soit, puisqu'il serait parmi les premières victimes des insectes.

– Je vois que votre esprit a été empoisonné par les paroles d'Onyx, déclara le Magicien de Cristal en se matérialisant.

« C'est sûrement l'expression qu'il a présentée au renégat lorsqu'il l'a sommé d'abdiquer ses pouvoirs », pensa Wellan.

– Si mon esprit a été empoisonné, c'est par la vérité, rétorqua le grand Chevalier. Vous savez et vous avez toujours su comment l'Empereur Noir s'empare des territoires de ses voisins. Pourtant, vous avez choisi de ne pas partager cette information avec nous.

Abnar demeura muet. Wellan sentait déjà s'accumuler dans les mains de l'Immortel suffisamment d'énergie pour l'incinérer sur place. Mais ces messagers célestes ne lui faisaient plus peur.

– Les Chevaliers d'Émeraude veulent protéger cette terre qu'ils aiment plus que tout au monde, mais ils seront bientôt sacrifiés pour votre amusement, lui reprocha-t-il.

– Sire Wellan, ne voyez-vous pas que vous êtes victime du sort que contient cet ouvrage écrit par un homme dément qui convoitait le trône d'un roi ?

Wellan jeta brusquement le journal noir aux pieds de l'Immortel. À sa grande surprise, Abnar recula en ouvrant des yeux effrayés.

– Je sais que les renseignements qu'il renferme sont vrais ! tonna le Chevalier. Un de mes hommes, qui possède le pouvoir de voyager à loisir dans le passé, me l'a confirmé sans avoir jamais lu cet ouvrage ! J'ignore à quel jeu vous jouez, maître Abnar, mais il est évident que nous n'en sommes que les pions !

Wellan sortit l'épée de son fourreau. Il la lança sur le sol devant son interlocuteur de plus en plus contrarié par son comportement, puis commença à détacher les courroies de sa cuirasse.

– Quand j'ai accepté le grand honneur de servir les monarques d'Enkidiev et que j'ai juré devant les dieux de les protéger, je l'ai fait en toute sincérité, poursuivit le grand Chevalier, visiblement ébranlé. Maintenant, je sais que nous n'y arriverons jamais. J'épargnerai au moins la vie de mes soldats afin de récompenser leur loyauté. Si la survie de ce continent vous importe vraiment, alors sauvez-le vous-même.

– Non ! cria alors une voix aiguë.

Lassa dévala les marches au risque de se rompre le cou dans sa longue tunique blanche. Il courut se poster entre le Chevalier et le Magicien de Cristal, ramassa la lourde épée et la traîna vers Wellan.

– Je vous en conjure, ne m'abandonnez pas, gémit-il en faisant crisser la lame de métal contre la pierre.

– Ce n'est pas moi qui te laisse tomber, Lassa, répondit Wellan. Nous avons tous été trahis.

Le Chevalier voulut enlever sa cuirasse. Le gamin laissa choir l'épée et appuya ses deux mains sur le vêtement de cuir du géant pour qu'il ne parvienne pas à s'en défaire.

– Je ne peux pas te défendre, petit prince, regretta Wellan en s'affaissant sur ses genoux. Je n'en ai pas le pouvoir. Je ne l'ai jamais eu.

– Ce n'est pas vrai ! hurla l'enfant, en larmes. Vous êtes un homme puissant ! Vous pouvez repousser l'empereur jusqu'à ce que je sois assez grand pour le détruire !

– Je crains que non, murmura le Chevalier, la gorge serrée. Jasson avait raison, en fin de compte. Nous ne sommes qu'une petite armée de parade, tout juste bonne à exterminer des créatures qui ne savent pas se servir de leurs armes.

– Mais vous avez tué des centaines de dragons !

– Parce que les hommes de Cristal nous ont montré comment le faire, mais les guerriers qui vont bientôt débarquer sur nos côtes ont failli vaincre des milliers de bons Chevaliers, autrefois. Aujourd'hui, nous ne sommes même pas une centaine. Nous serons tous massacrés et plus rien ne les empêchera de se rendre jusqu'ici.

Wellan éloigna doucement le porteur de lumière. Il se releva en retirant la cuirasse qui l'avait pourtant rendu si fier dans le passé. Il la lança aux pieds d'Abnar, puis recula lentement vers la porte en posant sur lui un regard rempli de reproche. Le prince poussa un cri de désespoir et s'accrocha au Chevalier comme un petit animal terrorisé.

– Ne me laissez pas ici ! l'implora-t-il en s'accrochant fermement à son cou musclé. Je ne veux pas être tué !

Le grand Chevalier souleva Lassa dans ses bras et tourna le dos au Magicien de Cristal. Curieusement, Abnar n'eut aucune réaction. Le soldat descendit l'escalier en serrant le gamin contre lui. Il atteignait le milieu de la cour lorsque l'Immortel surgit sur sa route, le forçant à s'arrêter.

– Je crois qu'il est temps que nous nous parlions franchement, prononça-t-il froidement. Lassa, retourne dans ton lit.

– Non..., refusa l'enfant. J'ai trop peur...

– Ce que j'ai à dire au Chevalier Wellan ne te concerne pas. Je te prie d'obéir.

Wellan força le prince à lâcher sa tunique. Il le déposa sur le sol en le fixant dans les yeux. Il ne lui parla pas, ni de façon télépathique ni oralement, car Abnar aurait capté ses paroles, mais le gamin comprit qu'il devait trouver un endroit sûr et s'y cacher. Alors, Lassa prit une grande inspiration pour chasser sa frayeur et disparut.

Au lieu de retourner dans sa tour, Lassa opta plutôt pour la chambre de Kira. Il se matérialisa entre Sage et elle dans leur grand lit du palais. La jeune femme mauve sursauta lorsque les petits bras entourèrent son cou et la serrèrent à lui rompre les vertèbres.

– Lassa ? Mais que se passe-t-il ? s'étonna-t-elle.

Sage se releva sur les coudes, le visage crispé par l'inquiétude, encore sous le choc des terribles visions dont il avait été témoin la veille. L'enfant tremblait tellement qu'il en secouait tout le lit. Kira réussit finalement à s'asseoir en le gardant dans ses bras.

– C'est Wellan, parvint à articuler le petit prince au milieu de ses larmes.

– Lui est-il arrivé malheur ? s'alarma Sage en s'asseyant brusquement.

– Il ne veut plus être Chevalier... Il veut m'abandonner...

« Aurait-il fait un autre cauchemar ? » se demanda Kira. En effet, Lassa rêvait souvent à l'empereur et à ses terribles dragons, même s'il ne les avait jamais vus de ses propres yeux.

– Il est dans la cour..., hoqueta l'enfant... avec maître Abnar...

Sage sauta du lit. Par la fenêtre, il aperçut Wellan debout devant le Magicien de Cristal. Il perçut aussitôt la terrible énergie qui croissait autour d'eux.

– Il dit la vérité, attesta l'Espéritien. Ils sont dans la cour et Abnar est très fâché contre Wellan.

Kira ferma les yeux et chercha à contacter les pensées de leur chef. Elle y trouva aussitôt un enfer de colère et de chagrin.

– Va chercher nos frères pendant que je mets Lassa en sécurité, supplia-t-elle.

Sage enfila sa tunique sans répliquer et se précipita dans le couloir, tandis que la jeune femme libérait son cou endolori de l'étreinte du prince.

– Lassa, écoute-moi bien, commença-t-elle en le regardant droit dans les yeux. Je pense qu'il est dangereux pour toi de rester au château en ce moment, alors je veux que tu te rendes tout de suite chez le Chevalier Jasson en te servant de ta magie. Il te protégera jusqu'à ce que nous ayons réglé cette situation. Il pourra même t'emmener loin d'ici s'il le faut.

– Mais...

– Pas de mais. Obéis-moi, Lassa. C'est très important.

Le gamin hocha doucement la tête en tentant désespérément de se calmer. Kira essuya ses larmes et l'embrassa sur le front pour lui donner du courage. Il disparut brusquement. Kira se concentra afin de prévenir Jasson de cette visite précipitée. *Il est arrivé,* confirma son frère d'armes, plutôt consterné. *Le château est-il assiégé ?* Bergeau se mêla à leur conversation. *Avez-vous besoin de nous ?* voulut-il savoir. Kira leur répondit, en enfilant ses vêtements, qu'elle ne savait pas ce qui se passait exactement, mais que Wellan semblait être entré en conflit avec le Magicien de Cristal. Elle demanda à Jasson d'assurer la sécurité de Lassa et lui promit de tout lui expliquer lorsqu'elle en saurait plus long.

✧　✧

✧

Dans la cour, le mage et le soldat se dévisagèrent pendant de longues minutes. Wellan avait dit à l'Immortel tout ce qui lui pesait sur le cœur. Il n'avait plus rien à ajouter. Abnar sonda son âme et comprit qu'il n'utilisait pas le journal d'Onyx comme prétexte pour lui arracher des pouvoirs supplémentaires.

– J'ai commis une grave erreur il y a cinq cents ans, déclara le Magicien de Cristal sans exprimer la moindre émotion. J'ai donné à des humains de terribles facultés magiques qu'ils ont mal utilisées. C'était ma première expérience dans votre monde. J'ai amèrement regretté mes largesses.

– Je me moque de vos erreurs, maître Abnar, riposta Wellan en faisant de visibles efforts pour demeurer poli. Et je n'ai rien à faire non plus de ces Chevaliers malhonnêtes qui se sont entretués dans leur quête de pouvoir. Je vis dans le présent, avec les ressources qu'on a bien voulu m'octroyer et je suis assez intelligent pour comprendre qu'elles sont insuffisantes pour me permettre de sauver le monde.

Il sentit la présence de ses frères et de ses sœurs d'armes qui se massaient autour de lui en l'enveloppant d'une réconfortante vague d'apaisement. Ce n'était certes pas là l'attitude des premiers Chevaliers les uns envers les autres...

– Lorsque j'ai accepté de vouer ma vie à la protection d'Enkidiev, je croyais posséder la force nécessaire pour m'acquitter de ma mission, poursuivit Wellan. J'ai amélioré mes connaissances magiques et mon esprit de commandement en me répétant tous les jours qu'aucun ennemi ne mettrait jamais le pied ici tant que je serais capable de soulever une épée. Mais vous m'avez menti.

– Non, sire, répliqua Abnar. Je voulais être certain que vous méritiez ma confiance. Je vous ai longuement observés, vous et vos compagnons, et...

– Alors, j'espère que vous avez aimé ce que vous avez vu, parce que c'est maintenant terminé, le coupa Wellan.

Le grand chef prit la direction de l'aile des Chevaliers. Ses compagnons le laissèrent passer sans savoir quoi lui dire pour le soulager. Ils jetèrent des regards inquiets au Magicien de Cristal puis suivirent Wellan à l'intérieur.

15

UN VISITEUR INATTENDU

Tout en marchant, Bridgess se collait contre Wellan. Elle constata qu'il tremblait comme une feuille. Elle voulut l'emmener dans leur chambre à coucher, mais il résista pour se diriger plutôt vers le hall. Il s'arrêta devant l'une des deux longues tables et y posa les mains pour conserver son équilibre. Les Chevaliers et les Écuyers se postèrent autour de la pièce en silence.

– Que s'est-il passé entre le magicien et toi ? demanda finalement Falcon.

– Et pourquoi ai-je l'impression que tu viens de lui remettre ta démission ? ajouta Nogait.

Wellan examina tous ces braves soldats qui avaient abandonné leurs familles pour servir l'Ordre d'Émeraude.

– J'ai lu le journal du Chevalier Onyx, leur apprit-il.

Sage tenta aussitôt de s'esquiver, craignant que son ancêtre n'ait posé d'autres actes répréhensibles dont il aurait honte pendant le reste de sa vie. Kira lui saisit solidement le bras et le força à demeurer parmi ses compagnons.

– Il semble que l'empereur emploie contre nous la même stratégie de guerre qu'il a utilisée contre nos prédécesseurs, poursuivit le grand chef.

Devinant que la discussion risquait d'être longue, les autres prirent place aux deux tables en gardant leurs regards sur lui. Bridgess alla chercher un banc pour son époux et le fit doucement asseoir.

– Amecareth se sert de ces invasions pour se débarrasser de ses soldats les plus faibles et des races conquises qu'il veut éliminer, expliqua Wellan.

– C'est donc pour cette raison que nous sommes toujours victorieux, raisonna Kevin.

– Mais ce n'est sûrement pas cette information qui t'a bouleversé à ce point, devina Santo qui pouvait lire son âme.

– Non, avoua Wellan. J'ai également découvert qu'une fois ses adversaires convaincus de leur capacité à vaincre ses troupes, l'Empereur Noir dépêche ses véritables guerriers : des insectes beaucoup plus gros que ceux que nous avons affrontés et qui savent se servir de leurs armes. Amecareth n'en a envoyé que deux mille lors de la première invasion. Deux mille insectes contre vingt mille Chevaliers dont les pouvoirs étaient sensiblement plus puissants que les nôtres... et ils ont presque réussi à se rendre au Royaume d'Émeraude.

Ses compagnons demeurèrent stupéfaits. Ils se rendaient bien compte qu'ils n'étaient que quatre-vingts, en comptant les Écuyers. Ces guerriers impériaux ne feraient qu'une bouchée de l'Ordre actuel.

– Alors, tu as vraiment donné ta démission à Abnar, comprit Nogait, en état de choc.

– Je ne peux pas vous envoyer ainsi à l'abattoir, s'indigna le grand chef. Vous êtes ma seule famille et je ne veux pas sacrifier les miens aux jeux ridicules des Immortels.

Un tourbillon de lumière blanche se forma soudain au-dessus d'eux. Debout derrière Wellan, Bridgess serra les épaules de son époux de façon protectrice mais, curieusement, elle ne ressentait aucune crainte en lui. La masse d'énergie turbulente descendit lentement. Les soldats bondirent sur leurs pieds, prêts à tirer leur épée, mais une force invisible les en empêcha.

Un garçonnet sortit du vortex. Il portait une longue tunique blanche et ses pieds étaient nus. Il fit deux pas après s'être posé sur la table. La lumière disparut. Sous les yeux ahuris des humains, le petit Immortel aux cheveux transparents marcha en direction de Wellan. Ce dernier semblait avoir oublié toutes ses angoisses. Dylan s'arrêta devant le grand Chevalier, s'agenouilla et posa les mains sur ses joues. *C'est son fils de lumière*, expliqua Bridgess à ses compagnons, qui connaissaient son existence mais qui ne l'avaient encore jamais vu.

– Ce sont eux qui t'envoient, n'est-ce pas ? soupira Wellan.

– Les dieux savent que vous n'écouterez que moi, répondit l'enfant de sa voix cristalline.

– Je ne veux plus entendre leurs mensonges, Dylan, peu importe qui me les répète.

– Il s'agit d'un malentendu, père. Les maîtres vous fourniront en temps et lieu ce dont vous avez besoin.

– Il est déjà trop tard et tu es bien trop petit pour être mêlé à tout ceci. Retourne auprès des dieux. Dis-leur de nous laisser tranquilles, maintenant.

– Je suis assez grand pour être leur messager. Je suis même content qu'ils m'aient choisi. Je vous en prie, écoutez-moi. Theandras veut que vous sachiez qu'elle comprend votre désespoir. Abnar est un jeune Immortel qui a perdu confiance dans les humains. Il a aussi des leçons à apprendre dans votre monde.

– Dis à la déesse de Rubis que je sais cela, mais que je ne laisserai pas mourir des innocents dans le seul but de parfaire l'éducation d'Abnar. Mes hommes ne méritent pas d'être ainsi sacrifiés.

– Les dieux ne veulent pas que vous abandonniez les humains à leur sort, ni le porteur de lumière, d'ailleurs.

– J'ai l'intention de l'emmener avec moi très loin d'ici.

– Vous recevrez ce que vous avez demandé, garantit l'enfant avec une sérénité désarmante. Je vous en conjure, soyez patient.

Dylan embrassa Wellan sur le front et son geste sembla réconforter le grand chef. Il se tourna ensuite vers les Chevaliers et les Écuyers qui l'examinaient avec émerveillement. Le tourbillon de lumière réapparut. Le petit Immortel s'y engouffra d'un pas si léger qu'on aurait dit un Elfe. Lorsque la masse d'énergie se fut évanouie, Bridgess vit que Wellan s'était affaissé sur la table. Elle poussa un cri de terreur. Santo bondit de son siège pour examiner son frère d'armes.

– Il dort, déclara-t-il, au grand soulagement de tous.

– Transportons-le dans sa chambre, décida Dempsey en se levant. Nous reparlerons de tout cela plus tard, lorsqu'il aura repris ses sens.

Wellan fut donc installé dans son lit et Bridgess le veilla, comme elle l'avait si souvent fait dans le passé, lorsqu'elle était son Écuyer.

Wellan se réveilla au moment où le soleil se couchait. La pièce baignait dans une douce lumière dorée. Il ouvrit les yeux en sursautant. Bridgess l'enlaça tendrement et appuya la joue sur son épaule. Le grand Chevalier demeura silencieux un moment, à se demander s'il avait rêvé la découverte du journal, son altercation avec Abnar et la visite de son fils.

– Non, Wellan, ce n'était pas un songe, l'informa la jeune femme. Tu t'es endormi dans le hall après le départ de Dylan, alors nous t'avons emmené ici. Il est magnifique, tu sais. Jamais je n'aurais pu te donner un enfant aussi parfait.

Wellan lui saisit les bras et la fixa dans les yeux, avec le même air que jadis quand il avait des reproches à lui faire.

– C'est faux. Toi, non seulement tu m'aurais donné un fils parfait, mais tu aurais eu la décence de me laisser le voir grandir.

Bridgess se libéra doucement de son emprise. Elle prit son visage crispé entre ses mains et l'embrassa sur les lèvres. Wellan se détendit d'un seul coup et répondit à ce baiser avec passion. Bridgess comprit à cet instant qu'elle était véritablement la seule femme qui comptait pour lui. Mais leurs jeux amoureux n'allèrent pas plus loin, puisqu'ils ressentirent en même temps la soudaine angoisse de leurs compagnons. Ils quittèrent le lit en vitesse, attachèrent leurs ceintures d'armes à leur taille et foncèrent dans le couloir.

16

EN ACCÉLÉRÉ

Le spectacle qui attendait Bridgess et Wellan dans la grande salle de réunion des Chevaliers les sidéra. Il n'y avait ni ennemis, ni querelle, seulement des hommes et des femmes qui semblaient s'examiner mutuellement avec beaucoup de curiosité. Wellan ne comprit leur consternation que lorsque ses deux apprentis s'approchèrent de lui. Ce n'étaient plus les deux gamins qu'il avait si longuement entraînés, mais deux hommes dans la vingtaine.

– Mais combien de temps ai-je dormi ? s'étonna le grand chef.

– Seulement quelques heures, maître, répondit Bailey. Cette transformation vient tout juste de se produire.

– Nous étions assis à la table et les serviteurs venaient de poser le repas devant nous lorsque nos tuniques sont devenues trop serrées, ajouta Volpel.

Le regard glacé de Wellan constata que tous les Écuyers avaient subi la même métamorphose. Aussi stupéfaite que lui, Bridgess se dirigea vers ses filles : elles affichaient désormais des courbes très féminines...

– Et personne n'a provoqué ce phénomène ? articula Wellan en dévisageant Kira.

– Ce n'est pas moi ! explosa-t-elle, furieuse d'être une fois de plus pointée du doigt.

– Elle dit la vérité, confirma Sage, qui ne l'avait pas quittée d'une semelle.

Bergeau et Jasson entrèrent avec leurs propres apprentis, également vieillis. Wellan alla vers eux en les observant d'un air interrogateur.

– Vous êtes revenus ici à cause de ce prodige, je suppose ? dit-il à ses deux frères qui possédaient des terres à l'extérieur du château.

– Non, répliqua Jasson. Je suis venu reconduire Lassa au château. Mes Écuyers ont grandi sous mes yeux alors que nous entrions dans la cour.

– Et moi, fit Bergeau, je suis venu parce que j'ai ressenti ton malaise ce matin. J'ai pensé que tu aurais besoin de nous. Les garçons ont changé tout d'un coup en franchissant la porte du palais.

– Pourquoi ne m'est-il rien arrivé à moi ? se plaignit une voix aiguë.

Wellan baissa les yeux sur Lassa, aux côtés de Jasson. Le petit prince semblait plus fasciné qu'effrayé par la métamorphose de ses aînés, mais le grand Chevalier, lui, n'y comprenait rien. Il pouvait tout aussi bien s'agir d'une intervention des dieux que d'une nouvelle ingérence des Immortels.

Avant qu'il puisse avancer une hypothèse pour rassurer ses soldats, le hall reçut une visite plutôt inusitée. Soutenu d'un côté par le magicien Élund et de l'autre par son apprenti Hawke, le vieux Roi d'Émeraude s'avança lentement dans la pièce. Il avait pris de l'âge ces dernières années, et ses jambes ne le portaient plus comme jadis. En l'apercevant, tous les Chevaliers et les Écuyers mirent un genou en terre. Seul Lassa demeura debout à se demander ce qui se passait.

– Relevez-vous, fiers guerriers, les pria le souverain.

Kira alla aussitôt chercher un fauteuil confortable où les deux magiciens firent asseoir le monarque.

– Merci, ma petite chérie, c'est très gentil, lui sourit Émeraude Ier.

Le Chevalier mauve l'embrassa sur la joue, puis se rappela qu'elle était un soldat et reprit sa place auprès de son époux.

– Il s'est passé beaucoup de choses dans mon château aujourd'hui, commença le roi, et puisque aucun de vous n'a jugé bon de m'en faire part, j'ai décidé de venir jusqu'ici pour m'en informer.

Wellan fit quelques pas vers lui en cherchant ses mots. Il ne voulait pas bouleverser le vieillard qui nourrissait et logeait ses hommes depuis toujours.

– J'ai eu une discussion enflammée avec le Magicien de Cristal, sire, avoua-t-il.

– On m'a rapporté que tu ne voulais plus être Chevalier, fit le monarque en fronçant ses épais sourcils blancs. Les deux événements sont-ils liés ?

– Oui, Majesté, je le crains.

– Après toutes ces années de loyaux services, tu n'as plus envie de protéger Enkidiev ? Mais explique-moi au moins pourquoi, Wellan.

Le grand chef raconta d'abord à Émeraude Ier et aux magiciens que leurs apprentis avaient mystérieusement vieilli de quelques années en un instant. Puis, il leur résuma le contenu du journal d'Onyx. Il leur fit part de ses inquiétudes quant au pouvoir d'une poignée de femmes et d'hommes aussi peu équipés pour changer leur destin.

– Cela est bien fâcheux, en effet, soupira le roi. Que pourrions-nous faire pour leur venir en aide, Élund ?

– Je ne peux pas leur accorder plus de pouvoirs que ceux qu'ils possèdent déjà, votre Altesse, répondit-il.

– Le Magicien de Cristal peut-il être contraint de remédier à cette situation ?

– C'est un Immortel, Majesté, lui rappela Élund. Vous savez bien que les Immortels n'en font qu'à leur tête.

– Wellan, je préférerais que tu ne prennes pas cette décision trop rapidement, exigea Émeraude Ier. Je comprends tes craintes, mais je suis certain que nous trouverons une solution à ce problème. Donne-nous le temps d'y réfléchir un peu avant de me remettre définitivement ta démission.

Le Chevalier s'inclina, acceptant ainsi de reporter l'inévitable, car il ne voyait pas de quelle façon on pourrait lui fournir vingt mille soldats magiques avant l'arrivée de la vraie armée d'Amecareth.

– Que mange-t-on ce soir ? interrogea joyeusement le vieillard en semant la confusion parmi les serviteurs qui versaient le vin.

– De la viande, du pain chaud et du fromage ! s'exclama Lassa en grimpant sur un banc.

– Mais votre Altesse, vous n'y pensez pas, s'indigna le magicien.

– Ce serait trop compliqué de faire transporter ces victuailles chez moi, Élund, alors je partagerai le repas de mes plus importants sujets ici même !

Après quelques protestations, les deux mages acceptèrent de se joindre au groupe et, bientôt, Émeraude Ier se mit à bavarder avec les soldats vêtus de vert comme s'ils étaient tous ses enfants.

Dès que le repas fut terminé, Kira chuchota à son mari qu'elle avait une course à faire. Elle l'embrassa sur la joue, puis se faufila à l'extérieur du hall. Wellan la suivit des yeux mais ne bougea pas, devinant ses plans.

17

LE PLAIDOYER DE KIRA

Il faisait nuit lorsque Kira sortit dans la grande cour
à peine éclairée par quelques torches. Le temps lourd et
humide laissait présager un orage dans la nuit, comme
c'était souvent le cas à l'arrivée de la saison chaude. La
jeune femme mauve se rendit à la tour du Magicien de
Cristal, qui était plongée dans l'obscurité. Elle gravit prudemment les marches de pierre jusqu'au premier étage, où
elle ne trouva personne. Elle buta contre une épée reposant
sur le sol et capta, un peu plus loin, le faible miroitement
des pierres précieuses d'une cuirasse... celle de Wellan.

– Mène ? appela-t-elle.

Elle scruta l'endroit avec ses sens magiques. Au lieu de
repérer la servante, elle ressentit l'énergie électrisante de
l'Immortel dans la pièce au-dessus d'elle. Elle se risqua
donc dans le deuxième escalier et jeta un coup d'œil dans la
chambre où Lassa avait passé toute sa vie.

– Elle est au palais, ce soir, annonça Abnar.

Assis sur l'appui de la fenêtre, il regardait dehors, les
jambes repliées contre sa poitrine. Une petite sphère de
lumière volait autour de lui, éclairant à peine son visage.

Pendant un instant, il parut tout à fait humain à Kira. Elle s'avança prudemment vers lui en regrettant de ne pas pouvoir lire ses pensées ou ses émotions.

– Les Immortels ne sont pas des êtres parfaits, prononça-t-il sans bouger.

– Il n'y a que les dieux qui le soient, ajouta-t-elle. C'est vous qui me l'avez si souvent répété.

Il tourna la tête vers elle et la transperça de son regard métallique. Mais Kira n'était plus une enfant. Elle soutint bravement son inspection magique.

– Ce n'est pas Wellan qui t'envoie, découvrit-il.

– Non, ce n'est pas lui. De toute façon, il n'aime pas que les autres fassent son travail à sa place.

– Et c'est ce que tu es venue faire ici ?

– Pas tout à fait. Disons que, contrairement à mon frère d'armes, je n'ai pas du tout envie de vous remettre ma démission. J'ai travaillé beaucoup trop fort pour devenir Chevalier.

– Alors, pourquoi n'es-tu pas dans le hall avec les autres ?

– Parce que je veux connaître les plans des dieux à notre sujet, maître. Wellan a raison de s'inquiéter pour le sort du monde, n'est-ce pas ?

– Je n'ai pas l'intention de vous laisser mourir, si c'est ce que tu insinues. Je sais que l'Empereur Noir est un puissant sorcier et qu'il n'a pas fini de frapper Enkidiev.

Il convoite notre continent depuis longtemps. Mais je comptais m'en mêler... éventuellement.

– Mais les dieux ne vous ont pas donné le pouvoir d'agir directement contre Amecareth, lui rappela Kira en s'asseyant sur le sol.

– C'est exact. En dernier recours, j'aurais fini par recruter des soldats ordinaires et par leur donner des facultés surnaturelles, bien que je sois toujours convaincu que le présent Ordre d'Émeraude peut défaire l'armée de l'empereur sans cette aide additionnelle.

– Mais comment ? s'exclama la jeune femme mauve. Nous ne sommes même pas une centaine et notre magie n'est pas assez puissante pour arrêter tous ces guerriers qui, eux, sont des milliers !

– Vous détenez une arme dont les premiers Chevaliers ne disposaient pas : toi. De plus, vous êtes également plus intelligents. Seul Hadrian avait une tête sur les épaules dans le premier lot. Les autres n'étaient que des mercenaires qui ne pensaient qu'à piller les vaisseaux d'Amecareth.

Kira revit dans son esprit le fantôme de l'ancien Roi d'Argent qu'elle avait fait apparaître, enfant.

– C'est à cause d'eux que vous détestez les humains maintenant, n'est-ce pas ? soupira-t-elle en pensant à tous les affrontements entre le Magicien de Cristal et Wellan.

Abnar ne répondit pas. Il se tourna une fois de plus vers la fenêtre. « Un Immortel peut-il souffrir comme nous ? se demanda Kira. Peut-il connaître le doute ou le remords ? »

– Nous ne sommes pas différents de vous, dit-il en réponse à sa question silencieuse. Nous avons seulement de plus grandes responsabilités qui ne nous permettent pas de nous apitoyer sur notre sort.

– Croyez-vous vraiment qu'un héros comme Wellan ou même les plus jeunes de mes compagnons abuseraient des pouvoirs supplémentaires que vous pourriez leur accorder ? Je veux bien protéger Lassa jusqu'à ce qu'il détruise l'empereur, mais je ne souhaite pas me retrouver seule pour le faire parce que tous les Chevaliers auront été anéantis faute de pouvoir se défendre.

« Pourquoi Abnar ne veut-il pas comprendre la situation précaire dans laquelle se trouve l'armée d'Émeraude ? » s'impatienta intérieurement la Sholienne.

– Il m'est très difficile d'admettre mes torts, dévoila-t-il enfin, mais le destin a décidé de me les attacher à la cheville comme un boulet.

– C'était sans doute une erreur de donner de grands pouvoirs à un homme aussi ambitieux qu'Onyx, maître, mais pas à Wellan, ni à Santo, ni à n'importe lequel de ceux qui ont été élevés avec soin dans le but unique de protéger Enkidiev. Jamais ils ne s'en serviraient les uns contre les autres, et encore moins pour détrôner les rois de ce monde. Ils sont beaucoup trop honnêtes. Je vous en conjure, pesez le pour et le contre d'une telle intervention ce soir, sinon Wellan les emmènera tous vivre ailleurs et le continent sera ravagé par les insectes.

Kira se replia lentement vers l'escalier pour lui donner le temps de songer à ses paroles. De toute façon, les Immortels devaient d'abord s'entretenir avec les dieux avant de prendre quelque décision que ce soit.

– Ils ont déjà décidé d'intervenir, répliqua Abnar. Ils ont accéléré le temps pour les apprentis afin que vous puissiez compter sur plus de Chevaliers.

– Oui, nous l'avons remarqué et nous les en remercions. Mais ce n'est pas suffisant, maître. Dites-le aux dieux, d'accord ?

Kira s'inclina respectueusement, même si Abnar ne la regardait pas. Elle redescendit à l'étage inférieur, où elle s'empara de l'épée et de la cuirasse pour les rendre à Wellan.

18

La fée et le capitaine

Après l'attaque des rats, Ariane, la Fée devenue Chevalier d'Émeraude, demeura au Royaume d'Opale. Elle souhaitait faire plus ample connaissance avec le capitaine de la garde du roi, un homme d'âge mûr du nom de Kardey qu'elle avait sauvé d'une mort certaine pendant l'invasion des rongeurs géants. Le célibataire endurci, qui avait voué toute sa vie à l'armée, s'était montré sidéré par la beauté de cette femme capable de manier l'épée et de déchiffrer les élans de son cœur. Faisant preuve d'audace, Kardey l'avait incitée à passer quelques jours dans son pays, tandis que les autres Chevaliers rentraient au Royaume d'Émeraude. Sa décision de rester auprès de lui le combla de joie.

La Fée et le capitaine chassèrent ensemble, ils croisèrent le fer par plaisir devant tous les soldats d'Opale, le chef d'armée voulant montrer à ses hommes l'habileté de cette femme Chevalier, et ils galopèrent sur les berges des rivières. C'était la première fois que Kardey ressentait une aussi puissante attirance pour une dame. Il aimait regarder le soleil se refléter dans ses longs cheveux noirs, admirer son sourire parfait et caresser sa main douce comme la soie.

Puis, un soir, Ariane l'invita à prendre le repas dans ses appartements du palais. Avec solennité, Kardey enfila une tunique et un pantalon de velours noir, des bottes souples en peau de bête et une ceinture de cuir travaillé à laquelle il pendit fièrement sa plus belle épée. Il coiffa ses cheveux sombres en les attachant sur sa nuque et tailla sa barbe. Il ne connaissait pas les plans de sa belle, mais il voulait que sa tenue soit impeccable.

Lorsqu'il arriva à sa porte, une servante le conduisit sur un grand balcon éclairé par une centaine de chandelles. Il aperçut alors, lui tournant dos, une femme vêtue d'une longue robe rouge. Ses boucles de jais coulaient en cascade jusqu'à sa taille. Elle se retourna et sa beauté le frappa de plein fouet, comme la lumière divine du ciel. Ariane, sans son costume de Chevalier, ressemblait aux déesses de la chasse dont les effigies ornaient les temples d'Opale. Elle s'avança vers lui, ses yeux clairs transperçant son cœur amoureux. Il posa lentement un genou en terre.

— Ariane d'Émeraude, je vous aime à la folie, déclara-t-il d'une voix étranglée. Je ne suis qu'un simple soldat sans magie aucune, mais un homme honnête s'il en est un. J'ai encore quelques bonnes années devant moi et j'aimerais les partager avec une femme aussi merveilleuse que vous. Acceptez-vous d'unir votre vie à la mienne ?

— Je croyais que vous ne me le demanderiez jamais, répondit la Fée avec un sourire. Mais, dites-moi, Kardey d'Opale, êtes-vous vraiment sûr de vouloir partager la vie d'un Chevalier d'Émeraude ?

— Je suis prêt à vous suivre jusque dans la mort, jura-t-il en frappant durement sa propre poitrine avec son poing. Je veux respirer l'air que vous respirez, fouler les mêmes lieux que vous et affronter vos ennemis à vos côtés.

– Et quitter votre royaume pour le mien ?

– Je vivrai où vous voudrez.

– Dans ce cas, j'accepte avec le plus grand plaisir de devenir votre femme.

Elle lui tendit les mains. Kardey les embrassa avec passion, des larmes de joie roulant sur ses joues. Après un interminable repas romantique, le capitaine se rendit aux appartements du Roi Nathan. Malgré l'heure tardive, le monarque voulut bien le recevoir. Il entendit la requête de son meilleur soldat, qui voulait épouser celle qui lui avait sauvé la vie. Exigeant mais juste, le roi écouta Kardey jusqu'au bout. Il l'avait si bien servi toute sa vie qu'il ne pouvait pas refuser de le laisser partir pour d'autres horizons. Beaucoup de jeunes soldats convoitaient son poste de capitaine et il arriverait sans peine à le remplacer. À son avis, ce loyal serviteur méritait une retraite remplie d'amour et de satisfaction dans les bras d'une Fée aussi belle qu'Ariane.

– Je vous souhaite une ribambelle d'enfants aussi méritants que vous, Kardey, déclara finalement le Roi Nathan en le saisissant solidement aux épaules.

Cette nuit-là, le capitaine ramassa ses affaires et ses armes préférées. Il fit ses adieux à ses hommes, qui insistèrent pour célébrer son nouveau bonheur. Il but donc avec eux jusqu'à l'aube en vantant les mérites de sa future épouse. Lorsque vint l'heure du départ, Ariane le trouva plutôt chancelant. Vêtue de sa cuirasse verte, ses cheveux noirs tressés dans son dos, la Fée regarda Kardey tituber jusqu'à elle en tenant son cheval par la bride. Elle esquissa un sourire moqueur.

– Je crains de ne pas être en état de voyager, s'excusa-t-il en rougissant.

– Mais puisque votre cheval, lui, n'a pas bu, vous n'aurez qu'à vous cramponner.

Ariane se hissa sur sa monture et observa la mine déconfite de son fiancé. Par fierté, il fit de gros efforts pour mettre le pied dans l'étrier. Serrant les lèvres pour ne pas rire, la Fée se servit de ses pouvoirs de lévitation pour l'aider à grimper en selle.

Ils voyagèrent quelques jours sans se presser en se racontant des épisodes secrets de leurs vies, jusqu'à ce que la femme Chevalier perçoive par télépathie la détresse et la colère de Wellan. Les amoureux se trouvaient alors au pied de la Montagne de Cristal, à la frontière des Royaumes de Diamant et d'Émeraude. C'était le matin, mais ils ne pourraient pas atteindre le château avant le lendemain. Ariane allait communiquer avec son chef lorsqu'elle ressentit l'étonnement des Chevaliers et des Écuyers. Elle ignorait évidemment que c'était leur soudaine croissance qui provoquait cet émoi. Kardey l'empêcha de s'en informer.

– Que ressentez-vous, belle dame ? s'alarma-t-il en captant l'inquiétude sur son visage d'albâtre.

– Les Chevaliers sont tous reliés par leur esprit, lui apprit-elle. Lorsque l'un d'entre nous a des ennuis, nous le savons sur-le-champ.

– De qui s'agit-il ?

– C'était d'abord Wellan, mais on dirait que tout l'Ordre est en effervescence.

– On dit à Opale que vous êtes capables de vous parler sans ouvrir la bouche, mais je ne comprends pas comment cela est possible.

– C'est pourtant très facile, mon ami. Je n'ai qu'à respirer profondément, à me concentrer et à contacter mon compagnon dans ma tête.

Les sourcils arqués du capitaine faillirent lui faire oublier que ses frères avaient peut-être besoin d'elle. Mais elle ne pouvait pas le laisser sans explication.

– C'est la même chose que lorsqu'on lit un livre, ajouta-t-elle. Involontairement, on récite les mots dans son esprit.

– Cela demeure un mystère pour moi, mais je vous conseille de vous servir de cette merveilleuse faculté pour demander à votre chef ce que nous pouvons faire pour lui venir en aide.

Kardey portait le plus grand respect à Wellan, qu'il avait jadis affronté à l'épée et aux côtés duquel il avait combattu quelques jours plus tôt pour débarrasser le Royaume d'Opale des rats affamés.

Wellan ? appela Ariane, son regard devenant fixe tout à coup. *Il était temps*, répondit le grand Chevalier en faisant sourire sa sœur d'armes. *Que se passe-t-il ?* demanda-t-elle.

Wellan lui parla de l'intervention magique des dieux et lui demanda de se dépêcher à rentrer. Il s'abstint par contre de lui relater sa discussion avec Abnar. Ariane l'informa qu'elle n'était qu'à deux jours du château.

Les deux cavaliers galopèrent dans l'ombre de la montagne, cet énorme monument à la gloire des hommes libres. Ils furent forcés de s'arrêter pour la nuit lorsqu'un orage éclata dans le ciel, réduisant la visibilité sur ce terrain fortement accidenté. Ils s'abritèrent dans les rochers et ne se remirent en route qu'au matin.

19

UN ADOUBEMENT PRESSANT

Kardey et Ariane franchirent le pont-levis et aperçurent tous les Chevaliers et les Écuyers rassemblés dans la cour devant le Roi d'Émeraude et le magicien Élund. Le capitaine d'Opale voulut tout de suite savoir ce dont il retournait.

– On dirait un adoubement, remarqua-t-elle.

La Fée mit pied à terre et laissa son cheval continuer seul en direction de l'écurie. Kardey fit de même. Il suivit sa future épouse sans discuter. *Winks ? Kisilin ?* appela Ariane par voie télépathique en se frayant un chemin dans le rassemblement. Elle ressentit aussitôt la joie de ses apprenties qui s'élancèrent vers elle. Ce n'étaient plus des adolescentes qui s'inclinaient respectueusement devant elle, mais de belles jeunes femmes. La Fée Chevalier ne s'attendait pas à une transformation si spectaculaire.

– C'est la magie des dieux ! s'exclama Winks, les yeux pétillants de joie.

– Wellan avait besoin de plus de soldats, alors ils ont accéléré notre croissance pour que nous puissions devenir des Chevaliers sans tarder ! ajouta Kisilin tout aussi excitée.

Ariane n'eut pas le temps de leur dire qu'elle savait déjà tout cela.

– Venez nous offrir vous-même nos nouvelles cuirasses, maître ! supplièrent les deux filles.

Elles saisirent ses bras et la tirèrent vers le dais où le roi s'abritait du soleil. Kardey leur emboîta le pas en s'intéressant à tous ces jeunes gens en liesse. Cette cérémonie lui rappelait le jour où lui-même avait été élevé de grade dans l'armée d'Opale.

– Où est Swan ? s'inquiéta Ariane qui ne ressentait sa présence nulle part.

– Elle n'est pas encore rentrée de Zénor, l'avisa Kisilin. C'est Wellan qui a pris sa place pendant l'adoubement de Robyn et de Dillawn.

– Et la même chose a bien failli nous arriver, commenta Winks. Nous aimons bien notre grand chef, mais c'est un honneur qui vous revient, maître.

Elles immobilisèrent Ariane devant la grande table où s'alignaient les cuirasses vertes serties de pierres précieuses qui n'avaient pas encore été décernées. Wellan aperçut sa sœur d'armes. Un sourire de satisfaction apparut sur ses lèvres, même s'il n'avait pas vraiment le cœur à la fête. Il avait accepté de revêtir son costume d'apparat pour l'occasion, mais il faisait de gros efforts pour cacher sa tristesse. Il n'avait reçu aucune communication des Immortels depuis la visite de son fils et il commençait à croire qu'ils ne tiendraient pas leur promesse. Debout aux côtés du souverain, la main sur la garde de son épée magique, il ressemblait à la statue d'un puissant dieu de la guerre. Kardey faillit même se prosterner contre terre pour l'honorer.

Dès que toutes les cuirasses eurent été attribuées et les serments prononcés, les nouveaux Chevaliers poussèrent des cris de joie qui effrayèrent les chevaux dans les enclos. Kardey traversa l'attroupement. Il posa un genou en terre devant Wellan et Émeraude Ier.

– Mais qui avons-nous là ? demanda le vieux roi qui ne le connaissait pas.

– Je suis Kardey d'Opale, autrefois chef de la garde personnelle du Roi Nathan. Je désire désormais servir le Royaume d'Émeraude.

– Et quelle est la raison de cet exil ?

Pour une des rares fois de sa vie, Kardey se surprit à rougir.

– C'est l'amour, mon seigneur, répondit Wellan à sa place.

Observant la scène de loin, Ariane réussit à se libérer de ses compagnons qui avaient commencé à fêter. Elle rejoignit l'ancien capitaine d'Opale.

– Kardey a quitté sa terre natale afin d'unir sa vie à la mienne, Majesté, proclama fièrement la Fée.

– Je suis content de l'apprendre, se réjouit le roi.

Les nouveaux Chevaliers furent invités à se rendre dans le hall du roi pour les festivités qui dureraient toute la journée et toute la nuit. Pendant que les serviteurs aidaient le vieux monarque à marcher jusqu'au palais, Ariane s'accrocha au bras de Kardey. Le capitaine arrêta aussitôt son geste pour se tourner vers Wellan, toujours immobile au milieu de la cour.

– Mon épée est à votre service, seigneur Chevalier, déclara-t-il solennellement. Je ne pourrai jamais faire partie de vos troupes d'élite, car je ne possède aucun pouvoir magique, mais je me battrai à vos côtés avec ma seule force physique.

– J'accepte avec honneur votre épée et votre courage, prononça Wellan sur un ton qui ressemblait davantage à celui d'un roi qu'à celui d'un soldat.

Il s'approcha de Kardey et le prit amicalement par les épaules afin de le conduire vers le palais avec Ariane. Les Chevaliers mangèrent, burent, chantèrent, dansèrent et jouèrent à des jeux d'adresse jusqu'à l'aube, puis ils se séparèrent pour dormir jusqu'au milieu de la journée suivante.

wellan et lassa

Le lendemain des festivités, Wellan se réveilla avant Bridgess. Il demeura quelques instants immobile et silencieux auprès d'elle. Content qu'Ariane soit enfin rentrée au bercail, il s'inquiétait du retard de Swan. Il savait bien que le Royaume de Zénor était plus éloigné que celui d'Opale et que sa bouillante jeune sœur résistait parfois à ses ordres, mais il aurait bien aimé qu'elle lui obéisse, cette fois.

Wellan quitta son lit en douceur. Il n'enfila que sa tunique pour se rendre aux bains. Il demeura dans l'eau chaude un long moment à se demander de quelle façon l'ajout de quelques Chevaliers allait servir la cause d'Enkidiev. Cinq cents ans plus tôt, Amecareth avait envoyé deux mille insectes-guerriers à l'assaut de leurs côtes. De combien de guerriers l'Empereur Noir disposait-il maintenant ?

Le grand chef se sécha, regrettant l'absence des masseurs qui, eux aussi, avaient fait la fête toute la nuit et dormaient encore. Le palais était étrangement calme. Il marcha dans le long couloir menant à la chapelle du palais. Il prit place sur le plancher de carreaux brillants, devant la statue de la déesse de Rubis. Il voulait lui demander conseil.

– Vous aviez raison de croire qu'elle vous aime bien, fit une voix cristalline que le Chevalier reconnut sur-le-champ.

– Dylan ! s'égaya Wellan.

Le petit garçon lui sauta dans les bras. Le Chevalier le serra en parsemant ses cheveux de baisers.

– C'est elle qui t'envoie ? demanda-t-il à l'enfant en le berçant tendrement.

– Non. Cette fois-ci, je me suis sauvé, mais elle me parle souvent de vous. Elle veut vous aider, mais elle a encore beaucoup de dieux à convaincre. Le monde invisible est aussi complexe que le vôtre, père.

– Oui, je sais. Continue de m'en parler, car j'aime entendre ta voix, petit Immortel.

– Et moi, la vôtre. Lorsque je m'ennuie dans ma cellule de lumière, je rappelle à mon esprit tout ce que vous m'avez dit depuis notre première rencontre. J'ai de la chance de vous connaître, puisque ceux qui me ressemblent ne savent même pas qui sont leurs parents.

Wellan se doutait que les gardiens de l'enfant de lumière étaient déjà à ses trousses, alors il en profita pour l'étreindre et flairer ses cheveux transparents. Ainsi, il n'en oublierait plus jamais le parfum.

– Père, il vous faudra pardonner à Abnar son manque d'expérience, fit plus sérieusement le petit garçon blotti contre lui.

– Disons que ce sera plus facile lorsqu'il aura fait l'effort de comprendre ma position dans cette guerre.

Wellan poussa doucement l'enfant devant lui afin d'admirer son doux visage. Il ressemblait de plus en plus à Fan : un curieux mélange d'Elfe et de Fée. Mais ses yeux brillaient d'un éclat bien humain.

– Je sens en toi une maturité que je ne possède pas encore, murmura le père.

– Mais vous êtes rempli de sagesse, ici, répliqua Dylan en posant sa petite main sur la poitrine de Wellan. C'est votre colère qui vous empêche d'y avoir accès.

– Jamais je n'aurais cru qu'un jour mon propre fils me ferait la morale, avoua tristement le Chevalier.

– Ce n'est pas mon intention, je vous assure, mais puisque je vous aime beaucoup, il faut que je vous le dise.

– Sais-tu aussi comment je pourrais éteindre ce volcan qui gronde sans cesse en moi ?

– Vous y arriverez quand vous aurez appris à pardonner à ceux qui vous ont fait du mal. C'est la seule façon.

Un coup de tonnerre secoua le château. Les yeux bleus du petit Immortel se voilèrent de déception. « Les tempêtes semblent toujours signaler l'approche des gardiens du ciel », remarqua Wellan.

– Sois brave, chuchota-t-il.

– Et vous, soyez patient, répliqua Dylan. La déesse s'occupe de tout.

Sur ces mots, l'enfant se dématérialisa. Même si Wellan détestait ces adieux, il ne ressentit pas le même déchirement que les fois précédentes. L'orage devint de plus en plus menaçant. Wellan s'empressa de regagner sa chambre, se rappelant que Bridgess n'aimait pas les déchaînements de la nature. Il la trouva dans leur lit, dormant toujours aussi paisiblement. Il se posta à la fenêtre et regarda la tempête se diriger vers l'est après avoir copieusement arrosé la région.

Ils allaient bientôt célébrer un mariage, peut-être même deux, si Swan réussissait à ramener Farrell au pays d'Émeraude. Wellan ferait promptement évaluer ce jeune paysan par Élund, puisqu'il avait besoin de tous les magiciens disponibles.

Lorsque le soleil recommença à briller, Wellan sortit dans la cour. Il marcha dans le sable trempé en se remémorant des passages du journal d'Onyx. Il serait sans doute utile qu'il écrive lui aussi ses expériences militaires, au cas où il viendrait à perdre prématurément la vie. Son successeur trouverait fort utiles ses remarques et ses stratégies.

Il s'arrêta devant le mannequin de bois pratiquement démoli par Swan durant ses premières années de Chevalier et que personne n'avait réparé depuis. Comme le temps passait rapidement...

Le petit Lassa apparut devant lui, tout joyeux. Wellan constata qu'il était presque de la même taille que son fils.

— Enfin, je trouve quelqu'un qui ne dort pas ! s'exclama l'enfant.

— Que puis-je faire pour toi, jeune prince ?

– Vous pourriez me nourrir avant que je meure de faim !

– Mais où est donc Armène ?

– Elle dort et elle ne veut pas se lever.

– Dans ce cas, je crois bien que c'est le devoir d'un Chevalier de faire manger un prince affamé, déclara Wellan en le soulevant dans ses bras.

Il emmena l'enfant dans les cuisines du palais. Elles étaient désertes. Lassa et lui fouillèrent dans les armoires, les tonneaux et les grands bacs de bois et trouvèrent finalement du fromage et des fruits secs.

– Mène me fait des galettes le matin, dit le gamin en grimpant sur la table.

– Je crains que la cuisine ne soit pas l'un de mes talents les mieux développés, déplora le Chevalier. Ou tu manges ce que nous avons trouvé ou tu attends que les serviteurs se réveillent.

– Mais c'est facile. Mène dit qu'elle mélange de la farine et de l'eau. Ensuite, elle fait des petits pâtés qui cuisent tout seuls sur le feu.

Wellan posa les mains sur ses hanches. Il soupira devant l'air suppliant du gamin. Il avait déjà préparé des repas pour ses Chevaliers en mission, mais il s'agissait surtout de rôtir de la viande et de réchauffer de l'eau pour le thé, pas de préparer des petits gâteaux à partir de rien du tout. Lassa sauta sur le sol. Il courut jusqu'aux sacs de toile alignés le long du mur. Il en détacha les cordes une à une puis se mit à trépigner de joie.

– Je suis sûr que c'est celle-là ! s'écria-t-il en se tournant vers Wellan.

Cédant devant son enthousiasme, le grand chef s'empara d'une écuelle. Il la plongea dans le sac de farine. Il la déposa prudemment sur la table et tira un peu d'eau de la pompe. Il en ajouta de plus en plus à la farine, jusqu'à ce qu'il obtienne un curieux mélange gluant, puis il déposa cette pâte sur la tôle noircie du poêle. Il alluma un feu avec le bois que les serviteurs conservaient au sec dans une alcôve et attendit de voir ce qui se passerait.

– Mène dit qu'elle la retourne pour qu'elle cuise des deux côtés, expliqua Lassa.

Wellan étudia les ustensiles suspendus à une poutre du plafond. Il décrocha un large couteau plat. Il retourna la galette géante sous le regard attentif du petit prince, dont l'estomac grondait de plus en plus fort. Absorbés par la cuisson de leur déjeuner, ni l'un ni l'autre ne ressentit l'approche de Bridgess.

La jeune femme s'arrêta sur le seuil pour les épier en silence. Cet homme magnifique, qui aurait pu être roi, était non seulement un admirable guerrier, mais il affichait également la bonté d'une mère. Elle le regarda retirer l'étrange galette brune du feu, en découper un morceau et refroidir ce dernier avec son propre souffle. Il le tendit ensuite à l'enfant en fronçant les sourcils. Lassa prit une bouchée, mâcha le tout pendant quelques secondes puis fit la grimace.

– Ce n'était pas la bonne farine, soupira-t-il, découragé.

– Dans ce cas, il va falloir que tu attendes Armène.

Les larmes aux yeux, Bridgess se sauva dans le couloir sur la pointe des pieds. Cette fois, Wellan capta sa présence. Il prit l'enfant dans ses bras et quitta la cuisine en cherchant son épouse avec ses sens magiques. Heureusement, Armène venait de sortir de la grande tour, à la recherche de son protégé. Le Chevalier lui confia Lassa et courut vers le palais. Il trouva Bridgess dans la cour intérieure, assise sur un banc de pierre, le visage caché dans ses mains. Il s'agenouilla devant elle.

– Tu es un si bon père, pleura-t-elle. Les dieux sont injustes envers toi.

– Il est difficile de savoir ce qu'ils réservent aux hommes, Bridgess, mais bien souvent, c'est pour leur bien, même s'ils ne le comprennent pas tout de suite. Ils ont sans doute d'autres projets pour nous deux.

Il la souleva comme un jeune marié transportant sa femme chez lui pour la première fois. Il la ramena à leur chambre pour la cajoler jusqu'à ce que le repas du midi soit enfin prêt. Ils mangèrent l'un près de l'autre, à la fois contents de voir leurs apprentis assis au milieu de leurs nouveaux compagnons d'armes et tristes de ne plus les avoir sous leurs ailes. Cependant, l'absence de Swan continuait de consterner le grand chef. Il ignorait que sa jeune sœur n'était pas du tout pressée de rentrer...

21

UN HOMME DIFFÉRENT

Au lieu de ramener Farrell avec elle au Royaume d'Émeraude, Swan décida plutôt de passer un peu de temps seule avec lui. Elle voyagea donc d'Opale à Zénor sous les averses, contente de voir enfin le ciel se déchirer en lambeaux pour laisser passer les chauds rayons du soleil lorsqu'elle atteignit les territoires du sud. Du haut de la falaise qui surplombait l'ancienne cité de Zénor et son château, elle remarqua que le mur est de la forteresse était presque complètement réparé. Les habitants du royaume comptaient-ils y installer de nouveau la famille royale ?

Pour ne pas être importunée par ses compagnons pendant qu'elle laisserait Farrell lui faire la cour, Swan décida de se couper d'eux. Elle leur bloqua ses pensées. Elle descendit sans se presser le sentier creusé dans le roc, pour ne pas infliger de blessure inutile à son cheval de guerre. Elle se rappela la nuit où Kira avait dû l'escalader en vitesse. Étonnamment, sa petite pouliche blonde n'avait subi aucune égratignure dans sa course folle.

En galopant vers le palais, Swan sentait son cœur battre de plus en plus fort. Elle connaissait Farrell depuis peu de temps, mais elle savait, au plus profond d'elle-même, qu'elle ne pourrait plus jamais se passer de lui. Elle franchit l'arche de la muraille, dont les portes avaient disparu. Le paysan l'attendait, debout devant l'entrée de l'écurie. La femme Chevalier sauta de cheval et se précipita dans les bras de son amant. Ils échangèrent de longs baisers qui firent oublier à Swan son combat contre les rats et les crocs de Sélace.

– Je pensais que tu n'arriverais jamais, susurra le paysan en l'embrassant dans le cou.

– Pourtant, je ne me suis presque pas arrêtée depuis mon départ d'Opale, répliqua-t-elle en fermant les yeux.

– As-tu vu tout le travail que j'ai effectué sur le mur ?

– Ce n'est pas l'architecture qui m'intéresse en ce moment.

Farrell l'entraîna sur la pelouse, qui commençait à peine à repousser après l'assaut des chevaux des Chevaliers, et lui arracha ses vêtements. Swan ne protesta d'aucune manière. Ils firent longuement l'amour, comme s'ils étaient les deux seuls survivants du monde, puis ils s'allongèrent l'un près de l'autre pour contempler les nuages nacrés qui glissaient sur un ciel merveilleusement bleu.

– C'est encore toi qui répands tous ces rayons de soleil ? demanda soudain Swan en se retournant sur un coude.

– Non, ce n'est plus nécessaire. La saison est en train de changer.

Elle caressa son visage détendu en le sondant. Un sourire amusé apparut sur les lèvres du jeune homme qui ressentait son incursion dans son cœur. *Tu es beaucoup plus fort que tu le prétends, Farrell d'Émeraude*, protesta-t-elle avec son esprit.

– Je ne sais pas qui je suis...

– Il va vraiment falloir que nous canalisions tes incroyables pouvoirs.

Il haussa les épaules et leva de nouveau les yeux sur les hautes tours du château.

– Tu peux me parler du mur maintenant, le taquina Swan. Est-ce le Roi de Zénor qui t'a demandé de reconstruire sa forteresse ?

– Non. Personne n'est venu après votre départ pour le royaume assiégé.

– Mais comment as-tu survécu ces derniers jours ? s'inquiéta Swan.

– Je me suis débrouillé, répondit-il en pointant le faucon de Sage, perché sur un arbre au milieu de la cour. C'est un excellent chasseur et, quand on sait s'y prendre avec lui, il accepte de partager ses proies.

– Nous allons quand même devoir le rendre à son maître.

– Je n'ai jamais eu l'intention de le garder ! s'offusqua Farrell. Je ne suis pas un voleur !

– Ce n'est pas ce que j'ai insinué non plus, le rassura-t-elle doucement. Je sais que tu n'es pas un criminel. N'oublie jamais que j'ai accès à ton âme. Je sais fort bien que sous tes allures désinvoltes se cache un cœur en or qui n'a jamais eu l'occasion de s'exprimer. Tu as appris à me révéler ta tendresse et ta vulnérabilité avec ton corps et bientôt, tu le feras aussi avec des mots.

– Mais moi, je ne sais pas lire dans l'âme des autres, grommela-t-il, la tête baissée. Je continue même de me demander si je ne t'ai pas inventée dans un rêve.

– Alors, tu crois que je ne suis pas réelle ? se moqua-t-elle en lui pinçant la hanche.

Il poussa un cri de surprise et s'éloigna de la femme Chevalier.

– Toute ma vie, les gens autour de moi m'ont détesté, mais toi, tu m'as aimé en posant les yeux sur moi. Ce n'est pas normal, Swan.

– C'est parce que moi, je peux voir qui tu es vraiment sous tes airs farouches et tes paroles intimidantes. Je ne crains pas ta magie. Au contraire, elle me fascine. Et puis, ton énergie ressemble tellement à la mienne ! Je sais que je ne serai jamais malheureuse auprès de toi.

Il ramassa leurs vêtements, saisit la main de sa belle et l'entraîna à l'intérieur du palais, jusqu'au grand hall qu'il occupait depuis le départ des Chevaliers. Ils s'installèrent devant l'énorme âtre de pierre. Cette fois, c'est elle qui prit l'initiative de leurs ébats. Il fit mine de résister à ses avances mais, décidément, leurs corps semblaient faits l'un pour l'autre. Même si Wellan lui avait donné l'ordre de rentrer au Royaume d'Émeraude sans tarder, Swan résolut de rester quelques jours de plus dans les bras de Farrell à savourer un moment de répit bien mérité.

22

UNE ATTAQUE AÉRIENNE

En ouvrant l'œil, le lendemain matin, Swan ressentit un terrible danger. Elle se leva vivement sur les coudes et, utilisant ses sens magiques, elle balaya la région jusqu'à ce qu'elle capte une force glacée et menaçante approchant rapidement au-dessus de la mer. « Un autre sorcier ? » s'alarma-t-elle. Ce château était vraiment au beau milieu de la voie maléfique menant à Enkidiev ! Elle secoua aussitôt Farrell et lui ordonna de s'habiller en vitesse pendant qu'elle enfilait son uniforme et attachait ses armes à sa taille. Elle courut jusqu'au balcon royal qui surplombait l'océan. Un curieux nuage noir avançait à l'horizon.

– Mais qu'est-ce que c'est ? demanda Farrell en arrivant près d'elle.

– Je n'en sais rien, mais à mon avis, ce n'est pas un phénomène naturel. Je crains que ce soit plutôt une nouvelle attaque de l'empire.

– Tu penses que ce sont des ennemis volants ? s'étonna-t-il.

– Nous avons déjà affronté un sorcier d'Amecareth qui avait des ailes, se rappela la jeune femme.

– Si ce sont des sorciers, alors nous ferions mieux de ne pas traîner ici, s'énerva Farrell.

– Surtout, n'aie pas peur, je ne laisserai rien t'arriver. Mais tu dois comprendre que je suis d'abord et avant tout un Chevalier d'Émeraude. Tous les renseignements que je pourrai transmettre à mes frères d'armes leur permettront de mieux assurer la défense du continent.

– Tu as l'intention d'attendre l'arrivée des mages noirs ?

– Nous ne savons même pas ce que c'est, Farrell. Je peux seulement capter de mauvaises intentions. Alors il faut que nous restions pour savoir de quoi il retourne.

Elle le sentit hésiter, mais elle ne pouvait pas prendre cette décision pour lui. Elle ne pouvait pas non plus lui reprocher de trembler de peur, puisqu'il n'avait pas été formé comme elle pour la guerre. Au bout d'un moment, il glissa les doigts entre les siens et les serra, dans un visible effort pour se montrer courageux. Cela réchauffa le cœur de Swan qui voulait que son mari soit un homme brave.

Wellan ! appela-t-elle.

Le grand Chevalier venait de terminer son repas du matin au milieu de ses compagnons lorsqu'il capta l'appel de la guerrière absente. Il se redressa aussitôt sur son banc en déposant sa coupe. Tous ses frères et ses sœurs d'armes se retournèrent vers lui. Ils pouvaient l'entendre aussi. *Que se passe-t-il, Swan ?* demanda Wellan. La réponse de la femme Chevalier les fit sursauter. *L'ennemi est de retour !* déclara-t-elle. Elle décrivit à son chef ce qu'elle voyait pendant que tous les Chevaliers fixaient intensément Wellan, attendant sa décision.

– Le journal d'Onyx parlait-il d'un ennemi ailé ? explosa Bridgess.

– Non, répondit le grand chef. Mais ce document ne décrivait pas tous les soldats qu'utilise Amecareth. Il mentionnait seulement le fait qu'il envoie contre les humains toutes les races qu'il désire éliminer.

– Et si c'étaient des sorciers comme Asbeth ? intervint Hettrick, qui avait jadis vu cette créature infâme s'envoler après avoir assassiné un de leurs Écuyers.

– C'est possible, murmura Wellan en attendant le reste du rapport de Swan.

Ils sont des centaines, fit-elle. *Décris-les-moi,* ordonna son chef. *Ce sont des insectes, il n'y a aucun doute, mais ils ne ressemblent pas à ceux que nous avons déjà affrontés. On dirait de grosses abeilles.*

Grosses comment ? s'impatienta Nogait, assis sur le bout de son banc. *C'est difficile à déterminer, mais elles se dirigent tout droit vers Zénor. Je pourrais tenter de les ralentir.* Wellan passa rapidement en revue tous les scénarios possibles. *Seulement si tu peux le faire sans danger,* concéda-t-il enfin. *Nous arrivons.*

– Allez revêtir vos cuirasses, ordonna-t-il à ses hommes en se levant.

Les plus jeunes se précipitèrent vers la sortie d'un seul bond, mais les plus vieux dirigèrent plutôt un regard inquiet vers Wellan.

– Ne perdez pas de temps, exigea ce dernier. Swan ne pourra pas les retenir indéfiniment.

Il marcha vers la porte, Bridgess sur ses talons et les autres derrière eux.

– Swan est à Zénor, lui rappela son épouse en le suivant dans leur chambre. Nous n'y serons pas avant plusieurs jours, même si les pluies ont cessé.

– Pas si le Magicien de Cristal nous accorde enfin l'aide que nous lui demandons depuis longtemps, répliqua-t-il en s'emparant de sa cuirasse verte.

« Ils ne vont pas recommencer à se bagarrer », espéra la jeune femme en attachant l'armure de son époux. Dès qu'ils furent prêts, Wellan sortit. Il n'attendrait pas Jasson et Bergeau, qui habitaient sur des fermes à plusieurs kilomètres du château et qui ne pourraient pas être là avant au moins une heure. Il se planta au milieu de la cour, peu à peu rejoint par les autres.

– Maître Abnar ! rugit-il. J'ai besoin de vous !

Le Magicien de Cristal se matérialisa à ses côtés avec son air sévère habituel. Il examina froidement cette assemblée de soldats, la plupart en vert, un en mauve et un étranger vêtu d'une cuirasse argentée parée d'un aigle. Près d'Abnar apparut alors une belle dame blanche et lumineuse. Un murmure d'admiration s'éleva parmi les jeunes Chevaliers. Sa présence sembla d'ailleurs refroidir la colère de leur grand chef, qui posa respectueusement un genou en terre.

– *L'empereur nous attaque de nouveau*, fit la Reine Fan d'une voix mélodieuse.

– Nous le savons, Majesté, répondit Wellan en s'efforçant de maîtriser son impatience. Un de mes soldats se trouve présentement à Zénor et vient de me rapporter ce qu'elle a vu. Nous implorons votre aide afin de nous rendre aussi rapidement que possible sur la côte pour arrêter l'ennemi.

Fan jeta un coup d'œil à Abnar. À cet instant, il devint évident pour Wellan qu'elle détenait plus d'influence que le Magicien de Cristal auprès des dieux.

– Wellan, nous avons décidé de vous accorder le pouvoir de vous déplacer rapidement à travers l'espace avec votre armée, déclara Abnar sur un ton forcé. Vous n'avez qu'à croiser vos bracelets devant vous et à visualiser l'endroit où vous désirez vous rendre. Un tourbillon d'énergie apparaîtra dans lequel tous les Chevaliers devront entrer.

– Et si je devais tomber au combat, lequel de mes hommes pourrait ramener mes compagnons au bercail de la même façon ?

Les traits d'Abnar se durcirent brusquement, mais il ne pouvait pas punir le Chevalier impertinent en présence de Fan de Shola.

– *Nous prendrons cette décision lorsqu'elle s'imposera*, répondit celle-ci pour mettre un terme à l'affrontement. *Sortez vos épées de vos fourreaux et tendez-les au-dessus de vos têtes.*

Wellan s'exécuta sur-le-champ, incitant ainsi ses soldats et Kardey à obéir à la reine magicienne. Toutes les lames s'élevèrent vers le ciel, réfléchissant la lumière du soleil du matin, y compris l'épée double de Kira qui observait sa mère avec tendresse.

– *Vous allez recevoir des dieux un présent qui vous sera fort utile dans les combats qui s'amorcent*, annonça la reine fantôme. *À partir de maintenant, vos armes seront plus résistantes et vos bras plus puissants. Vos ennemis ne pourront pas vous vaincre lorsque vous vous en servirez contre eux.*

De brillants éclairs écarlates venus de nulle part frappèrent les lames et causèrent une grande douleur dans les muscles des Chevaliers étonnés. En voyant son épée parcourue de serpents d'énergie de couleur rouge, Wellan comprit tout de suite que cette énergie leur était offerte par la déesse de Rubis.

Au milieu des soldats, Kardey reçut un grand choc. Tout son corps fut secoué de tremblements et il abaissa son arme avec beaucoup de difficulté. À ses côtés, Ariane perçut sa frayeur. La défunte reine avait accru les pouvoirs magiques d'un homme qui n'en possédait même pas ! Mais ce n'était guère le moment d'en parler à Wellan. Kardey devrait s'habituer de lui-même à son nouvel état s'il voulait servir sous ce grand homme.

– Nous sommes reconnaissants de ce présent, remercia Wellan en remettant son arme dans son fourreau.

– *Que les dieux vous protègent, Chevaliers,* conclut Fan avec un sourire bienveillant à l'endroit du grand chef.

Wellan baissa les yeux sur les deux bracelets noirs dont il ne pouvait plus se défaire. Il les leva devant lui, forma dans son esprit l'image de la plage de Zénor, près du château, et il croisa les poignets. Un magnifique tourbillon de lumière blanche se forma au milieu de la cour, semblable à celui qu'avait emprunté Dylan lors de son passage dans le hall. Wellan marcha résolument vers le couloir d'énergie, aussitôt suivi de ses soldats.

23

UNE TROMBE VIVANTE

Pendant que les Chevaliers se préparaient à quitter Émeraude, la situation s'était détériorée au Château de Zénor. Afin de stopper l'avance des curieux insectes ailés, Swan décida de se servir de son arme la plus puissante pour attirer leur attention dès qu'ils furent suffisamment près du palais. Elle était loin de penser que tout l'essaim allait réagir ! Sur le balcon de pierre surplombant l'océan, elle leva les bras et chargea ses paumes. Derrière elle, Farrell demeurait immobile, inquiet de voir qu'une seule humaine s'apprêtait à affronter toute une armée de grosses abeilles dont elle ne connaissait rien.

Les premiers rayons mortels de Swan frappèrent leur cible. Ils transpercèrent l'abdomen doré des insectes volant en tête de la nuée, les précipitant dans les flots. Un bourdonnement assourdissant s'éleva de l'océan et Swan s'empressa d'abattre autant d'abeilles que possible avant leur arrivée au-dessus d'elle. Le nuage devint alors plus compact et fonça comme un éclair sur le château.

– Farrell, si tu maîtrises le moindrement tes facultés magiques, ce serait une excellente occasion de m'aider ! hurla la jeune femme qui voyait des centaines d'insectes approcher à grande vitesse.

– Je ne sais pas comment m'en servir pour me battre ! paniqua-t-il.

– Fais tomber de la pluie ! Soulève la mer ! Fais n'importe quoi ! Nous allons être massacrés !

Le jeune paysan reprit son sang-froid en pensant au bonheur qui l'attendait dans les bras de cette belle guerrière. Soudain, derrière l'essaim, un tourbillon de vent commença à aspirer l'eau de l'océan tout en avançant vers la terre ferme. Cela ressemblait à une toupie géante tournant de plus en plus rapidement sur elle-même. La tornade s'intensifia et se mit à engouffrer les abeilles comme un monstre affamé. En voyant venir ce fléau, les ennemis s'éparpillèrent autour du château. C'est alors que Swan constata que le tourbillon liquide fonçait sur le palais.

– Farrell, arrête-le tout de suite ! exigea-t-elle en mesurant la force du phénomène.

Mais, paralysé, le jeune homme fixait l'océan avec stupeur. Swan le poussa violemment sur le sol et la colossale colonne d'eau frappa la façade ouest du Château de Zénor en faisant trembler ses fondations. La vague qui balaya le balcon précipita les deux amoureux dans le couloir, où ils butèrent finalement contre un mur transversal. Swan tira aussitôt la tête de son compagnon hors de l'eau.

– Farrell, est-ce que ça va ?

– Oui, ça va..., répondit-il en toussant.

– Tu as fait du bon travail, mon ami. Mes frères pourront facilement affronter le reste des envahisseurs, maintenant.

Une intense vibration se fit sentir dans le palais. La femme Chevalier comprit que les abeilles survivantes y pénétraient afin de venger leurs congénères. Les portes de bois du vieil édifice étant pour la plupart pourries, rien ne pourrait les arrêter. La mission de Swan consistait à ralentir l'ennemi, ce qu'elle avait incontestablement accompli avec l'aide de Farrell. Il ne leur restait plus qu'à demeurer en vie en attendant les renforts.

Swan saisit le bras de Farrell. Elle l'entraîna vers l'escalier, où l'eau coulait comme une cascade. Ils s'accrochèrent fermement à la rampe pour ne pas être emportés par le courant. Lorsqu'ils arrivèrent sur le palier inférieur, ils furent accueillis par une dizaine d'abeilles vrombissant furieusement en volant sur place. Chacune était aussi grosse qu'un homme adulte, et leurs ailes transparentes frôlaient les murs de chaque côté. Leurs yeux, de la taille des pamplemousses, étaient couverts de petites facettes brillantes où les deux humains se reflétaient. Swan ressentit la terreur de Farrell.

L'eau coulait maintenant en petits ruisseaux entre leurs pieds, poursuivant sa course vers les autres étages, donnant à Swan un terrain plus ferme pour affronter l'ennemi. D'un geste rapide, elle dégaina son épée de la main droite. De l'autre, elle lança un premier rayon mortel sur l'insecte qui se trouvait droit devant elle. Sa tête explosa et fit tourbillonner les autres, mais ils n'abandonnèrent pas pour autant leurs plans de vengeance. D'un bloc, les abeilles foncèrent sur leurs adversaires en émettant des bourdonnements encore plus forts.

Swan n'eut que le temps de lancer un deuxième rayon lumineux sur l'une des assaillantes et de trancher la tête d'une troisième avec son épée avant que les suivantes se précipitent sur elle. Sans qu'elle comprenne pourquoi, sa lame devint alors d'un rouge étincelant. Son bras fut subitement si douloureux qu'elle faillit laisser tomber son arme. Elle l'agrippa à deux mains, rassemblant tout son courage, et multiplia les coups avec toute la force qu'elle possédait.

– Farrell, retourne en haut ! cria-t-elle en combattant.

Le paysan lui obéit sans hésiter, mais avant d'avoir pu grimper cinq marches, il entendit d'autres battements d'ailes sonores à l'étage supérieur.

– Il y en a d'autres là aussi ! s'exclama-t-il avec terreur.

Wellan ! appela Swan avec désespoir.

Les Chevaliers d'Émeraude venaient d'apparaître sur la plage à côté du château lorsque le grand chef entendit le signal de détresse de sa sœur d'armes. D'un seul coup d'œil, il évalua la situation. Des insectes volants cherchaient à s'infiltrer dans le gros édifice de pierre. Avec ses sens magiques, il sentit aussi leur présence à l'intérieur. *Je suis dans l'escalier principal et je suis coincée !* l'avertit Swan dans son esprit.

Wellan ordonna tout de suite aux plus jeunes de rester à l'extérieur sous la direction de Bridgess afin d'attaquer l'ennemi avec des rayons enflammés. Il fonça dans la cour avec les plus vieux, des vétérans qui ne se laisseraient pas gagner par la panique s'ils se retrouvaient face à face avec ces abeilles géantes dans les étroits couloirs.

Swan continuait d'asséner des coups mortels avec sa lame soudain plus tranchante et son bras plus puissant, mais les insectes étaient trop nombreux. Elle sentit le dos de Farrell heurter le sien. D'autres abeilles s'avançaient vers lui dans l'escalier, et il reculait, trop effrayé pour se défendre. L'une d'elles replia subitement son corps vers l'avant et lui présenta son dard aussi gros qu'une pointe de lance. Mort de peur, Farrell ne bougea même pas lorsqu'elle le lui enfonça dans le côté. Il poussa un terrible cri de douleur et s'effondra dans les jambes de Swan. Cette dernière trébucha sous les bêtes qu'elle était en train de combattre et perdit le contrôle de son épée.

S'écrasant près de Farrell qui se tordait de souffrance, elle tendit les mains pour en laisser sortir les flammes dont les Chevaliers se servaient pour incinérer les cadavres de leurs victimes. Cela empêcha les insectes les plus rapprochés de leur planter d'autres dards dans le corps, mais lorsqu'ils commencèrent à s'écrouler sur eux, elle craignit que leur poids ne les fasse suffoquer.

Une multitude de rayons lumineux se mirent alors à zigzaguer dans le grand portique. Les abeilles s'écrasèrent les unes après les autres sur les murs de pierre, succombant à la force de frappe des Chevaliers d'Émeraude. Kira aurait bien aimé se servir de son étonnante puissance de destruction contre ces affreuses bestioles, mais ses compagnons se trouvant au milieu d'elles, ils auraient péri en même temps. Elle se servit plutôt de sa redoutable épée double et faucha antennes, pattes et dards en faisant bien attention de ne pas blesser les siens.

– Swan ! héla la voix forte de Wellan.

– Je suis sous les cadavres ! répondit-elle, en colère. Aidez-moi ! Farrell est blessé !

Falcon et Dempsey les débarrassèrent des abeilles mortes et de leurs encombrantes ailes en utilisant leurs épées et leurs pieds pour les repousser plus loin. Swan se retourna vers son jeune ami qui gémissait. Elle tenta immédiatement de refermer sa plaie, de laquelle le sang giclait comme d'une fontaine. Avec horreur, elle capta la présence d'un corps étranger dans sa chair.

– Santo ! hurla-t-elle avec détresse.

Malgré les combats qui se poursuivaient autour de lui et les bourdonnements assourdissants des insectes, le guérisseur se précipita vers le corps de Farrell au pied de l'escalier.

– Il y a quelque chose de maléfique dans sa blessure ! l'informa Swan, effrayée.

Santo déchira la tunique du jeune paysan pour découvrir une plaie de la grosseur d'un poing juste en dessous de ses côtes. Il passa la main sur la blessure et s'étonna de ressentir la présence d'une forme de vie à l'intérieur de l'abdomen, alors qu'il s'attendait plutôt à y découvrir un poison quelconque. N'ayant jamais eu à faire face à ce genre de situation, le guérisseur choisit de ne pas refermer le trou avant d'en avoir extrait ce que la créature y avait déposé.

Pendant que ses frères abattaient impitoyablement les abeilles, Santo se concentra profondément. Il se servit de ses deux mains pour repérer la petite créature qui se tortillait dans la chair de Farrell afin de la ramener vers l'ouverture. Il s'agissait d'un travail difficile, même pour un magicien de sa trempe, et il sentit ses forces diminuer rapidement. Le blessé cessa de gémir. Le teint livide, il respirait avec de plus en plus de difficulté.

– Santo, je t'en conjure, dis-moi quoi faire pour t'aider, supplia Swan qui voyait son amant dépérir à vue d'œil.

– Cette chose est en train de le tuer et je suis incapable de m'en saisir ! déplora son compagnon, le front perlé de sueur.

Dès que la dernière abeille eut été décapitée à l'intérieur du château, Wellan ordonna à ses compagnons de prêter main-forte aux plus jeunes qui combattaient les insectes dans la cour. Pendant qu'ils s'y précipitaient, il se rendit auprès de Santo.

– Comment est-il ? s'inquiéta le grand chef.

– Très mal, avoua le guérisseur. Apparemment, ces insectes se servent de leurs dards pour pondre leur progéniture dans la chair humaine.

– Fais tout ce que tu peux pour lui, Santo. Je dois aller m'assurer que nous éliminions ces créatures jusqu'à la dernière.

Wellan s'élança dans le couloir, en direction de la cour. Kira ne le suivit pas. Elle s'arrêta plutôt près du lointain cousin de son époux de plus en plus pâle. Elle voyait bien que Santo n'arrivait pas à le débarrasser de son mal.

– Peux-tu le sauver ? l'implora Swan, les yeux remplis de larmes.

– Je vais essayer, s'empressa la Sholienne.

Comme eux, elle passa la main au-dessus de la poitrine de Farrell. Une curieuse force se dirigeait vers son cœur. Or, Abnar disait que la vie dépendait de cet organe important et que lorsqu'il s'arrêtait de battre, la mort était inévitable. Ce qui rampait à l'intérieur du paysan risquait donc de le tuer dans les prochaines minutes si personne n'arrivait à intervenir. Kira projeta une intense lumière mauve sur Farrell, qui poussa un hurlement. Swan lui souleva la tête pour la déposer sur ses genoux. Les mains sur ses tempes, elle lui transmit une vague d'apaisement.

– Cette chose me résiste, Santo, déclara Kira. Je sais que si elle atteint son cœur, Farrell mourra, mais si elle arrache tout sur son passage pendant que je tente de la faire sortir, il ne sera pas en bien meilleur état.

– Je m'occuperai de ses blessures internes quand tu auras réussi à l'extraire, assura le Chevalier guérisseur en ménageant ses forces pour le coup final.

Alors Kira risqua le tout pour le tout. Elle ne ménagea pas sa puissance dans ce combat contre la créature qui se débattait furieusement dans l'organisme de Farrell. En utilisant toute sa concentration, elle réussit à capturer magiquement la mystérieuse bête et à la tirer jusqu'à la plaie. Swan ravala un cri de surprise en apercevant son affreuse petite tête hérissée d'épines jaillissant de la poitrine du blessé, mais Kira demeura imperturbable. Comme un prédateur, elle planta ses griffes acérées dans l'animal gluant et le retira de la chair de Farrell qui perdit conscience.

La créature tubulaire, longue comme la main d'un homme environ, s'écrasa brutalement sur la pierre. D'un geste rapide, Swan l'incendia avec un rayon enflammé, pendant que Santo passait les mains au-dessus du jeune homme, soulagé de ne pas déceler d'autres larves. Il entreprit sur-le-champ de refermer toutes les blessures internes ainsi que la plaie béante, mais Farrell avait déjà perdu beaucoup de sang. Cela, aucun Chevalier ne pouvait y remédier avec sa magie. Lorsque la lumière blanche s'éteignit finalement dans ses paumes, le guérisseur épuisé s'écroula près de son patient. Kira se précipita sur lui, mais le halo qui lui permettrait de rétablir son essence vitale l'enrobait déjà.

Blafard comme la mort, Farrell ne pourrait certes pas être transporté de façon traditionnelle jusqu'au Royaume d'Émeraude. Et puisque la côte était une fois de plus devenue un champ de bataille, ils ne pouvaient pas non plus se permettre de le laisser à Zénor le temps de sa guérison.

– Maître Abnar, si vous pouvez m'entendre, je vous en conjure, vous devez me venir en aide, implora Kira.

Le Magicien de Cristal, à qui les dieux avaient confié la survie des Chevaliers d'Émeraude, se matérialisa près d'elle. Il jeta un coup d'œil aux cadavres gluants qui jonchaient le couloir et l'escalier puis se tourna vers le corps inanimé de Farrell et le regard suppliant de la Sholienne.

– Je ne peux pas intervenir dans vos combats, lui rappela-t-il sévèrement.

– Je sais, maître, mais vous pouvez en retirer les blessés. Alors, ramenez ces trois soldats au Château d'Émeraude afin qu'ils puissent y reprendre des forces. Je me charge du reste.

Abnar vit Santo allongé sur le sol, entouré d'un cocon lumineux, ainsi que Swan à bout de force après son combat contre les abeilles, mais il ne reconnut pas le jeune homme gisant devant elle.

– Cet homme n'est pas un Chevalier, fit-il en scrutant le visage de Farrell.

– C'est mon futur époux, riposta Swan, et il a combattu ces insectes à mes côtés.

Abnar demeura silencieux un instant, puis disparut en emportant les trois humains avec lui. « Tant mieux », pensa Kira en se relevant. Elle aurait perdu un temps précieux à le convaincre de faire une exception aux règlements. Elle courut rejoindre ses frères dans la cour du château. Elle n'avait reçu aucun message de détresse de la part de son époux qui s'y battait avec les recrues, mais elle voulait quand même garder un œil sur lui.

Autour du palais et sur la plage, les jeunes Chevaliers abattaient les insectes volants à l'aide de leurs pouvoirs magiques. Les épées étaient également utiles lorsqu'une abeille fonçait sur eux en pointant son dard menaçant. La magie que leur avait accordée la dame blanche semblait fonctionner, puisqu'ils arrivaient à les tuer sans effort.

En sortant de l'édifice, Wellan les sonda rapidement. Il constata avec satisfaction qu'aucun de ses hommes n'avait été blessé. *Wellan, que se passe-t-il, à la fin ?* tonna la voix de Jasson dans leurs esprits. *Pourquoi êtes-vous partis sans Bergeau et moi ? Et pourquoi nos épées sont-elles devenues rouges tout à coup ?* Le grand chef évalua la situation sur le terrain avant de leur répondre.

C'est un cadeau des dieux. L'ennemi a frappé Zénor et je n'ai pas eu le temps de vous attendre. Restez avec Lassa. Notre nouvel ennemi est un essaim d'abeilles géantes qui pourrait fort bien voler jusqu'à Émeraude. Ne les laissez pas se rendre jusqu'au porteur de lumière. Les deux Chevaliers acceptèrent volontiers cette mission.

Wellan lança ses hommes à l'assaut des derniers insectes, qu'ils massacrèrent sans pitié avec leurs épées ensorcelées. C'est alors que le jeune Brannock, juché sur les pierres de la brèche dans les remparts, aperçut un curieux nuage noir remontant la côte vers le nord.

– Wellan ! cria-t-il en revenant vers lui à la course.

Le grand Chevalier pivota sur ses talons et vit une abeille foncer sur le jeune homme.

– Brannock, par terre ! commanda Wellan en s'élançant à sa rencontre.

Ce fut sa discipline qui sauva ce Chevalier nouvellement adoubé. Sans la moindre hésitation, il se jeta à plat ventre puis roula sur le dos en brandissant son épée devant lui, comme on le lui avait enseigné. L'abeille repliait son corps pour enfoncer son dard dans la poitrine de Brannock lorsque l'épée puissante de Wellan fendit l'air et tua l'insecte instantanément. Celui-ci s'écrasa lourdement à côté du jeune soldat.

– Dans le ciel ! prévint-il Wellan en combattant sa peur. Au-dessus de l'eau !

Le grand Chevalier leva les yeux mais ne vit rien. De là où ils étaient, ils ne pouvaient pas apercevoir l'océan à cause des remparts. Wellan se précipita dans la brèche. Falcon fonça derrière lui pour le couvrir. Ils sautèrent tous les deux sur les pierres usées, pour s'apercevoir que l'essaim remontait la côte.

– Chevaliers, suivez-moi ! ordonna Wellan.

Il courut sur la plage où se trouvait un groupe de plus jeunes guerriers et appela les autres par voie télépathique. Il en fit rapidement le compte grâce à ses sens magiques, détectant aussitôt les absences.

– Où sont Swan et Santo ? demanda-t-il à ceux qui avaient combattu dans le palais.

– Abnar les a emmenés avec Farrell au Château d'Émeraude, expliqua Kira. Ils étaient trop faibles pour continuer.

Wellan s'informerait plus tard de leur état de santé. Pour l'instant, il devait traquer le reste des insectes pour les détruire avant qu'ils ne s'en prennent aux habitants des royaumes côtiers. Il visualisa sa prochaine destination et tendit les bras devant lui.

– Mais les cadavres ? protesta le nouveau Chevalier Fabrice.

– Nous reviendrons les incinérer plus tard, décida Wellan. Commençons par sauver les villageois d'Argent.

Il croisa ses poignets. Le tourbillon d'énergie apparut devant eux. Tous y suivirent leur grand chef sans répliquer.

en remontant la côte

Les Chevaliers d'Émeraude émergèrent du tunnel de lumière au pied du Château d'Argent, à l'intérieur des hautes murailles qui ne protégeraient certes pas les habitants des insectes volants. Les paysans furent effrayés de voir apparaître un si grand nombre de soldats au milieu de leur village, mais certains reconnurent leur cuirasse verte sertie de pierres précieuses et calmèrent les autres. Falcon regarda autour de lui avec étonnement.

– Mais que fais-tu du Royaume de Cristal ? demanda-t-il à son grand chef.

– Les paysans ne sont pas encore retournés dans les villages côtiers, répondit Dempsey pour son chef. Les insectes ne verront personne et ils poursuivront leur route jusqu'ici.

Wellan saisit au passage le bras d'un père qui poussait les siens vers sa maison en abandonnant leur repas sur le feu.

– D'où l'alarme est-elle sonnée ? s'enquit le Chevalier.

– Du château, lança l'homme en se défaisant de lui.

Le grand chef demanda à ses compagnons de se disperser et d'attendre l'arrivée des abeilles, puis il croisa de nouveau ses bracelets et se précipita seul dans le vortex. Il fit irruption dans le grand hall du Roi d'Argent où sa famille mangeait en compagnie des dignitaires. Une servante poussa un grand cri, mais rien ne perturba Wellan qui se dirigea aussitôt vers le Roi Cull.

– Mais quelle est cette sorcellerie ? s'écria le principal conseiller du roi.

– Ce n'est pas de la sorcellerie, répliqua Cull en se levant. Les Chevaliers d'Émeraude sont de puissants magiciens pour qui rien n'est impossible.

– Je regrette de m'introduire de cette façon chez vous, Majesté, s'excusa Wellan, mais notre continent est une fois de plus attaqué par l'empereur. Je dois vous demander de sonner l'alarme qui indiquera au peuple de se mettre à l'abri.

Cull fit signe à un serviteur qui détala comme un lapin en direction de la porte. Il contourna ensuite la grande table, suivi de son fils, le Prince Rhee, pour se planter devant le chef des Chevaliers.

– Dites-nous ce que nous pouvons faire pour vous aider, le pria le monarque.

– L'ennemi vient du ciel, cette fois, alors bouchez toutes les fenêtres et les portes des balcons du palais. Postez vos soldats dans tous les couloirs en leur précisant que le dard de ces insectes volants est mortel et demandez à tous vos domestiques de se réfugier à l'intérieur du château.

Les grosses cloches d'argent de la forteresse se mirent à résonner.

– Voulez-vous des hommes pour combattre l'envahisseur à l'extérieur des murs ? proposa Cull.

– À moins que leurs mains puissent lancer des rayons mortels, ce serait bien inutile, Majesté. Et surtout, fit Wellan en tournant les yeux vers Rhee, veillez à ce que le prince ne tente pas de nous rejoindre sur le champ de bataille.

– Mais, sire Wellan, vous connaissez la valeur de mon bras ! protesta le jeune homme.

– Ce ne sont pas des hommes-lézards que nous affrontons, mais des insectes volants qui attaquent les humains afin de pondre des œufs dans leur chair.

Un murmure d'horreur parcourut l'assemblée, mais le prince soutint le regard du célèbre guerrier avec courage. « Il sera bien difficile de le garder au palais », pensa le Chevalier.

Wellan ! l'appela la voix de Bridgess dans son esprit. L'ennemi était donc en vue. Wellan s'inclina devant le roi et le prince, croisa ses bracelets et entra dans le tourbillon lumineux sous les yeux terrorisés des dignitaires. Il réapparut auprès de son épouse qui lui pointa le large nuage sombre à l'horizon. Le grand Chevalier repéra ses compagnons d'armes à l'aide de ses sens invisibles. Ils s'étaient effectivement éparpillés dans le village principal, au centre du royaume.

– Es-tu bien certain qu'ils viendront ici ? lui demanda le Chevalier Volpel, quelques pas plus loin.

– Non, je ne suis sûr de rien, avoua le grand chef, mais si j'étais un insecte pressé de pondre, je foncerais sur les premiers humains en vue et ce sera nous.

– Selon toi, ils choisiront des Chevaliers qui viennent d'en massacrer un grand nombre à Zénor ? s'étonna Bridgess.

– Même s'ils possèdent la faculté de nous reconnaître, ils ne s'attendront certainement pas à ce que nous nous soyons déplacés aussi rapidement.

Une partie du nuage noir fonça vers le sol, comme une averse, tandis que le reste des insectes poursuivait sa route vers le nord. Cela consterna Wellan, qui ne pouvait pas diriger deux champs de bataille à la fois. *Préparez-vous à les recevoir !* ordonna-t-il. *Utilisez d'abord vos pouvoirs magiques, puis vos armes lorsqu'ils seront au sol ! Méfiez-vous de leurs dards !*

Les insectes plongèrent sur eux. Sans manifester la moindre crainte, les Chevaliers les bombardèrent de rayons mortels. Les cadavres se mirent à pleuvoir autour des combattants. Même Sage s'acquittait bravement de ce travail, exténuant pour lui parce qu'il n'avait pas utilisé aussi souvent que ses compagnons les facultés de ses mains.

Kira participait aussi à cette mission défensive tout en se demandant comment elle pourrait se mettre suffisamment en colère pour pulvériser tout l'essaim. Elle eut beau tenter d'imaginer son mari aux prises avec le chef des insectes, Lassa enlevé par l'empereur ou sa mère projetée dans le gouffre obscur et sans fond des sorciers, rien ne parvint à la faire fâcher au point de recréer les globes mauves qui avaient anéanti les reptiles et les rats. « Si seulement j'avais étudié quelques années de plus avec le Magicien de Cristal, je maîtriserais maintenant cette terrible puissance », déplora-t-elle. Il ne s'échappait de ses paumes que des rayons violets très brillants qui ne tuaient à chaque coup qu'un ou deux insectes tandis que des centaines de ces horribles créatures se ruaient sur ses compagnons.

Wellan savait matérialiser des serpents fulgurants depuis son séjour au Royaume des Ombres. Cependant, il ne réussissait à détruire qu'un petit nombre d'abeilles à la fois. Lui aussi aurait bien aimé que Kira puise dans ses sombres réserves d'énergie pour exterminer toute la nuée vrombissante, afin de diminuer le risque de blessures ou de pertes parmi ses hommes. Mais était-il sage de la mettre en colère ? De temps à autre, il jetait des coups d'œil à ses Chevaliers, surtout les plus jeunes. Ils se débrouillaient fort bien et, plus important encore, ils ne se laissaient pas gagner par la peur.

La bataille dura plusieurs heures. Les insectes morts jonchèrent bientôt le sol. Les abeilles n'avaient pas attaqué les autres villages du Royaume d'Argent, ses habitants s'étant terrés dans leurs chaumières. Elles s'étaient plutôt concentrées sur le seul endroit où elles pouvaient voir des êtres vivants. Elles ne se servaient donc pas du système de repérage des véritables abeilles, mais uniquement de leur vision. Il suffisait donc de mettre les villageois à l'abri lors de leur passage afin que ce soient les Chevaliers qu'elles attaquent.

Tout en combattant, Wellan surveilla le déplacement du reste de l'essaim qui n'était plus qu'un petit point dans le ciel. Il devait se trouver au-dessus du pays des Fées. Là, les abeilles ne verraient certainement personne, puisque ces êtres éthérés passaient le plus clair de leur temps à l'intérieur de leur palais invisible.

Craignant que les insectes volants ne bifurquent vers l'intérieur du continent et qu'ils ne s'en prennent aux habitants des Royaumes de Diamant et d'Émeraude, Wellan s'apprêta à conduire ses soldats dans un autre vortex. À ce moment-là, une abeille sortie de nulle part fendit l'air en direction de Sage. Pris au dépourvu, le jeune guerrier se figea devant l'énorme insecte au dard replié.

– Non ! hurla Kira en s'élançant à son secours.

La princesse mauve n'eut pas le temps de faire quoi que ce soit. Un projectile en provenance du ciel s'abattit sur le dos de l'insecte à la vitesse de l'éclair. Le faucon !

Le rapace déchira impitoyablement la peau dorée de l'abeille à la base de ses ailes transparentes. Elle s'effondra bientôt sur le sol devant Sage. Reprenant son sang-froid, ce dernier détacha le gant de cuir qui pendait à sa ceinture, l'enfila, tendit le bras et siffla. L'oiseau lâcha sa proie et se posa docilement sur le poing de son maître. Il pencha la tête de côté en lui faisant des yeux doux et poussa un petit cri plaintif. Il avait dû emprunter le vortex sans que personne s'en aperçoive. Cependant, même si elle n'avait plus l'usage de ses ailes, l'abeille éprouvait toujours le besoin de pondre.

Debout sur ses six pattes velues, elle ne fit qu'un pas en direction de Sage et du faucon. Kira leva les bras et tous ceux qui se trouvaient derrière l'insecte s'éparpillèrent en vitesse. Un aveuglant rayon violet s'échappa de ses mains griffues et pulvérisa l'ennemi.

Un peu plus loin, Nogait évitait le dard menaçant d'une abeille surgie devant lui. Ayant solidement empoigné la garde de son épée, le Chevalier n'attendait que le moment de faucher la créature menaçante. Mais, en reculant, il ne vit pas la grosse pierre derrière lui. Il trébucha et s'abattit de tout son long.

– Nogait, attention ! l'avertit Kira.

N'écoutant que son courage, elle se précipita entre son frère d'armes et l'abeille. Dans son esprit, elle revit la larve qui avait failli tuer Farrell et la colère s'éveilla en elle. Un halo lumineux apparut le long de ses bras tendus. L'énergie explosa au bout de ses mains, parcourant le sol en direction des remparts du royaume. Elle réussit non seulement à détruire l'abeille devant elle, mais aussi toutes celles qui se trouvaient à proximité. Heureusement, il n'y avait que des champs cultivés de ce côté, car Kira aurait éliminé toute vie humaine et animale. Lorsque la lumière disparut au pied de la muraille, la Sholienne respira. Il ne restait plus un seul insecte, ni dans le ciel ni au sol. Tous ses compagnons l'observaient en silence.

– Moi, elle me fait peur quand elle se fâche, souffla Milos à son voisin.

Certains se contentèrent de hocher la tête, d'autres sourirent. Sage, lui, contemplait son épouse avec stupeur. Elle détenait de terribles pouvoirs qu'elle maîtrisait à peine ! Mais Kira ne sembla pas capter son inquiétude. Ses yeux cessèrent de briller et elle aida Nogait à se relever.

Chevaliers d'Émeraude ! fit alors une voix forte et angoissée dans leurs esprits. Wellan tourna lentement sur lui-même en cherchant la provenance de cet appel. *Je suis Hamil, le Roi des Elfes, et j'ai besoin de vous. Mon royaume est attaqué par des insectes inconnus qui poursuivent mes sujets jusque dans les arbres.* Wellan fut tenté de faire la sourde oreille, car il continuait de tenir ce roi responsable de la mort de la Reine de Shola. Sa soif de vengeance l'incitait à abandonner les Elfes à leur sort, mais le regard conciliant et implorant de Chloé, quelques pas devant lui, le rappela à l'ordre.

Nous arrivons, répondit-il, au grand soulagement de ses frères d'armes qui avaient craint qu'il ne les envoie plutôt attendre les insectes au Royaume de Diamant.

Wellan demanda aux paysans qui sortaient prudemment de leurs maisons de détruire les derniers insectes morts en les faisant brûler. Il croisa ses poignets et le tourbillon d'énergie apparut devant lui. Tous les Chevaliers l'y suivirent, persuadés qu'ils allaient se retrouver sur la scène d'un véritable massacre.

25

UN ROI STUPÉFAIT

Les Chevaliers d'Émeraude réapparurent quelques secondes plus tard au milieu du vrombissement insupportable des abeilles. Des Elfes de tous âges couraient se mettre à l'abri tandis que le roi se tenait devant sa hutte, armé d'une grosse branche, frappant durement l'insecte qui cherchait à le piquer.

Abattez-moi ces monstres ! ordonna aussitôt Wellan. Les Chevaliers se dispersèrent. Même s'il n'en avait pas vraiment envie, il alla lui-même prêter main-forte à Hamil. En effet, le premier devoir d'un Chevalier d'Émeraude était de défendre les rois. Le grand chef chargea ses paumes et en laissa partir un serpent d'un rose éclatant qui désintégra instantanément l'abeille. La branche dans les mains du roi fendit l'air sans trouver de cible. Le geste faillit même le précipiter sur ses genoux. Il se retourna aussi souplement qu'un chat pour voir d'où provenait le jet de lumière et fut bien surpris de découvrir Wellan.

– Vous ne pouvez pas être déjà ici ! s'exclama-t-il.

– Ce n'est pas vraiment le moment de vous expliquer cela, sire, répondit Wellan en projetant un autre éclair vers un insecte qui arrivait à toute vitesse. Abritez-vous.

Saisi par la soudaine arrivée des Chevaliers et par la force de frappe qu'ils possédaient, le souverain demeura immobile. Les soldats attendaient l'essaim sans sourciller. Les insectes volants cessèrent de poursuivre les Elfes, difficiles à atteindre dans les arbres, et optèrent plutôt pour ces proies humaines à découvert.

Mais ce fut surtout le courage des Chevaliers qui étonna le roi. Jeunes et moins jeunes affrontaient ces créatures étranges sans penser au danger qu'ils couraient, et ce, afin de protéger des Elfes qu'ils ne connaissaient pas. Hamil remarqua aussi la présence d'un étranger parmi eux. Il n'était pas vêtu de vert comme les autres, mais de noir et d'argent, et il se battait avec son épée, attendant que les insectes s'approchent du sol pour leur asséner des coups mortels.

Le roi distingua dans les rangs des Chevaliers les six Elfes qu'il avait lui-même envoyés au Royaume d'Émeraude, puisqu'ils avaient manifesté des facultés magiques exceptionnelles dès leur tout jeune âge. Ils se battaient avec autant de témérité que leurs compagnons d'armes. Pourtant, ils étaient issus d'un peuple pacifique qui réglait toujours ses conflits par la négociation ou par l'évitement.

Une hutte s'effondra non loin de Wellan. Il se douta que les demeures des Elfes, faites de branches entrelacées, laissaient entrevoir leurs occupants à la lueur des feux qui y brûlaient, contrairement aux maisons de pierre du Royaume d'Argent qui camouflaient complètement les humains. Les abeilles n'hésitaient donc pas à défoncer les toits des chaumières où se trouvaient des nids potentiels pour leurs petits. Le grand Chevalier ne se soucia pas de toutes les habitations rustiques qui s'écroulaient une à une autour de lui. Il ne pouvait pas non plus se permettre d'affecter des hommes au sauvetage de ceux qui étaient coincés dans les décombres. Il leur fallait d'abord éliminer la menace venant du ciel.

Les rayons d'énergie sillonnaient la forêt. Là où les abeilles réussissaient à s'approcher assez près, les soldats les recevaient à coups d'épée. Pendant qu'il défendait les Elfes, Wellan se mit à penser qu'il s'agissait peut-être d'une diversion tandis que d'autres garnisons d'Amecareth mettaient le pied ailleurs. Mais il ne pouvait pas tuer ces insectes et sonder Enkidiev en même temps.

Tout près de lui, le Chevalier Amax gémit de douleur, ramenant son chef à la dure réalité du combat. Il se tourna vers son jeune soldat. Kevin et Brennan accouraient déjà à son secours. Pendant que le premier se penchait sur la victime, le second cribla l'insecte responsable de coups d'épée pour le faire reculer. Les abeilles semblaient désespérées, probablement parce qu'elles ne pouvaient plus retarder la ponte. Elles prenaient des risques de plus en plus grands. Certaines volaient même au ras du sol, où les humains les décapitaient facilement.

Au bout de quatre heures de combat, les vrombissements cessèrent. Wellan s'immobilisa, l'épée à la main. Tous ses soldats eurent le même réflexe. Kira se rapprocha lestement de son époux pour qu'il ne soit pas encore une fois victime d'un ennemi isolé.

Wellan sonda non seulement les grandes forêts des Elfes et la côte ouest, mais il étendit également ses sens invisibles jusqu'aux montagnes volcaniques qui séparaient les Royaumes d'Opale, de Rubis, de Jade et de Béryl du reste du monde. Ne ressentant aucune autre présence ennemie, il remit son épée dans son fourreau et il examina froidement le champ de bataille. *Détruisez ces cadavres et voyez si vous pouvez aider les blessés ou ceux qui sont emprisonnés sous les débris*, ordonna-t-il à ses soldats. Il se dirigea ensuite vers Kevin qui soignait les blessures d'Amax.

Interdit, le Roi Hamil continuait de les observer. Les Elfes croyaient depuis toujours que les humains faisaient partie d'une race inférieure, car ils manifestaient un irrespect inadmissible envers le monde dans lequel ils vivaient. Mais ces Chevaliers vêtus de magnifiques cuirasses vertes serties de pierres précieuses n'étaient pas des mercenaires comme leurs ancêtres. Ils défendaient le continent sans espoir de récompense personnelle, simplement parce qu'ils aimaient Enkidiev. Encore plus étonnant, ils faisaient preuve de compassion les uns envers les autres.

Hamil vit leur grand chef s'agenouiller auprès d'un de ses jeunes guerriers blessé. « La lumière qui émane de leurs mains sert autant à combattre qu'à soigner », remarqua le roi. Les Chevaliers maîtrisaient leurs facultés magiques et, de plus, ils communiquaient entre eux par la pensée, comme les Elfes. Ils n'étaient donc pas des créatures aussi insignifiantes qu'il l'avait cru.

Le souverain laissa tomber sa branche sur le sol. Il s'approcha d'Amax pour constater que le dard de l'abeille l'avait effleuré au lieu de pénétrer dans sa chair. Son frère d'armes refermait la plaie en se servant de lumière blanche.

— Heureusement que cette créature t'a raté, fit Kira en s'approchant, sinon elle aurait pondu une horrible petite larve dans ta peau.

— Vous l'avez emmenée ici ! s'exclama le Roi des Elfes en avisant la jeune femme mauve.

Wellan et Kira levèrent un regard surpris sur le souverain tandis que Kevin poursuivait son travail de guérison sans se laisser distraire.

— Mais c'est elle qu'il cherche ! s'écria Hamil, effrayé.

Kira fixa le roi de ses pupilles verticales.

– Si ma présence dans votre royaume vous indispose, sire, je peux partir, offrit-elle avec un tact inhabituel.

– Il n'y a aucun endroit dans ce monde où vous puissiez la cacher ! poursuivit le roi. Il la trouvera et il nous anéantira tous !

Wellan se releva brusquement et dut faire de gros efforts pour maîtriser la colère qui recommençait à monter en lui.

– Kira est un Chevalier d'Émeraude comme tous mes autres soldats, affirma-t-il d'une voix autoritaire. De plus, elle est la fille de la Reine Fan de Shola et la pupille du Roi d'Émeraude, ce qui fait également d'elle l'héritière de son royaume.

Les deux chefs se dévisagèrent un long moment sans rien dire. Falcon s'approcha du grand Chevalier afin de l'empêcher d'en venir aux coups.

– Elle est aussi *sa* fille, sire Wellan, lui rappela Hamil.

« La fille de qui ? se demanda Kira. Comment le Roi des Elfes peut-il savoir lequel de tous ces affreux insectes a fécondé ma mère ? »

– Puisque vous semblez bien connaître l'histoire des humains que vous détestez tant, répliqua Wellan, alors vous savez que le sacrifice de *son* fils n'a pas mis fin à ses plans de conquête. Cette fois-ci, nous irons jusqu'au bout et nous permettrons à la prophétie de se réaliser. Ou peut-être ignorez-vous l'existence de cette dernière ?

Hamil demeura muet mais ses yeux verts brillaient de colère. Kira fut probablement la seule à remarquer que ses oreilles pointues se rabattaient sur son crâne, ce qu'elle faisait elle aussi lorsqu'elle était profondément contrariée.

– La princesse sans royaume et le porteur de lumière détruiront l'empereur, pas les humains, ni les Elfes, ni les Fées, récita Wellan. Les Chevaliers d'Émeraude ont reçu la mission de les protéger tous les deux pour qu'ils accomplissent leur destin.

– Et la meilleure façon de me protéger, c'est de me laisser combattre avec les Chevaliers, ajouta Kira pour appuyer son chef.

Habituellement, Wellan ne tolérait pas ses interventions lorsqu'il discutait avec les rois, mais cette fois, il ne répliqua pas.

– Je ne porte pas cet uniforme pour le plaisir non plus, Majesté, poursuivit le soldat mauve. Et même s'il n'est pas tout à fait de la bonne couleur, je suis un Chevalier d'Émeraude. Je défendrai le porteur de lumière jusqu'à ce qu'il soit en âge de détruire l'empereur.

– Le laisseras-tu vraiment anéantir ton propre père ? riposta Hamil en se tournant brusquement vers elle.

La question prit Kira au dépourvu, puisqu'elle ignorait l'identité de son géniteur. La surprise de la Sholienne fit aussitôt comprendre au Roi des Elfes qu'elle ignorait qui elle était.

– Vous ne lui avez pas dit la vérité ? reprocha-t-il à Wellan.

Affichant un mépris insultant, Hamil cria de rage et tourna les talons pour se diriger vers les huttes démolies. Kira vit alors Wellan baisser les yeux. En le sondant, elle ressentit la profonde tristesse de son âme. Falcon et elle étaient les seuls Chevaliers à proximité du grand chef : les autres s'affairaient à détruire les cadavres et à secourir les Elfes emprisonnés dans les décombres de leurs maisons. Un peu plus près, Kevin finissait de refermer les blessures d'Amax.

– Quelle vérité ? voulut savoir la jeune femme mauve.

Wellan la regarda, visiblement hésitant.

– Je peux répondre à ta place, suggéra Falcon en posant une main chaleureuse sur le bras de son chef.

– Non, c'est à moi de le lui dire, murmura Wellan, la gorge serrée, mais je te remercie de me l'offrir. Occupe-toi plutôt de nos jeunes soldats et assure-toi que tous les insectes soient incinérés.

Falcon hocha vivement la tête. Wellan se dirigea vers une partie de la forêt qui était inhabitée et Kira le suivit en silence.

toute la vérité

Wellan marcha pendant un moment entre les magnifiques arbres de la forêt des Elfes en rassemblant son courage. Plutôt inquiète, Kira n'osait pas parler la première. Il s'arrêta devant un rocher qui crevait la terre comme un monument funéraire et s'y appuya les reins. Ses yeux bleus se posèrent sur la princesse. « Par où commencer ? » se demanda-t-il en soupirant. Cette pensée n'échappa pas à la Sholienne.

– C'est une terrible révélation, n'est-ce pas ? devina-t-elle, debout devant lui.

– Encore plus que tu peux l'imaginer.

– Je ne suis plus une petite fille, Wellan, n'essaie pas de me ménager. Si tu sais qui est mon père, tu dois me le dire.

Il hésita encore un peu, puis décida que la meilleure stratégie était la franchise.

– C'est l'Empereur Amecareth, lâcha-t-il.

Ces mots s'enfoncèrent dans le cœur de la jeune femme comme un poignard empoisonné. Elle se mit à trembler sur ses jambes. Le doux visage de sa mère apparut alors dans ses pensées et Kira sentit une profonde vague d'apaisement la traverser. Wellan la considérait comme s'il sentait aussi la présence de la défunte reine.

— Ta mère m'a fait promettre de ne t'avouer tes origines que lorsque tu serais capable de les accepter, lui apprit le grand Chevalier avec tristesse.

— Depuis quand le sais-tu ? réussit finalement à articuler Kira.

— Fan m'a confié ce secret juste avant de mourir dans son Palais de Shola.

— Mais comment puis-je être la fille d'un pareil monstre ? se révolta le soldat mauve. Jamais, de toute ma vie, je n'ai pensé à faire le mal ! Au contraire, je ne voulais que sauver Enkidiev, comme vous tous !

— Tu as été élevée par un homme d'une grande bonté.

Le visage jovial de son protecteur, le Roi d'Émeraude, revint à la mémoire de Kira, puis celui d'Armène. Comment aurait-elle pu devenir un être exécrable au contact de ces deux merveilleuses personnes ?

— Le fait que cet empereur soit mon père ne changera pas mon destin, déclara-t-elle en retenant ses larmes de son mieux. J'aiderai Lassa à le détruire et je libérerai Enkidiev de son joug.

— Ce sont là des paroles dignes d'un Chevalier d'Émeraude.

– Merci de m'avoir dit la vérité, Wellan, même si elle me fait mal.

« Jamais autant qu'à moi », pensa-t-il.

– Ta mère m'a aussi demandé de te remettre ceci.

Il détacha de son cou la chaînette au bout de laquelle pendait une magnifique étoile de cristal enchâssée dans un cercle métallique.

– Ce talisman appartenait à la Reine Fan, dévoila-t-il en le lui tendant. C'est un des symboles des maîtres magiciens. Comme tu le sais déjà, les mages portent tous une pierre transparente qui contient leur savoir. J'aurais dû te le remettre bien avant aujourd'hui, mais je n'étais pas prêt à m'en séparer.

– Je ne peux pas l'accepter, Wellan, protesta la jeune femme en secouant la tête. J'ai mis fin prématurément à mes études de magie pour devenir Chevalier. Je ne mérite pas de porter cet emblème.

– C'est pourtant la volonté de ta mère.

Le grand chef continua de tenir le bijou magique du bout des doigts. Kira commença par fixer le pendentif brillant avec incertitude. Elle savait qu'il représentait l'ultime lien de Wellan avec la première femme qu'il avait aimée, la mère de son seul et unique fils. Comment pouvait-elle l'en priver sans se sentir coupable d'avoir planté un autre pieu dans son cœur ?

– Si elle a insisté pour que tu reçoives un jour cette amulette, elle avait très certainement ses raisons, hésita Wellan. Tous les gestes posés par ta mère sont calculés, Kira.

– Je sais et j'en ai honte, s'excusa-t-elle.

– Alors, tu comprends pourquoi tu dois accepter ce présent.

Kira tendit une main tremblante vers le grand Chevalier qui y déposa la chaînette.

– Tu es un homme de parole, le complimenta-t-elle.

Mais Wellan détourna le regard et s'enfonça dans la forêt, l'âme en peine. Kira respecta son besoin de solitude. Elle examina plutôt le bijou au creux de sa paume. Elle était la fille de l'Empereur Noir, l'être le plus détestable de tout l'univers. Pire encore, tout le monde le savait sauf elle. Mais curieusement, elle n'était pas fâchée contre ses compagnons d'armes qui lui avaient caché ses origines pendant toutes ces années. Elle comprenait leur silence. Elle admirait même leur loyauté envers Wellan, qui avait décidé d'attendre qu'elle ait acquis suffisamment de maturité avant de tout lui dire.

Kira se rappela la prophétie et les paroles du Roi Hamil. Non, elle ne laisserait certes pas ce lien de parenté inattendu l'empêcher de faire son devoir. « Qu'il soit mon père n'y changera rien », se répéta-t-elle. Elle pensa subitement à Sage : connaissait-il la vérité à son sujet ?

Wellan souffrait trop pour qu'elle lui pose les questions qui l'assaillaient. Mais Falcon ne lui avait-il pas offert d'y répondre ? Kira attacha la chaînette à son cou, la dissimula sous son uniforme mauve et bondit à la recherche de son frère. Elle le trouva au milieu du village à examiner les ecchymoses d'un jeune Elfe qu'on venait de retirer des décombres de sa hutte. Patiemment, elle attendit qu'il laisse l'adolescent aux oreilles pointues rejoindre sa famille avant de s'adresser à lui.

– Falcon, j'ai besoin de ta franchise, lança-t-elle dès qu'il fut libre.

Le Chevalier posa ses yeux turquoise sur elle avec inquiétude. Elle l'informa que Wellan lui avait révélé l'identité de son père, mais qu'il n'avait pas entièrement satisfait sa curiosité.

– Il n'y a peut-être que lui qui connaisse les réponses à tes questions, argumenta Falcon en craignant d'en dire trop.

– Ce que Wellan sait, mes frères les plus âgés le savent aussi, car il existe entre vous un lien particulier.

Cela allait évidemment à l'encontre des règlements de l'Ordre, qui prévoyaient que les Chevaliers ne devaient avoir aucun secret les uns pour les autres, mais c'était ainsi que les choses s'étaient passées. Ayant grandi ensemble et n'ayant jamais été les Écuyers d'un maître avec qui ils auraient tissé des liens étroits, les sept premiers Chevaliers partageaient une complicité qui ne se retrouvait pas chez leurs compagnons plus jeunes.

– Que veux-tu savoir ? soupira enfin Falcon.

– Dis-moi qui est le père de Jahonne.

– Tous les hybrides ont le même père.

– Amecareth les a tous conçus ? s'étonna-t-elle.

Falcon hocha doucement la tête en lui donnant le temps d'assimiler les implications douloureuses de cette révélation.

– Mais pourquoi ? explosa-t-elle.

– Il tente d'engendrer un héritier parfait. Beaucoup d'hybrides se cachaient dans le monde souterrain d'Alombria, mais aucun n'était aussi bien réussi que toi. En fait, il n'y en a eu qu'un seul autre, mais ce petit garçon a été mis à mort il y a plus de cinq cents ans.

– Moi, je suis une réussite ? Tu dis ça pour me taquiner, n'est-ce pas, Falcon ?

– Pas du tout. Bébé, tu manipulais déjà la magie comme personne. Même maintenant, nous sentons en toi une terrible puissance que tu commences à peine à utiliser.

– Alors, l'énergie violette que je matérialise quand je suis en colère, c'est de la sorcellerie d'insecte et pas de la magie de Chevalier ?

– Je le crains.

– Merci, mon frère. J'apprécie ta franchise et je t'en serai éternellement reconnaissante.

Kira lui tendit le bras. Son compagnon le serra à la façon des Chevaliers en lui souriant. Elle essaya alors de repérer son époux. Falcon la regarda s'éloigner en admirant une fois de plus son immense courage. Il n'était certainement pas facile pour elle d'apprendre qu'elle était l'héritière de l'empereur qui tentait impitoyablement de les faire disparaître de la surface de la terre.

27

RÉCONCILIATION

Au même moment, dans la forêt, Wellan arrivait près d'un ruisseau cristallin qui serpentait au pied des grands arbres et s'aspergeait le visage d'eau froide. Il avait honoré sa promesse faite à la défunte Reine de Shola. Il aurait dû s'en sentir soulagé mais, au contraire, une grande tristesse l'envahissait. Il lui avait été très difficile de se séparer du pendentif de la magicienne, même si les relations entre eux s'étaient détériorées.

Il capta alors une présence derrière lui et fit volte-face en mettant la main sur la garde de son épée. Le Roi Hamil l'épiait entre les chênes anciens de son domaine, ses longs cheveux blonds flottant dans la brise, ses yeux verts chargés d'inquiétude. Sa posture n'indiquant aucune intention hostile, Wellan baissa son arme.

– Vous êtes un homme difficile à comprendre, Chevalier, commença le souverain, mais malgré l'animosité existant entre nous, je serais indigne de mon titre si je ne vous remerciais pas de nous avoir débarrassés de ces insectes aujourd'hui.

N'ayant pas vraiment envie de se quereller, Wellan détourna la tête avec un manque de courtoisie que le monarque aurait pu retenir contre lui. Mais Hamil se servit plutôt de ses sens aiguisés pour étudier cet homme étrange, amoureux de Fan de Shola, une reine issue du peuple des Elfes.

– Nous ne détestons pas les humains, réfuta-t-il en lisant les pensées du grand Chevalier. Nous leur reprochons seulement leur manque de savoir-vivre.

– Vous avez parfaitement le droit de croire ce que vous voulez, sire, murmura Wellan, qui aurait préféré être seul.

– Vous êtes d'une jeune race qui n'a pas encore compris sa place dans l'univers.

– Je n'ai pas vraiment le cœur à une leçon de philosophie, protesta Wellan. Les Chevaliers d'Émeraude sont des soldats-magiciens qui possèdent un corps physique comme toutes les autres créatures. Ils ont besoin de repos après un dur affrontement comme celui d'aujourd'hui.

– Alors, revenez avec moi au village. Les Elfes savent préparer des potions qui redonnent de l'endurance et de la sérénité.

Le grand Chevalier jaugea brièvement le roi en se demandant s'il s'agissait d'une civilité ou d'une offrande de paix. Hamil, en sa qualité d'Elfe le plus sensible de son peuple, capta son interrogation.

– Nous pourrions sans doute apprendre à mieux nous connaître, vous et moi, si nous prenions le temps de parler calmement, avança-t-il.

Wellan savait qu'en tant que Chevalier, il devait obéir aux gouvernants d'Enkidiev. Malgré son intense besoin de solitude, il se redressa et s'approcha du monarque. Il ne pouvait pas donner d'âge à cette créature sylvestre d'apparence humaine. Son visage n'accusait aucune ride, mais dans ses yeux verts brillait une sagesse très ancienne. Hamil portait la tunique grise de son peuple, tissée d'un fil léger si résistant qu'il ne s'usait jamais.

Ils marchèrent côte à côte, l'Elfe au pas léger et le géant vêtu d'une magnifique cuirasse ornée de la croix de son Ordre.

– Mon peuple n'est pas si éloigné qu'il n'entend jamais parler de tous les exploits des Chevaliers d'Émeraude, déclara le souverain en se dirigeant vers le village.

Wellan arqua un sourcil en silence.

– Nous sommes conscients que sans vous, ce continent aurait été dévasté il y a plusieurs années déjà.

– Nous ne faisons que notre devoir, assura le grand chef en conservant un ton neutre. Et je vous ferai remarquer que les enfants magiques que vous avez confiés à Élund sont devenus de braves soldats qui ont fait leur part dans ces combats.

– Je les ai vus à l'œuvre aujourd'hui et je suis très fier d'eux. Malheureusement, ils ne sont guère représentatifs de mes gens.

Wellan ignorait comment il aurait lui-même réagi si, comme Hamil, il avait régné sur un peuple de froussards.

– Ils ont fait beaucoup de progrès, certifia le souverain, ayant lu ses pensées.

Les deux hommes parcoururent le reste du chemin en silence, chacun s'inquiétant de savoir si cette trêve durerait longtemps.

28

UN CADEAU DU CIEL

Bridgess se joignit aux soldats menant des fouilles dans les maisons les plus éloignées. Elle aida une adolescente à se dégager des ruines de sa hutte et soigna son poignet meurtri. La jeune Elfe ne prononça pas un seul mot, mais ses yeux verts exprimèrent sa gratitude. D'un geste, la femme Chevalier la dirigea vers le centre du village, puis poursuivit sa route entre les grands arbres en cherchant d'autres blessés. Elle crut alors entendre de petits cris aigus. À l'aide de ses sens magiques, elle scruta les alentours pour découvrir, à quelques pas devant elle, sous les décombres d'une autre habitation, le battement de cœur d'un petit être vivant.

Elle se précipita au secours de ce qu'elle croyait être un enfant Elfe. Elle utilisa ses pouvoirs de lévitation et repoussa la montagne de branches qui, quelques heures plus tôt, constituaient encore une maison. En retirant les derniers débris, elle découvrit un bébé enveloppé dans une couverture écarlate.

– Mais où sont tes parents ? s'étonna-t-elle en soulevant l'enfant avec précaution.

Bridgess sonda les environs sans trouver d'adultes. « Comment ont-ils pu abandonner leur poupon à son sort ? » se fâcha-t-elle. Elle prit place sur une souche et examina plus attentivement le bébé. Elle passa d'abord la main au-dessus de son corps minuscule : il n'était ni blessé ni souffrant. Elle souleva doucement la couverture et vit qu'il s'agissait d'une petite fille à la peau blanche comme la neige... mais ses oreilles n'étaient pas pointues ! Les Elfes s'unissaient-ils parfois aux humains ? Elle enveloppa chaudement la petite et la ramena sur la place principale pour tenter de trouver ses parents.

En arrivant près de la maison du Roi Hamil, elle vit Wellan sortir de la forêt en compagnie du souverain, et trouva étrange qu'ils ne soient pas en train de s'entretuer. Puisqu'il connaissait tous ses sujets, cet Elfe pourrait probablement identifier le bébé. Elle se rendit donc jusqu'aux deux hommes et s'inclina respectueusement devant le roi.

– J'ai trouvé cette enfant seule dans une hutte, sire, et je me demandais si vous pourriez m'indiquer qui sont ses parents.

Hamil dégagea le visage du poupon et sourcilla en apercevant ses traits.

– Ce n'est pas une Elfe, remarqua-t-il.

– Cette petite fille a peut-être un parent Elfe et un parent humain, tenta Bridgess.

– Il n'y a pas une seule goutte de notre sang dans ses veines, Chevalier.

– Si c'est un bébé humain, alors pourquoi était-il dans une hutte d'Elfe ? interrogea Wellan en plissant le front.

À l'aide de son esprit, Hamil s'adressa à ses sujets dans sa langue douce et mélodieuse qui rappelait le murmure du vent. Il reçut immédiatement quelques réponses brèves, puis il se tourna vers Wellan.

– Personne ne sait comment elle est venue ici. C'est peut-être un humain en fuite qui l'a abandonnée pendant l'attaque des insectes volants.

– Mais comment un humain aurait-il pu s'approcher ainsi de votre village sans que personne ne le détecte ? fit Wellan, curieux. Et avec un bébé, en plus ? Les Elfes ne sont-ils pas toujours conscients de la présence d'étrangers parmi eux ?

– Insinuez-vous que nous avons enlevé cette petite ? s'offensa Hamil.

– Non, sire, intervint Bridgess, qui ne voulait surtout pas que les deux chefs recommencent à se quereller. La façon dont elle est arrivée ici n'a aucune importance maintenant. Nous allons la ramener avec nous. Je vous remercie de votre aide.

Elle salua Hamil et ne vit rien de la stupéfaction de Wellan. Elle baissa plutôt les yeux sur la petite fille en lui souriant, puis s'en alla avec elle.

– Bridgess ! la rappela le grand Chevalier.

Mais la jeune femme, concentrée sur le mignon bébé, ne l'entendit pas.

– Les femmes Elfes sont difficiles à raisonner, elles aussi, lorsqu'elles désirent un enfant, commenta Hamil en la regardant s'éloigner.

– Si vous voulez bien m'excuser, sire, je dois régler cette situation pendant qu'il m'est encore possible de le faire.

– Il n'y a aucun mal à lui laisser adopter cette petite, puisqu'elle est humaine. Les Chevaliers ont le droit d'avoir une famille, non ?

– Oui, bien sûr, mais Bridgess est mon épouse, alors cette décision me concerne aussi.

Wellan accourut dans la clairière où la femme Chevalier berçait l'enfant. Bridgess caressait les joues roses du bébé en se demandant comment une femme pouvait renoncer ainsi à sa fille. Cette dernière provenait sûrement d'une famille riche, car la couverture qui la protégeait était faite d'un tissu soyeux et chaud que seuls les rois pouvaient s'offrir. Pouvait-elle être une princesse orpheline comme Kira ?

– Bridgess, soupira son époux en s'agenouillant devant elle.

– Elle est parfaite pour nous, Wellan, le supplia-t-elle, les yeux remplis d'étoiles.

– Malheureusement, elle a très certainement des parents qui seront bien contents de la retrouver.

– Moi, je sais qu'elle a été abandonnée. C'est mon intuition qui me le dit. Elle a été mise sur notre route par les dieux qui savent que je ne pourrai jamais enfanter.

Wellan n'avait jamais vu Bridgess aussi rayonnante et il comprit qu'il allait être bien difficile de lui faire entendre raison.

– Comme nous l'avons trouvée ici, nous devrions lui donner un nom d'Elfe, suggéra la jeune femme.

Wellan n'eut pas le courage de lui faire la morale. Il la consolerait de son mieux en temps et lieu. En attendant, il pouvait bien la laisser épancher son amour maternel sur ce bébé.

– C'est une bonne idée, répondit-il, conciliant.

Un groupe de femmes Elfes s'approcha. Elles contemplèrent le poupon avec des yeux expérimentés puis demandèrent à Bridgess si elle avait d'autres enfants et si elle savait comment s'occuper d'un bébé. Lorsque le Chevalier leur avoua son ignorance, elles se mirent toutes à lui donner des conseils. Wellan crut bon de trouver autre chose à faire avant d'être mêlé malgré lui à cette conversation qui ne regardait pas les hommes. Il décida plutôt de s'assurer que tous les habitants du village avaient été secourus.

29

NOGAIT AMOUREUX

Tout comme ses frères d'armes qui s'étaient précipités au secours des Elfes dès que les abeilles avaient été détruites, Nogait s'affairait auprès des blessés. Il soigna un petit garçon de trois ans qui avait eu le bras coincé sous une branche dans l'écroulement de sa maison. Il le remit à sa mère après l'imposition de ses mains lumineuses sur sa blessure. La jeune femme le remercia en pleurant. Mais un Chevalier d'Émeraude ne guérissait pas les gens pour recevoir des éloges. Nogait indiqua promptement à la petite famille de rejoindre les autres au centre du village, puis il poursuivit ses recherches plus loin.

La plupart des Elfes vivaient autour de la chaumière de leur monarque, mais certains d'entre eux avaient préféré bâtir leurs huttes à plus d'une demi-heure de marche. En se rendant à l'habitation suivante, Nogait crut distinguer des yeux verts derrière un buisson. Il sonda à distance l'être qui se trouvait là, soulagé de constater qu'il n'était pas blessé. Une belle Elfe sortit de sa cachette.

– Vous n'avez rien à craindre, dit le Chevalier en espérant qu'elle comprenne sa langue. Les insectes ont été détruits et nous sommes ici pour vous aider. Votre maison a-t-elle subi des dommages ?

Il vit alors au fond de ce magnifique regard sauvage une étincelle qui ne ressemblait pas à de la détresse.

– Comprenez-vous ce que je vous dis ? insista Nogait.

Après l'avoir observé pendant quelques secondes, la fille aux longs cheveux blonds s'éloigna lentement entre les arbres en s'assurant que l'humain voyait bien le roulement de ses hanches. Comment un homme de son âge aurait-il pu résister à cette tentative de séduction ? Mais les ordres de Wellan n'incluaient pas ce type d'intervention...

– Il nous a dit d'aider et de soigner les Elfes, murmura-t-il pour lui-même. Et si cette femme était en difficulté ?

Il s'élança derrière elle sans réfléchir. Un Chevalier plus posé aurait pris le temps de sonder le terrain pour vérifier qu'il ne tombait pas dans un piège, mais pas Nogait. Depuis plusieurs années, il cherchait une compagne pour partager son lit à ses retours de mission et aucune de ses sœurs d'armes ne prenait ses déclarations d'amour au sérieux. Il avait donc regardé ailleurs, sans succès. Cette jeune Elfe, par contre, attirait décidément son attention.

Il arriva dans une clairière d'herbe tendre, aux abords d'un étang aux eaux limpides, peiné de ne pas y trouver l'inconnue. Comment avait-elle pu disparaître aussi rapidement ? Il allait utiliser ses sens magiques pour la localiser lorsqu'elle s'adressa à lui.

– Tu es un Chevalier, n'est-ce pas ?

Nogait fit volte-face. Elle s'était glissée à quelques pas de lui à peine, sans faire le moindre bruit. Ses yeux de la couleur des feuilles l'étudiaient attentivement et ses longs cheveux, dorés comme les blés, frémissaient dans la brise. Son visage pointu lui rappela celui de Kira, qui comptait aussi des Elfes parmi ses ancêtres.

– Oui, je suis un Chevalier. Je m'appelle Nogait, à votre service, milady.

– Je ne m'appelle pas Milady, protesta-t-elle avec un air contrarié tout à fait charmant. Je suis Amayelle.

« Quel merveilleux nom ! », pensa-t-il en se laissant aspirer par la profondeur de son regard. On disait que les yeux des Elfes reflétaient toute l'histoire du monde. En fixant ceux d'Amayelle, Nogait n'eut aucune difficulté à le croire. Elle s'approcha de lui et glissa ses longs doigts sur sa cuirasse, là où les courroies de cuir reliaient la partie frontale à la partie dorsale. Nogait retint son souffle en imaginant la sensation que ce geste aurait provoqué sur sa peau plutôt que sur son armure. Amayelle caressa ensuite l'étoffe verte de sa tunique trempée par la sueur.

– Je t'ai vu vaincre l'envahisseur avec beaucoup de courage, déclara-t-elle d'une voix remplie de gratitude.

– J'ai seulement fait mon travail de soldat et, sans mes compagnons, je n'aurais jamais pu éliminer cette menace.

– Tu as eu très chaud pendant ces combats, poursuivit-elle en défaisant les attaches de cuir. L'eau de mon étang personnel est magique. Tout comme tes mains, elle redonne de la santé et de l'énergie. Laisse-moi t'en faire cadeau pour te remercier d'avoir sauvé mon peuple.

Avant qu'il puisse protester ou faire preuve d'un brin d'humilité, elle lui saisit les coudes et l'incita à se mettre à genoux pour lui retirer sa cuirasse. Hypnotisé par son charme, Nogait l'aida à déposer l'armure sur le sol. Elle détacha sa ceinture d'armes sans qu'il résiste, puis la laissa tomber par terre. Elle lui enleva sa tunique humide et l'accrocha aux branches d'un arbuste pour la faire sécher.

– Tu es beaucoup plus fort que les Elfes, remarqua Amayelle en effleurant du bout des ongles les biceps du jeune humain.

Son contact électrisa le Chevalier qui n'arriva plus à prononcer un seul mot. Jamais une femme n'avait fait naître autant de désir en lui. Mais avant qu'il puisse la prendre dans ses bras pour lui faire sentir son amour, Amayelle recula avec la souplesse d'un chat.

Elle trempa un morceau d'étoffe grisâtre dans l'eau claire de l'étang lové entre de vieux arbres, puis nettoya son visage et son cou. Nogait sonda ses intentions et comprit qu'elle ne cherchait qu'à lui exprimer sa reconnaissance. Pas question de provoquer un incident diplomatique avec ce peuple en s'imposant à l'une de ses filles. Il serra donc les dents en résistant à son envie d'étreindre cette magnifique déesse des bois, car elle lui lavait maintenant la poitrine.

– Les Chevaliers resteront-ils quelques jours ? demanda Amayelle d'une voix caressante.

– Je n'en sais rien, avoua-t-il. Ce n'est pas moi qui prends ce genre de décision, c'est Wellan. Mais ce serait vraiment dommage qu'il décide de repartir ce soir, parce que j'ai plutôt envie de mieux vous connaître.

– Moi aussi, souffla-t-elle avec un sourire divin.

– Je pense qu'il serait préférable que je termine ma toilette moi-même, si vous n'y voyez pas d'inconvénient, articula-t-il en saisissant sa main qui descendait sur son ventre.

Comprenant son embarras, Amayelle lui remit l'étoffe mouillée. Elle s'éloigna en lui jetant de furtifs coups d'œil. Le corps en feu, Nogait s'agenouilla près de l'étang et y plongea la tête. À bout de souffle, il se redressa et laissa couler l'eau froide sur ses épaules. Un rire cristallin résonna dans la forêt. La jeune femme continuait donc de l'épier. Était-il permis à un humain de s'éprendre d'une Elfe ?

Avant que Wellan le surprenne à se prélasser au milieu de la forêt, le soldat se vêtit et poursuivit sa quête de survivants.

halte chez les elfes

Une fois que tous les Elfes furent secourus et rassemblés au village, les Chevaliers acceptèrent le repas de légumes et de fruits que leur servirent leurs hôtes. En retrait, Wellan mangea en observant Bridgess, assise un peu plus loin avec des femmes Elfes, dont la Reine Ama. Elle présentait à la petite fille un biberon fabriqué avec un cylindre de bois recouvert d'un capuchon de résine séchée dans lequel un trou avait été percé. Le lait de chèvre semblait satisfaire l'appétit de l'enfant. Il y avait tant de ravissement sur le visage de Bridgess que Wellan se mit à espérer que les parents du poupon ne réapparaissent jamais pour le réclamer.

— Il semble bien que vous soyez subitement devenu père, lui fit remarquer le Roi Hamil en s'approchant.

— On dirait, oui.

— Avez-vous d'autres enfants, sire Wellan ?

— J'ai un jeune fils d'une autre femme.

— La Reine de Shola ?

La mention de ce nom fit naître une grande tristesse dans le cœur de Wellan, pour des raisons qu'il ne pouvait pas expliquer au Roi des Elfes. Mais Hamil capta sa détresse et posa la main sur son bras.

— Je suis désolé pour ce qui s'est passé jadis, s'excusa le roi avec sincérité. Mon peuple n'était pas préparé à une attaque aussi sauvage de la part d'Amecareth. Il ne savait plus comment réagir et il a choisi de fuir. Je n'avais pas suffisamment d'emprise sur mes sujets pour les maîtriser à cette époque. J'étais d'ailleurs trop bouleversé pour me raisonner moi-même. Mais nous avons tenu plusieurs conseils depuis. Nous comprenons maintenant que la menace d'Amecareth ne pèse pas seulement sur les humains.

— Les Elfes sont-ils prêts à prendre les armes si cela devient nécessaire ?

— Nous avons toujours été un peuple pacifique. De plus, nous ne pourrions pas manier des épées aussi lourdes que les vôtres, mais l'arme à corde dont se servent certains de vos hommes nous intéresse beaucoup.

Hamil pointait l'arc reposant par terre près de Sage. C'était une arme légère et les Elfes avec leur vision perçante pourraient sûrement en faire bon usage.

— Je verrai à ce que mes hommes vous laissent examiner leurs arcs afin que vous puissiez en fabriquer. Ils pourraient aussi vous en enseigner le maniement, si vous le désirez. Ce jeune homme devant vous est notre meilleur archer. Il s'appelle Sage.

— Il semble humain, mais il ne l'est pas, murmura Hamil avec inquiétude.

Ses yeux verts fixaient intensément le jeune guerrier qui riait des farces de Nogait tout en mangeant son repas.

– Sa mère est une hybride comme Kira et son père est humain, l'informa Wellan en se demandant pourquoi Hamil se méfiait de Sage.

Il était tout simplement impossible de lire les pensées de ces créatures des bois, puisqu'elles les exprimaient dans leur propre langue.

– Amecareth a donc engendré d'autres monstres, soupira finalement Hamil en déposant son écuelle sur le sol.

– Je préférerais que vous employiez un autre qualificatif lorsque vous parlez de mes Chevaliers, riposta Wellan.

Les deux chefs se dévisagèrent avec défi. Wellan attendit que le roi réplique, espérant qu'il n'allait pas ouvrir une fois de plus les hostilités.

– Je ne parlais pas seulement d'eux, se défendit Hamil. Je sais qu'il y en a eu d'autres, mais je pensais qu'il ne restait qu'une seule hybride.

– Comment savez-vous tout cela ? Je croyais que les Elfes ne s'intéressaient pas à l'histoire d'Enkidiev.

– Ils y ont pris part malgré eux, sire Wellan, et ils ont raconté ce qu'ils ont vu à leurs enfants, qui l'ont raconté à leurs propres enfants. Le savoir de mon peuple s'étend sur des millénaires, bien avant leur arrivée sur vos terres. Demain, je vous montrerai quelque chose qui vous surprendra. Mais ce soir, c'est à vous de répondre à mes questions. Dites-moi comment vous êtes arrivés ici aussi rapidement. Vous ne vous trouviez certainement pas dans les environs, sinon je l'aurais ressenti.

– En effet, nous étions au Royaume d'Argent, lui apprit le grand Chevalier.

– Alors, comment ? s'étonna Hamil.

– J'ai reçu des dieux le pouvoir de me déplacer à volonté dans l'espace.

– Ils ont fait un tel cadeau à un humain ?

Wellan se gonfla de fierté, mais réprima un sourire de satisfaction. Il expliqua au Roi des Elfes que les Immortels ne pouvaient pas être partout à la fois, et qu'ils lui avaient accordé cette faculté pour lui permettre de défendre convenablement Enkidiev.

Ils terminèrent le repas tandis que l'obscurité s'installait dans la forêt et que le temps se refroidissait. Les Chevaliers s'enroulèrent dans les couvertures offertes par les Elfes. D'un tissu mince très soyeux, elles s'avérèrent étonnamment chaudes.

Bridgess s'assit près de Wellan avec la petite fille endormie contre sa poitrine. Le grand chef les observa toutes les deux en silence. Soldat avant tout, il sonda le continent du nord au sud pour s'assurer qu'aucun ennemi n'y était débarqué pendant que les Chevaliers se battaient au pays des Elfes. Rien. Satisfait, il contacta ses deux hommes restés au château et leur demanda comment les choses se passaient à Émeraude.

Disons que nous ne nous amusons certainement pas autant que vous, réagit Jasson, avec un brin de reproche dans la voix. *Bergeau et moi avons installé nos familles dans l'aile des Chevaliers jusqu'à votre retour afin de garder l'œil sur Lassa, bien inutilement d'ailleurs, puisque le Magicien de Cristal le couve comme un poussin.* Wellan leur décrivit les combats en détail et répondit à toutes leurs questions au sujet des abeilles géantes.

Quand rentrez-vous ? s'enquit Bergeau.

Nous allons aider les Elfes à rebâtir leurs maisons, retourner à Zénor détruire les cadavres, puis nous reviendrons à Émeraude. Cela ne devrait nécessiter que quelques jours, tout au plus. Soyez vigilants jusqu'à notre retour.

Ses deux frères d'armes acceptèrent d'être patients, mais Wellan crut entendre Bergeau grommeler son mécontentement. *Comment se portent Santo et Swan ?* s'inquiéta alors le grand chef. Jasson l'avisa que Santo se reposait, s'étant vidé de toute son énergie pour sauver la vie du jeune Farrell. Quant à Swan, rapidement remise de la fatigue du combat, elle refusait de quitter le chevet du paysan qui ne s'était pas encore réveillé depuis son arrivée. Wellan les remercia de protéger le château en son absence et mit fin à la transmission de pensées. Il était temps, car Bridgess venait de déposer le bébé dans ses bras.

— Surveille-la pendant que je m'occupe de mes besoins personnels, lui demanda-t-elle en l'embrassant sur les lèvres.

Avant qu'il puisse protester, Bridgess disparut dans la forêt. Wellan baissa les yeux sur le petit visage endormi, encore incertain de vraiment vouloir en devenir le père. Était-il prudent, pour un chef de guerre, d'élever un enfant dans des temps aussi dangereux ? Mais pouvait-il faire fi du bonheur de son épouse ? Il soupira en pensant qu'il était plus facile de prendre une décision sur un champ de bataille qu'au sein d'une famille.

La petite s'agita en gémissant. Croyant qu'il ne la tenait pas convenablement, Wellan la changea de position. L'enfant se mit à pleurer. La Reine Ama s'approcha et remit au nouveau papa un biberon de lait chaud. En voyant que le guerrier ne savait pas trop quoi en faire, Ama installa la petite sur son bras musclé. Elle plaça ensuite son autre main de façon à ce que le lait s'écoule facilement du biberon dans la bouche de sa fille.

– Merci, murmura Wellan, embarrassé par son manque d'expérience.

– Même les rois n'y arrivent pas toujours du premier coup, se moqua la reine.

Elle retourna auprès de son époux. Le Chevalier fit boire le bébé, attendri malgré lui devant son air de satisfaction. Ses petits pieds s'agitaient avec joie sous la couverture pendant que ses grands yeux bruns le fixaient avec reconnaissance. Lorsque Bridgess revint finalement s'asseoir près de lui, la petite recommença à gémir, au désespoir de Wellan.

– Elle n'a plus faim, expliqua Bridgess en lui enlevant le biberon.

Elle montra à son époux comment placer la petite sur son épaule pour tapoter doucement son dos jusqu'à ce qu'elle évacue tout l'air qu'elle avait avalé.

– Tous les bébés font la même chose ? demanda Wellan.

– Absolument tous, confirma-t-elle avec amusement.

Elle recoucha ensuite la petite dans les bras du grand chef et il crut capter des reflets rougeâtres au fond des yeux sombres de l'enfant. Était-ce le miroitement des flammes qui brûlaient derrière eux ou son imagination ?

– Nous l'appellerons Jenifael, déclara Bridgess. Dans la langue des Elfes, cela signifie « félicité et bonheur ».

– C'est un très beau nom, admit-il. Il lui portera chance.

– Savais-tu que Wellan est aussi un mot elfique ?

– Non, je l'ignorais. Est-ce qu'ils l'ont traduit pour toi ?

– Oui, cela signifie « intraitable ».

Le grand Chevalier, incrédule, devina à la mine de son épouse qu'il s'agissait d'une plaisanterie. Elle l'embrassa en riant. Puis, elle lui annonça que leur fille passerait la nuit dans ses bras à lui. Tous les soldats observaient la scène touchante entre leur chef, sa femme et sa nouvelle fille. Les dieux devaient beaucoup aimer cet homme, car ils avaient comblé très rapidement le vœu le plus cher de Bridgess.

À quelques pas du couple, Sage installa le faucon sur la branche d'un arbre à proximité, puis se coucha près de Kira. Les hybrides ne pouvaient pas concevoir d'enfants entre eux, ce qui était sans doute une bonne chose. Moins il y avait de petites créatures mauves dans le monde et moins l'empereur serait tenté de tout détruire sur son passage pour s'en emparer. Mais au fond de lui-même, le jeune guerrier sentait s'éveiller le désir de transmettre ses valeurs et ses connaissances à une autre génération, un rêve qu'il ne pourrait jamais réaliser avec un fils ou une fille... et peut-être même pas avec un Écuyer.

– Sage, chuchota Kira, sais-tu qui est le père de Jahonne ?

Ce n'était pas la question à laquelle il s'attendait, surtout qu'elle avait certainement capté son désir secret.

– Est-ce qu'elle t'a déjà parlé de lui ? insista Kira.

– Oui, même si je ne voulais pas l'entendre. Elle m'a dit que tous les hybrides avaient un seul et même géniteur.

– Et tu sais qui c'est ?

Il hocha doucement la tête et ferma les yeux avec embarras.

– Donc, tu savais que j'étais la fille de l'empereur quand tu m'as rencontrée ? raisonna-t-elle.

– Évidemment, puisque tu es mauve, répondit-il en ouvrant les yeux.

– Et tu m'as aimée malgré tout ?

– Ce que j'ai ressenti en t'apercevant est difficile à décrire, soupira l'Espéritien. Mon cœur s'est mis à battre très fort. J'ai tout de suite su que nous étions faits l'un pour l'autre. Ma parenté avec les insectes n'a pas fait de moi une mauvaise personne, alors j'ai pensé que c'était la même chose pour toi.

Kira grimpa sur lui et déposa un baiser passionné sur ses lèvres pour lui exprimer sa gratitude. Leurs copains Chevaliers, couchés à proximité, se mirent à se moquer d'eux en embrassant bruyamment le dos de leurs mains. Sage enlaça promptement son épouse pour l'empêcher d'aller leur faire un mauvais parti.

Wellan ressentit le soudain remous d'énergie, mais ne leur fit aucune remontrance. Contre sa poitrine dormait une toute petite fille qui dépendait de lui et son attention était concentrée sur elle. Allongé près de Bridgess qui, elle, dormait à poings fermés, il démêlait de son mieux toutes ses nouvelles émotions. En sentant le souffle chaud de Jenifael dans son cou, il se demanda comment sa propre mère, la Reine de Rubis, avait pu repousser ses enfants. Plongé dans les souvenirs de son enfance et de tous les mauvais traitements qu'il avait reçus, Wellan eut beaucoup de mal à trouver le sommeil. Lorsqu'il s'endormit enfin, ce ne fut pas pour longtemps.

Une présence étrangère visita le village au milieu de la nuit. Wellan ouvrit subitement les yeux. Tout le campement s'illumina de rouge. Il s'assit en protégeant instinctivement l'enfant dans ses bras. Une femme sortit des flammes et s'avança en marchant silencieusement entre les dormeurs, les innombrables voiles de sa robe écarlate volant autour d'elle.

– Déesse, murmura le Chevalier en tentant de se défaire de la couverture dans laquelle il s'était enroulé avec le bébé.

– *Reste où tu es, Wellan de Rubis*, ordonna Theandras d'une voix qui résonna dans toute la forêt. *Ne trouble pas le sommeil de ma fille.*

– Votre...? fit-il, stupéfait.

– *J'ai entendu tes prières. Puisque tu as donné aux dieux un Immortel, ils ont décidé de te donner un enfant bien à toi. Je l'ai fabriqué à partir des matériaux de ton monde et des fibres de ton être, mais son âme ne sera jamais tout à fait comme la vôtre. Elle grandira plus rapidement que les enfants humains. Son intelligence sera plus vive, mais son amour pour toi et ta compagne ne faillira jamais : il sera à l'image des sentiments que j'éprouve pour toi.*

– Déesse, je ne sais pas comment vous remercier...

– *Tu l'as déjà fait.*

La femme écarlate, dont la peau miroitait comme les flammes, s'agenouilla près de lui pour caresser la joue du poupon endormi.

– *Vous lui avez choisi un nom digne d'elle*, approuva Theandras.

La déesse disparut brusquement, tout le village fut plongé dans l'obscurité une fois de plus. « La fille des dieux », s'étonna Wellan en baissant les yeux sur son visage pourtant si innocent. Il ne savait même pas comment s'occuper convenablement d'un enfant ordinaire, comment allait-il pouvoir élever Jenifael ?

Au matin, il suivit Bridgess jusqu'à la rivière Mardall afin de s'y purifier et de laver la petite. Il profita de ce moment d'intimité pour raconter à son épouse ce qui s'était passé durant la nuit.

– La fille de la déesse de Rubis ! s'exclama Bridgess.

– Les dieux ont apparemment décidé de nous dédommager, avoua-t-il avec embarras.

Wellan ne savait pas comment elle réagirait en apprenant les origines divines de leur fille. Bridgess afficha finalement beaucoup plus de détermination que lui devant la tâche qu'on leur confiait.

– Il faudra l'élever correctement, déclara-t-elle, car nous aurons des comptes à rendre au ciel.

Son époux hocha doucement la tête en la regardant sécher le petit corps si vulnérable et si robuste à la fois. Bridgess avait raison : Jenifael méritait une éducation digne de son rang.

31

UNE NOUVELLE PAIX

Tandis que le soleil commençait à réchauffer la forêt, les Chevaliers, couchés en cercle autour du feu, se réveillèrent un à un. En ouvrant les yeux, Sage se retrouva nez à nez avec le faucon couché près de lui dans un repli de la couverture. L'oiseau émit un petit cri amical et il pencha la tête de côté en ouvrant le bec. Assise près de lui, Kira assistait à la scène avec amusement.

– Es-tu bien certain que c'est un mâle ? demanda-t-elle.

– Évidemment, s'indigna son époux en se levant.

– Il me semble à moi qu'il se comporte davantage comme une femelle en amour.

– Les faucons ne peuvent pas s'éprendre des humains.

– Et ils dorment habituellement dans les arbres, répliqua Kira, pas dans les couvertures de leur maître bien-aimé, même s'il est aussi séduisant que toi.

Choisissant de ne pas réagir aux moqueries de sa femme, Sage remit l'oiseau sur la branche où il l'avait placé la veille. Il mangea avec Kira, puis alla se purifier avec elle dans l'un des nombreux ruisseaux qui sillonnaient la forêt. À leur retour, ils trouvèrent leurs frères d'armes occupés à rebâtir les huttes en compagnie des Elfes. De leur côté, Kevin, Romald, Botti et Fossell discutaient avec les artisans qui désiraient fabriquer des arcs et des flèches semblables aux leurs. Lorsqu'ils virent approcher Sage, ses compagnons l'invitèrent à se joindre à eux.

– Ces Chevaliers nous disent que vous êtes le meilleur archer d'Enkidiev, lança l'un des jeunes Elfes avec un accent charmant.

– C'est seulement parce que j'ai commencé à me servir d'un arc avant eux, répondit Sage en rougissant.

« Acceptera-t-il un jour les compliments qu'il mérite ? » songea Kira en s'asseyant sur un tronc mort pour l'observer.

– Je suis Valill et je veux apprendre à utiliser cette arme, poursuivit l'Elfe avec hâte.

– Montre-nous ce que tu sais faire, réclama un autre adolescent aux oreilles pointues.

Patiemment, Sage leur expliqua le fonctionnement de son arc. Lorsqu'il toucha des cibles aussi petites que des glands sur les branches des chênes, les Elfes lui manifestèrent aussitôt le plus grand respect.

Les Chevaliers-archers enseignèrent le maniement de l'arc à tous les jeunes Elfes désireux de l'apprendre. Les mains sur les hanches, Wellan guetta leur travail pendant quelques minutes puis il traversa lentement le village afin de veiller à ce que les travaux de reconstruction aillent bon train. Il ne semblait plus exister d'animosité entre les deux races et tous travaillaient en parfaite harmonie. Dès que le grand chef se fut éloigné, Sage s'approcha discrètement de Kevin.

– Mais où est Nogait ? murmura-t-il.

– Il avait un rendez-vous galant.

« Avec une Elfe ? » s'étonna l'hybride. Lisant la question dans ses yeux en miroir, Kevin se contenta pour toute réponse de hausser les épaules.

Pendant que ses compagnons jouaient aux professeurs de tir à l'arc, Nogait s'était esquivé en douce tout de suite après le repas du matin, espérant trouver sa belle amie près de son étang. S'assurant de ne pas être suivi, il emprunta le même sentier que la veille. Il arriva devant la nappe d'eau limpide comme du cristal.

– Je savais que tu viendrais, susurra Amayelle derrière lui.

Il fit volte-face en posant comiquement les mains sur son cœur, comme s'il voulait le retenir à l'intérieur de sa cuirasse. Son geste surprit la jeune Elfe qui se mit à rire aux éclats. Content de l'avoir amusée, Nogait lui offrit son plus beau sourire.

– Je veux que tu me parles des humains, exigea-t-elle en redevenant très sérieuse.

– Que désires-tu savoir ?

– Décris-moi leur pays, leurs maisons, leur nourriture, leur vie.

– Mais cela pourrait me prendre des mois et nous ne serons ici que quelques jours !

– Alors, commence tout de suite.

Il la fixa dans les yeux et comprit qu'il ne pouvait rien lui refuser. Il examina le terrain autour d'eux, à la recherche d'un endroit confortable pour s'asseoir. Amayelle capta ses pensées. Elle glissa ses longs doigts entre ceux du soldat et l'entraîna avec elle dans une partie de la forêt où il n'y avait aucun sentier. Au bout d'un moment, ils aboutirent dans une clairière où s'élevaient de curieux monuments de granit. Certains ressemblaient à des stèles funéraires, d'autres à d'énormes tables basses. La jeune Elfe lui fit prendre place sur l'une d'elles.

– Es-tu bien certaine que nous avons le droit de nous reposer ici ? la questionna Nogait. On dirait qu'il s'agit d'un lieu sacré.

– Il y a eu de grandes cérémonies dans cet endroit il y a très longtemps, mais elles n'ont pas été menées par des Elfes. Ces cercles de pierre existaient déjà lorsque mon peuple a traversé la mer. J'y viens souvent pour rêver.

Il voulut connaître le contenu de ces songes, mais Amayelle l'implora de lui parler plutôt de son monde à lui. Oubliant le temps et ses devoirs de Chevalier, Nogait lui parla de la géographie du continent ainsi que des différents royaumes, qui possédaient des coutumes différentes même s'ils étaient presque tous habités par des humains. Il lui décrivit les différents types de maisons qu'il avait observés pendant ses nombreuses campagnes militaires. Lorsqu'il lui parla de la vie des paysans et de celle des gens de la cour, la jeune femme ouvrit tout grands les yeux.

– C'est différent chez les Elfes ? demanda Nogait afin de comprendre les émotions qu'il lisait sur le beau visage de sa compagne.

– Tout à fait, soupira Amayelle en descendant souplement de la table de pierre pour faire quelques pas dans la clairière. Ici, toutes les unions sont décidées par les parents tandis que, chez toi, il n'y a que dans la royauté qu'on pratique ce genre d'injustice.

– Dois-je en conclure que tu n'aimes pas l'homme que ton père a choisi pour toi ?

– Je ne l'ai jamais rencontré, mais je connais sa réputation. C'est le fils d'un chef de clan plutôt ambitieux qui fera passer ses intérêts politiques avant sa femme.

– Je croyais qu'il n'y avait qu'un seul chef parmi les Elfes.

– Le roi règne sur tous les clans, mais ceux-ci sont gouvernés par des princes qui font connaître la volonté du souverain à leurs sujets. Mon peuple ne vit pas à un seul endroit. Il est dispersé de l'orée de la forêt jusqu'à l'océan. Le clan de ma mère habite près de la falaise qui mène à Shola.

– Nous n'y avons pourtant jamais vu personne, pensa Nogait tout haut.

– Les Elfes sont des maîtres du camouflage, mais il n'en a pas toujours été ainsi. Autrefois, lorsqu'ils habitaient leur grande île, ils vivaient sur les plaines, dans les vallées et au faîte des montagnes.

– Pourquoi ont-ils quitté leur patrie ?

Distraite, Amayelle releva vivement la tête. Nogait entendit lui aussi le message mélodieux dans son esprit, mais n'en comprit pas un seul mot. La voix se tut et la jeune femme se tourna vers lui.

– Il faut que je rentre chez moi, annonça-t-elle, peinée. Mon père me cherche et il ne doit pas me trouver ici avec toi.

– Nous reverrons-nous avant mon départ ?

– Ce soir, près de l'étang, si je peux.

– Je serai là.

Le soldat sauta de son perchoir, s'approcha d'elle et posa un baiser sur ses douces lèvres. Effrayée, Amayelle recula en portant une main tremblante à sa bouche, comme si le geste de son ami humain lui avait causé de la douleur. Brusquement, elle tourna les talons et s'enfuit entre les arbres.

– Amayelle, je...

Trop tard, il ne pouvait même plus sentir sa présence dans la forêt. Nogait inspira profondément en revenant vers le village. Était-il sage de s'attacher à une femme dont la race n'encourageait nullement les unions à l'extérieur de ses clans ? Et s'il la demandait en mariage, Amayelle pourrait-elle briser la promesse d'union entre ses parents et ceux du jeune homme qu'ils avaient choisi pour elle ? L'esprit torturé, il rejoignit ses frères qui supervisaient les Elfes s'entraînant au tir à l'arc.

32

LA CACHETTE D'HADRIAN

Satisfait du calme régnant sur Enkidiev, Wellan marcha dans la forêt des Elfes en écoutant le chant des oiseaux. Il pouvait ressentir toute la vie qu'elle recelait. Il s'arrêta devant un ruisseau et contacta ses compagnons au Château d'Émeraude par voie télépathique. À sa grande surprise, ce fut Swan qui répondit à son appel. *Jasson et Bergeau s'entraînent dans la cour et Santo a repris des forces, mais il préfère ne pas se joindre à eux tout de suite*, résuma-t-elle. Enfin de bonnes nouvelles. *Et Farrell ?* s'inquiéta Wellan.

Le Magicien de Cristal l'a examiné ce matin. Il dit que Santo et Kira ont fait de l'excellent travail de guérison, mais qu'il est préférable de ne pas le tirer du sommeil pour l'instant. Il prétend qu'il se réveillera de lui-même lorsque son corps sera suffisamment fort. Il leur faudrait donc une fois de plus faire confiance aux dieux.

– Vous n'êtes pas du tout l'homme que vous semblez être, commenta alors quelqu'un derrière lui.

Wellan fit volte-face, la main sur la garde de son épée, mais il relâcha tous ses muscles lorsqu'il aperçut le Roi des Elfes entre les arbres, ses yeux verts rivés sur lui.

– Mais l'agression demeure toujours votre premier réflexe, déplora Hamil.

– Je suis un soldat, lui rappela Wellan en tentant d'adoucir son ton de voix.

– Il y a pourtant au fond de vous une intense soif d'apprendre et beaucoup d'amour pour votre prochain. C'est curieux que vous choisissiez de ne pas montrer aux autres cette facette de vous-même.

– J'ai mes raisons, rétorqua plus durement le chef des Chevaliers, et cela n'affecte en rien mes qualités de commandant.

– Vous auriez été un grand roi, sire Wellan, et un empereur encore plus redoutable.

– Mais je ne suis ni l'un ni l'autre.

Hamil vint vers lui de sa démarche légère. Wellan sentit qu'il le sondait une fois de plus. « Qu'espère-t-il encore trouver? » se renfrogna le grand Chevalier.

– Vous désirez savoir ce qui est arrivé aux livres que le Magicien de Cristal voulait détruire ? fit l'Elfe impassible.

Wellan ne répondit pas, employant toute sa puissance magique à l'empêcher de pénétrer dans une partie de son cœur qui n'appartenait qu'à lui seul. Hamil se mit alors à marcher devant lui. Wellan le suivit des yeux.

– Comme je vous l'ai déjà dit, le savoir de mon peuple se transmet oralement, dit le souverain des forêts. Nos facultés nous permettent de conserver une grande quantité d'information dans nos esprits. Notre mémoire ne se détériore pas avec l'âge comme celle des humains. Nous comprenons donc votre besoin de consigner tout votre savoir dans les livres.

– Et vous savez ce qui est advenu de ces ouvrages ? s'étonna Wellan.

– Venez avec moi.

Ils avancèrent en silence pendant de longues minutes dans une partie de la forêt où ne s'élevait aucune chaumière, puis ils s'arrêtèrent devant un curieux monticule érigé au milieu des arbres. Wellan ne percevait aucun danger.

– Hadrian d'Argent était l'ami des Elfes, déclara Hamil en se tournant vers le grand Chevalier. Il visitait souvent mon vénérable aïeul, le Roi Amaril. Lorsqu'il a voulu préserver son plus grand trésor de la colère de l'Immortel, c'est aux Elfes que le Roi Hadrian s'est adressé.

Le monarque prononça des mots dans sa langue. Le sol se mit à trembler légèrement. Wellan se campa solidement sur ses jambes. Une ouverture apparut dans la butte, suffisamment large pour laisser passer un homme. Ce que le grand Chevalier ressentit éveilla aussitôt sa curiosité. Une magie ancienne et puissante l'attirait vers la grotte secrète. Hamil lui fit signe d'approcher et se contenta de le surveiller jusqu'à ce qu'il atteigne l'entrée.

– Il y a des torches à l'intérieur, l'informa le roi. Laissez-moi faire du feu pour les allumer.

– Ce ne sera pas nécessaire, murmura Wellan en se faufilant dans la fissure.

Il descendit dans cet endroit sombre et frais. D'un geste de la main, il enflamma magiquement tous les flambeaux. Ce qu'il vit alors l'estomaqua. Il était dans une grande pièce circulaire, au plancher et au plafond de marbre gris, et dont les murs étaient recouverts de vieux livres et de parchemins. Au milieu se dressait une table de pierre, comme un autel sacré, où reposait une longue épée double. Wellan s'en approcha avec vénération et passa lentement la main au-dessus du métal terni. Elle avait appartenu à Hadrian...

– C'était son refuge préféré, lui apprit Hamil qui se tenait maintenant sur la dernière marche.

– A-t-il écrit tous ces ouvrages ? demanda Wellan en contemplant les rayons.

– Quelques-uns seulement, mais surtout des recueils de poésie. Le Roi Hadrian était un grand sentimental. Les livres que vous cherchez ont été écrits par ses hommes de confiance, ses lieutenants. Il y a aussi des cartes et des illustrations. Vous pouvez rester ici toute la journée, si vous le désirez. Je viendrai vous chercher pour le repas du soir.

Renversé par la richesse de ce trésor, Wellan hocha à peine la tête. Hamil se retira pour le laisser travailler en paix. Le Chevalier longea d'abord les tablettes, puis choisit des livres au hasard pour en vérifier rapidement le contenu. Il trouva en effet des ouvrages de poésie, puis une vieille boîte de bois remplie de missives.

Il la déposa sur la table, près de l'épée, et inspecta les lettres une à une. Il s'agissait de la correspondance d'Hadrian avec Onyx, le premier tentant de persuader son ami de laisser Abnar lui reprendre ses pouvoirs et d'emmener sa famille vivre avec lui au Royaume d'Argent. « Hadrian a dû récupérer ces papiers chez Onyx après sa disparition », déduisit Wellan. Les rares réponses du Chevalier renégat étaient polies mais fermes. Onyx avait risqué sa vie pour sauver les dirigeants du continent et il tenait à ce que ses efforts soient récompensés.

Wellan remit la boîte à sa place, puis s'empara de plusieurs ouvrages. Il lui aurait fallu plus d'un an pour lire tout ce que recelait cette bibliothèque, mais il ne disposait que de deux jours. Il trouva le journal d'un Chevalier originaire de Perle, du nom de Viggho. C'était un des lieutenants du Roi Hadrian, qui assurait la défense des territoires du sud.

> « *Je m'appelle Viggho de Perle, fils de Danske, général et commandant de l'armée du Roi de Perle. J'aurais pu attendre de lui succéder, car c'était mon droit de naissance, mais je voulais me battre et faire mes preuves durant mes jeunes années. Mon bras d'épée était solide. Je n'avais peur de rien. Hadrian le magnifique a tout de suite reconnu ma valeur et il m'a confié deux mille Chevaliers afin de patrouiller les abords du Désert et les royaumes du sud.* »

Le Chevalier Viggho faisait ensuite l'éloge de ses hommes, qu'il semblait tous connaître personnellement. Wellan parcourut rapidement les longues listes de leurs exploits pour finalement s'arrêter sur un passage traitant de l'ennemi. Ce soldat d'antan donnait des dragons la même description qu'Onyx dans son journal, en ajoutant que les meilleurs guerriers d'Amecareth savaient fort bien les maîtriser, contrairement aux premiers soldats impériaux que Wellan et les siens avaient affrontés. Tout comme le Chevalier renégat, l'auteur de ces notes n'aimait pas beaucoup les messagers des dieux.

« *Au début, nous avons cru que les Immortels nous appuieraient inconditionnellement dans cette guerre, mais toutes les fois où nous avons dû faire face à des ennemis difficiles à vaincre, Abnar n'est jamais venu à notre aide. J'ai perdu beaucoup d'hommes aux mains des insectes à la carapace d'acier, malgré nos épées magiques et l'énergie de nos mains. C'est Onyx qui a finalement trouvé leur faiblesse, heureusement pour nous.* »

Il décrivait les nombreux combats avec beaucoup plus de détails que son frère d'armes. Wellan les enregistra dans sa phénoménale mémoire, car il savait qu'un jour ou l'autre, il affronterait le même ennemi. Puis il lut la dernière entrée du journal de Viggho de Perle.

« *Il m'a été très difficile de me départir de mes pouvoirs magiques, mais l'insistance d'Hadrian et les exécutions massives de mes frères rebelles par le Magicien de Cristal ont eu raison de moi. Je retournerai donc dans mon royaume pour succéder à mon père à la tête de l'armée du roi. C'est une excellente position, qui m'assurera une maison et la possibilité d'épouser une femme de bonne famille, mais c'est aussi très humiliant de redevenir un homme ordinaire après ces longues années de combats glorieux. Je termine ici ce témoignage destiné à la postérité, car le temps presse. Abnar est à la recherche de tous les écrits sur la guerre contre l'empire. Même s'il ne le dit pas ouvertement, je sais que mon frère et chef Hadrian tient aussi à les conserver au cas où l'empereur n'aurait pas compris qu'il n'est pas le bienvenu ici. Que les dieux nous pardonnent si nous avons commis une faute en consignant ainsi ces événements.* »

« Mais pourquoi Abnar a-t-il voulu détruire tous ces ouvrages, qui ne contiennent somme toute que des informations militaires ? À moins que certains d'entre eux ne représentent une source de danger pour lui... », pensa Wellan. Il éplucha systématiquement toute une section de la précieuse bibliothèque secrète sans voir le temps passer. Il ne s'interrompit que lorsqu'il entendit l'appel angoissé de son épouse. Il quitta aussitôt son refuge et se dirigea vers le village en s'apercevant que le soleil avait commencé à décliner.

Wellan retrouva facilement son chemin en suivant sa propre trace d'énergie sur le sol. Les Elfes préparaient un repas végétarien. Bridgess et leur fille se trouvaient près du feu. Il alla s'asseoir près de sa femme et caressa la tête de Jenifael. Cette dernière semblait avoir doublé de taille.

– Mais où étais-tu passé ? lui reprocha Bridgess.

– Le Roi Hadrian n'a pas détruit les écrits de ses Chevaliers comme le lui avait demandé Abnar, répondit Wellan avec un large sourire. Tous ces bouquins sont ici, au Royaume des Elfes. J'ai passé la journée à lire, mais il y en a beaucoup que je n'ai pas encore ouverts.

– Nous n'arrivions pas à te repérer, ajouta Dempsey pour lui faire comprendre la détresse de Bridgess.

– Hadrian a dû jeter un sort à cette cachette pour qu'elle échappe au courroux du Magicien de Cristal, supposa le chef. Je suis désolé de vous avoir inquiétés.

– As-tu trouvé quelque chose d'intéressant, au moins ? voulut savoir Falcon.

– Ces ouvrages renferment beaucoup de renseignements sur les affrontements du passé, surtout contre les guerriers d'élite d'Amecareth.

Tous les soldats se tournèrent vers lui avec curiosité. Ils arrêtèrent de manger et attendirent le reste de l'histoire en silence.

– Tout comme le prétend le journal d'Onyx, ils savent se battre et ils n'ont aucune pitié, continua Wellan.

– Alors comment ont-ils réussi à les tuer ? demanda Derek.

Les Elfes s'intéressaient beaucoup à ce jeune Chevalier, car il était le premier représentant de leur peuple à s'être joint à l'Ordre, suivi, quelques années plus tard, de Arca, Bianchi, Botti, Denielt et Robyn.

– Le Chevalier Onyx, malgré tous ses défauts, était un soldat hors du commun, commença Wellan. En combattant les monstres sur les plages d'Enkidiev, il a découvert que leur seule faiblesse résidait dans le pli de leurs coudes. C'est en leur fauchant les bras qu'ils ont réussi à les vaincre.

– Dans ce cas, c'est ce que nous ferons aussi, déclara Chloé pour rassurer tout le monde.

Même s'ils avaient vieilli de plusieurs années en quelques minutes avant leur départ d'Émeraude, les plus jeunes Chevaliers ne possédaient pas encore la maturité de leurs aînés. Wellan décida, en voyant leur consternation, qu'il serait mieux de ne pas leur en dire davantage pour le moment. Il accepta l'assiette qu'on lui tendait et s'informa plutôt du progrès de leurs tâches. Concentré sur tous leurs rapports, il ne remarqua pas l'absence de Nogait, Sage et Kevin.

33

Le dieu des arbres

Nogait ne revit Amayelle qu'après le repas du soir. Il dit à Sage et Kevin qu'il allait explorer la forêt avec eux, puis leur expliqua son désir de passer un peu de temps en compagnie de la femme Elfe. Ses compagnons lui recommandèrent de revenir en même temps qu'eux au campement pour ne pas contrarier leur chef. Nogait le leur promit et se sauva en courant entre les grands arbres. Le vent frais du crépuscule agitait les branches en composant de doux chants auxquels les grillons mêlaient leurs voix.

Le Chevalier amoureux s'arrêta au bord de l'étang. Il trouva sa belle amie dans l'eau, nageant sur place comme une déesse marine.

– Qu'attends-tu pour me rejoindre ? l'invita-t-elle avec un sourire séducteur.

Aucun ordre, même de la part du Magicien de Cristal lui-même, n'aurait pu empêcher le jeune homme d'obéir à Amayelle. Il se débarrassa en toute hâte de sa cuirasse, de ses armes, de sa tunique et de ses bottes, puis détacha la corde qui retenait son pantalon vert. Il plongea dans l'étang à la poursuite de sa compagne. Sa grande forme physique lui permit de la rattraper facilement. Il constata, en posant les pieds sur le fond de sable, que l'eau ne lui arrivait qu'aux épaules alors que la jolie Amayelle devait demeurer en mouvement pour maintenir sa tête hors de l'eau.

Il l'attira à lui en sondant son esprit. Elle parlait sa langue, mais elle formulait ses pensées en elfique. Il n'arrivait donc pas à les déchiffrer. Ses intentions, par contre, lui parurent évidentes. Avec douceur, il posa ses lèvres contre les siennes mais sentit qu'elle résistait. Retenant sa taille fine d'une main, il plaça l'autre sur sa nuque pour l'empêcher de se dérober, puis l'embrassa de plus en plus passionnément.

Elle sembla soudain comprendre ce qu'il tentait de faire et passa ses petits bras autour de son cou, s'abandonnant à l'étreinte. Ils s'embrassèrent un long moment au milieu de l'étang magique. Nogait la libéra enfin pour l'admirer.

– Ce n'est pas ainsi qu'un homme exprime son affection à une femme chez les Elfes, lui dit Amayelle avec un sourire amusé, mais c'était agréable.

– Montre-moi comment ils font.

Elle accrocha ses jambes autour du Chevalier pour se grandir davantage et alla frotter le bout de son nez contre son oreille. La sensation était certes plaisante, mais il préférait décidément celle des baisers. Incapable de maîtriser plus longtemps les pulsions de son corps, Nogait transporta son amoureuse jusqu'à la berge. Il la déposa sur l'herbe tendre. Pour lui faire plaisir, il frotta son nez sur son oreille pointue. Ses frissons de ravissement l'étonnèrent beaucoup. La sensibilité de la peau des Elfes différait donc de celle des humains.

Sans réfléchir aux conséquences de leur passion, les deux jeunes gens firent l'amour au bord de l'étang. Nogait l'écouta ensuite lui parler de la vie des Elfes, mais il ne prêta pas vraiment attention à ses paroles : il contemplait plutôt ses yeux verts et ses longs cils blonds.

En se rhabillant, le Chevalier pensa qu'il était bien étrange que son âme sœur soit d'une race aussi différente, mais il remercia tout de même les dieux de lui avoir permis de la trouver.

– Les femmes de ton peuple peuvent-elles épouser des humains ? demanda Nogait en attachant les courroies de son armure.

– Mon père ne les aime pas, déclara-t-elle, alors nous devrions continuer de nous fréquenter en secret jusqu'à ce qu'il ait compris que vous êtes une race intelligente.

Nogait faillit éclater de rire en entendant ce commentaire, mais il s'en empêcha parce qu'elle semblait sérieuse.

– Mais il y a une autre façon, ajouta-t-elle, son visage subitement illuminé de joie.

Elle s'empara de sa main et l'entraîna dans la forêt. Nogait sonda les alentours. Ses compagnons se dirigeaient déjà vers le village. Il aurait dû se faire violence et les rejoindre, mais la délicieuse sensation des doigts de la femme Elfe entre les siens l'emporta.

Amayelle l'emmena jusqu'à un très vieux chêne que vénéraient les Elfes. Son tronc rugueux était si gros que cinq hommes n'auraient pu en faire le tour avec leurs bras en se joignant les mains. Nogait l'examina avec attention sans déceler de vibrations particulières.

– Les arbres recèlent toute la connaissance du monde, expliqua Amayelle à son amant, et celui-là est très âgé. Il existait déjà lorsque les Elfes sont arrivés sur Enkidiev. Si tu es vraiment un magicien, il répondra à toutes tes questions.

– Je peux lui demander si toi et moi pourrons nous marier ?

– Oui, et sa réponse sera sacrée pour les Elfes.

Un éclat d'espoir anima les yeux bleus du Chevalier. S'il réussissait à arracher une réaction positive à ce vieux seigneur de la forêt, le père d'Amayelle se verrait dans l'obligation de lui céder la main de sa fille !

– Dis-moi ce que je dois faire, l'enjoignit bravement Nogait.

– Pose les mains sur le tronc et ferme les paupières.

Amayelle embrassa le Chevalier sur les lèvres, comme il le lui avait enseigné, puis s'éloigna pour le laisser procéder à cet important rituel. En inspirant profondément, Nogait appuya les mains sur l'écorce millénaire. Il ressentit immédiatement de curieux picotements dans ses paumes sensibles. Il attendit de longues minutes et allait mettre fin au contact lorsqu'il fut transporté dans un curieux tourbillon de fumée verte. Il tomba dans le vide pendant ce qui lui sembla une éternité jusqu'à ce qu'il aboutisse dans un endroit sombre où il ne faisait ni chaud ni froid et où il ne régnait aucune odeur particulière. Était-il mort ? Lui avait-on tendu un piège ? Il allait contacter Wellan lorsqu'une voix retentit.

– *Votre race est bien étrange...*

Nogait chercha son épée sur sa hanche, mais elle ne l'avait pas suivi dans la vision. Il projeta tous ses sens autour de lui sans rien capter.

– *Difficile à comprendre... si complexe...*

« Est-ce là la voix de l'ennemi ? » s'inquiéta le Chevalier. Les Elfes étaient-ils les alliés de l'Empereur Noir ? Une intense lumière descendit alors en cascade sur lui et il constata qu'il ne se trouvait nulle part ! Il flottait dans un espace verdâtre, suspendu telle une algue dans les eaux calmes d'un étang.

– Qui êtes-vous ? s'effraya Nogait.

– *Je suis le dieu des arbres*, répondit la voix. *Tu n'as aucune raison de me craindre à moins d'être leur ennemi.*

– Mais personne n'est l'ennemi des arbres, s'étonna le Chevalier en reprenant graduellement son sang-froid.

– *Ceux qui abattent les plus forts pour se chauffer ou pour construire des abris au lieu de se servir du bois déjà mort ne les respectent pas.*

Un énorme soldat-insecte se présenta devant Nogait, qui fit aussitôt quelques pas en arrière en tendant les mains, mais aucun rayon n'émana de ses paumes.

– *Ta magie est inutile ici, jeune mortel*, l'avertit l'insecte d'une voix métallique.

On lui avait pourtant raconté que ces créatures ne parlaient pas la langue des hommes. Nogait continua donc de reculer en examinant la peau luisante et les yeux lumineux de son ennemi.

– Qui êtes-vous ? L'empereur des insectes ? s'alarma le Chevalier.

– *Je n'appartiens pas à ton monde. J'ai pris cette forme physique parce qu'elle se trouvait dans ton esprit.*

L'insecte se transforma brusquement en Chevalier. Curieusement, il ressemblait à Kevin, celui de ses frères qu'il aimait le plus.

– *Est-ce plus acceptable ainsi ?*

Nogait s'immobilisa et hocha légèrement la tête, impressionné. Le dieu des arbres pouvait donc modifier son apparence physique selon son bon vouloir.

– *Que cherches-tu ici, jeune mortel ?* demanda le faux Kevin.

– Une amie qui m'est chère m'a suggéré d'appliquer les mains sur un vieil arbre pour lui poser des questions sans vraiment me prévenir de ce qui allait se passer. Je regrette infiniment si je vous ai offensé en envahissant ainsi votre domaine.

– *À moins de m'attaquer à coups de hache, il est bien difficile de me déplaire. En général, ce sont les Elfes qui ont recours à moi lorsqu'ils ont d'importantes décisions à prendre. Ils ne sont pas des êtres aussi insouciants que tu sembles le croire.*

– Oh ! mais je pense le plus grand bien d'eux, assura Nogait en se rappelant les douces lèvres d'Amayelle.

– *Alors, c'est l'amour d'une femme de leur peuple que tu recherches ?*

– Il m'est déjà acquis, mais j'ignore si un humain a le droit d'unir sa vie à celle d'une Elfe. Je ne connais rien à la diplomatie, car je suis d'abord et avant tout un soldat. Je me soucie davantage de la protection du continent que de la politique.

– *L'amour est un sentiment puissant et magnifique qui ne devrait jamais s'embarrasser de ce genre de considérations. Si tu as besoin de la chaleur des bras de cette Elfe et si elle éprouve les mêmes sentiments que toi, ne laisse personne t'empêcher de vivre avec elle.*

– Vous avez raison.

– *Va et fais ce que te dicte ton cœur. C'est Vinbieth qui te l'ordonne.*

Nogait se réveilla. Les grands yeux verts d'Amayelle le contemplaient avec tendresse. Elle caressa doucement sa joue en lui souriant.

– Amayelle, je veux passer le reste de mes jours avec toi, proclama-t-il avant qu'elle puisse le questionner sur sa vision.

Une telle union allait présenter plusieurs problèmes diplomatiques, mais le dieu des arbres conseillait au Chevalier de suivre les impulsions de son cœur et c'était exactement ce qu'il avait l'intention de faire.

– Il faudra que tu demandes ma main à mon père. Ce pourrait être une dure épreuve pour toi, l'avertit la jeune femme en se blottissant contre lui.

– Sauf si Wellan intervient en ma faveur, répliqua Nogait. Il est difficile de refuser quoi que ce soit à notre grand chef. J'en sais quelque chose.

– Je souhaite de tout mon cœur qu'il réussisse à le convaincre, *anyeth*.

– *Anyeth* ? Qu'est-ce que ça veut dire ?

– C'est un mot d'amour qu'utilisent les Elfes qui ont uni leurs vies.

Elle se mit à murmurer une douce chanson dans sa langue en frottant le bout de son nez contre l'oreille du soldat. Il n'en comprenait pas les mots, mais il se douta qu'il s'agissait d'un hymne à l'amour. Il se laissa bercer par la lente mélodie.

Elle admira l'air résolu du Chevalier. Aucun Elfe n'avait les yeux de la couleur du ciel ni les cheveux aussi sombres et bouclés que Nogait.

– Je t'aime, avoua le guerrier.

– Moi aussi, souffla Amayelle en posant ses lèvres sur les siennes.

Ils échangèrent de langoureux baisers et demeurèrent dans les bras l'un de l'autre jusqu'au coucher du soleil. Puis, main dans la main, ils retournèrent au village. Ils se séparèrent derrière les huttes fraîchement reconstruites, car il était préférable que Nogait la demande officiellement en mariage avant de s'afficher ainsi avec elle en public.

34

UN AMOUR IMPOSSIBLE

Wellan fut bien surpris de voir Nogait apparaître entre les arbres au moment où tout le monde s'apprêtait à se coucher pour la nuit. Plus étonnant encore, au lieu de rejoindre ses amis, Nogait poursuivit son chemin pour poser un genou en terre devant lui. Son geste provoqua des murmures parmi ses camarades, puisqu'un Chevalier ne s'adressait ainsi à son supérieur que lorsqu'il désirait une faveur.

– Je t'écoute, dit Wellan en se demandant si son soldat turbulent préparait un autre coup pendable.

– Il y a deux événements dont j'ai besoin de te parler ce soir.

– Tu veux le faire devant tout le monde ?

– Nous avons appris à ne rien nous cacher.

Le grand chef jeta un coup d'œil autour de lui. La majorité des Elfes s'étaient retirés dans leurs maisons. Même le Roi Hamil se reposait chez lui avec son épouse. Wellan voulait bien laisser le soldat partager son expérience avec tous ses frères et sœurs d'armes, mais pas nécessairement avec leurs hôtes.

– Parle, le pressa Wellan.

– J'ai fait la connaissance d'une jeune fille après l'attaque des abeilles contre les Elfes et je suis amoureux d'elle.

Kevin et Sage échangèrent un regard, étonnés que leur compagnon pousse l'audace jusqu'à parler de cette aventure à leur chef.

– Elle éprouve les mêmes sentiments que moi. Alors, ce soir, nous avons décidé d'unir nos vies, annonça Nogait.

Les murmures cessèrent et les Chevaliers inquiets se tournèrent vers Wellan. Ce dernier avait fait la paix avec les Elfes, mais il continuait à se méfier d'eux.

– Et tu veux que j'approuve cette union, Nogait ? conclut le chef avec une expression grave sur le visage.

– Oui, et plus encore, osa-t-il bravement. J'aimerais que tu m'aides à demander la main de cette femme à son père, puisqu'il n'aime pas les humains.

Wellan poussa un profond soupir de découragement. Pendant un instant, Nogait craignit qu'il ne lui fasse la morale sur les difficultés que représentaient les unions entre races différentes, mais le grand chef se contenta de le fixer dans les yeux.

– Comment s'appelle cet homme ? demanda-t-il finalement.

– Je n'en sais rien, avoua honteusement Nogait, mais le nom de ma future épouse est Amayelle.

– Je suis certain que le Roi Hamil pourra m'indiquer son père.

– Merci, Wellan.

– Et quel est le deuxième événement dont tu voulais me parler ?

– J'ai eu une conversation fort intéressante avec Vinbieth. C'est le dieu des arbres et il peut prendre l'apparence qui lui plaît.

Le soudain étonnement du grand Chevalier fit tout de suite comprendre à Nogait que cette rencontre était beaucoup plus importante qu'il l'avait cru.

– Les Elfes ont aussi des dieux ? s'enquit Kardey, assis non loin.

– Nous vénérons tous les mêmes dieux, assura Wellan. Vinbieth porte le nom d'Ordos dans la langue des humains.

– Tu as parlé à un dieu ? s'exclama Kevin, impressionné.

– Je ne l'ai pas fait exprès, se défendit Nogait.

– Raconte-moi ce qui s'est passé, exigea Wellan.

Son soldat lui raconta comment il s'était enfoncé dans un monde curieux. Il lui répéta aussi les paroles de la divinité. Wellan le sonda pour s'assurer qu'il ne s'agissait pas là d'une mise en scène destinée à se payer sa tête, car ce Chevalier aimait jouer des tours à ses compagnons. Mais cette fois, il semblait tout à fait sincère.

– Si Ordos t'a conseillé d'épouser cette fille, je pense que tu n'as pas vraiment le choix, déclara Sage.

– Nous allons quand même faire les choses selon les coutumes des hommes et des Elfes, trancha Wellan avant que toute cette belle jeunesse ne s'enflamme. Nous allons découvrir l'identité du père d'Amayelle et tu lui demanderas sa main comme tous les prétendants doivent le faire, même ceux qui ont reçu la bénédiction de Vinbieth.

Wellan et Nogait s'observèrent un moment. Les Chevaliers devinèrent qu'ils échangeaient de l'information que seuls pouvaient partager les élus des dieux. De tous ses frères d'armes, Wellan trouva étrange qu'ils aient choisi ce jeune homme impétueux pour faire connaître leur volonté aux humains.

– Merci, dit Nogait en s'inclinant devant lui comme devant un roi.

Il retourna auprès de ses amis qui le reçurent avec de chaleureuses claques dans le dos. Des feux brûlaient autour d'eux pour les tenir au chaud, mais Nogait n'en avait nul besoin : intimidé par toute l'attention qu'il recevait, ses joues rougissaient et sa nuque bouillait.

– Ton frère est un homme béni, fit remarquer Kardey à Ariane. Ce n'est pas n'importe qui qui s'entretient ainsi avec Ordos.

– Les Chevaliers sont les serviteurs d'Enkidiev, mon ami, répondit la Fée. C'est sans doute pour cette raison que le ciel est si bienveillant à leur égard.

Ils commencèrent à s'enrouler dans leurs couvertures. Wellan se coucha près de Bridgess et de leur fille. Jenifael dormait depuis un moment déjà. Le grand chef caressa sa petite tête avec douceur.

– On dirait bien que les dieux accordent surtout leurs faveurs à ceux qui s'éprennent de leurs sujets Elfes, commenta alors Bridgess à voix basse.

Lui-même avait éprouvé de tendres sentiments pour la Reine Fan, une descendante d'Elfes et de Fées, pour recevoir par la suite la visite de Theandras. Il avait cru que c'était surtout sa dévotion pour la divinité de son pays de naissance qui lui avait valu ce privilège. Le cas de Nogait était plus difficile à expliquer.

– Les Elfes sont peut-être plus proches d'eux que nous le pensons, supposa Bridgess.

Wellan garda le silence. La petite se mit alors à s'agiter sur les genoux de sa mère qui concentra son attention sur elle. Tout le village s'endormit dans la nuit fraîche. De son côté, Wellan continua à réfléchir à cette union entre un Chevalier et une femme des forêts. Cela réussirait-il enfin à le réconcilier avec ce peuple étrange qui préférait vivre coupé du reste d'Enkidiev ? Lorsqu'il réussit à fermer l'œil, la lune avait disparu dans le ciel.

À son réveil, tous ses frères étaient déjà partis se purifier. Il trouva Bridgess et Jenifael assises près de lui. Le bébé l'observait en mâchant son petit poing rose.

– As-tu faim ? s'enquit son épouse.

– Pas vraiment, soupira Wellan.

Il s'étira en sondant les alentours. Ses compagnons se baignaient dans différents étangs et les Elfes déambulaient dans la forêt. Il étendit ses sens magiques plus loin encore. Il ne rencontra aucun ennemi, ce qui était étrange, car l'empereur devait maintenant savoir que ses abeilles géantes n'avaient pas réussi à pondre leurs larves dans le corps des humains. Jenifael, en criant, le ramena à la réalité.

– Je pense qu'elle a envie des bras de son père, allégua Bridgess.

Un tendre sourire apparut sur le visage sérieux du grand chef. Il prit la petite et l'embrassa dans le cou en lui arrachant des rires de plaisir. Les Elfes échangèrent des commentaires flatteurs sur le nouveau papa dans leur langue mélodieuse. Ce Chevalier géant n'était pas aussi terrible qu'avaient voulu leur faire croire les conteurs de leur clan.

Lorsque Jenifael commença à se lamenter et à faire la moue, Wellan la remit à son épouse avec un regard désemparé. Bridgess s'empressa de lui rappeler qu'il n'était pas le père du bébé seulement dans ses moments de contentement, mais aussi dans ses instants d'angoisse. Prétextant devoir se purifier, le grand chef se dirigea vers la forêt.

Il choisit un endroit isolé sur la berge d'un affluent de la rivière Mardall pour nager, se sécher et méditer. La présence de ses Écuyers lui manquait. Ce grand chef n'était pas seulement un érudit, mais aussi un homme qui aimait transmettre son savoir. Si les dieux lui prêtaient longue vie, sans doute pourrait-il enseigner l'histoire lorsque ses bras ne lui permettraient plus de porter l'épée. Et si les Chevaliers pouvaient mettre rapidement fin à cette guerre contre les insectes, il consacrerait plusieurs années à l'étude de la bibliothèque secrète de Hadrian.

Il se vêtit et partit à la recherche du Roi Hamil, afin qu'il lui présente le père de la jeune Amayelle. Il craignait cependant une réaction négative de sa part lorsqu'il apprendrait qu'un Chevalier s'intéressait à une Elfe. Mais c'était son devoir d'intercéder pour Nogait. Il se montrerait convaincant sans être arrogant. « La vie est remplie de leçons, même pour un commandant d'armée », pensa-t-il en arrivant au centre du village.

Il trouva le souverain assis avec sa femme et d'autres Elfes dont il ne connaissait pas vraiment le rôle dans cette société fermée. Il s'inclina devant Hamil qui l'invita à s'asseoir et lui présenta ses conseillers et ses mages. Wellan les salua avec politesse. Mais les Elfes sentirent qu'il désirait s'entretenir seul avec leur monarque. Ils évoquèrent certaines tâches pressantes et laissèrent donc le couple royal en tête à tête avec le chef des Chevaliers.

– De quoi s'agit-il ? demanda Hamil, troublé. Percevez-vous l'approche d'autres agresseurs ?

– Non, sire. Il s'agit d'une affaire personnelle.

– Ne me dites pas que vous avez déjà des ennuis avec votre fille, se moqua la reine.

– Pas encore, car il nous est encore difficile de communiquer. Sa mère semble mieux s'en tirer que moi dans ce domaine. En fait, je cherche le père d'une femme qui porte le nom d'Amayelle.

– Et que lui voulez-vous ? l'interrogea Hamil en durcissant la voix.

– Un de mes soldats est amoureux de cette jeune personne et il désire demander sa main à son père.

– Il ne la lui accordera pas.

– Comment pouvez-vous en être certain ?

– Je suis le père d'Amayelle.

De toutes les femmes du Royaume des Elfes, il avait fallu que Nogait s'éprenne de la fille du roi ! Pris de court, Wellan ne savait plus comment se tirer de cette fâcheuse situation.

– Amayelle a été promise à un homme d'un autre clan qui réside au nord de mon royaume, ajouta le souverain, crispé.

– Je suis désolé, je l'ignorais, réussit enfin à articuler Wellan.

– Maintenant que vous le savez, ordonnez à votre Chevalier de ne plus revoir ma fille.

Hamil se leva. La Reine Ama tenta de saisir sa main, mais il se déroba et leur tourna le dos.

– Même si elle partage ses sentiments ? tenta Wellan.

– Ma fille n'unira jamais sa vie à celle d'un humain, vous m'entendez ? tonna le roi en faisant volte-face.

« La paix n'est donc pas encore assurée entre nos deux races, comprit Wellan, et le Roi des Elfes ne fait que tolérer notre présence sur son territoire. Il accepte les rares unions des Elfes avec les Fées, mais pas avec les humains. »

– Il ne s'agit pas d'un homme ordinaire, mais d'un Chevalier d'Émeraude, lui rappela Wellan en dernier recours. Et si c'est la noblesse qui importe à vos yeux, sachez qu'il est né Prince de Turquoise.

– La main de ma fille a déjà été accordée à un prince de mon peuple, riposta Hamil sur un ton incisif. Vos services ne sont plus requis au pays des Elfes, sire Wellan. J'exige que vous quittiez mes terres sans plus attendre.

Sur ces mots, le monarque disparut entre les arbres. Wellan se découragea en pensant qu'il lui fallait maintenant annoncer la mauvaise nouvelle à son frère d'armes. Il capta le regard infiniment malheureux de la Reine Ama, qui n'avait pas bougé.

– Amayelle est issue de son premier mariage, l'informat-elle, mais elle se confie à moi. Elle m'a parlé de Nogait, dont elle ne cesse de vanter les qualités. Elle aura le cœur brisé lorsqu'elle apprendra la décision de son père.

– Je crains que mon jeune compagnon n'en souffre également, Majesté, soupira Wellan. Je trouve bien cruel que deux personnes qui s'aiment soient ainsi séparées.

– Je vois dans votre âme que vous avez aussi vécu une terrible rupture.

Wellan baissa la tête en faisant appel à toute sa magie pour se protéger contre les pouvoirs de perception de cette femme. Il ne voulait à aucun prix qu'elle rappelle à son esprit l'image de la Reine Fan ainsi que les tourments de cet éloignement.

– Dites à votre époux qu'il en sera fait selon sa volonté, déclara gravement le Chevalier. Je rassemble mes hommes ce matin. Nous serons partis avant que le soleil ne soit haut dans le ciel.

Il s'inclina respectueusement devant elle et la quitta en se préparant à affronter Nogait. Ce fougueux et passionné Chevalier ne se soumettrait pas facilement aux ordres du roi.

35

ＤＥＳ ＡＭＡＮＴＳ ＤＥＣＨＩＲＥＳ

Au moment où le Roi Hamil refusait la requête du grand Chevalier, Nogait rejoignait une fois de plus sa belle amie au bord de l'étang magique. Isolés dans le feu de leur amour, les deux jeunes gens ne se doutaient pas du danger qui les guettait. Ils échangèrent de longs baisers sans se soucier du reste de l'univers.

– J'ai un présent pour toi, *anyeth*, déclara Amayelle avec fierté.

Elle retira un petit objet d'une bourse de soie qu'elle portait toujours sur elle. Nogait l'observa avec adoration, car chacun de ses gestes était empreint d'une grâce divine. Amayelle exhiba une pierre précieuse. Le guerrier constata qu'elle pendait à une cordelette brillante.

– C'est un bijou qui a été poli dans le pays des Elfes de l'autre côté de l'océan, lui apprit-elle avec beaucoup de révérence. Il a été transmis d'une génération à l'autre, jusqu'à ce que ma mère me le donne.

Elle l'attacha autour du cou de Nogait qui ne cacha pas sa surprise.

– Amayelle, je ne suis pas un Elfe ! protesta-t-il.

– Je sais, mais j'ai parfaitement le droit d'offrir cette preuve de mon amour à mon futur époux qui, un jour, le donnera aussi à notre fils, expliqua-t-elle avec un sourire énigmatique.

– Mais je ne possède rien de précieux, sinon ma dague. Ce n'est certes pas un cadeau convenable pour une femme.

– Tu m'as déjà donné le plus beau présent de tous : ton amour.

Ému, Nogait lui entoura la taille pour l'embrasser, mais leur étreinte n'alla pas plus loin. De jeunes hommes Elfes sortirent de la forêt et s'approchèrent d'eux avec un air désapprobateur. Amayelle mit fin aux baisers. Nogait hésita entre protéger sa belle contre son propre peuple ou demeurer un spectateur intéressé. Les Elfes leur adressèrent quelques mots dans leur langue. La réponse sèche de la jeune femme lui fit comprendre qu'il ne s'agissait pas d'une visite de courtoisie.

– Exprimez-vous de façon à ce que je comprenne ce que vous nous reprochez, exigea Nogait. Il me semble que vous devez bien cela aux Chevaliers, qui vous ont sauvés des abeilles et aidés à reconstruire votre village.

– Tu as raison, l'appuya Amayelle, mais ces hommes sont de l'entourage immédiat de mon père. Ils partagent malheureusement sa réserve vis-à-vis des humains.

– Que veulent-ils au juste ?

– Ils sont venus me ramener auprès de lui.

Faisant fi de la requête du Chevalier, les Elfes s'adressèrent de nouveau en elfique à leur compatriote, sur un ton plus insistant. Des larmes se mirent à couler sur le beau visage d'Amayelle.

– Leurs paroles sont-elles blessantes ? s'impatienta Nogait en se levant.

Les Elfes reculèrent de quelques pas, connaissant les pouvoirs magiques des Chevaliers.

– Si vous me comprenez, allez dire à son père qu'elle rentrera quand bon lui plaira. Elle ne risque rien tant qu'elle est avec moi.

– Son père est le Roi Hamil, rétorqua l'un des Elfes sur un ton arrogant, et lorsqu'il donne un ordre, nous lui obéissons.

– Le roi ? s'étonna Nogait.

Il posa un regard inquiet sur son amoureuse qui sanglotait, craignant qu'elle ne puisse pas échapper à son destin.

– Je sais qu'il n'aime pas les humains, argumenta le Chevalier, mais je peux le convaincre de ma valeur.

– Il est très en colère, lui apprit Amayelle, qui entendait ses reproches dans son esprit.

– Alors, je lui laisserai le temps de se calmer et je le rencontrerai ce soir, auprès du feu.

Il essuya tendrement les joues de sa bien-aimée et déposa un baiser sur ses lèvres, au grand étonnement des Elfes. Amayelle serra Nogait une dernière fois contre elle, comme si elle ne devait plus jamais le revoir, puis marcha jusqu'aux messagers de Hamil en redressant fièrement la tête.

Le cœur en pièces, Nogait s'accroupit au bord de l'étang en les regardant disparaître entre les arbres. Il ne baisserait certainement pas les bras. Il vanterait ses talents au Roi des Elfes. Il lui raconterait également l'intervention du dieu des arbres.

Wellan le rejoignit. L'expression sérieuse qu'arborait le grand chef apprit au soldat qu'il savait déjà tout.

– Tu as donc découvert en même temps que moi que le père d'Amayelle n'est nul autre que le très aimable Roi Hamil, déplora Nogait en s'efforçant de rester serein.

– Il me l'a dit lui-même, confirma Wellan en s'asseyant près de lui. Il ne veut pas que sa fille s'unisse à un humain, car il l'a déjà promise à un Elfe d'un autre clan.

– Mais c'est moi qu'elle aime !

Wellan posa la main sur son épaule en lui transmettant une puissante vague d'apaisement.

– Dans la royauté, très peu de femmes épousent des hommes qui font battre leur cœur, lui expliqua-t-il avec tristesse. Ce sont surtout des alliances politiques, qui assurent la paix entre deux royaumes.

– Cette fois, ce sera différent, se récria Nogait, malgré le baume dont l'enveloppait Wellan. J'aime Amayelle et les dieux approuvent ce mariage. Il faudra que le Roi Hamil l'accepte...

Nogait se leva avec l'intention d'aller dire sa façon de penser au seigneur des forêts. Wellan lui saisit le bras pour le retenir. Il ressentait le désarroi et la colère de son jeune ami. D'une certaine manière, il les comprenait.

– Il n'est pas question que je m'incline, Wellan, s'indigna Nogait en tentant de se défaire de lui.

Mais l'emprise du grand chef se resserra. Il considéra tristement le soldat amoureux. Il savait ce qu'il vivait, mais le protocole exigeait que les rois règlent ce genre de dispute entre eux.

– Laisse-moi au moins plaider ma cause devant lui, persista Nogait.

– C'est au Roi d'Émeraude de le faire pour toi, mon frère.

– Mais c'est un processus qui peut prendre des mois...

– C'est peu pour obtenir toute une vie de bonheur.

Nogait cessa de se débattre. Ce Chevalier pouvait se montrer indiscipliné à ses heures, mais il était aussi un homme intelligent. S'il procédait dans les règles, son union n'en serait que plus légitime aux yeux des humains et des Elfes. Wellan le libéra, soulagé d'apercevoir enfin de la résignation au fond de ses yeux.

– Nous devons partir ce matin, déclara le grand chef. C'est la volonté du Roi des Elfes.

– Je n'ai même pas eu le temps de dire au revoir à Amayelle...

Wellan lui transmit une seconde vague d'apaisement pour l'en dissuader.

– Le Roi d'Émeraude est un homme beaucoup plus persuasif que tu le crois, Nogait, répliqua Wellan. Donne-lui l'occasion de te le prouver.

Engourdi par la puissance anesthésiante de Wellan, le jeune homme ne protesta pas et son chef l'entraîna dans le sentier.

Au même moment, Amayelle arrivait devant Hamil, entourée des Elfes qu'il avait envoyés pour la chercher. Le père courroucé se croisa les bras sur la poitrine et plongea son regard dans celui de la princesse. Aussi fière que lui, elle refusa d'incliner la tête.

– Je t'avais mise en garde contre les ruses des humains, lui reprocha-t-il.

– Vous m'aviez dit qu'ils étaient des créatures primitives et sanguinaires. Pourtant, j'ai eu l'occasion, ces derniers jours, de me rendre compte que vous aviez tort. Ces êtres sont aussi intelligents que nous. De plus, ils savent se défendre contre leurs ennemis, tandis que nous nous laissons massacrer. Leur magie est différente de la nôtre et beaucoup plus efficace contre les attaques d'insectes géants. Ils ont aussi un cœur...

– Suffit ! s'écria le roi, exaspéré.

Amayelle avisa le visage suppliant de la reine, quelques pas derrière son père. Ama lui faisait signe de se taire avant que son mari explose de furie.

– Tu savais que tu étais promise à Elbeni du clan des Aronals lorsque tu t'es laissé séduire par ce Chevalier sans pudeur ! poursuivit le roi, de plus en plus écarlate.

– Je ne regrette aucun des moments passés avec Nogait.

– Alors ton comportement confirme la décision que j'ai déjà prise à ton égard. Tu seras reconduite auprès de ton frère, dans le clan de ta mère, où tu te prépareras pour ton mariage.

– Si je ne peux pas épouser le Chevalier Nogait d'Émeraude, je n'épouserai personne ! le défia Amayelle.

– Emmenez-la ! ordonna Hamil aux jeunes hommes derrière sa fille.

Ils s'approchèrent et se saisirent d'Amayelle. Elle résista en fixant son père dans une attitude insoumise et ils durent employer la force pour l'emmener avec eux.

uN sceptre impérial

Wellan ramena Nogait parmi ses frères. Tous ressentaient son désarroi, surtout Sage qui ne comprenait pas pourquoi les Elfes refusaient de lui accorder la main de la femme qu'il aimait. Le grand chef capta leurs émotions et décida d'intervenir avant qu'ils ne se mettent en tête d'appuyer leur compagnon amoureux.

– Nous retournons au Château de Zénor pour détruire les cadavres que nous y avons laissés, puis nous rentrons à la maison et je demanderai au Roi d'Émeraude d'intercéder pour Nogait, déclara-t-il.

Il sonda rapidement le groupe pour s'assurer qu'il n'oubliait personne. Il allait croiser ses poignets lorsqu'une jeune femme blonde émergea de la forêt en courant. Elle bouscula les soldats vêtus de vert et sauta dans les bras de Nogait. De jeunes hommes Elfes firent aussitôt irruption dans la clairière. Les Chevaliers nouvellement adoubés, ignorant la diplomatie, tirèrent aussitôt leurs épées, les forçant à s'arrêter.

– Je ne veux pas d'affrontement ! ordonna Wellan d'une voix forte en se plaçant entre les protagonistes.

Heureusement, les Elfes ne semblaient pas chercher la bagarre. Ils se contentèrent de fixer les humains armés avec des yeux chargés de colère. Wellan s'approcha de celle qu'ils pourchassaient. Elle était toute menue, de la taille de la défunte Reine Fan. Ses cheveux couleur des blés lui atteignaient la taille. Elle s'accrochait à Nogait comme un chaton effrayé et gardait son visage caché dans son cou.

– Milady, intervint Wellan.

Amayelle tourna la tête vers lui. Le grand chef vit que ses yeux verts étaient noyés de larmes. Il savait qu'il allait poser un geste qui ne le rendrait pas très populaire auprès des siens, mais il devait se garder de toute riposte possible de la part du Roi Hamil.

– Nous nous adresserons au Roi d'Émeraude afin qu'il demande lui-même votre main à votre père pour le Chevalier Nogait, lui expliqua-t-il.

– Je vous remercie de votre bonté, sire, pleura-t-elle, mais je vous en conjure, laissez-moi faire mes adieux à Nogait.

Wellan consulta les Elfes du regard pour leur demander leur avis. Ils signalèrent leur assentiment d'un mouvement de la tête. Le grand chef obligea ensuite ses soldats à rengainer leurs épées et exigea qu'ils accordent un peu d'intimité à leur compagnon d'armes. De toute façon, Nogait ne les entendait plus. Il serrait sa bien-aimée dans ses bras en respirant son parfum exquis.

– Wellan a beaucoup d'influence auprès du Roi d'Émeraude, chuchota-t-il dans son oreille pointue. Je suis certain qu'il réussira à lui faire comprendre que nous sommes faits l'un pour l'autre.

– Mais mon père a décidé de m'envoyer dès aujourd'hui dans le clan de ma mère pour que j'y épouse l'homme qu'il a choisi pour moi, gémit-elle.

– Alors, trouve une façon de retarder cette union jusqu'à ce que les deux monarques puissent se parler.

Elle posa les pieds sur le sol et il décela en elle une nouvelle détermination.

– Oui, c'est ce que je ferai, *anyeth*, promit-elle.

Ils échangèrent alors un long baiser qui fit sourire les Chevaliers. Même Kira trouva la scène très touchante. Nogait et elle se querellaient souvent, mais il méritait quand même d'être heureux. Bravement, Amayelle recula jusqu'aux Elfes qui l'attendaient en silence, puis elle les suivit sans plus faire d'histoire.

– Nous partons, annonça Wellan en espérant que Nogait les accompagnerait dans le vortex.

Kevin capta les craintes de son chef. Il rejoignit Nogait, afin de s'assurer qu'il resterait avec les autres.

– Elle est vraiment belle, murmura-t-il à son ami.

– Mais elle n'est pas encore mienne, répliqua le soldat amoureux.

– Un peu de courage, voyons. Le dieu qui vous a demandé de vous unir ne vous laissera pas tomber.

Wellan croisa ses poignets. Deux par deux, les Chevaliers s'engouffrèrent dans le tourbillon de lumière qui se referma finalement sur lui-même. Les Elfes, qui les observaient de leurs cachettes, relayèrent aussitôt cette information à leur monarque.

Quelques secondes plus tard, les guerriers humains mettaient le pied sur la plage de Zénor, sous un soleil de plomb. Les abeilles mortes se trouvaient toujours là où elles étaient tombées. L'odeur qui s'en dégageait était pestilentielle.

– Détruisez-les toutes, ordonna Wellan en plissant le nez.

– Tu ne veux pas en garder une pour l'examiner ? s'étonna Dempsey.

– J'ai eu amplement le temps de les étudier pendant que je les combattais.

Ils le suivirent tandis que Bridgess demeurait sur les galets avec sa fille pour lui montrer l'océan et les petits crabes qui se sauvaient. Les grands yeux noisette de Jenifael enregistraient tout ce qu'elle voyait, mais ses commentaires se limitaient à quelques cris aigus. Kira passa près de sa sœur d'armes et embrassa les petits doigts du bébé. La fillette éclata d'un rire pur et réconfortant.

– On dirait qu'elle est bien plus grande que lorsque tu l'as ramenée au village des Elfes, constata la princesse mauve.

– Plus lourde aussi, ajouta Bridgess.

Kira poursuivait sa route en incendiant les corps des insectes lorsqu'elle crut apercevoir un éclat brillant entre deux vagues. Elle s'arrêta et utilisa ses sens invisibles pour identifier l'objet. Il s'agissait d'un bâton en métal précieux ! Plutôt que de se tremper les pieds, elle le fit magiquement venir à elle. Le sceptre doré émergea de la mer. Elle s'en saisit au vol et le tourna dans tous les sens. Pouvait-il avoir appartenu aux anciens Rois de Zénor ?

Oubliant les ordres de Wellan, elle s'agenouilla pour examiner plus attentivement ce symbole de puissance. À chaque extrémité du cylindre massif, un peu moins long qu'une épée, se rattachaient deux losanges aux arêtes barbelées. Une étrange écriture très fine courait sur sa surface en torsade, mais la Sholienne ne la reconnaissait pas.

– Qu'as-tu trouvé ? demanda Bridgess qui faisait marcher sa petite Jenifael dans les vagues qui mouraient à leurs pieds.

– Je n'en sais rien, avoua Kira en retournant l'objet de tous côtés, mais c'est certainement un artéfact précieux. Il a dû s'abîmer dans l'océan lors de la destruction du château et les courants marins l'auront finalement ramené sur la plage.

– Tu devrais le montrer à Wellan. Il connaît bien les trésors des rois anciens et modernes.

– Justement, j'y pensais.

– Allez, viens, Jenifael, susurra Bridgess en faisant grimper la petite dans ses bras. Nous allons voir si papa a terminé son travail.

Kira allait la suivre, mais le sceptre devint si lourd qu'elle n'arrivait plus à le soulever. Elle tenta d'utiliser sa magie, en vain. « On dirait... de la sorcellerie ! » s'effraya-t-elle. Elle voulut appeler Wellan par télépathie, mais, au même moment, le bâton doré prit vie. La partie inférieure se développa comme une feuille de papier repliée et de curieuses petites pattes armées de griffes s'enfoncèrent dans les galets. Le sceptre se redressa à la verticale.

– Pourquoi ai-je l'impression d'avoir encore fait une bêtise ? murmura Kira en reculant lentement vers le château.

Narvath ! appela une voix caverneuse. Les oreilles de la princesse frémirent, car elle reconnaissait ce nom : c'était celui que lui donnait Asbeth dans les tunnels d'Alombria ! Il s'agissait d'un autre piège ! Sans demander son reste, Kira tourna les talons pour détaler en direction de la forteresse. Elle ne fit que deux pas avant de s'effondrer tête première dans les cailloux, les jambes paralysées.

Wellan ! cria-t-elle en utilisant ses facultés télépathiques. Elle parvint à se retourner sur le dos. L'image holographique d'un homme-insecte géant apparut devant elle. Il était deux fois plus gros que les guerriers impériaux et sa carapace noire reluisait comme si on l'avait huilée. Il portait une tunique rouge ornée d'une centaine de breloques attachées le long de ses coutures rudimentaires. Ses énormes yeux violets brillaient de l'intérieur et ses mandibules bougeaient de façon mécanique. Kira se douta qu'elles étaient puissantes.

Il y a longtemps que je te cherche, digne héritière de mon sang, poursuivit cette abomination qui ne pouvait être nul autre que l'Empereur Amecareth lui-même !

De son antre, sur le continent d'Irianeth, le sorcier Asbeth assistait à la scène avec satisfaction à la surface de son gros chaudron noir. Incapable de piéger Narvath tandis qu'elle était entourée de ses compagnons d'armes, le mage avait imaginé ce stratagème. Il connaissait de mieux en mieux l'intraitable fille de son maître. Il savait que sa curiosité la mettait souvent dans l'embarras. Les objets brillants semblaient d'ailleurs toujours attirer les femmes de cette race inférieure. Il n'avait donc eu qu'à ensorceler le sceptre avant de le faire apparaître près d'elle.

Il étudia l'expression de Narvath. Rien n'effrayait cette guerrière désormais adulte, pas même Sélace, le sorcier-requin qui avait failli la dévorer. Elle allait bientôt goûter à un nouveau genre de terreur.

37

L'empereur Amecareth

Dès qu'il reçut l'appel de détresse de la Sholienne, Wellan fonça dans les couloirs du château, dévala l'escalier et bondit dans la cour. Tous ses compagnons convergèrent eux aussi vers elle, l'épée à la main. Ils s'arrêtèrent brusquement, à quelques pas de Kira, écarquillant les yeux devant cette apparition sortie tout droit de l'enfer. Écrasée sur le dos, réussissant à peine à se relever sur ses coudes, la princesse mauve fixait un insecte géant qui ne semblait pas armé.

– Kira ! s'écria Sage en s'élançant.

Wellan lui saisit le bras et le ramena derrière lui, car il flairait l'intervention d'un sorcier.

– Ne t'approche pas, Sage ! supplia son épouse en tentant en vain de reculer jusqu'à ses frères d'armes.

– Ils n'ont envoyé qu'un seul guerrier contre nous ? s'étonna Falcon.

– C'est l'empereur, annonça Kira.

– Quoi ! s'exclamèrent les plus jeunes.

– C'est seulement son image, précisa Derek, le Chevalier Elfe. Il n'est pas vraiment ici.

Mes sorciers n'ont pas réussi à te faire comprendre l'importance de ta présence à mes côtés, disait le monstre sanguinaire. Mais, sauf pour les deux hybrides qui comprenaient ses paroles, il s'agissait surtout de sifflements aigus et de cliquetis.

– Que dit-il ? demanda Bailey.

– Il essaie de convaincre Kira de le suivre, répondit Sage, mort d'inquiétude.

Wellan exigea que le jeune guerrier interprète tout ce que l'empereur racontait à sa fille.

Il n'y a qu'un père qui puisse vraiment toucher le cœur de son enfant. J'ai rêvé de toi toutes les nuits depuis ta naissance et lorsque j'ai constaté que ta mère t'avait cachée, j'ai eu terriblement mal.

Sage traduisit aussitôt ses paroles.

– Kira, rapproche-toi de nous, la somma Wellan.

– Si je pouvais bouger, je serais déjà rendue à Émeraude ! répliqua-t-elle en continuant à se débattre contre la main invisible qui la clouait au sol.

Tu as été créée pour régner, Narvath. Le sang qui coule dans tes veines est celui d'une race de conquérants dont tu peux être fière. Ensemble, nous assujettirons l'univers et, un jour, il sera à toi.

– Peut-il t'entendre ? s'enquit Chloé.

– Même s'il le pouvait, je ne parle pas sa langue ! raisonna Kira.

– Réponds-lui tout de même, ordonna Wellan.

– Pour lui dire que je le hais et que j'ai l'intention de le détruire ?

– Je veux seulement savoir si c'est une image ou s'il peut agir directement sur toi par quelque moyen magique.

La guerrière se calma et déclara bravement à l'empereur qu'elle ne désirait pas dominer les autres races. L'homme-insecte n'eut aucune réaction et poursuivit son boniment. Il s'agissait donc d'un sortilège suivant son cours, pas d'une créature vivante.

La partie supérieure de l'objet ensorcelé se mit alors à tourner, d'abord lentement, puis de plus en plus vite, ce qui fit craindre à Wellan que les choses ne s'enveniment s'il n'intervenait pas tout de suite. Il voulut tirer Kira en arrière pour la libérer du pouvoir d'attraction du sceptre doré, mais il fut frappé par une force mystérieuse qui le propulsa au milieu de ses compagnons. Sage se précipita à son tour pour aider son épouse et subit le même sort. Les faces du losange supérieur s'ouvrirent comme les pétales d'une fleur et une intense lumière bleue s'en échappa. Elle s'étendit en spirale jusqu'à toucher Kira.

La Sholienne chargea ses mains d'énergie et la projeta sur le bâton pivotant. Le rayon incandescent heurta la partie supérieure du sceptre et se divisa en une centaine de petits faisceaux qui fusèrent dans toutes les directions. Les Chevaliers s'écrasèrent prestement sur le sol pour ne pas être blessés. « Parfois, il faut combattre le feu par le feu », se rappela Kira. Elle se concentra aussi profondément qu'elle le put et imagina ce que deviendrait le monde si Amecareth réussissait à les éliminer, Lassa et elle. Les halos violets se formèrent aussitôt.

– Kira, non ! hurla Wellan qui connaissait le potentiel destructeur de cette arme.

Voyant que la Sholienne était en transe, le grand chef croisa ses bracelets en ordonnant à tous ses soldats de sauter dans le tourbillon avant que Kira les détruise tous. Sans discuter, les Chevaliers s'exécutèrent, à l'exception de Derek. Il décida de risquer sa propre vie pour empêcher l'empereur de mettre la main sur sa fille. La lumière longea les bras de Kira et fonça sur le sceptre en mouvement, mais l'explosion qu'elle provoqua ne l'endommagea nullement. Par contre, elle ouvrit de larges brèches dans l'énergie bleuâtre qui retenait la princesse prisonnière. Derek en profita pour plonger vers elle.

Le Chevalier saisit sa sœur d'armes par la taille. Il voulut la traîner à l'extérieur du piège, mais ce dernier se referma avant qu'il puisse faire un pas. Il se heurta à la paroi brûlante et poussa un cri de douleur en retombant auprès de Kira. Ses yeux perçants d'Elfe parcoururent la sphère d'énergie sans y trouver d'autres failles. Utilisant ses pouvoirs magiques, il commença à creuser dans les galets un trou qui leur permettrait de s'échapper. La Sholienne comprit ce qu'il tentait de faire et lui prêta main-forte. Au moment où leur tunnel était presque complété, les deux Chevaliers furent aspirés par un vent violent en direction du bâton doré qui tournait toujours sur lui-même. En l'espace de quelques secondes, ils se retrouvèrent à plat ventre sur une autre plage.

Kira sentit tout de suite des odeurs étrangères et secoua sa torpeur. En tremblant, elle se redressa : ils semblaient avoir atterri dans une crique. L'océan était toujours là, mais le soleil ne se trouvait pas au bon endroit ! Kira parvint à se mettre à genoux. Les galets étaient plus tranchants que ceux de Zénor. « Mais quel est cet endroit ? » se demanda-t-elle en retournant son compagnon sur le dos. Derek battit des paupières et revint à lui. Kira l'aida à se remettre sur pied.

– Nous ne sommes plus à Enkidiev, nota l'Elfe qui ne reconnaissait pas l'information que lui transmettaient ses sens.

– Bravo ! s'exclama la voix de corbeau d'Asbeth.

Les Chevaliers firent volte-face, paumes en avant, prêts à se défendre. Le sorcier se faufila entre les rochers, penchant la tête de côté pour les examiner.

– Voulez-vous vraiment réveiller les dragons qui dorment autour de vous ? ricana le mage noir.

Kira se servit de sa magie pour sonder les grosses pierres noires. Le sorcier disait la vérité : ils étaient entourés d'une centaine de monstres au repos !

– Je suis content que tu sois enfin rentrée chez toi, Narvath, poursuivit Asbeth. Voici Irianeth, le pays de tes ancêtres, celui où tu aurais dû grandir.

Elle leva les yeux au-dessus des reptiles. Il y avait des montagnes rocheuses à perte de vue, aucune végétation, aucun arbre. Elle sentit la main de Derek lui saisir doucement le bras et la tirer vers l'arrière, en direction des flots. Elle ne savait pas nager, mais elle comprit que c'était le seul endroit où les dragons ne pourraient pas les dévorer.

– Viens avec moi, lui ordonna le sorcier.

– Je n'irai nulle part avec vous, Asbeth ! riposta Kira. Vous n'êtes qu'un menteur et un assassin !

– Je ne fais que servir notre maître à tous.

– Allez lui dire que son règne achève !

– Si tu ne te montres pas raisonnable...

Le mage déploya une aile. Derek se mit à lutter comme pour empêcher des mains invisibles de l'étrangler.

– Lâchez-le ! s'écria Kira.

– Si tu ne veux pas que je le donne en pâture à mes animaux, suis-moi.

Sentant qu'elle n'avait plus vraiment le choix, Kira fit docilement un pas vers Asbeth, qui libéra l'Elfe sur-le-champ.

– Non..., protesta Derek en se frictionnant la gorge.

– J'exige que vous retourniez mon compagnon à Zénor où vous nous avez enlevés, déclara la Sholienne, les yeux chargés de colère.

– Il en sera fait selon votre volonté, Altesse.

Derek se précipita sur sa sœur d'armes et l'emprisonna dans ses bras.

– Ma vie ne vaut pas celle de tous les habitants d'Enki-diev, murmura-t-il à son oreille. Je ne le laisserai pas te prendre.

Asbeth émit un grognement et leva l'autre aile. Il allait attaquer l'Elfe récalcitrant lorsque des trompettes discordantes résonnèrent sur la plage. Les dragons soulevèrent leurs longs cous en cherchant la source du bruit qui dérangeait leur sommeil. Avec un grondement sourd, l'un d'eux projeta sa tête triangulaire en direction des Chevaliers. Un ordre sec du mage noir arrêta ses mâchoires à un cheveu de la Sholienne. Kira ravala un soupir de soulagement.

Le dragon se recourba sans quitter sa proie de ses yeux flamboyants. Le sorcier beugla dans sa langue composée de cliquetis et de sifflements et les monstres reculèrent comme des chiens bien dressés.

– Ton père te connaît mieux que tu penses, Narvath. Il sait que tu ne m'obéiras pas. C'est lui qui vient à ta rencontre.

Ne pouvant rien voir au-delà des corps massifs des dragons, Kira utilisa ses sens magiques. Elle perçut, au pied de la plus grosse montagne, une puissante énergie qui venait vers eux. Si elle ne trouvait pas rapidement une façon de se tirer de ce mauvais pas, elle condamnerait Lassa à une mort certaine.

38

Le courage d'un elfe

Sur la plage de Zénor, Wellan avait utilisé le tunnel de lumière afin d'abriter ses soldats derrière les murs du château. Tout de suite après l'explosion, les Chevaliers accoururent une fois de plus sur la plage. Kira avait disparu !

– Non ! hurla Sage, fou de rage.

Kevin et Nogait s'emparèrent de lui et l'éloignèrent du groupe pour tenter de le réconforter. Mais Wellan ne croyait pas que la Sholienne avait péri dans sa propre lumière violette. Il avança prudemment jusqu'à l'endroit où le sceptre s'était enfoncé. Il n'y sentait pas la mort. Il se pencha et posa la main sur les galets en regrettant l'absence de Santo, qui pouvait extraire encore plus de renseignements que lui de la moindre vibration.

– Que ressens-tu ? lui demanda Chloé en s'accroupissant près de lui.

– Je crois qu'elle a tout simplement été enlevée, soupira-t-il en scrutant l'horizon.

– Elle résistera et elle fera tout ce qu'elle peut pour revenir vers nous.

– À moins qu'il la...

Les mots s'étouffèrent dans sa gorge. Il se doutait que l'Empereur Noir n'était pas un homme patient. Il écraserait sa fille si elle lui tenait tête trop longtemps. Le grand chef se tourna vers Sage : il se débattait en pleurant dans les bras de ses compagnons. Wellan comprit son chagrin. Lui-même aurait été inconsolable si Bridgess avait subi le même sort.

– Sage, écoute-moi, fit-il d'une voix douce. Kira n'est pas morte.

– Comment peux-tu en être certain ? hoqueta le jeune époux.

– Nous partageons un lien particulier. Je le saurais s'il était subitement brisé.

– Wellan a raison, l'appuya Bridgess. Nous le sentirions tous les deux. Nous pensons plutôt que l'empereur nous l'a ravie.

– Je ne la reverrai jamais, n'est-ce pas ?

– À mon avis, c'est lui qui nous la renverra lorsqu'il constatera qu'elle est intraitable, plaisanta Nogait.

Son commentaire fit rire ses frères d'armes et sembla rassurer l'hybride. Pendant que les Chevaliers discutaient de la façon de venir en aide à la Sholienne, Wellan porta lentement son regard sur chacun d'eux.

– Mais où Derek est-il passé ? s'inquiéta-t-il.

D'un geste protecteur, l'Elfe serrait Kira contre lui, reculant très lentement vers les vagues pendant que les dragons s'écartaient pour laisser passer toute une procession d'esclaves et de soldats armés jusqu'aux mandibules. Les deux Chevaliers virent se dresser derrière eux l'insecte géant de l'hologramme, mais il leur sembla bien plus féroce en personne. Sa foulée était longue et faisait vibrer le sol sous leurs pieds. « Je n'ai pas hérité de sa stature, en tout cas », pensa Kira en laissant Derek la tirer vers l'océan.

Vêtu de sa longue tunique rouge d'apparat, Amecareth s'arrêta à quelques pas des deux prisonniers. Kira dut relever la tête pour regarder son étrange visage. Ses yeux à la pupille verticale étaient de la même couleur que les siens. Pour le reste... Le seigneur des insectes examinait son héritière sans se presser. « Je dois être bien différente de ce qu'il avait imaginé », songea la Sholienne, qui ressemblait davantage à sa mère. L'empereur émit un curieux mélange de grognements et de cliquetis. Les oreilles de Kira se dressèrent sur sa tête.

– *Mes sorciers t'ont plusieurs fois demandé de rentrer à Irianeth*, lui reprochait-il.

– Et je leur ai répondu que je me battais dans le camp des humains, pas dans le leur, répliqua la princesse, en gardant la tête haute.

Amecareth pencha la tête du côté d'Asbeth qui lui traduisit aussitôt sa réponse.

– *Dès que je t'aurai reliée à la collectivité, tu oublieras cette vermine et tu m'aideras à conquérir l'univers*, poursuivit l'Empereur Noir.

– Vous faites erreur.

Derek sentit l'eau effleurer ses bottes. Il conçut rapidement son plan pendant que le père et la fille argumentaient. Il savait nager, chose plutôt rare pour un Elfe, puisque son peuple d'origine craignait les esprits qui veillaient sur les créatures aquatiques. Il entraînerait sa sœur d'armes dans les vagues, où aucun insecte ni aucun dragon n'oserait les suivre. Mais quelle serait la réaction du sorcier ? Pourrait-il les empêcher de fuir ?

– J'ai déjà goûté à cette collectivité par l'intermédiaire du cheval-dragon que vous avez envoyé pour me reprendre et j'ai réussi à m'en dissocier, ajouta Kira.

Asbeth s'empressa de mettre ses mots sous forme de sifflements et de claquements. Derek constata que le mage noir s'absorbait entièrement dans cette tâche. Ce serait donc une bonne idée d'agir au moment où il interprétait les paroles de Kira.

– *Tu crois que je suis faible au point de ne pas pouvoir te faire changer d'avis ?*

– Non, c'est moi qui est forte.

Dès que le sorcier ouvrit la bouche pour traduire la réponse de Kira, Derek hissa la princesse dans ses bras et courut dans l'eau. Il entendit le hurlement de colère de l'Empereur Noir. Une puissante main invisible les empoigna tous les deux, les empêchant d'avancer. Au moment où elle commençait à les tirer vers la plage, un monstre marin surgit des flots et vola par-dessus la tête des Chevaliers.

Immobilisés, l'Elfe et la Sholienne assistèrent à un bien curieux spectacle. Un requin géant zébré d'horribles cicatrices atterrit sur le ventre devant l'empereur, provoquant une réaction de panique parmi les soldats et les dragons. Le squale se dressa péniblement sur sa queue et montra toutes ses dents.

– Sélace..., murmura Asbeth, incrédule.

– Tu croyais pouvoir me détruire avec tes risibles pouvoirs ? gronda le requin, furieux.

– *Tu m'avais dit que Narvath l'avait tué*, s'étonna l'empereur en se tournant vers l'homme-oiseau.

Asbeth ne crut pas utile de s'expliquer. C'était d'ailleurs préférable pour sa santé de s'en abstenir. Sélace leva sa nageoire latérale. Un éclair fulgurant fonça vers Asbeth. Ce dernier érigea aussitôt un écran protecteur devant lui, mais le ricochet atteignit l'un des dragons qui s'écroula en expirant.

– *Assez !* tonna Amecareth.

Mais le requin enragé continua de bombarder le mage noir en avançant maladroitement. Les dragons décollèrent à toute vitesse en poussant des cris de terreur, piétinant les gardes du corps de l'empereur. Une aura bleuâtre s'éleva en tourbillonnant autour d'Amecareth et ses yeux s'illuminèrent. Des halos indigo apparurent à la hauteur de ses coudes entre les carapaces de son bras et de son avant-bras. « Je tiens donc ce pouvoir de lui », comprit Kira.

– *Je vous ai dit d'arrêter !* les intima l'empereur.

Sélace n'était plus qu'à quelques pas de l'homme-oiseau, qui faiblissait sous ses attaques répétées. Voyant qu'il refusait d'obtempérer, Amecareth laissa partir les projectiles lumineux qui pulvérisèrent le requin.

– Kira, utilise la magie que t'a enseignée Abnar et sors-nous d'ici ! l'enjoignit Derek.

Mais la Sholienne observait la pluie de cendres qui retombait mollement sur les galets, sidérée par l'étendue des pouvoirs de son géniteur.

– Transporte-nous ailleurs ! cria l'Elfe en la secouant.

La princesse revint brusquement à elle et s'empressa de visualiser une destination sécuritaire. La dernière chose qu'elle vit, avant d'être emportée dans un grand tourbillon coloré, fut les yeux lumineux d'Amecareth. Les Chevaliers voyagèrent pendant de longues minutes dans le tunnel d'énergie turbulente. Derek serra bien fort sa sœur d'armes pour ne pas la perdre dans le gouffre. Puis, soudain, le vent cessa. Ils tombèrent brutalement dans la neige. L'Elfe secoua la tête pour reprendre ses esprits et parvint à s'asseoir. Il scruta la région. Ils venaient d'atterrir à Shola.

– Mais pourquoi nous avoir emmenés ici ? s'étonna-t-il en aidant Kira à se relever.

– J'ai désiré un endroit sécuritaire et le tourbillon a décidé du reste, s'excusa-t-elle, penaude.

– C'est certain que personne ne pensera à nous chercher ici, pas même nos compagnons.

– Derek, je suis désolée...

– Peux-tu nous ramener à Zénor ?

Kira fit signe que non en se frottant les bras. Elle commençait déjà à frissonner de froid. L'Elfe soupira de découragement. La Sholienne était certes une puissante magicienne, mais après avoir dépensé une aussi grande quantité d'énergie, elle ne pourrait pas répéter son exploit avant quelques heures.

– Besoin d'aide, petite sœur ? fit une voix cristalline derrière eux.

Les Chevaliers firent volte-face. Dylan, vêtu d'une tunique aussi éclatante que la neige, flottait au-dessus du sol, un sourire égayant son visage innocent.

– Comment l'as-tu deviné ? ironisa Kira, très lasse.

– Venez, je dispose de très peu de temps.

L'enfant céleste tendit les deux mains. Les soldats les saisirent sans hésitation. Ils sentirent le sol se dérober sous leurs pieds et furent entourés d'une chaleur bienfaisante.

au pays des immortels

Dylan ressemblait en tous points à un enfant terrestre de l'âge de Lassa, mais, en réalité, dans son monde à lui, il avait déjà franchi plusieurs étapes importantes de sa vie d'Immortel. Comme ses semblables, il possédait d'immenses pouvoirs magiques. Il commençait à peine à les utiliser, malgré l'interdiction de ses mentors, car le sang de son père Chevalier le rendait téméraire. De plus, il aimait profondément sa famille. Pour cette raison, il avait créé un lien invisible qui le maintenait en contact avec Wellan et Kira et qui lui permettait de ressentir leurs angoisses. Ainsi, il pouvait leur venir en aide lorsqu'ils en avaient besoin.

Comme il ne pouvait pas s'approcher d'Irianeth, sous peine d'être sévèrement puni par Parandar lui-même, il avait attendu que sa sœur mauve fasse le premier pas avant de se précipiter à son secours. Mais il devait faire vite pour que les dieux ne remarquent pas son absence. S'évaporant de sa cellule, il s'était dirigé comme une étoile filante vers le pays de neige où Kira venait d'atterrir.

Content de lui rendre service, Dylan prit sa main et celle de son compagnon Elfe pour les ramener instantanément à Zénor, où les autres Chevaliers tentaient en vain de découvrir une façon de les récupérer.

Son escapade ne dura que quelques secondes, mais lorsque Dylan réintégra le pays des Immortels, Sauska, la déesse de la guérison, se manifesta à lui. Vêtue d'une soyeuse robe aux reflets bleus, elle replia dans son dos ses ailes recouvertes de plumes et posa sur l'enfant un regard rempli de reproche. Le petit magicien aux yeux humains ne chercha pas à justifier son absence. Il garda plutôt le silence, sachant que viendrait tôt ou tard son châtiment.

– Nous t'avons demandé de ne pas quitter notre monde durant ton apprentissage, Dylan, lui reprocha doucement la belle femme ailée aux beaux cheveux blonds.

– Je suis désolé, vénérable Sauska, mais c'est plus fort que moi.

– Préférerais-tu que je remette ton éducation entre les mains de Hunhan ?

La déesse vit tressaillir le petit garçon de lumière, mais elle savait bien que les menaces ne lui faisaient pas vraiment peur. Trop de sang humain coulait dans ses veines.

– Je préférerais Ialonus, répliqua-t-il finalement avec un demi-sourire.

– Évidemment, puisqu'il te laisse faire tout ce que tu veux.

– Il m'a appris beaucoup de choses au sujet des créatures marines.

– Hunhan, lui, t'inculquerait de la discipline.

– Je serai plus obéissant, mais, de grâce, ne m'envoyez pas dans le monde des morts.

Sauska fixa Dylan pendant un long moment. Il sentit qu'elle scrutait profondément tous les recoins de son cœur. Il ne s'y opposa pas et attendit patiemment son verdict.

– Cette fois, c'est Parandar qui décidera de ton sort, jeune rebelle.

La déesse s'évanouit dans une pluie de petites étoiles scintillantes. Dylan poussa un soupir. Depuis sa naissance dans l'au-delà, on l'avait constamment rappelé à l'ordre, mais jamais le chef des dieux n'avait été contraint d'intervenir. L'enfant trottina jusqu'à la fenêtre de sa petite chambre sans meubles, ses pieds nus s'enfonçant mollement dans le sol duveteux. Il parcourut du regard son univers.

Il y avait des plaines et des montagnes, comme sur le continent d'Enkidiev, mais tout le paysage était immaculé. Le ciel, plus sombre que celui de son père, était calme et sans nuage. « Tout est tellement fade ici », regretta le gamin. On lui défendait de visiter sa famille terrestre, mais pas de circuler dans le secteur alloué aux apprentis Immortels. Il traversa le mur sans effort et se rendit à la forêt d'arbres transparents qui séparait son univers de celui des dieux. Il aimait bien s'adosser à un tronc de cristal pour observer le jeu du vent dans les feuilles argentées. Et, parfois, lorsqu'il y pensait, il effectuait les exercices que lui assignaient ses maîtres.

– Dylan, l'appela une voix satinée qu'il reconnut aussitôt.

– Mère ! s'exclama-t-il en bondissant vers elle.

Il se rappela que Fan n'aimait pas le serrer dans ses bras comme Wellan. Il s'arrêta donc devant elle en retenant son enthousiasme.

– Sauska me dit que tu as une fois de plus quitté la sécurité de cet endroit, fit la magicienne sur un ton froid.

– Que pourrait-il m'arriver sur Enkidiev, mère ? Je suis un Immortel !

– Un très jeune Immortel, précisa Fan. Je croyais que Kunado t'avait raconté l'affrontement entre le Chevalier Onyx et Abnar : c'est l'Immortel qui a failli être anéanti. Et ce magicien est un maître !

– Ce n'est pas la même chose ! protesta Dylan. Le renégat s'est servi d'une sorcellerie que ne possèdent pas les autres humains !

– Et tu crois qu'il n'y a aucun mage noir dans leur monde en ce moment ?

L'image du combat entre le requin géant et l'homme-oiseau refit surface dans son esprit. Il dut reconnaître que sa mère avait raison. Un sorcier ne ferait qu'une bouchée d'un apprenti comme lui.

– Je voulais seulement rendre service à Kira..., se lamenta-t-il, penaud.

– Ta sœur est suffisamment puissante pour se sortir d'affaire toute seule.

– Je suis certain qu'elle a tout de même apprécié mon aide, mère.

Fan contempla le visage innocent de son fils de lumière et décela dans ses yeux bleus le même entêtement que dans ceux de son père.

– Dylan, le premier devoir d'un Immortel est d'exécuter la volonté des dieux, le sermonna-t-elle. Ils t'ont demandé de rester dans le monde invisible afin d'accroître tes pouvoirs et tes connaissances, car tu seras un jour appelé à conseiller les humains.

– Mais mon père est un érudit ! Je pourrais apprendre tellement de choses auprès de lui !

– Nous n'en serions pas là si je ne t'avais jamais révélé son identité...

Découragée, Fan s'éloigna sur un sentier de cailloux arrondis qui apparaissaient sous ses pieds à mesure qu'elle avançait. L'enfant observa le miroitement de sa robe lumineuse pendant un moment, puis se précipita derrière elle. Il chercha à glisser ses doigts entre les siens. *Dylan !* résonna la voix de Parandar dans leurs esprits. Le petit Immortel saisit vivement la main de sa mère.

– Tu savais à quoi tu t'exposais en quittant le monde des dieux, lui fit remarquer Fan. Tu dois maintenant accepter les conséquences de tes actes.

– Je vous en prie, ne m'abandonnez pas.

– Je te conduirai à lui, mais je n'interviendrai pas en ta faveur.

– Mon père, lui, le ferait.

– Il n'est pas ici.

Essayant de ne pas songer au châtiment qui l'attendait, Dylan suivit sa mère en silence. Ils traversèrent la forêt transparente et atteignirent un large escalier de marbre blanc.

Bien qu'il fût le protégé des dieux, jamais l'enfant de lumière n'avait pénétré dans leur domaine. Ses mentors lui rendaient plutôt visite dans sa petite cellule pour lui enseigner tout ce qu'il devait savoir pour remplir un jour son rôle de conseiller.

Il grimpa les marches immaculées en se demandant pourquoi Fan refusait d'intercéder pour lui. « Les humains sont-ils les seuls êtres de l'univers à se soucier les uns des autres ? » se demanda-t-il.

— Ils sont faibles et perdent courage devant le moindre obstacle, répondit sa mère, qui avait capté son interrogation. Les dieux ont donc créé les Immortels afin qu'ils soient leurs guides.

Ils déambulèrent dans un long couloir dénué de parures, mais où de petites étincelles s'allumaient sur leur passage. Dylan tendit le doigt pour en toucher une, mais Fan stoppa son geste. Ils aboutirent dans un immense hall à ciel ouvert. L'enfant leva les yeux pour admirer la voûte piquée d'étoiles multicolores. Il ressentit alors la présence écrasante des maîtres divins et inclina aussitôt la tête. Les murs de la pièce étaient percés de plusieurs alcôves où des dieux et des déesses se prélassaient. « N'ont-ils rien de mieux à faire ? » s'étonna le petit Immortel. Fan le rappela à l'ordre en tirant sur sa main.

Devant eux s'élevait une rotonde d'albâtre d'où jaillissait une étincelante lumière. Fan gravit les quelques marches qui menaient au trône du chef du panthéon. Dylan avait souvent entendu sa voix dans son esprit, lorsqu'il s'adressait à tous les Immortels, mais il n'avait jamais vu son visage. Il suivit sa mère dans la blancheur éclatante qui émanait de la puissance de Parandar, incapable de discerner quoi que ce soit autour de lui.

– Voici Dylan, maître, annonça Fan en s'immobilisant.

L'enfant distingua des centaines de visages entre les colonnades et perçut leur inquiétude. S'agissait-il de dieux ou d'Immortels comme lui ?

– Laissez-nous, ordonna la voix tranquille de Parandar.

Tous les curieux personnages disparurent d'un seul coup et la main du maître magicien s'évanouit entre les doigts de l'enfant. La luminosité s'estompa. Dylan contempla enfin les traits du grand dieu. Loin d'être le géant qu'il avait imaginé toute sa vie, l'important personnage ressemblait à un humain !

– Ne te fie pas à tes yeux, petit Immortel.

Impressionné, l'enfant baissa le regard sur ses pieds nus.

– Approche, Dylan.

– Aucun de mes mentors ne m'a expliqué ce que je devais faire en votre présence, maître.

– Dans ce cas, sois toi-même.

Dylan risqua un œil sur le maître du ciel et lui trouva un air plutôt aimable. Parandar avait la même carrure que son père humain, mais ses longs cheveux étaient noirs et ses yeux, aussi verts que les émeraudes de la cuirasse de Wellan. Il portait une tunique blanche aux manches amples, ceinte à la taille par une bande de pierres précieuses scintillantes... ou étaient-ce des étoiles ? Assis sur un immense trône recouvert de tissu miroitant, il observait son jeune serviteur avec intérêt.

– Ton père occupe toutes tes pensées, on dirait, déclara Parandar en plissant le front.

– Je n'y peux rien, maître.

– Viens t'asseoir près de moi.

L'enfant s'approcha timidement du dieu à la peau aussi blanche que le décor qui l'entourait et grimpa sur le siège de marbre.

– Les Immortels ne sont pas supposés s'attacher à leurs parents, Dylan. Leur destin est de servir d'intermédiaires entre les humains et nous. Ils ne doivent favoriser personne.

– Vous êtes bien certain qu'ils sont tous comme ça ? demanda innocemment le petit, ce qui fit sourire Parandar.

– C'est ainsi que je les ai créés.

– Pourtant, je suis différent.

– C'est en effet ce qui nous inquiète.

Même s'il savait qu'il serait puni pour toutes ses déso-béissances, Dylan n'éprouvait aucune crainte en présence de son maître. Ses yeux bleus étudiaient les traits parfaits du dieu avec la plus grande attention.

– Kunado m'a dit que les autres Immortels ne connais-saient même pas leurs pères et leurs mères. Si vous voulez mon avis, c'est bien triste, car les parents ont d'importantes leçons à transmettre à leurs enfants.

Parandar arqua un sourcil. En dépit de son jeune âge, cet enfant céleste faisait preuve d'une témérité qu'il n'avait jamais accordée à aucun Immortel.

– Je ne vois pas comment l'enseignement d'un mortel pourrait surpasser celui d'un dieu ou d'une déesse, répliqua-t-il.

– Il ne le surpasse pas, il le complète. Mon père est un érudit et ses connaissances sont fort diversifiées. Elles ne peuvent qu'ajouter à celles de mes mentors.

– Mais ce n'est pas le rôle de Wellan d'Émeraude de t'éduquer, Dylan. Il a son propre destin à accomplir. Nous l'avons choisi pour te concevoir en raison de ses grandes qualités, rien de plus.

L'enfant demeura muet, se rappelant enfin à qui il s'adressait.

– À partir de maintenant, tu obéiras à tes gardiens, sinon je devrai sévir, et tu connais le sort réservé aux Immortels qui me défient.

– Oui, maître..., murmura l'enfant de lumière, la gorge serrée.

– Tu as un bel avenir à mon service, Dylan. Ne le compromets pas pour satisfaire ta curiosité.

Parandar posa la main sur la frêle épaule de l'enfant, qui sentit une curieuse énergie parcourir tout son corps. Il sombra dans l'inconscience et se réveilla sur sa couche, dans sa cellule. « Était-ce un songe ? » se demanda-t-il.

40

La pierre magique

Dispersés sur la plage de Zénor, les Chevaliers d'Émeraude cherchaient la trace de leurs compagnons disparus en utilisant à la fois leurs pouvoirs magiques et leurs yeux. Ce fut Milos qui, le premier, distingua une silhouette marchant dans les galets, arrivant du nord. Wellan sonda sur-le-champ le nouveau venu. Il reconnut l'énergie de Derek, et aussi celle de Kira, qui était très faible. Les Chevaliers coururent en direction des deux rescapés. L'Elfe transportait la princesse dans ses bras. Partagé entre la joie de la retrouver et l'inquiétude de la voir si mal en point, Sage se précipita pour l'arracher des bras de son frère d'armes.

– Que s'est-il passé ? s'enquit vivement Wellan pendant que Falcon et Chloé se penchaient sur Kira.

– Nous avons été transportés sur le continent de l'Empereur Noir, leur apprit Derek sans afficher la moindre émotion.

– Mais vous n'avez été absents que quelques minutes ! s'étonna Bridgess.

– Nous avons réussi à nous enfuir grâce à Kira.

Wellan regarda son Chevalier mauve, curieux de savoir ce qu'elle avait encore fait pour se retrouver dans un état pareil.

– Elle est seulement épuisée, l'informa Chloé.

Rassuré, le grand chef ramena son armée au château afin de faire le point avec ses hommes. Près du feu, Sage enveloppa son épouse dans une chaude couverture. Il ne s'écarta que lorsque de la lumière violette s'échappa de son corps. Ses compagnons avaient pris place en cercle autour de Wellan et Derek et ils écoutaient l'Elfe avec attention.

– Comment peut-on être certains que ce requin est vraiment mort, cette fois ? interrogea Bailey.

– Je vous ai déjà dit qu'il est difficile d'anéantir un sorcier, leur rappela Wellan. J'ai vu Sélace éclater en morceaux sur une île au milieu de l'océan et je le croyais disparu à tout jamais.

– Mais c'est l'empereur lui-même qui l'a tué, aujourd'hui, plaida Dempsey. Un sorcier peut certainement en détruire un autre, non ?

– C'est possible, admit Wellan.

Derek termina son récit en leur disant que Kira ne maîtrisant pas tout à fait les déplacements magiques, ils s'étaient retrouvés dans la neige de Shola.

– A-t-elle utilisé ce même pouvoir pour vous ramener sur la côte ? voulut savoir Gabrelle.

– Non, elle était à bout de forces, répondit l'Elfe. C'est Dylan qui nous a sorti de ce mauvais pas, mais comme il était pressé, il n'a pas pris le temps de nous demander si nous voulions être déposés près du château.

Wellan garda le silence pendant un moment. Son regard absent indiqua à ses soldats qu'il analysait la situation en détail. L'Empereur Noir avait donc trouvé une façon d'attirer sa fille dans son antre et, si ses deux sorciers ne s'étaient pas querellés, il aurait facilement capturé Kira.

Jenifael, confortablement assise sur les genoux de Bridgess, poussa un cri aigu qui fit sortir Wellan de sa rêverie. « L'innocence des enfants », songea-t-il en contemplant le visage épanoui du bébé qui ne comprenait pas ce qui se passait.

– Lorsque Kira reprendra conscience, j'aurai une longue discussion avec elle au sujet des objets inconnus qui risquent d'apparaître sur notre route, déclara-t-il. Mais cet avertissement s'adresse également à chacun d'entre vous. Vous ne devez sous aucun prétexte toucher aux artéfacts dont vous ne savez rien, même les plus anodins. Si Amecareth a réussi à piéger Kira, il est fort probable qu'il récidivera.

Les Chevaliers firent signe que ses ordres étaient clairs.

– Maintenant, débarrassez-moi des derniers cadavres d'abeilles pour que nous puissions rentrer chez nous.

Presque tous s'élancèrent vers la sortie, mais Sage demeura près de Kira, même s'il ne pouvait pas lui venir en aide. Wellan s'approcha discrètement de son jeune Chevalier.

– Elle s'en remettra, affirma le grand chef, pour le rassurer. Elle est coriace.

Sage força un sourire, mais il craignait que la rencontre entre l'empereur et sa fille n'ait enclenché quelque mystérieuse réaction en elle. Comprenant qu'il ne quitterait pas le chevet de son épouse, Wellan ne l'obligea pas à rejoindre ses compagnons.

Obéissant aux ordres de son chef, Nogait suivit ses frères en essayant d'oublier la tristesse de la Princesse des Elfes lors de leur séparation. Il était un soldat, un homme habitué à se battre et à vaincre. Il gagnerait ce combat contre le Roi Hamil, même s'il devait pour cela se servir de la diplomatie.

Tandis qu'il dévalait les marches menant à la grande cour, la pierre elfique qu'il portait au cou se mit à dégager une grande chaleur. Il la sortit de la cuirasse et constata qu'à l'intérieur une lueur pulsait tel un battement de cœur. *Malheur à celui qui vole la pierre de Bétanielt*, fit une voix sinistre dans son esprit. Il pivota sur lui-même et vit ses frères qui détruisaient des abeilles avec leurs rayons mortels. Aucun d'entre eux ne semblait avoir entendu cette menace. La ficelle argentée se mit alors à se resserrer. Il la saisit à deux mains en hurlant. À quelques pas de lui, son ami Kevin remarqua son curieux comportement.

– Nogait, que se passe-t-il ? s'alarma-t-il.

– La cordelette ! cria-t-il en tombant sur ses genoux.

Kevin s'empara de sa dague et tenta de la couper, en vain. Elle était faite d'un matériel en provenance d'une lointaine île magique, que le temps ni les armes ne pouvaient altérer.

– J'étouffe ! geignit Nogait.

Le jeune Chevalier Botti, issu du peuple des Elfes, reconnut le bijou. Seule une arme elfique pouvait sauver son compagnon. Il retira prestement sa dague de sa ceinture. Elle coupa la ficelle brillante d'un seul coup. Nogait se frotta le cou, sur lequel apparaissait une marque ensanglantée.

– Pourquoi n'ai-je pas été capable de la trancher ? s'étonna Kevin.

– Elle a été fabriquée par mes ancêtres. Seule une lame forgée par des Elfes pouvait la briser, répondit Botti.

Wellan arriva sur les lieux à la course. Il appliqua une douce lumière rosée sur le cou de Nogait, qui ferma les yeux de soulagement. Volpel ramassa la cordelette et la pierre pour les montrer au grand chef.

– Ce bijou a tenté d'étrangler Nogait, lui expliqua-t-il.

– D'où provient-il ? s'enquit Wellan en plissant le front.

– C'est un présent d'Amayelle, répondit Nogait.

– Il serait préférable que je le garde avec moi jusqu'à ce que nous soyons à Émeraude, décida Wellan, plutôt agacé.

– C'est la ficelle qui a tenté de l'étrangler, intervint Kevin, voyant que son ami fixait la pierre brillante avec tristesse. Pourquoi ne pas lui laisser la gemme ?

Puisque Nogait semblait y tenir, Wellan la dégagea du lacet et la tendit à son propriétaire.

— Retournez au travail, ordonna-t-il.

Les Chevaliers se dispersèrent afin de poursuivre la crémation des cadavres ennemis. Wellan aida Nogait à se relever et lui donna une claque amicale dans le dos.

— Va te reposer dans le hall, suggéra-t-il.

— Je te remercie, mais ça ira.

Le soldat amoureux admira le joyau au creux de sa main, refusant de croire que son amie ait pu le lui offrir dans le but de le tuer. Voyant que ses compagnons accomplissaient leur travail à l'extérieur, il décida d'entrer dans le palais, où il y avait encore des abeilles. Il longea le couloir principal et s'arrêta devant le grand escalier, que Falcon et plusieurs jeunes Chevaliers dégageaient de leur mieux.

En levant les yeux, il crut entrevoir une tunique elfique sur le palier supérieur. Sans réfléchir, Nogait gravit les marches en sautant par-dessus les cadavres. La jeune personne tourna le coin d'un couloir perpendiculaire. *Nogait !* l'appela la voix de sa belle.

— Amayelle ? s'étonna-t-il.

Avait-elle défié les ordres du Roi Hamil pour le rejoindre à Zénor ? Il s'élança à sa poursuite, mais chaque fois qu'il allait la rattraper, elle semblait le distancer encore plus rapidement. Au bout de quelques minutes, Nogait poussa une porte. Il se trouvait sur le toit du palais. Le soleil l'aveugla. Il cligna des yeux en avançant, puis sa vision se troubla.

Amayelle se marie demain avec un prince de notre peuple, recommença la voix lugubre dans sa tête.

– Non ! vociféra le Chevalier.

Des silhouettes se dessinèrent soudain devant lui : des Elfes ! Il y en avait au moins une centaine ! Comment était-ce possible ?

Elle s'est payé ta tête, Nogait.

– Elle m'aime !

Son père déteste les humains. Il se sert d'elle pour se débarrasser des Chevaliers. Elle utilisera ses pouvoirs de séduction pour vous étrangler, un par un. Tu n'es que le premier, Nogait. Elle s'attaquera de la même manière à tous tes compagnons.

– Non..., gémit-il, croyant fermement à l'amour de sa princesse.

Elle deviendra la Reine des Elfes et elle exterminera tous les humains, en commençant par toi, poursuivit la voix insidieuse. Des larmes se mirent à couler sur les joues du jeune homme tandis que les mots empoisonnés faisaient leur œuvre funeste dans son esprit.

Au milieu du groupe d'hommes aux longs cheveux blonds, il distingua Amayelle qui l'observait avec froideur. Pourquoi le trahissait-elle ainsi ? Il tendit la main vers elle et la vit reculer.

– Je t'en prie, écoute-moi, *anyeth*, implora-t-il.

Les Chevaliers nettoyaient les alentours et la grande cour du château, ainsi que les couloirs du palais. Les abeilles brûlaient beaucoup plus rapidement que les autres insectes qu'ils avaient détruits dans le passé. Le travail allait bon train lorsque le faucon de Sage surgit en émettant des cris d'alarme. Wellan leva les yeux vers l'oiseau épouvanté, craignant qu'il ne pressente l'arrivée d'un nouvel ennemi. Il étendit ses sens invisibles en direction de la mer et ne capta pourtant rien. Ne trouvant pas son maître parmi les soldats, l'oiseau de proie s'abattit durement sur le bras de Kevin, qui comprenait le langage des animaux.

– Il se passe quelque chose là-haut ! s'écria-t-il malgré la douleur que lui causaient les serres du volatile.

Wellan y projeta sa conscience et ressentit l'esprit tourmenté de Nogait. Il croisa immédiatement ses bracelets. Le vortex le transporta sur le toit du palais en l'espace d'une seconde. Debout entre les créneaux, son soldat désespéré se penchait vers les pics escarpés au pied des hauts murs. Jamais Wellan n'avait ressenti autant de détresse dans le cœur d'un homme.

– Nogait, je t'en prie, éloigne-toi de là, exigea-t-il.

– Ils vont tous nous tuer..., murmura le Chevalier en transe. Il ne sert à rien de résister aux Elfes...

– Mais quel est donc le mauvais sort qui te fait parler ainsi, mon frère ? Tu es un Chevalier d'Émeraude, un guerrier, un magicien. Les dieux nous ont donné des facultés que ne possèdent pas les autres hommes. Comment les Elfes pourraient-ils nous tuer tous ?

– La voix me l'a dit. Amayelle a reçu l'ordre de nous exterminer. Elle ne m'a jamais aimé, Wellan... Elle s'est servie de moi...

Le grand chef croyait entendre ses propres paroles, lorsqu'il avait compris que la Reine Fan l'avait utilisé à ses propres fins. Il n'arriverait donc pas à le raisonner avec des mots. Utilisant son puissant pouvoir d'attraction, il tira lentement Nogait jusqu'à lui. Le jeune homme ne se débattit même pas. Wellan l'emprisonna solidement dans ses bras pour l'empêcher de courir de nouveau vers sa vision.

– C'est parfaitement naturel que cette séparation te fasse souffrir, Nogait, compatit le grand Chevalier. Mais nous n'avons pas encore épuisé tous nos recours. Je t'en prie, fais-moi confiance.

Il ressentit une curieuse énergie émanant de son frère d'armes. Elle provenait de la pierre qu'il serrait dans le creux de sa main ! Wellan le força à ouvrir les doigts et lui déroba son trésor pour l'examiner de plus près. Il s'agissait d'un objet très ancien, une gemme incolore qui n'existait pas sur Enkidiev. Les artisans magiciens qui l'avaient façonnée y avaient enfermé une grande puissance. Mais pourquoi Amayelle l'avait-elle donnée à l'homme qu'elle aimait si elle contenait un sort destiné à exterminer les humains ?

– Il y a une curieuse magie dans cette pierre, Nogait, déclara Wellan en la faisant miroiter dans sa large main. Tant que tu la porteras sur toi, tu seras en danger.

– Mais c'est impossible...

– Je ne crois pas que ta belle connaissait les effets de ce bijou sur les humains, puisqu'il a toujours été possédé par des Elfes. Son geste était spontané et rempli d'amour, mon frère. Elle n'a probablement pas pris le temps de s'informer des pouvoirs de cet objet.

Les doigts de Wellan se refermèrent sur le joyau. Les muscles de son bras se tendirent alors qu'il levait les yeux vers les créneaux.

– Non ! cria Nogait en saisissant son poing. Elle appartient aux Elfes depuis des milliers d'années ! Nous n'avons pas le droit de la faire disparaître !

– Dans ce cas, j'en serai le gardien, décida Wellan, car je crois pouvoir y résister, mais tu devras la redonner à ta princesse lorsque vous vivrez ensemble en lui expliquant pourquoi tu ne peux pas la conserver.

Ce compromis sembla apaiser le jeune Chevalier. Wellan remarqua qu'il commençait à reprendre de l'assurance. Ses yeux étrangement voilés retrouvèrent leur éclat habituel et sa respiration devint plus calme. Le grand chef retira son épée de son fourreau. Il laissa glisser la pierre tout au fond de l'étui, sous le regard inquiet de Nogait.

– De cette façon, je ne pourrai pas la perdre, affirma Wellan en rengainant son arme.

Il prit le soldat éprouvé par les épaules et le ramena vers l'escalier.

Dans la cour, grâce à leurs facultés magiques, leurs compagnons avaient suivi la scène. Les Chevaliers étaient des frères : ce qui affligeait l'un d'entre eux les touchait tous profondément.

Wellan émergea du palais en compagnie de Nogait et ils furent aussitôt entourés par les soldats. Le chef leur expliqua que la pierre magique offerte par la Princesse des Elfes n'avait pas reconnu son nouveau porteur et qu'elle avait plutôt malmené Nogait. Il ajouta qu'elle ne lui causerait plus d'ennuis. Il réclama à ses hommes un compte rendu du nettoyage des lieux. Dempsey l'assura qu'il ne restait plus de cadavres. « Décidément, tous les malheurs semblent s'abattre ici », conclut Wellan en examinant les environs. Les dieux avaient-ils fait naître le porteur de lumière à Zénor pour changer le destin de ces terres ?

Le grand Chevalier sonda toute la côte sans percevoir de présence ennemie, mais une petite voix dans son esprit lui disait qu'Amecareth s'apprêtait à lancer une nouvelle attaque. Il aperçut plus loin sa fille rayonnante, confortablement installée dans les bras de Bridgess. C'était pour elle et pour tous les autres enfants du continent qu'ils devaient se débarrasser une fois pour toutes de la menace que faisait planer sur eux l'empereur des insectes.

Le faucon prit son envol en arrachant des cris de joie à la fillette. Wellan vit le sang ruisseler sur le bras de Kevin.

– Nogait, vois si tu peux lui venir en aide, ordonna-t-il pour lui changer les idées.

Le Chevalier accourut vers son ami pour le soigner. Voyant que tout semblait être rentré dans l'ordre, Wellan retourna à l'intérieur du palais. Il constata avec soulagement que Kira s'était dégagée de son cocon d'énergie. Assis sur le sol, Sage la serrait amoureusement.

– Comment te sens-tu, Kira ? s'informa Wellan en s'approchant.

– Mieux, mais on dirait que je perds des forces en vieillissant, plaisanta-t-elle.

Wellan se demanda si cela faisait partie de l'évolution normale des hommes-insectes. Avant qu'il puisse s'interroger davantage, Sage aida la princesse à se remettre sur pied.

– Je voudrais être sûr que l'empereur ne t'a pas jeté un sort, dit le grand Chevalier.

– Il n'en a pas eu le temps, grâce à Derek et au requin sorti de nulle part.

En marchant vers la cour, elle vanta la bravoure de l'Elfe, qui n'avait jamais perdu son sang-froid durant l'enlèvement. Elle lui parla ensuite des effrayants pouvoirs d'Amecareth : tout comme elle, il matérialisait des halos de lumière destructeurs.

– J'ai si peur de lui ressembler un jour, avoua-t-elle.

– Je ne te laisserai pas changer, garantit Sage.

Wellan lui répéta son sermon sur les objets maléfiques et Kira l'écouta sans rouspéter. « Elle est ou morte de peur ou ébranlée physiquement, sinon elle me tiendrait tête », pensa Wellan. Il appela ses soldats de façon télépathique. Ils convergèrent vers les anciennes écuries. Lorsqu'il ne manqua plus personne, Wellan croisa ses bracelets.

– Nous rentrons, déclara-t-il.

Le tunnel flamboyant apparut au milieu de la cour. Jenifael gazouilla d'admiration, ce qui fit sourire tout le monde. Wellan laissa passer tous ses soldats devant lui. Il entra le dernier dans le vortex.

fARRELL

Les Chevaliers réapparurent quelques secondes plus tard dans la grande cour du Château d'Émeraude, en faisant sursauter les serviteurs qui y circulaient. Le vent familier de leur pays d'adoption balaya leurs visages. Ce fut pour eux d'un grand réconfort. Wellan étudia la mine de ses soldats pendant un moment, puis leur accorda un congé bien mérité. Certains des plus jeunes se dirigèrent vers l'écurie, d'autres vers les cuisines tandis que leurs aînés préférèrent aller se reposer dans leurs chambres.

– Je commence à aimer cette façon de voyager, avoua Falcon à son épouse Wanda tandis qu'ils marchaient vers l'aile des Chevaliers.

– Bientôt, nous n'aurons plus besoin de nous servir de nos chevaux, ajouta Kerns, tout juste derrière eux.

Wellan vit Bridgess qui pointait les divers bâtiments à Jenifael en lui donnant des explications sommaires sur son nouvel environnement. La petite avait déjà doublé de taille. Le grand chef ressentit le bonheur de son épouse et cela lui réchauffa le cœur. Cette femme merveilleuse méritait de connaître les joies de la maternité. Il les observa quelques minutes avant de les rejoindre.

– Ce serait une bonne idée de la préparer à sa rencontre avec le roi, suggéra-t-il.

– En effet, acquiesça Bridgess avec fierté. Je vais la baigner et demander à Armène de lui trouver une tenue convenable.

La femme Chevalier déposa un baiser sur les lèvres de son époux. Jenifael protesta dans ses bras. En riant, Wellan se pencha et l'embrassa sur le front. Elles s'éloignèrent en direction du palais.

Bergeau, Jasson et Santo, demeurés à Émeraude, émergèrent alors du château. Wellan les salua joyeusement et les serra avec affection.

– Nous avons ressenti la peur de Kira et la détresse de Nogait, fit Santo.

– J'ai, en effet, beaucoup de choses à vous raconter, soupira Wellan.

– Tu ne serais pas obligé de nous les relater si tu nous avais attendus, protesta Bergeau.

– C'est un autre problème que je compte régler sous peu, mon frère.

Wellan vit les trois enfants qui les avaient suivis. Liam avait grandi depuis leur dernière rencontre et, même si ses cheveux étaient plus sombres que ceux de Jasson, il ressemblait de plus en plus à son père. Quant à Broderika et Proka, les jumelles de Bergeau, elles étaient le portrait de leur mère avec leurs tignasses rousses.

– Je sais me battre avec une épée, moi aussi ! clama le petit garçon en brandissant son arme en bois.

– C'est sûrement parce que ton père est un excellent professeur, commenta Wellan en s'accroupissant près de lui.

– Non. C'est parce que je combats des dragons tous les jours. Mais je serai un Chevalier comme lui !

– Je n'en doute pas.

Wellan se tourna vers les fillettes, du même âge que Liam. Intimidées, elles se réfugièrent derrière les jambes de leur père. Amusé, Wellan se releva. Il posa alors un regard inquisiteur sur Santo, qui comprit qu'il désirait des nouvelles du jeune Farrell.

– Nous l'avons installé au palais, parce que les enfants faisaient trop de bruit dans l'aile des Chevaliers, expliqua-t-il. Il est toujours inconscient, mais je ne crois pas que sa vie soit en danger.

– Je te remercie de l'avoir sauvé.

– C'est l'œuvre de Kira, à vrai dire, avoua Santo. Je n'aurais pas pu guérir ses blessures si elle n'avait pas réussi à le débarrasser de la larve.

– Et il ne s'est pas réveillé une seule fois depuis ?

Santo secoua la tête.

– Swan est plutôt découragée, ajouta Jasson, tout en surveillant Liam qui s'attaquait à des créatures imaginaires.

– Dans ce cas, je vais aller voir si je peux la rassurer, décida le grand Chevalier. Je vous reverrai tous pour le repas.

– Moi, j'ai faim maintenant ! s'exclama Liam en revenant vers les adultes.

– Toi, tu veux toujours manger, répliqua Jasson, qui comparait les enfants à des oisillons à l'appétit insatiable.

Les trois Chevaliers se dirigèrent vers le hall et les enfants trottinèrent derrière eux. Quant à lui, Wellan piqua vers l'entrée principale du palais. Il ne savait pas à quel endroit on avait installé le jeune paysan, mais ses sens invisibles le conduisirent tout droit à la chambre où Farrell luttait entre la vie et la mort. Il s'arrêta à la porte. Swan était assise près du lit. Elle ne portait qu'une tunique et elle avait attaché ses cheveux dans son dos. Ses traits tirés firent comprendre au grand chef qu'elle veillait son nouvel ami depuis son arrivée à Émeraude.

– Élund l'a-t-il examiné ? demanda Wellan.

Swan bondit en reconnaissant sa voix. Elle quitta le chevet de son amant pour aller se jeter dans ses bras. Wellan l'étreignit en lui transmettant une vague d'apaisement. Il comprenait son désespoir, ayant vécu le même cauchemar lorsque Bridgess avait été mordue par un dragon. Lorsque Swan se fut enfin calmée, Wellan la ramena près du grand lit. Il se pencha sur le visage pâle de Farrell.

– Tout le monde l'a scruté de la tête aux pieds, articulat-elle d'une voix rauque. Même Élund n'y comprend rien. On ne trouve pas de poison dans son sang et Santo a soigné toutes ses plaies internes, mais il ne se réveille pas.

– Et le Magicien de Cristal ?

– Il n'a pas répondu à nos appels.

– Il est probablement auprès des dieux.

– Peux-tu faire quelque chose pour lui ? le supplia sa sœur d'armes.

Si les meilleurs guérisseurs du royaume n'avaient pas réussi à lui faire reprendre conscience, Wellan ne voyait pas très bien ce qu'il pouvait faire de plus.

– Tu as sûrement appris des techniques de guérison différentes lorsque tu étais au Royaume des Ombres, non ? insista Swan. Je t'en prie, aide-le.

– Je veux bien essayer, accepta Wellan, qui n'avait rien à perdre.

Il fit appel aux pouvoirs que Nomar avait réveillés en lui et illumina ses paumes d'une intense lumière rose. Très lentement, il les passa au-dessus du corps de Farrell sans obtenir le moindre résultat. La lumière s'éteignit dans ses mains.

– C'est la peur qui le retient prisonnier à l'intérieur de lui-même, déclara-t-il.

– La peur ? Mais il n'a absolument rien à craindre, ici.

– Sa dernière image consciente est celle d'une abeille géante lui enfonçant son dard dans la poitrine. C'est suffisant pour terrifier un homme. Surtout, ne te décourage pas, il reviendra à lui.

– C'est plus facile à dire qu'à faire.

Wellan perçut alors une nouvelle vie à l'intérieur du corps de sa jeune sœur... et il ne s'agissait pas d'une larve d'abeille ! Il posa doucement la main sur le ventre de Swan en souriant.

– Oui, je sais, soupira-t-elle, mais je crains que cet enfant ne connaisse jamais son père.

– Fais confiance aux dieux, Swan. Ils ne laissent jamais tomber leurs fidèles serviteurs.

Il l'embrassa sur le front, comme si elle était un Écuyer, mais elle ne s'en offensa pas. Il l'invita à partager le repas de ses compagnons qu'elle n'avait pas revus depuis l'attaque du Château de Zénor.

– Je vous rejoindrai tout à l'heure, promit-elle. Je veux passer encore quelques minutes avec Farrell.

– Tu as l'intention de l'épouser lorsqu'il se réveillera ?

– Oui, même si la cérémonie doit avoir lieu dans cette chambre. Il n'est ni soldat ni érudit, mais son cœur est bon. Je sais qu'il sera un père extraordinaire pour mes enfants... s'il survit.

– Je me souviens de lui comme d'un jeune homme plutôt farouche.

– Il a beaucoup changé.

– Si tu l'aimes et s'il jure de bien te traiter, c'est tout ce qui compte pour moi.

L'ombre d'un sourire se dessina sur les lèvres de la fière combattante.

– Tu aurais été un père exigeant si tu avais épousé ma mère, convint-elle.

– Nous aurons l'occasion de le constater bientôt, puisque Bridgess et moi avons adopté une petite fille.

Les yeux remplis de tendresse, il lui raconta comment la femme Chevalier avait découvert Jenifael dans les débris d'une hutte. Puis il répéta à Swan qu'il voulait la voir à la table du hall et la laissa seule avec Farrell.

Swan se tourna vers le visage cadavérique de son amant. Désemparée, elle s'agenouilla sur le sol près de lui. Avec ferveur, elle implora toutes les divinités dont elle se rappelait le nom et leur promit tout ce qu'elles voulaient en échange de sa guérison.

– Vous connaissez l'âme des humains, murmura-t-elle en caressant les cheveux sombres de Farrell. Vous savez que je ne trouverai jamais un homme aussi bon que lui dans tout Enkidiev. Je vous en conjure, sauvez-le. Donnez-lui la chance de se racheter aux yeux de sa famille et d'élever lui-même son fils qui grandit en moi.

Elle posa ensuite la main sur la poitrine de Farrell. Se rappelant les paroles de Wellan, elle tenta de le rassurer de son mieux. Elle lui expliqua que les abeilles étaient toutes mortes et qu'il avait été magiquement transporté au Château d'Émeraude. Mais il demeura inconscient.

42

JENIFAEL D'ÉMERAUDE

Wellan traversa le palais et se rendit à sa chambre afin de se défaire de sa cuirasse et de ses armes. Bridgess entra dans la petite pièce avec leur fille, toutes deux enroulées dans des draps de bain. Le sourire sur le mignon visage de Jenifael indiqua à son père qu'elle avait fort apprécié les installations de son nouveau foyer. Bridgess déposa l'enfant sur le lit et la chatouilla sur le ventre. La petite rit aux éclats.

— Je suis si heureux que tu puisses réaliser ton rêve, murmura Wellan, ému.

— Mais c'est grâce à toi, répliqua son épouse en levant des yeux ravis sur lui. C'est parce que Theandras t'aime que cette adorable petite fille a été placée sur notre route.

Elle lança les bras autour du cou du grand Chevalier. Ils échangèrent un long baiser amoureux. Jenifael poussa un cri de protestation et les deux parents s'esclaffèrent.

— Décidément, c'est de la jalousie, s'amusa Wellan.

– Elle devra apprendre à te partager avec moi. Maintenant, va, c'est à ton tour de te purifier.

À leur grand étonnement, Jenifael se retourna toute seule sur le ventre, puis tenta de se relever sur ses mains et ses genoux. Encore un peu chancelante, elle rassembla toute sa force et réussit à faire quelques pas à quatre pattes pour s'échapper du drap de bain. Bridgess la saisit aussitôt par la taille pour qu'elle ne tombe pas du lit.

– La déesse avait raison, soupira Wellan. Jenifael grandit à un rythme effarant.

– Dans quelques semaines, nous ne pourrons plus l'empêcher de fureter partout, ajouta Bridgess.

– Est-ce une bonne chose ?

– Je n'en sais rien, Wellan. Cette expérience est nouvelle pour moi aussi.

Bridgess rappela à son mari qu'ils avaient un important rendez-vous, puis le poussa dans le couloir pour qu'il aille aussi se baigner. Dès qu'il eut quitté la chambre, elle revêtit une tunique propre, sécha Jenifael et lui raconta les célèbres aventures de son père. L'enfant aux grands yeux noisette l'écouta attentivement. Pendant un instant, Bridgess crut qu'elle comprenait tout ce qu'elle disait.

Elle fit sauter sa fille sur ses genoux en admirant ses traits. Elle ne ressemblerait probablement pas à ses parents adoptifs, car le duvet sur sa tête laissait présager une chevelure d'un blond plus roux que le leur et ses yeux étaient sombres. Mais Bridgess était convaincue que cette enfant accomplirait d'aussi grands exploits que Wellan. Évidemment, ils lui diraient, lorsqu'elle serait plus grande, que ses véritables parents résidaient dans un univers parallèle. En attendant, ils l'élèveraient comme un enfant humain ordinaire.

Armène se présenta à la porte avec un panier rempli de vêtements d'enfant, désireuse de voir à quoi ressemblait ce poupon issu de deux formidables parents Chevaliers. Comme le petit Lassa jouait dans la cour avec Liam et les filles de Bergeau sous la surveillance des Chevaliers, elle s'était risquée hors de la tour du Magicien de Cristal pendant quelques minutes.

– Ce qu'elle est belle ! s'exclama la servante en apercevant le bébé. Comment l'avez-vous prénommée, milady ?

– Elle s'appelle Jenifael, déclara Bridgess avec fierté.

– Quel joli nom !

La petite déesse tourna les yeux vers Armène en lui offrant son plus beau sourire.

– Puis-je entrer, lady Bridgess ? fit la servante en s'inclinant.

– Mais bien sûr, Armène, et je vous en prie, ne faites pas autant de cérémonie. Vous faites partie de notre grande famille depuis fort longtemps.

– Mon cœur se réjouit de vous l'entendre dire. Regardez, j'ai apporté tous les vêtements que mon petit prince portait lorsqu'il avait son âge pour que vous ayez un plus grand choix.

– Y a-t-il parmi ceux-ci une tenue qui convienne à sa première apparition devant le Roi d'Émeraude ?

La servante lui montra toutes les belles tuniques cousues d'or et d'argent, mais l'une d'entre elles retint particulièrement l'attention de Bridgess. C'était une robe toute blanche parsemée de petits rubis en forme de fleurs de lotus.

— Je ne me rappelle pas que Lassa ait déjà porté ce vêtement, s'étonna alors Armène en le dépliant sur le lit.

— Mais moi, je crois savoir d'où il vient, sourit la nouvelle maman en se rappelant que Jenifael était la fille de Theandras.

Pas question d'alarmer tout de suite la servante, qui s'occupait déjà du porteur de lumière. Elle apprendrait plus tard, en même temps que tous les autres habitants du château, la véritable identité de sa fille. Les deux femmes enveloppèrent les petites fesses roses du bébé dans des langes propres puis lui enfilèrent la magnifique tunique digne d'une princesse.

— Avez-vous choisi une gardienne pour cette belle enfant lorsque vous repartirez en mission avec votre courageux mari ? demanda Armène.

— Pas encore, nous venons tout juste de rentrer.

— Puis-je vous offrir mes services, dans ce cas ?

— N'avez-vous pas les bras suffisamment chargés avec le jeune Prince de Zénor, Armène ?

— Il est grand maintenant et il y a beaucoup de choses qu'il préfère désormais faire seul. J'aurais certainement le temps de m'occuper d'un poupon. Comme vous le savez déjà, j'adore les bébés.

– Alors, j'accepte. Lorsque nous devrons quitter le château ensemble, Wellan et moi vous confierons Jenifael.

Comme si elle comprenait leur conversation, la petite tendit ses bras potelés vers la servante qui s'empressa de la prendre et de la cajoler. Bridgess sut qu'elle aurait l'esprit tranquille lorsqu'elle retournerait affronter l'ennemi sur la côte avec ses frères. Sa fille serait en sécurité et elle serait traitée avec amour.

Lorsque Wellan revint finalement des bains, Bridgess lui annonça la bonne nouvelle. Il s'en déclara très satisfait. Surveillant la fillette, assise au milieu du lit dans sa belle robe de princesse, les deux parents revêtirent leurs costumes d'apparat. Puis Bridgess souleva Jenifael dans ses bras et ils montèrent à l'étage des salles d'audience. En les voyant arriver dans le couloir, le héraut se précipita à l'intérieur de la pièce pour les annoncer puis revint leur ouvrir les grandes portes dorées.

C'est donc devant tous les dignitaires de la cour d'Émeraude que la petite déesse fit son entrée dans la communauté des humains. Ses grands yeux observèrent les adultes vêtus de tuniques brillantes, placés en rangées de chaque côté de la pièce, tandis que sa mère avançait dans la salle. Puis, lorsqu'elle s'arrêta devant le roi, l'enfant tourna la tête vers le vieil homme.

– Mais qui avons-nous là ? demanda Émeraude Ier avec un sourire aimable.

Bridgess tendit aussitôt sa fille à Wellan, car la tradition voulait que ce soit le père qui présente ses enfants au dirigeant de son royaume. Le grand Chevalier s'avança avec le bébé qui fixait la couronne du souverain avec beaucoup d'intérêt.

– Notre fille, Jenifael, sire, annonça fièrement Wellan.

Puisqu'on ne le mettait pas au courant des grossesses des nombreuses femmes de son royaume, le roi présuma tout bonnement que la petite était la fille légitime des deux Chevaliers. Sa vue le réjouit.

– Elle n'est pas née sur un champ de bataille, au moins ? demanda-t-il, une touche d'inquiétude dans la voix.

– Je crains que si, Majesté, répondit Wellan. Cela la rendra certainement plus résistante.

– Puis-je la prendre un moment ?

Bridgess sentit son cœur se resserrer. Elle ignorait si le roi avait la force de la tenir convenablement. Son époux ne sembla pas partager ses craintes, car il lui présenta Jenifael sans la moindre hésitation.

Heureusement, l'enfant ne fit pas de scène sur les genoux du roi qu'elle regardait avec de grands yeux intrigués. Elle tendit la main et toucha sa barbe blanche du bout des doigts, puis un sourire apparut sur ses lèvres vermeilles, réchauffant le cœur du vieillard. « Il s'établit déjà un rapport d'amitié et de respect entre l'homme et l'enfant », s'extasia Wellan.

– Je n'ai pas eu le bonheur de tenir une petite fille dans mes bras depuis que Kira a osé grandir ! s'exclama le roi en riant. Vous me rendez infiniment heureux, Chevaliers.

Fatigué, il rendit Jenifael à ses parents. Ce fut Bridgess qui s'empressa de la reprendre avec un brin de possessivité qui attendrit Wellan. Ils écoutèrent le discours de bienvenue, qu'ils répéteraient un jour à la petite lorsqu'elle serait en mesure de le comprendre, puis prirent congé du monarque.

En marchant dans le couloir richement décoré, Wellan complimenta son épouse sur le choix de la tunique de leur fille. Bridgess lui expliqua qu'elle était miraculeusement apparue parmi les vêtements d'enfant du Prince de Zénor. Puisqu'elle était parsemée de rubis, le grand Chevalier se douta de sa provenance.

Lorsqu'ils entrèrent dans le hall des Chevaliers, tous s'y trouvaient, y compris les épouses de Jasson et de Bergeau ainsi que leurs enfants. Même Lassa sautillait à côté de son ami Liam. « Il jouit donc d'un peu plus de liberté depuis notre combat contre les abeilles », remarqua Wellan. Pendant que Bridgess prenait place avec sa fille, le grand chef demeura au bout de la table, les mains sur les hanches, admirant cette belle assemblée de soldats.

Assis auprès d'Ariane, Kardey faisait preuve d'autant de discipline que les Chevaliers qui l'entouraient. Un peu plus loin, Kira et Sage attendaient aussi son discours en silence. Il aperçut enfin Swan, près de Chloé qui lui serrait la main pour la rassurer.

– Nous allons bientôt célébrer plusieurs heureux événements, commença Wellan pour redonner de la gaieté à ce repas. Dès le retour de Farrell dans le monde des mortels, nous assisterons à son union avec notre sœur Swan et à la naissance de leur premier enfant.

Les Chevaliers manifestèrent bruyamment leur approbation en faisant rougir la future maman, pourtant difficile à intimider.

– Nous célébrerons aussi l'union d'Ariane et du capitaine Kardey.

D'autres cris de joie résonnèrent dans la grande pièce, auxquels se mêlèrent ceux de Liam et de Lassa, même s'ils ne comprenaient pas très bien de quoi il retournait.

– Y a-t-il d'autres bonnes nouvelles que vous voulez annoncer ? s'enquit Wellan avec un large sourire.

Assise sur les genoux de Bridgess, sa fille se mit à babiller pour manifester elle aussi son plaisir de se retrouver en si bonne compagnie.

– Oui, tu as raison, Jenifael, déclara le grand chef. Ce soir, nous fêtons ton arrivée au Château d'Émeraude.

– Tu es la bienvenue parmi nous, poussin, fit alors Bergeau au nom de tous.

Wellan aperçut la mine basse de Nogait, assis à l'autre bout de la table, auprès de Kevin qui s'efforçait en vain de l'égayer.

– Buvons aussi au succès des négociations entre le Roi d'Émeraude et le Roi des Elfes, qui permettront à notre frère Nogait d'épouser la femme qu'il aime, ajouta le grand Chevalier pour lui redonner du courage

Tous brandirent en chahutant leurs coupes d'argent remplies de vin, mais Nogait se contenta de tourner la tête en direction de son chef, les yeux remplis de larmes. Persuadé de n'avoir oublié personne, Wellan retourna auprès de sa famille. Il mangea en surveillant ses deux jeunes soldats éprouvés. Nogait et Swan écoutaient les paroles réconfortantes de leurs compagnons en buvant du vin au lieu d'avaler les mets délicats qu'on avait posés devant eux. Ils sombraient de plus en plus dans la tristesse. Si Wellan ne pouvait rien faire pour réveiller Farrell, il avait au moins demandé audience au Roi d'Émeraude dans la soirée afin de lui parler du cas d'Amayelle.

43

L'IRE D'UN EMPEREUR

Sur la plage rocailleuse au pied de son palais, Amecareth contempla les cendres fumantes du sorcier aquatique, puis ses gardes du corps que les dragons avaient piétinés en fuyant ses globes meurtriers et les tirs de Sélace. Tout s'était passé trop rapidement pour son cerveau d'insecte habitué à analyser tous les aspects d'une situation avant de réagir. Il allait enfin s'emparer de sa fille lorsque le squale avait surgi de l'océan pour s'en prendre à Asbeth. Pourtant, l'homme-oiseau avait affirmé que le requin était mort aux mains de Narvath. Possédant un esprit plus agile que son maître, le mage noir lut la question qui naissait dans ses yeux intensément mauves. Il décida d'y répondre avant que l'empereur ne découvre la vérité.

– Mais je l'ai vu exploser sous mes yeux lorsque votre fille l'a bombardé de rayons incandescents ! certifia-t-il en feignant l'étonnement.

– Alors pourquoi était-il encore vivant ? rugit Amecareth.

Tous ses serviteurs aux mandibules grinçantes se massèrent derrière lui en tremblant.

– Sélace est un puissant sorcier, mon seigneur. Il possède sans doute des pouvoirs que je n'ai pas.

L'Empereur Noir vociféra de rage en levant le poing vers l'océan où sa fille avait disparu avec cette étrange créature mâle qui n'était pas un humain.

– Vois si tu peux ramener Sélace à la vie, le somma Amecareth en tournant les talons. J'ai à vous parler à tous les deux.

Asbeth exécuta une courte révérence. Il attendit que le seigneur des insectes ait regagné son antre avant de bouger une seule plume. Quelques pas devant lui, les cendres s'agitèrent. Un faible tourbillon s'y forma. L'homme-oiseau n'allait certainement pas donner l'occasion à son rival d'expliquer à l'empereur ce qui s'était réellement passé sur l'île. Il ouvrit les ailes et laissa le vent le soulever. Il se posa sur un gros rocher pour observer le phénomène magique. Dès que Sélace eut commencé à reprendre sa forme de poisson, Asbeth siffla à quelques reprises. Les dragons accoururent au galop, faisant trembler le sol. Au milieu du troupeau se dressa un gros mâle. En poussant un cri aigu, il déploya ses larges ailes de chauve-souris. Les femelles s'écartèrent de sa route. Il baissa sa tête triangulaire à la hauteur du sorcier et ce dernier caressa son museau en émettant des cliquetis.

Le dragon planta alors ses griffes dans le corps presque totalement reconstitué de Sélace. Puis, d'un seul coup de dent, il le trancha en deux. Asbeth lui ordonna ensuite d'emporter la partie supérieure du requin et le magnifique animal recouvert d'écailles noires s'envola vers les montagnes rocheuses d'Irianeth. Quant à l'autre partie, l'homme-oiseau laissa les femelles la mettre en morceaux. Satisfait, Asbeth se dirigea vers la ruche géante en lissant ses plumes.

Il trouva Amecareth plus calme, mais ses yeux lumineux le mirent en garde. Asbeth se prosterna à ses pieds, comme l'exigeait le protocole. Il lui expliqua que le squale n'avait malheureusement pas repris vie.

– Votre magie est impressionnante, mon seigneur, ajouta Asbeth. Elle a réussi là où celle de votre fille a échoué.

– Ne sous-estime pas Narvath, sorcier. Elle n'est qu'une enfant qui ne sait pas encore utiliser son potentiel, mais je l'ai senti en elle.

– Me permettez-vous de lui tendre un nouveau piège ?

– Laissons-la d'abord croire qu'elle nous a échappé.

– Mais c'est ce qu'elle a fait, rétorqua Asbeth en penchant sa tête d'oiseau.

– Elle n'est pas physiquement ici, mais son esprit est désormais relié à la collectivité. Pendant que tu traduisais ses paroles, je me suis aventuré dans sa tête. J'ai retrouvé le lien que la reine magicienne du pays de neige avait brisé. Je vais maintenant pouvoir l'instruire moi-même et lui montrer tout ce qui l'attend lorsqu'elle aura rejoint nos rangs.

– Sauf le respect que je vous dois, mon seigneur, l'esprit de votre fille a été empoisonné par les humains qui l'ont élevée. Elle résistera, c'est certain.

– Si elle ne revient pas vers moi de son plein gré, elle mourra.

Asbeth se fit violence afin de ne pas montrer à son maître que cette éventualité lui plaisait davantage.

– Il est dommage que Sélace n'ait pas compris que je suis le maître du monde et qu'il perdrait la vie en me désobéissant, déclara soudainement l'empereur. J'espère que toi, tu t'en souviendras.

– Mais je suis votre humble serviteur.

– Dans ce cas, retourne dans ton alvéole et attends mes ordres.

Asbeth ne voulait pour rien au monde le mettre une fois de plus en colère. Il s'inclina et quitta les appartements impériaux à reculons. Si cette petite peste faisait désormais partie de l'esprit collectif de la ruche, il pourrait l'épier en secret pour s'assurer qu'elle connaisse une fin tragique aux mains de son propre père.

Il réintégra sa cellule et se posta devant son grand chaudron. Il passa le bout de l'aile au-dessus de sa surface lisse. Elle s'anima aussitôt. Le mage noir prononça des mots magiques et exprima le vœu de communiquer avec Narvath. Son image apparut dans la sombre concoction. « L'empereur a vraiment réussi », constata Asbeth. Il étudia attentivement la pièce où se reposait sa rivale. Il s'agissait d'un hall où brûlait un feu. En voyant les flammes, le sorcier s'écarta instinctivement. Autour de la femme mauve, des humains, des Elfes et des Fées mangeaient en bavardant. « Il n'y a qu'une façon de vaincre son ennemi, se rappela le sorcier, c'est de bien le connaître. »

44

UN NOUVEAU POUVOIR

Le lendemain de leur retour à Émeraude, Wellan laissa ses hommes profiter de la journée comme ils l'entendaient. Plusieurs allèrent se balader à cheval dans la campagne, tandis que d'autres choisirent de se reposer ou de jouer à des jeux de société. Cela permit donc à Bergeau et à Jasson d'en apprendre davantage sur la récente campagne militaire, à laquelle ils n'avaient pas pu participer. Pour sa part, Wellan profita du fait que son épouse discutait des soins à donner à sa fille avec Sanya et Catania pour s'esquiver. Il se dirigea vers la tour du Magicien de Cristal : il voulait réclamer pour ses hommes des facultés qui leur permettraient de sauver Enkidiev.

Le grand Chevalier trouva Abnar debout au milieu de la pièce de l'étage inférieur. Il portait son habituelle tunique blanche ceinte à la taille par un cordon argenté.

– Vous m'attendiez ? s'étonna Wellan.

– J'ai le pouvoir de lire vos pensées en tout temps, sire.

– Dans ce cas, m'accorderez-vous ce que je suis venu solliciter ?

Abnar garda le silence. Wellan fit bien attention de vider son esprit, afin de conserver l'avantage dans cet entretien très important pour l'avenir de l'Ordre.

– Il semble que vous ne soyez jamais satisfait des pouvoirs que je vous accorde, le railla finalement l'Immortel.

– Je vous ai déjà expliqué que nous ne pouvions pas défendre ce continent avec ceux que nous possédons, répliqua Wellan. À mon avis, il est important que plusieurs d'entre nous puissent se déplacer magiquement, puisque je ne peux pas me trouver partout à la fois. Vous avez autrefois donné ce pouvoir à Hadrian et à ses lieutenants. C'est donc que vous compreniez à cette époque que les Chevaliers doivent être mobiles.

– Comment avez-vous appris cela ? s'inquiéta Abnar.

– Dans le journal de votre Chevalier préféré, répondit Wellan, qui n'avait aucune envie de lui révéler la cachette des autres écrits.

Abnar demeura une fois de plus silencieux. Le grand chef n'eut pas besoin de le sonder pour comprendre qu'il était profondément contrarié.

– Et si je vous accorde cette faveur, quels pouvoirs exigerez-vous de moi par la suite ?

– Je penserai certainement à autre chose, risqua d'une voix moqueuse le grand Chevalier, qui le sentait fléchir.

– Vous n'êtes pas un homme facile, sire.

– J'en suis parfaitement conscient.

Wellan attendit patiemment la réponse de l'Immortel qui, semblait-il, hésitait encore à lui faire confiance, malgré tout ce qu'il avait accompli pour Enkidiev.

– À qui voudriez-vous donner la faculté de se déplacer ainsi ? demanda finalement Abnar.

– Aux plus âgés de mes hommes.

Il y eut un autre silence de la part du Magicien de Cristal, qui songeait probablement aux conséquences de ses largesses. Wellan le fixait en essayant de ne pas afficher le plaisir que lui causait cette victoire.

– Réunissez-les lorsque vous le jugerez opportun, laissa tomber Abnar.

Wellan s'inclina en réprimant un sourire de satisfaction. Il quitta prestement la tour pour gagner l'aile des Chevaliers avant que ses frères qui possédaient des fermes ne décident d'y retourner. Utilisant son esprit, il contacta Santo, Chloé, Bergeau, Jasson, Falcon et Dempsey et les pria de venir tout de suite à sa rencontre dans la cour.

Alarmés, les six Chevaliers laissèrent en plan ce qu'ils étaient en train de faire et répondirent sur-le-champ à son appel. Ils s'immobilisèrent devant lui, à la porte de leur aile, surpris de le trouver bien portant, les bras croisés sur sa cuirasse, un étrange sourire sur les lèvres.

– On dirait bien que tu as marqué des points, toi, remarqua Jasson en fronçant les sourcils. J'espère que c'est contre Amecareth, au moins.

– Pas tout à fait, mais c'est un premier pas dans cette direction, dévoila Wellan, plutôt fier de lui. J'ai persuadé le

Magicien de Cristal de vous octroyer le pouvoir de créer aussi des vortex afin de voyager dans l'espace.

– À nous tous ? s'enthousiasma Bergeau.

– Seulement aux plus âgés des Chevaliers, précisa Wellan. Il arrivera très certainement que nous combattions sur plusieurs champs de bataille à la fois, alors je pense que c'est une excellente idée que nous puissions nous déplacer de façon indépendante.

– Wellan a raison, approuva Dempsey. S'il est le seul à posséder cette faculté et qu'il tombe au combat, nous serons immobilisés à un seul endroit et incapables de nous porter au secours de nos frères.

– Mais nous n'avons pas profité comme toi de l'enseignement de Nomar, protesta Falcon. Serons-nous assez forts pour maîtriser ce nouveau pouvoir ?

– Je ne crois pas qu'il faille être un puissant mage pour cela, estima le chef, puisque plusieurs des anciens Chevaliers d'Émeraude le possédaient et ils n'étaient certes pas des maîtres.

Les six aînés se consultèrent du regard, puis se retournèrent vers leur chef en arborant la détermination qui faisait d'eux des combattants hors pair.

– Dans ce cas, nous acceptons de recevoir ce présent du ciel, affirma Chloé.

– Et la prochaine fois que tu décideras de partir à la guerre tandis que nous sommes à la maison, Bergeau et moi, nous pourrons au moins te rattraper, ajouta Jasson.

– Je suis bien content que vous partagiez cette grande responsabilité avec moi, déclara le grand Chevalier avec soulagement.

Santo n'exprima pas son opinion, mais l'acceptation dans ses yeux noirs fit croire à Wellan qu'il le suivrait jusqu'au bout du monde, même s'il avait épousé la femme que son compagnon aimait. Le Magicien de Cristal surgit subitement au milieu d'eux.

– Je vois que vous n'avez pas perdu de temps, dit-il à Wellan sur un ton qui frôlait l'agacement.

– Je suis un homme d'action, maître, répondit Wellan.

Abnar étudia un à un les six Chevaliers, probablement pour s'assurer qu'ils pouvaient supporter cette transformation magique et qu'ils possédaient la sagesse nécessaire pour bien se servir de ce nouveau pouvoir. Tous soutinrent son regard métallique sans ciller.

– Tendez vos bras, ordonna l'Immortel.

Ils le firent sur-le-champ. De larges bracelets noirs apparurent sur leurs avant-bras et de petits éclairs brillants les parcoururent pendant quelques secondes, leur causant une intense douleur dans tout le corps. Mais ils demeurèrent droits sur leurs jambes. Aucune plainte ne franchit leurs lèvres. Wellan se surprit à penser que cette démonstration de courage aurait dû suffire à persuader les dieux qu'ils étaient bien différents des hommes à qui Abnar avait autrefois accordé les mêmes pouvoirs.

– Lorsque vous voudrez vous déplacer d'un endroit à un autre, vous n'aurez qu'à former dans vos esprits l'image du lieu où vous désirez vous rendre, puis croiser vos bracelets l'un contre l'autre, expliqua le mage.

Les Chevaliers s'inclinèrent avec respect. Abnar ne jeta pas un seul regard à leur chef qui vibrait de contentement. Il préféra disparaître sans rien ajouter en espérant ne jamais regretter sa bonté.

– Tu es drôlement convaincant, dis donc, fit Jasson, fort impressionné.

– Si tu continues, il nous transformera bientôt en Immortels ! s'exclama Bergeau en admirant ses bracelets.

– Je verrai ce que je peux faire, ricana Wellan.

– Au moins, nous pourrons réagir rapidement aux prochaines attaques de l'ennemi, se réjouit Chloé.

– Nous serons certainement plus efficaces, l'appuya Dempsey en calculant déjà leurs chances de succès.

– On dirait bien que nous sommes devenus des lieutenants comme ceux du Roi Hadrian, leur fit remarquer Falcon.

– C'est bien ce qu'il semble, oui, murmura Wellan, songeur.

Les soldats retournèrent à l'intérieur du palais en échangeant des commentaires favorables sur leur nouvelle faculté. Wellan retint Santo par le bras.

– Tu ne dis rien ? demanda Wellan pour l'inciter à ouvrir son cœur.

– Que veux-tu que je dise ? répliqua Santo. Tu as pris une bonne décision, comme toujours. Nous t'avons obéi et je suis certain que nous ne le regretterons pas.

– Je sens que je perds ton affection, mon frère, et cela me cause beaucoup de chagrin.

– Je serai toujours ton ami, Wellan, mais il serait bien cruel de ta part de tenter de m'obliger à poser constamment les yeux sur la femme que je ne pourrai jamais épouser.

La gorge serrée, Santo se défit de son emprise. Il suivit les autres sous les yeux impuissants de Wellan. Le grand Chevalier adorait son nouveau rôle d'époux et de père, mais il avait aussi besoin de la présence et de l'amour de ses compagnons. Il demeura sur place un moment, à calmer sa respiration, puis se dirigea vers l'écurie. Il attacha une longe au licou de son cheval de guerre et le fit sortir de la stalle.

– S'il m'avait dit qu'il l'aimait avant que je devienne amoureux d'elle, les choses auraient été bien plus simples, pensa-t-il tout haut.

L'animal pointa les oreilles, attentif, mais ne comprit pas ce commandement. Wellan le soigna en s'efforçant d'oublier le regard malheureux de Santo, puis l'emmena marcher dans la grande cour pour lui faire prendre un peu l'air. Il lui donna de l'eau fraîche et de la nourriture, avant d'aller s'enfermer à la bibliothèque.

45

UN NOUVEAU JOURNAL

Wellan entra dans la bibliothèque, déserte à cette heure de la journée, décidé à consigner lui aussi ses commentaires sur la guerre. Il fouilla les rayons de la section réservée aux élèves et découvrit un cahier encore vierge. Sa couverture de cuir était cousue à la nouvelle mode au lieu d'être retenue par des ferrures de métal. Ses feuilles semblaient toutes neuves. C'était exactement ce qu'il cherchait.

Il s'empara d'une bouteille d'encre et d'une plume. Comme souvent, il prit place à une table isolée près d'une fenêtre. Il ouvrit le journal à la première page, tailla la plume avec sa dague et la trempa dans l'encre noire en rassemblant ses pensées.

> « Je m'appelle Wellan d'Émeraude. Je suis le fils du Roi Burge du Royaume de Rubis, où je suis né. Je suis le dernier de trois enfants que son épouse, la Reine Mira, n'a jamais aimés. Puisque je possédais des facultés étranges dès les premiers mois de mon existence, ma mère, qui n'arrivait pas à me maîtriser, fut soulagée d'apprendre que le Roi d'Émeraude cherchait des enfants magiques afin d'en faire des Chevaliers. »

« À mon arrivée au Château d'Émeraude, j'étais un gamin de cinq ans, terrorisé à l'idée de ne jamais revoir mon pays natal, jusqu'à ce que je découvre que six autres enfants avaient été arrachés de la même façon à leurs foyers... »

Abnar se matérialisa brusquement devant la petite table. Ce n'était plus de l'agacement que Wellan voyait sur son visage, mais de la colère.

– Savez-vous ce que vous faites ? tonna-t-il, sa voix se répercutant dans la grande salle.

– J'écris mes mémoires, répondit innocemment le Chevalier.

– Vous êtes en train de redonner à Onyx tous ses pouvoirs !

– Je n'ai pas relié ce livre avec la peau de mes ennemis et je n'ai certes pas l'intention de lui jeter un sort, protesta Wellan, qui ne comprenait pas ce qu'il faisait de mal.

– Si vous connaissiez mieux votre histoire, vous sauriez que le renégat et certains de ses sombres alliés savaient jeter des sorts. Ils ont installé des traquenards partout sur Enkidiev !

– Comment pourrais-je le savoir, puisque vous avez fait détruire tous les livres traitant de la première guerre ?

– Cessez de mettre ma parole en doute, sire Wellan. Obéissez-moi !

– Mais je ne sais même pas ce que vous voulez ! se fâcha Wellan, qui détestait les devinettes. Qu'y a-t-il de mal à écrire le récit de sa vie ?

– Onyx savait que je finirais par le coincer, expliqua Abnar en s'efforçant de reprendre son calme. Il a installé une puissante magie à cet endroit précis de la bibliothèque.

– Mais je ne ressens rien du tout.

– Si vous possédiez de plus grands pouvoirs, vous en seriez conscient.

– Dans ce cas, donnez-les-moi, le pressa Wellan.

– Ne me poussez pas à bout, siffla le Magicien de Cristal entre ses dents. Si vous voulez écrire, allez le faire ailleurs, sinon je devrai recourir à la force pour vous faire comprendre le danger auquel vous nous exposez tous.

Wellan jugea qu'il serait ingrat de sa part de lui tenir tête, car il venait d'accorder des pouvoirs supplémentaires à ses hommes. Il referma le journal, inséra le bouchon de liège dans le goulot de la bouteille d'encre, puis s'inclina devant Abnar avec soumission. Satisfait, l'Immortel se dématérialisa dans une pluie d'étincelles. Wellan transporta tout son matériel dans sa chambre. Ce n'était certes pas aussi confortable et éclairé que la bibliothèque, mais il s'en contenterait. Prenant place par terre, il ouvrit le cahier sur le lit et raconta ses premiers mois au château, ses indisciplines et sa crainte du terrible bâton d'Élund, en pensant que Jenifael se régalerait de ces anecdotes dans quelques années.

Au moment où il s'apprêtait à rejoindre ses frères pour le repas du soir, un serviteur l'intercepta à l'entrée du hall pour l'informer que le roi, très fatigué, désirait lui parler tout de suite en privé, plutôt que de le recevoir dans la soirée. Wellan prévint donc Bridgess de ses plans et lui promit de revenir à temps pour mettre Jenifael au lit.

Préparant mentalement son rapport, le grand Chevalier se dirigea vers les appartements du souverain. Il fut aussitôt conduit à la petite salle à manger où le vieillard dînait jadis avec Kira. Émeraude Ier était assis dans son fauteuil et l'attendait, le visage pâle comme de la craie.

– Approche, Wellan. Surtout pas de courbettes, ce soir, soupira le monarque en l'apercevant. Ma vie s'achève et je n'ai plus de temps à perdre avec ces cérémonies qui n'en finissent plus.

Le soldat s'empressa de prendre place devant lui en le sondant avec ses sens magiques. Son cœur battait en effet avec difficulté, mais c'était sans doute normal pour un homme d'un âge aussi vénérable.

– Je suis désolé de l'apprendre, sire, déplora Wellan avec une sympathie non feinte.

– J'ai eu une longue vie remplie de joie et de satisfaction. Beaucoup de rois n'ont pas eu cette chance. Mais tu ne voulais certainement pas me voir pour m'entendre gémir sur mon sort. Dis-moi ce que je peux faire pour toi, mon brave Chevalier.

– J'aimerais que vous intercédiez auprès du Roi des Elfes en faveur d'un de mes hommes qui est devenu amoureux de sa fille lors de notre séjour dans son royaume.

– Et cette jeune personne l'aime aussi ?

– Oui, Majesté. Je trouve cruel que le Roi Hamil s'oppose à cette union seulement parce qu'il éprouve de l'aversion envers les humains.

– Tu as raison. L'amour ne devrait jamais connaître de telles restrictions.

« Ses paroles ressemblent étrangement au discours que le dieu Vinbieth a tenu à mon frère il n'y a pas si longtemps », se rappela Wellan.

– Comment s'appelle ce Chevalier ? demanda le roi.

– Nogait, sire, et la jeune princesse porte le nom d'Amayelle.

– Alors, si ton estomac peut attendre quelques minutes encore, va chercher du papier et note ce que je vais te dire.

Wellan n'allait sûrement pas s'opposer à la volonté de son protecteur, surtout s'il pouvait assurer le bonheur de Nogait. Il alla chercher le matériel du scribe et écrivit fidèlement ce que le roi lui dicta. Il s'agissait d'une missive vantant les qualités des soldats-magiciens et recommandant le mariage des deux amoureux. Le vieil homme y apposa finalement son sceau. Il s'adossa dans son fauteuil et pria le chef de ses Chevaliers de lui raconter sommairement sa dernière intervention militaire sur la côte, ce que Wellan s'empressa de faire.

Comme il l'avait promis à Bridgess, Wellan revint à temps pour border sa fille dans le berceau qu'Armène avait nettoyé pour eux. Jenifael l'attendait, assise sur le lit auprès de sa mère, vêtue d'une chemise de nuit. Dès qu'elle aperçut son père, la petite lui tendit les bras en gloussant de joie. Attendri, Wellan la cueillit avec douceur et l'embrassa sur la joue.

– La nuit, les petits enfants ont le privilège de visiter les dieux, murmura-t-il à son oreille.

Jenifael leva sur lui des yeux pétillants : elle semblait en savoir beaucoup plus long que lui à ce sujet...

– Quand les bébés commencent-ils à parler ? demanda-t-il soudain à Bridgess.

– Normalement, ils se mettent à répéter tout ce qu'on leur dit dès qu'ils ont commencé à marcher. Mais Jenifael n'est pas comme les autres enfants.

– J'ai bien hâte qu'elle devise avec moi sur les mystères du monde.

– Cela viendra bien plus rapidement que tu le penses. Maintenant, cesse de succomber à son charme et couche-la dans son lit.

Il la déposa avec précaution dans les draps propres. Il berça le petit lit de bois en chantant une chanson que sa nourrice lui avait apprise autrefois. Bridgess l'observa avec le plus grand étonnement, ne l'ayant jamais entendu chanter de toute sa vie. Jenifael rayonnait de bonheur. Bridgess se retint pourtant de questionner Wellan, pour ne pas mettre fin à cet enchantement.

– Fais de beaux rêves, ma petite déesse, chuchota-t-il lorsqu'elle ferma finalement les paupières.

Bridgess lui prit la main et l'entraîna à l'extérieur de la chambre, en direction du hall. Elle espérait que les serviteurs n'avaient pas desservi la table, car elle entendait gronder l'estomac de son époux.

– Plus j'en apprends sur toi, moins je te connais, avoua-t-elle, visiblement consternée. Tu as une très belle voix.

– Et surtout une bonne mémoire, ajouta-t-il. Je n'ai pas entendu cette berceuse depuis des lustres.

– J'ai bien hâte de voir la réaction de nos frères lorsqu'ils apprendront que tu as des talents cachés.

– Tu n'oserais pas ! protesta Wellan.

Elle accéléra le pas dans le couloir. Il la saisit par la taille en lui faisant des menaces amicales jusqu'à la porte de la grande salle.

46

UN SERPENT DE FUMÉE

La nuit tomba sur le pays d'Émeraude. Des bancs de brouillard roulaient au ras du sol comme des hordes de fantômes. Le château semblait reposer dans une épaisse couche de nuages. Ses habitants avaient fermé l'œil depuis longtemps déjà. Dans la grande tour, Lassa s'était roulé en boule sous ses couvertures soyeuses. Armène dormait à quelques pas de lui. De son côté, le Magicien de Cristal refaisait ses forces sur la montagne qui lui avait valu son nom. Les Immortels n'étant pas des êtres physiques, ils devaient dépenser beaucoup d'énergie afin de passer plusieurs heures auprès des mortels. Chacun d'entre eux possédait donc un endroit magique où il pouvait refaire le plein.

À l'étage inférieur de la tour, plongé dans l'obscurité, l'une des pierres composant le mur circulaire se mit soudain à briller. D'abord d'une pâle lueur bleue, elle s'anima d'une pulsation de plus en plus régulière, comme un cœur humain revenant à la vie.

Toujours endormi, Lassa s'agita, en proie à un terrible cauchemar : il était pourchassé par les dragons de l'Empereur Noir au cœur d'une grande forêt inconnue. Il courait entre les arbres, affolé.

La lumière azurée s'éteignit dans la pierre glacée. Un mince filet de fumée filtra à travers le mortier. Flottant au-dessus du sol, comme un serpent enfin libéré de sa cage, la bête vaporeuse tourna en rond pendant un moment, comme si elle se déliait le corps, puis, sans se hâter, elle se dirigea vers l'escalier de pierre menant à l'étage supérieur. Elle caressa chaque marche en effectuant de voluptueuses spirales et longea le mur de la chambre du petit prince comme un prédateur fantomatique étudiant sa proie.

Le serpent de fumée se rapprocha du lit de l'enfant, qui secouait frénétiquement la tête dans son sommeil. Il remonta le long des couvertures et s'immobilisa devant le visage couvert de sueur du porteur de lumière.

– Non ! cria Lassa en s'asseyant brusquement.

Le petit prince ouvrit les yeux. De la fumée bleue dansait autour de lui. Pourtant, son odorat ne lui signalait pas la présence d'un feu. Lassa tendit la main pour chasser cet étrange brouillard, mais deux grands yeux brillants s'y formèrent.

– Mène ! hurla l'enfant, terrifié.

Avant même que la servante ne se réveille, le Magicien de Cristal apparut près du lit du petit prince en illuminant toute la pièce d'une intense lumière dorée. En poussant un sifflement aigu, le serpent vaporeux décolla en direction de la fenêtre.

– Par tous les dieux, que se passe-t-il ? s'inquiéta Armène en accourant.

L'Immortel s'approcha de la meurtrière par laquelle la fumée s'était échappée.

– Est-ce que c'était un sorcier ? articula Lassa en se jetant dans les bras de la servante.

Abnar disparut sans prononcer un seul mot.

– Il avait dit que nous serions en sécurité, ici, Mène, pleura l'enfant.

– Et c'est la vérité, mon poussin. Le Magicien de Cristal peut te protéger contre l'Empereur Noir, mais il ne peut pas t'empêcher d'avoir de mauvais rêves.

– Mais ce n'était pas un cauchemar...

Armène le porta jusqu'à la berceuse en le serrant contre elle. Dans la pièce qui se trouvait juste en dessous de la chambre, là où il avait enfermé l'esprit d'Onyx, Abnar se matérialisa. Il posa la main sur le mur et ferma les yeux pendant quelques secondes. Il maugréa intérieurement contre le Chevalier insouciant qui avait déclenché cette séquence d'événements malencontreux en décidant d'écrire un journal exactement au même endroit qu'Onyx cinq cents ans auparavant.

Abnar joignit ses paumes et se mit à réciter des incantations dans la langue secrète des dieux. Un grand cri déchira la nuit. L'Immortel sut qu'il avait frappé son ennemi. Avant que ce dernier ne redevienne humain une fois de plus, Abnar adopta une forme spectrale afin de traquer Onyx et de l'anéantir à tout jamais.

47

LE RÉVEIL

Au même moment, dans le palais, Farrell se redressa dans son lit en hurlant de peur, faisant sursauter la femme qui dormait près de lui. D'un geste, Swan alluma toutes les chandelles. Le paysan était blanc comme un drap.

– Tu n'as plus rien à craindre, Farrell, je suis là, susurra le Chevalier.

Les yeux alarmés du jeune homme scrutèrent toute la pièce. Swan lui laissa le temps de constater par lui-même qu'il se trouvait dans un endroit sécuritaire. Tandis qu'il se calmait, les images des derniers événements revinrent en cascade dans son esprit.

– Nous sommes au Château d'Émeraude, le rassura son amie, en caressant son visage.

– Nous étions à Zénor..., raisonna-t-il, confus.

Elle lui expliqua que le Magicien de Cristal les avait transportés, Santo, elle et lui, loin de ce terrible champ de bataille et que le guérisseur veillait sur lui depuis.

– Sur moi ? Un paysan ?

– Mon futur époux, rappelle-toi.

– Et les abeilles ? fit Farrell en se mettant à trembler.

– Mes compagnons les ont anéanties.

Swan se faufila dans les bras de son amant en lui transmettant une vague d'apaisement.

– Je ne suis pas un homme digne de toi, se rabaissa-t-il avec honte. J'ai été si impressionné par ces créatures que je n'ai rien fait pour t'aider.

– Au contraire, Farrell. Avec ta tornade, tu as exterminé la moitié de ces insectes à toi tout seul !

– Et elle a bien failli nous tuer, aussi.

– La guerre est une entreprise dangereuse, mon bel ami. Tu as fait ce que tu as pu, au péril de ta propre vie. Quant aux abeilles dans l'escalier, c'est moi qui t'ai ordonné de fuir. J'ai bien failli y laisser ma peau, tu sais.

– Je me rappelle seulement ma peur...

– Ces monstres cherchaient des cocons dans lesquels enfouir leurs larves. L'un d'eux t'a enfoncé son dard dans la poitrine pour y pondre sa progéniture.

– Je me souviens de la douleur..., murmura-t-il en fermant les yeux.

– Si Kira et Santo n'étaient pas intervenus, je crois bien que tu serais mort. Ils t'ont débarrassé de cette horrible créature et ils ont réparé tout le dommage qu'elle avait causé à ton corps.

– Je leur dois la vie ?

– C'est certain.

Farrell demeura silencieux un long moment. Swan ne le pressa d'aucune manière. Ses tremblements cessèrent et il s'abandonna à son étreinte en comprenant finalement que plus personne ne voulait le maltraiter.

– Que va-t-il m'arriver, maintenant ?

« Il a toujours au fond du cœur la crainte d'être rejeté », déplora Swan.

– Nous allons nous marier le plus rapidement possible, parce que je veux que notre enfant soit légitime.

Il se raidit brusquement dans ses bras et l'éloigna pour la fixer dans les yeux avec l'étonnement le plus complet.

– Eh oui, il y a un petit Farrell dans mon ventre, lui annonça-t-elle avec un sourire espiègle.

– Je suis le père de cet enfant ?

– Évidemment ! Dis-moi que ça te fait plaisir, au moins !

– Je ne suis pas un Chevalier. Je ne mérite pas de vivre la même vie qu'eux...

– C'est faux ! explosa Swan, en colère. À partir de maintenant, tu vas oublier tout ce qui a pu se passer dans ton village. Aujourd'hui, c'est le premier jour de ta nouvelle vie, Farrell. Tu seras mon mari et le roi nous donnera une terre à nous où nos enfants grandiront dans l'amour et la sécurité, car celui-ci n'est pas le seul que nous concevrons.

Tu n'es plus le petit garçon aux magnifiques pouvoirs magiques que les paysans craignaient. Tu es l'homme que j'aime et avec qui j'ai choisi de passer le reste de mes jours. Tu es celui qui veillera sur notre famille en mon absence.

Swan s'empara de ses lèvres. Elle sentit ses larmes de joie effleurer son visage. En lisant ses pensées, elle comprit qu'il se sentait apprécié pour la première fois de sa vie.

Lorsqu'ils se levèrent enfin, plusieurs heures plus tard, les rayons du soleil inondaient la chambre richement décorée. Stupéfait, Farrell promena son regard pâle sur toute cette opulence. Swan frictionna ses jambes à l'aide de ses pouvoirs magiques, puis lui fit faire quelques pas sur le tapis moelleux pour s'assurer de sa solidité. Rassurée, elle l'emmena dans les bains privés de leurs appartements. Elle lava les longs cheveux noirs du paysan puis les asséchla avec une douce étoffe. Elle lui fit enfiler une tunique toute blanche qui lui caressa délicieusement la peau. Lorsqu'elle voulut aussi attacher ses sandales, il protesta et le fit lui-même.

– Pourquoi dois-je porter ce vêtement que je risque de souiller en mangeant ? demanda-t-il en se relevant.

– C'est la coutume dans les châteaux de se vêtir de blanc lorsqu'on est un étranger et qu'on rencontre le roi pour la première fois, répondit-elle en enfilant sa tunique verte.

– Pourquoi ?

– Parce que le blanc représente la pureté de nos intentions.

– Et les autres couleurs veulent dire des choses différentes ?

– C'est exact, à moins qu'elles représentent un autre royaume. Prends Kardey, par exemple.

– Qui est Kardey ?

– C'est l'ancien capitaine de la garde du Roi d'Opale. Il a prêté allégeance au Roi d'Émeraude après avoir rencontré ma sœur d'armes Ariane. Elle m'a raconté que lorsqu'il a été présenté à son nouveau monarque, il portait du noir, mais cela ne signifiait pas qu'il avait des intentions funestes : c'est simplement la couleur que portent les soldats d'Opale.

L'étonnement de Farrell fit sourire la jeune femme. Il avait tant de choses à apprendre dans son nouveau monde ! Elle l'entraîna dans le château et il ne résista pas. Il regarda partout en se laissant tirer par sa future épouse dans les innombrables couloirs aux planchers brillants, jalonnés de statues, de vases géants, de fleurs et de tapisseries colorées. Le seul palais qu'il connaissait était celui de Zénor, où il ne restait ni meubles ni décorations. Lorsque Swan le fit enfin entrer dans le hall des Chevaliers, bondé à cette heure du jour, le paysan s'arrêta net.

– J'ai une belle surprise pour vous ! déclara joyeusement Swan en retenant fermement son amant.

Wellan quitta vivement son siège pour aller à sa rencontre. Il lui tendit les bras avec amitié. Farrell demeura immobile, ne sachant pas comment réagir, alors Swan prit ses mains et les posa sur les avant-bras du grand chef qui serra les siens avec affection.

– Sois le bienvenu au Château d'Émeraude, lui dit Wellan.

Impressionné de se retrouver parmi l'élite du continent, le paysan était incapable de prononcer un seul mot. Pour ne pas l'embarrasser davantage, Swan le poussa vers la table et l'incita à s'asseoir parmi ses frères. Les bonnes odeurs arrachèrent des grondements sourds à son estomac, mais il ne remplit pas son assiette tout de suite. Il promena plutôt son regard sur tous les convives et s'arrêta sur Sage. Son lointain cousin l'observait avec une compassion qu'il ne lui avait pourtant pas manifestée à Zénor. Était-ce dû à l'influence qu'exerçait sur lui la jeune femme mauve assise à ses côtés ? Farrell aperçut alors les étranges yeux violets de Kira.

Merci, fit-il en utilisant son esprit, comme le lui avait enseigné Swan. Un sourire apparut sur les lèvres de la Princesse d'Émeraude, qui accepta sa reconnaissance avec un léger mouvement de la tête. *Il n'était pas question que je laisse mourir l'un des rares parents de mon époux*, assura-t-elle. Wellan suivit l'échange avec discrétion, pour ne pas intimider Farrell davantage, mais il était plutôt fier de la nouvelle attitude de Kira.

Le paysan s'intéressa ensuite à Santo, le premier des Chevaliers à lui avoir adressé la parole dans son village natal. En se rappelant lui avoir manqué de respect à ce moment-là, il baissa honteusement la tête. *Il était tout naturel que tu défendes ton territoire*, répliqua la voix du Chevalier guérisseur dans sa tête. « Ces hommes possèdent-ils tous le don de deviner les pensées des autres ? » s'étonna Farrell.

Je suis vraiment désolé de vous avoir traité comme je l'ai fait, surtout depuis que Swan m'a dit que vous m'aviez sauvé la vie, s'excusa le paysan. *Je n'ai fait que refermer tes blessures,* répondit Santo. *C'est Kira qui a opéré ce miracle.*

Farrell regretta aussitôt tout ce qu'il avait pensé d'elle lors de son séjour au Château de Zénor. *J'y suis habituée*, assura la jeune femme, toujours par télépathie. Swan déposa de la viande et du pain dans l'assiette de son futur mari pour lui permettre d'échapper à son embarras. Les joues rouges de timidité, Farrell avala volontiers tout ce que lui présenta la guerrière, sans plus regarder les autres.

Lorsque le repas fut terminé, Wellan se dirigea vers le couple. Il prit place près de Farrell pendant que la majorité de ses compagnons quittaient le hall pour vaquer à leurs activités. Le grand Chevalier voulut évidemment connaître leurs plans et Swan déclara vouloir se marier le plus rapidement possible afin de s'établir dans sa nouvelle maison avant la prochaine attaque de l'ennemi et la naissance du bébé. Farrell buvait ses paroles avec adoration. Alors le grand chef comprit qu'ils seraient heureux ensemble. Il voulut ensuite savoir comment se sentait le blessé qui venait à peine de reprendre conscience.

– Je me sens bien physiquement, mais je suis confus.

– C'est temporaire, le rassura Wellan.

Se rappelant que cet homme possédait une puissante magie à l'état brut, le grand Chevalier décida de le confier à Élund. Il aurait bien voulu être seul avec lui, mais Swan ne le lâchait pas d'une semelle. Le jeune paysan l'accompagna en silence, tandis qu'ils entraient dans la pièce circulaire du Magicien d'Émeraude. Assis aux différentes tables de travail, les élèves se redressèrent sur leurs bancs en apercevant Wellan, qu'ils vénéraient tous.

– C'est ici que les enfants magiques apprennent à maîtriser leurs facultés, expliqua le grand chef au jeune homme.

– Tous ?

– Oui, même moi j'ai étudié dans cette tour auprès de maître Élund.

Le vieux magicien descendit l'escalier, contrarié de voir son ancien élève venir ainsi perturber la période d'étude. Il s'avança en s'appuyant sur le bâton de bois dans lequel dormait une terrible énergie.

– Avez-vous une bonne raison de vous trouver là ? demanda le magicien, irrité.

– Je voulais que Farrell voie votre bon travail, maître, le flatta Wellan sur un ton destiné à le calmer.

– Voici donc le jeune homme que vous avez ramené de votre expédition à Zénor, murmura Élund en le sondant. Je sens de la magie en lui.

– Il est effectivement né avec de merveilleuses facultés, mais ses parents n'ont pas cru bon de vous l'envoyer.

– Maîtrises-tu tes pouvoirs, Farrell ?

– Seulement ceux que je connais, répondit timidement le paysan, plutôt impressionné de se trouver devant le mentor des Chevaliers.

– Il est trop vieux pour se joindre à mes élèves, soupira Élund, mais mon apprenti, Hawke, pourrait sans doute l'aider à canaliser ses forces. Avez-vous l'intention d'en faire un soldat ?

– Non, se récria vivement Swan, mais s'il maîtrisait sa magie, il serait certainement plus en mesure de défendre nos enfants.

– Je vois, fit Élund en réprimant un sourire. Hawke est là-haut, si vous voulez lui parler.

Swan prit la main de son amoureux et le tira vers l'escalier. « Tout se déroule bien », pensa Wellan en les regardant monter. Il allait s'adresser au magicien lorsqu'il entendit l'appel de détresse du petit Lassa dans son esprit.

– Vas-y, l'enjoignit Élund, tout aussi inquiet que lui.

Wellan croisa ses bracelets noirs. Il entra dans le vortex lumineux et disparut sous les yeux émerveillés des jeunes étudiants d'Émeraude.

hawke

Lorsqu'ils atteignirent l'étage supérieur de la tour, Swan et Farrell trouvèrent l'apprenti profondément concentré devant un vieux livre de magie posé sur la table de travail d'Élund. Farrell parut surpris de découvrir qu'il s'agissait d'un Elfe, car les seuls qu'il avait rencontrés étaient des Chevaliers. Amusée, sa compagne suivait les émotions qui se succédaient à une vitesse effarante dans sa tête.

– Maître Hawke, appela-t-elle.

Le jeune magicien sursauta et considéra l'étranger de ses grands yeux verts.

– Je vous présente Farrell d'Émeraude, annonça la femme Chevalier.

– Je suis enchanté de faire ta connaissance, répondit l'Elfe avec courtoisie, mais je ne suis pas un maître, seulement un apprenti.

– Alors, comment faut-il vous appeler ? se renseigna Farrell.

– Simplement Hawke. Cherchez-vous maître Élund ?

– Non, c'est lui qui nous envoie, lui apprit Swan.

Elle lui raconta sommairement l'enfance du paysan et lui parla des pouvoirs qu'il possédait. Hawke s'étonna d'apprendre qu'il influençait aussi facilement les forces de la nature, comme la pluie et le vent, et qu'il maîtrisait ses pouvoirs de lévitation au point d'avoir reconstruit une partie du Château de Zénor.

– Si vous aviez un peu de temps à lui consacrer, ce serait bien apprécié, conclut Swan avec un regard suppliant.

– De combien d'heures par jour disposes-tu, Farrell ? s'enquit l'apprenti.

– Je n'en sais rien, avoua-t-il en se tournant vers sa future épouse.

– Je peux bien vous le laisser pendant une demi-journée, lorsque je m'entraîne, estima-t-elle.

– Dans ce cas, ce sera un plaisir pour moi de te montrer ce que je sais.

– Si vous n'êtes pas trop absorbé par ce bouquin, peut-être qu'il pourrait commencer maintenant ?

– C'est une excellente idée.

Sans même demander à Farrell ce qu'il en pensait, Swan l'abandonna dans la tour. Intimidé, le paysan baissa la tête et contempla ses pieds en attendant les instructions de son nouveau maître. Il sentit soudain une curieuse énergie le parcourir de la tête aux pieds.

– Mais qu'est-ce que je ressens ? demanda-t-il, effrayé.

– C'est l'un des pouvoirs les plus importants des Chevaliers, répondit l'Elfe en l'invitant, d'un geste de la main, à s'asseoir devant lui.

Le jeune homme s'exécuta en fixant les yeux étranges de son mentor.

– Et c'est celui que nous allons explorer en premier.

Avec beaucoup de patience, Hawke lui enseigna que tout dans l'univers était composé d'énergie, même le corps et les pensées d'un homme. Ceux qui possédaient une grande sensibilité magique pouvaient donc influencer le monde dans lequel ils vivaient. De la même façon qu'il réussissait à faire tomber la pluie s'il le désirait, Farrell pouvait utiliser ses facultés pour sonder le cœur des autres. Fasciné, le nouvel élève ne vit pas le temps passer. Il exécuta avec beaucoup d'ardeur tous les exercices que lui proposait son professeur et découvrit un grand secret que l'Elfe conservait au fond de son cœur.

– Vous auriez aimé vous battre avec vos amis Chevaliers ? s'étonna Farrell.

Hawke s'attrista et détourna le regard. C'était Élund qui l'avait choisi pour le remplacer un jour, et il n'avait pas eu le choix d'obéir.

– Moi, je pense que c'est bien plus important de former l'esprit des enfants, commenta innocemment le paysan. Swan m'a parlé des belles valeurs qu'on leur enseigne au Château d'Émeraude.

– Je ne suis pas encore leur mentor, soupira l'Elfe. Je ne fais que remplacer le magicien lorsqu'il est incapable de se lever le matin ou lorsque le roi l'appelle auprès de lui. En attendant, je continue d'étudier.

– Vous avez beaucoup de chance.

Hawke se consola en se rappelant que cet homme avait eu une enfance difficile dans un petit village pauvre où il n'avait pas connu, comme lui, le respect et l'affection de ses semblables.

– Tu pourrais prendre un peu d'avance en lisant certains manuels de magie et d'histoire, suggéra-t-il en chassant son chagrin.

– Je ne sais pas lire, avoua Farrell. Mais je pourrais persuader Swan de m'en faire la lecture.

– Tous les apprentissages ont leur valeur.

Ils entendirent dans leur esprit l'appel du vieux magicien qui réclamait l'aide de son apprenti. Hawke fit d'abord passer son élève et ils descendirent à l'étage des classes. Les enfants avaient quitté la tour pour aller manger avant la nuit. Élund se tenait debout devant les innombrables petites tables de bois, les sourcils froncés.

– J'ai besoin d'un livre sur la transmutation des métaux, déclara-t-il en se tournant vers l'Elfe. Vois si tu peux en trouver un à la bibliothèque.

– J'y vais de ce pas, maître.

« Son rôle est donc celui d'un serviteur », comprit Farrell en le suivant à l'intérieur du palais.

– Un jour, vous brillerez de vos propres feux, Hawke, le rassura-t-il.

– Je sais...

Ils se séparèrent près du grand escalier. Le paysan observa les pas feutrés de son professeur de magie tandis qu'il se dirigeait vers le deuxième étage. Une image étrange surgit soudain devant ses yeux : il vit Hawke assis sur un cheval de guerre, brandissant une lance aussi brillante qu'un éclair. La vision s'estompa aussi rapidement qu'elle était venue et Farrell se demanda si c'était l'Elfe qui avait réveillé ce nouveau pouvoir en lui.

49

Les craintes de Lassa

Tandis que Farrell recevait ses premières leçons de magie dans la tour d'Élund, Wellan utilisait ses bracelets pour se rendre dans celle du Magicien de Cristal, auprès du petit Prince de Zénor. Assis dans les bras d'Armène, l'enfant était terrorisé.

– Pourquoi m'as-tu appelé, Lassa ? s'alarma le grand chef.

– Le Magicien de Cristal n'est pas revenu depuis qu'il a fait fuir le sorcier qui m'a attaqué ! J'ai peur qu'il lui soit arrivé malheur !

– Quel sorcier ?

– Je n'ai rien vu, témoigna gravement Armène, mais je suis certaine que maître Abnar ne se serait pas ainsi déplacé au beau milieu de la nuit s'il n'y avait pas eu de danger.

Wellan sonda plus profondément la pièce avec ses sens invisibles, mais ne détecta aucune présence maléfique.

– Vous ne me croyez pas ? s'offensa Lassa.

En apercevant la consternation dans ses grands yeux de saphir, Wellan s'accroupit devant lui.

– Tous les êtres humains laissent une trace d'énergie sur leur passage, Lassa, et celle des sorciers est particulièrement puissante, tout comme celle des maîtres magiciens.

– Et puisque vous ne ressentez rien dans ma chambre, vous pensez que c'était seulement un mauvais rêve, n'est-ce pas ?

Wellan soupira. Il ne voyait pas d'autres possibilités, mais il fallait l'expliquer à l'enfant sans lui causer de chagrin, puisqu'il croyait sincèrement avoir été victime d'un attentat nocturne.

– Cette tour est protégée par une puissante magie qui empêche le mal d'y pénétrer, lui rappela-t-il. Un mage noir n'aurait pas pu se rendre jusqu'à toi sans être réduit en cendres. Alors, il y a fort à parier que c'était un cauchemar qui t'a semblé un peu plus réel que les autres.

– Mais je me suis réveillé avant de voir le serpent de fumée ! protesta Lassa, fâché de ne pas être pris au sérieux.

– Où se trouvait-il ? demanda Wellan en fronçant les sourcils.

– Là, au pied de mon lit. Il flottait dans les airs et il me regardait !

– A-t-il tenté de te mordre ?

– Il n'en a pas eu le temps. Maître Abnar est arrivé et il a fait apparaître de la lumière. Le serpent s'est tout de suite sauvé par la fenêtre, sans toucher le sol.

Wellan se releva et marcha jusqu'à l'ouverture que lui indiquait le prince, par laquelle aurait effectivement pu se glisser un crotale. Il ne ressentit rien dans les pierres sous ses pieds, mais en touchant l'appui de la fenêtre, il reçut une violente décharge d'énergie qui le fit reculer. Onyx ! Il avait donc réussi à s'échapper ! En faisant bien attention de ne rien laisser paraître, Wellan se retourna vers l'enfant.

— Je ne sais pas ce que c'était au juste, Lassa, mais je ne crois pas que cette bête était un serviteur de l'ennemi.

— Mais les serpents ne volent pas, sire Wellan, répliqua la servante qui craignait pour la vie de son protégé.

— Vous oubliez que vous vivez dans un château où l'on enseigne la magie, Armène, lui reprocha le Chevalier aussi sérieusement que possible. Cette créature a sans doute été matérialisée accidentellement par l'un de nos élèves.

— Alors, elle ne me voulait aucun mal ? conclut Lassa, un brin rassuré.

— Non. C'était seulement une illusion très convaincante. Il faudra féliciter son auteur pour son adresse.

Le grand chef revint vers le petit prince et lui ébouriffa les cheveux avec affection. Un large sourire de reconnaissance apparut sur le visage maintenant détendu de Lassa.

— Pardonnez-moi de vous avoir importuné, s'excusa-t-il en baissant la tête.

— Regarde-moi quand tu me parles, ordonna Wellan sur le ton d'un maître.

Lassa leva vers lui ses yeux bleus, avec crainte et vénération à la fois, soulagé de bénéficier de la protection de ce grand héros dont on chantait les exploits.

– Je serai toujours là pour te défendre, lui promit le Chevalier, que ce soit contre les créatures de la nuit ou les sorciers. Tu ne dois jamais hésiter à m'appeler, même en présence du Magicien de Cristal. Compris ?

L'enfant hocha doucement la tête. Wellan se pencha pour l'embrasser sur le front, comme s'il était son Écuyer. Puis, il quitta la tour sur ses deux jambes plutôt qu'en utilisant le vortex. Il descendit l'escalier de pierre, curieux d'appendre où pouvait bien se trouver Abnar. Il s'arrêta dans la grande cour, de plus en plus animée, et dirigea ses sens magiques vers la montagne qui se dressait derrière le Château d'Émeraude.

Il la sonda dans les moindres recoins, jusqu'à son sommet enneigé à demi voilé par les nuages. Il régnait à cette altitude une énergie tourbillonnante comme il n'en avait jamais sentie ailleurs. Les légendes racontaient que c'était le sanctuaire de l'Immortel, l'endroit d'où il dirigeait tout le continent. Impossible de dire s'il s'y trouvait, par contre. Sans doute était-il sur la piste de l'être maléfique qui avait visité Lassa pendant la nuit.

Wellan laissa son esprit parcourir tout le pays, mais il ne repéra ni Abnar, ni l'ennemi. Un mystère de plus à ajouter à tous les casse-têtes qu'il tentait de solutionner en même temps. Il s'installa dans le hall maintenant désert pour écrire une autre page de son journal, certain que cela suffirait à attirer l'Immortel.

« *Nous étions si jeunes, sept enfants provenant de tous les coins d'Enkidiev, n'ayant en commun que nos merveilleuses facultés magiques. Comme Jasson, j'étais un enfant turbulent qui préférait le jeu aux études, mais les premières leçons d'histoire du continent me passionnèrent au point que j'acceptai finalement de demeurer sagement assis sur les bancs d'école.* »

Wellan résuma ensuite les liens qui s'étaient formés entre les futurs Chevaliers d'Émeraude et parla de l'affection qu'il avait toujours éprouvée pour Santo. Il remplit ainsi plusieurs pages, mais Abnar ne vint pas l'interrompre. « C'est étrange qu'il ait abandonné Lassa tout de suite après cette attaque », pensa Wellan. Il referma le journal et appela le Magicien de Cristal avec son esprit, en vain : Abnar semblait être disparu de la surface de la terre.

50

UNE GRANDE FAMILLE

Au repas du soir, Swan annonça à ses frères d'armes que son mariage aurait lieu la semaine suivante. Farrell garda les yeux baissés, en proie à une grande timidité devant tous ces soldats avec lesquels il n'avait pas cherché à établir de rapports à Zénor. Alors, pour la première fois depuis leur arrivée à Émeraude, Sage s'approcha de lui. Le jeune Chevalier Akers lui céda aussitôt son banc afin qu'il puisse manger près de son cousin.

– Puis-je m'asseoir ? demanda Sage.

– C'est moi l'étranger dans ce château, répondit Farrell sur la défensive. Je suis bien mal placé pour accorder des permissions, surtout aux Chevaliers d'Émeraude.

Sage déposa son assiette à côté de la sienne, sans s'offenser de son ton irrespectueux, puisque c'était en partie sa faute si le jeune paysan ne se sentait pas à l'aise parmi ses compagnons. De l'autre côté de la table, Kira les observait en silence, contente de voir son époux poser un geste de réconciliation envers ce lointain parent. Si elle avait, elle aussi, eu de la famille quelque part, elle aurait certainement entretenu des liens avec elle, sauf du côté de son père insecte, évidemment.

– Je suis bien content que tu épouses Swan, déclara Sage en rompant un petit pain chaud qu'il venait de prendre dans un panier.

Farrell risqua un œil inquiet sur ce descendant d'Onyx qui, comme leur ancêtre, portait les couleurs des Chevaliers d'Émeraude. Il contempla les yeux presque blancs de Sage et se rappela qu'il avait du sang d'insecte.

– J'espère que tu te rends compte qu'en unissant ta vie à la sienne, tu gagneras soixante-deux beaux-frères d'un seul coup, se moqua Sage qui, de l'avis de Kira, subissait un peu trop l'influence de ses amis Kevin et Nogait.

Tous s'esclaffèrent devant la mine déconfite du nouveau venu qui n'avait jamais pensé que les relations entre ces soldats pussent être si étroites.

– Et dix-huit belles-sœurs ! compta Kagan en levant son verre.

– Mais quand on devient un membre de notre grande famille, il y a certaines obligations dont on doit s'acquitter, l'avertit Wimme.

Des frissons d'inquiétude coururent dans le dos de Farrell, qui détestait devoir quoi que ce soit aux autres.

– Quelles obligations ? s'assombrit-il.

– Le respect, la franchise et la loyauté envers l'Ordre, pour commencer, énuméra Kevin.

– Et la promesse d'aider tes beaux-frères en cas de besoin, ajouta Kerns.

– Mais en retour, les Chevaliers ne te laisseront jamais tomber, peu importe le pétrin dans lequel tu te trouves, expliqua Hettrick. Tu feras partie du groupe comme tous les conjoints de nos frères et de nos sœurs d'armes.

– Ils disent vrai, confirma Sage. J'ai eu l'occasion de m'en rendre compte moi-même plusieurs fois. Tu ne regretteras jamais ta décision d'épouser Swan.

Farrell recommença alors à respirer plus librement. Il avoua même à son lointain parent ses craintes de ne pas répondre aux attentes de sa future épouse, qui avait l'habitude de côtoyer des héros. Sage l'assura que si Swan n'avait pas été certaine de son choix, elle l'aurait depuis longtemps abandonné à son sort sur la côte.

– Et puis, le mariage n'est pas un contrat où tout est prévu à l'avance, commenta le Chevalier aux yeux fantomatiques. Il se présente continuellement dans un couple des situations pour lesquelles nous ne sommes pas préparés. C'est justement dans ces moments-là que nous pouvons vraiment mesurer la force de notre amour.

Wellan suivait la conversation, satisfait de l'amitié qui semblait vouloir naître entre ces deux descendants d'Onyx. Mais si l'énergie qu'il avait ressentie dans la tour de l'Immortel était bien celle de leur ancêtre, ces deux jeunes hommes se trouvaient-ils en danger au château ?

Les discussions se poursuivirent bien après que les serviteurs eurent allumé les flambeaux. Comme toujours, Kira et Sage furent les derniers à quitter le hall. Ils grimpèrent à leurs appartements, main dans la main, et même au lit, ils continuèrent de parler du mariage de Farrell et de Swan, persuadés que leur sœur d'armes porterait le pantalon dans ce ménage. De l'avis de Sage, c'était une bonne chose, puisque Farrell avait toujours vécu en marge de la société. De cette façon, il apprendrait plus rapidement à se comporter en époux et en père dévoué.

Contente de la tournure des événements, Kira s'endormit dans les bras de son compagnon. Au matin, ils trouvèrent de nouveau le faucon près d'eux : il s'était fait un nid dans leurs draps. Mais cette fois-ci, le rapace leur réservait une surprise...

Lorsque Sage voulut le prendre pour le remettre sur son perchoir dans sa cage, l'oiseau protesta d'une voix rauque et ouvrit ses ailes comme s'il protégeait quelque chose.

– Es-tu blessé ? s'inquiéta son maître en l'examinant.

Il ne ressentait pourtant pas de détresse dans le cœur de l'animal. Il n'y avait pas non plus de sang sur ses plumes. Avec beaucoup de patience, il réussit à persuader le faucon de monter sur son gant de cuir. Deux petits œufs reposaient sous lui dans les couvertures.

– Je t'avais dit que c'était une fille ! s'exclama victorieusement Kira.

– C'est bon, je l'avoue, tu avais raison... mais on ne peut certainement pas laisser ces œufs dans notre lit.

Sur le poing de son maître, l'oiseau poussait de petits cris de joie, apparemment heureux de le voir apprécier ce nouveau présent. Devant le découragement de son époux, Kira décida de prendre les choses en main. Elle alla chercher la boîte de bois dans le fond de la cage, la remplit de paille fraîche et l'apporta à son mari.

– Il est préférable que ce soit toi qui y déposes ses petits trésors, car je ne crois pas qu'elle me laisserait y toucher.

Avec beaucoup de douceur, Sage souleva les œufs entre ses doigts pour les placer sur la paille, sous l'œil protecteur du faucon.

– N'est-ce pas merveilleux ? Tu vas avoir des enfants ! plaisanta Kira.

– Ne te moque pas de moi.

Il transporta prudemment la boîte dans la cage et déposa l'oiseau sur le perchoir. Le faucon se mit aussitôt à se dandiner sur la branche en émettant de curieux appels.

– Je pense qu'elle est contente que tu reconnaisses ta paternité, fit la femme mauve en essayant de rester sérieuse.

– Kira, c'est assez. Je n'ai jamais prétendu tout connaître des oiseaux de proie. Je ne suis pas le Roi de Perle, moi.

– Ce qui me fait penser que je devrais sans doute lui écrire pour lui annoncer la bonne nouvelle.

Sage lui décocha un regard aigu et Kira éclata de rire. Découragé, le jeune homme attacha la boîte dans le haut de la cage afin qu'elle ne soit pas à la portée des chats d'Élund qui chassaient parfois les souris ailleurs que dans sa tour. Puis, il recula, satisfait de son travail. Le faucon retourna couver ses œufs en roucoulant affectueusement. Un cri perçant lui répondit de la fenêtre, où un autre faucon venait de se poser avec la carcasse sanglante d'un petit animal.

– Je regrette de te l'apprendre, Sage, mais je crains que tu ne sois pas le père de ces petits chéris, soupira Kira.

Piqué au vif, son époux fit volte-face. Kira prit la fuite en direction du lit. Il la poursuivit, la rattrapa et la plaqua dans les draps où il la chatouilla jusqu'à ce qu'elle demande grâce. Ils échangèrent ensuite de longs baisers, mais les craquements des os du lapin que le mâle dépeçait dans le fond de la cage mirent fin à cet épisode romantique.

– Il va souiller la paille, pesta Sage en relevant la tête.

– Tu la nettoieras plus tard, décida son épouse en l'emprisonnant dans ses bras.

Sage aperçut le désir dans ses yeux violets. Il oublia les oiseaux, les œufs et les corvées qui l'attendaient pour s'abandonner totalement à son étreinte.

51

UN MARIAGE DOUBLE

La semaine suivante, le château s'anima des préparatifs du mariage double d'Ariane et de Swan. Wellan demeura tout de même sur ses gardes, puisque le Magicien de Cristal n'était pas revenu depuis la nuit de l'apparition du serpent de fumée. Il veillait donc sur le continent en l'absence de l'Immortel, sans alarmer inutilement ses hommes qui avaient besoin de prendre du repos.

La petite Jenifael grandissait à vue d'œil et le duvet blond sur sa tête était de plus en plus fourni. Dans les bras de son père, vêtue d'une ravissante robe piquée d'émeraudes, elle assista à la cérémonie d'union des deux femmes Chevaliers dans la salle d'audience du royaume, puisqu'elles avaient opté pour une cérémonie relativement intime. Les grands yeux noisette du bébé observaient tout, entre autres les joyaux sur les nombreuses cuirasses vertes qui captaient la lumière des torches lorsque les Chevaliers circulaient autour d'elle. La petite suivait leurs reflets sur les murs et les planchers polis tout en mâchant son hochet.

Trop fatigué pour rester debout, Émeraude Ier procéda à ce mariage assis sur son trône. Ses conseillers avaient également écourté son discours, n'en conservant que l'essentiel, afin qu'il ne s'endorme pas avant la fin. C'est donc avec un grand plaisir, mais les paupières lourdes de sommeil, que le roi fit prononcer aux deux couples leurs vœux de fidélité devant une assemblée de Chevaliers et de dignitaires en costumes d'apparat.

Ariane et Swan portaient des tuniques blanches lacées de fils d'argent. Kardey avait endossé son costume noir et son armure argentée d'Opale, mais il en avait retiré l'emblème de son ancien royaume, par respect pour le Roi d'Émeraude. Farrell avait plutôt opté pour une tunique et un pantalon blancs, des sandales toutes simples et un ceinturon de cuir orné de pierres précieuses que Sage lui avait offert.

Au milieu de ses frères, Nogait faisait appel à tout son courage. Il écouta sans broncher les vœux du premier couple, mais lorsque Farrell déclara publiquement son amour pour Swan, son cœur déjà gonflé de chagrin se contracta dans sa poitrine. Craignant de gâcher la cérémonie et de provoquer la colère de sa sœur d'armes, qui voulait que ce moment soit magique, Nogait se faufila discrètement vers les grandes portes dorées.

Sa fille toujours dans les bras, Wellan ne pouvait pas le suivre, mais Chloé avait déjà effleuré le bras de Dempsey, son époux, le suppliant des yeux d'intervenir. En silence, le Chevalier blond se fraya un chemin parmi ses compagnons et quitta la pièce. Il capta la présence de Nogait dans le couloir au pied de l'escalier principal.

Dempsey se hâta à sa poursuite, mais ne réussit à le rattraper que dans la grande cour.

– Nogait, attends !

– Je t'en conjure, laisse-moi seul, implora le jeune homme sans se retourner.

Il allait droit vers l'écurie et Dempsey craignit qu'il n'essaie de quitter Émeraude pour retourner seul au pays des Elfes. Il s'élança et lui saisit le bras avant qu'il atteigne l'entrée du bâtiment. Son visage baigné de larmes lui brisa le cœur : il savait ce qu'il ressentait, car lui-même aurait été inconsolable si on lui avait refusé la main de Chloé.

– Tu sais bien qu'elle n'épousera personne d'autre que toi, fit Dempsey en lui transmettant une vague d'apaisement.

– Le messager du roi est revenu hier à la tombée du jour, lui apprit son frère désespéré. S'il avait rapporté de bonnes nouvelles du Royaume des Elfes, on m'aurait prévenu.

– Le roi était sans doute trop fatigué pour lire cette missive. Tu sais bien qu'il dort presque tout le temps, maintenant. Avant de sombrer dans des idées noires, laisse-moi d'abord questionner les conseillers d'Émeraude au sujet de cette lettre.

Dempsey entendit les cris d'allégresse de ses compagnons et comprit que la cérémonie prenait fin. Tous les invités se dirigeaient maintenant vers le hall du roi pour le repas et les réjouissances. Kevin, Sage et Kira sortirent du palais en courant. « Ses amis arriveront sans doute à le consoler mieux que moi », espéra Dempsey. Nogait accepta toutes leurs marques d'affection, mais demeura sombre.

– Il n'y a qu'une façon de soulager ta peine, déclara Kevin en le prenant solidement par le bras et en le tirant vers le lieu de rassemblement. Viens t'amuser avec nous.

Les trois Chevaliers firent asseoir Nogait à la table du roi et tentèrent de l'égayer en lui racontant des farces et en lui présentant des plats de plus en plus succulents et du vin de tous les coins du continent. Le soldat éploré mangea du bout des lèvres et but tout ce qu'on versait dans sa coupe, s'efforçant de sourire, mais le beau visage d'Amayelle ne quittait pas ses pensées.

Lorsque les flambeaux furent allumés dans le hall afin que la fête se poursuive tard dans la nuit, Nogait, qui avait reçu un nombre considérable de vagues d'apaisement de la part de ses frères, finit par s'endormir sur la table, la tête et les bras entre les assiettes vides. Comprenant qu'ils n'arriveraient plus à le réveiller, ses camarades le transportèrent dans sa chambre. Ils le débarrassèrent de ses vêtements d'apparat, le couchèrent dans son lit et le laissèrent tranquille sans qu'il ait une seule fois ouvert l'œil.

Dès que les invités du roi eurent terminé leur repas, Armène rassembla les enfants des Chevaliers pour les ramener avec elle dans la tour de l'Immortel. Tenant la petite Jenifael dans ses bras, la servante poussa Lassa, Liam, Broderika et Proka dans l'escalier. Elle aligna les plus âgés dans le lit du petit prince. Puis, elle s'installa dans la berceuse avec le bébé et lui chanta une chanson en contemplant ses yeux aux reflets rouges qui se refermaient tout doucement. Épuisés, tous ses poussins s'endormirent dans leur grand nid de couvertures chaudes, mais Armène continua de veiller sur eux. Elle se coucha en gardant la petite déesse contre sa poitrine et souffla les bougies.

Il y avait encore de la musique, des chants et des éclats de rire dans le palais lorsqu'une ombre se glissa dans l'aile des Chevaliers. Personne ne remarqua la mince silhouette dissimulée sous une cape grise qui longeait les murs. Elle ouvrit les portes une à une, puis entra dans une chambre. Elle s'approcha du guerrier endormi pour observer son visage.

Silencieuse, elle laissa tomber sa cape sur le plancher et abandonna ses sandales derrière elle. En atteignant le lit, elle se débarrassa de sa tunique et se glissa sous les couvertures.

– Nous sommes enfin réunis, *anyeth*, murmura-t-elle.

Nogait ouvrit brusquement les yeux. Malgré l'effet anesthésiant des vagues d'apaisement de ses frères et du vin, il reconnut les merveilleuses vibrations qui l'enveloppaient.

– Amayelle...

Il sentit ses douces lèvres contre les siennes et la chaleur de son jeune corps. « Mais elle ne peut pas se trouver au Château d'Émeraude », pensa Nogait. C'était sans doute un autre rêve cruel et il allait une fois de plus se réveiller seul, en proie au désespoir auquel il tentait d'échapper depuis son retour de mission au pays des Elfes.

– Dors, brave Chevalier, chuchota Amayelle en frottant son nez contre son oreille. Je veille sur toi.

Le soldat sombra une fois de plus dans le sommeil. Il y avait tellement d'activité au château cette nuit-là que personne ne capta la présence de la Princesse des Elfes dans la section réservée aux Chevaliers. Alors, les deux amants reposèrent en paix jusqu'au matin.

Lorsque Nogait ouvrit les yeux dans le rayon de soleil qui se faufilait par l'unique fenêtre de sa chambre, il huma un merveilleux parfum de fleurs.

– Amayelle ? appela-t-il en se rappelant qu'il avait rêvé à elle.

Blottie contre lui, elle se souleva sur les coudes et contempla le Chevalier. Personne ne pourrait occuper une plus grande place que lui dans son cœur. Elle grimpa doucement sur son corps vigoureux. Il en resta bouche bée.

– Je suis là, *anyeth*, assura-t-elle avec un radieux sourire.

– Mais c'est impossible... je suis encore en train de rêver...

– Non, Nogait, je suis vraiment ici.

Elle caressa son visage en repoussant ses boucles brunes sur l'oreiller, puis plongea son regard amoureux dans le sien. Elle l'embrassa longuement, démontrant une passion qu'il n'aurait certainement pas pu ressentir dans un songe. Il voulut se redresser, mais un marteau invisible lui asséna de violents coups au milieu du front. Il se laissa retomber sur le lit en faisant la grimace.

– Tu es souffrant, s'inquiéta la princesse.

– J'ai trop bu, je crois...

L'Elfe appliqua les mains de chaque côté de son crâne. Elle murmura des paroles étranges dans sa belle langue mélodieuse. Nogait ressentit tout de suite un grand soulagement, mais Amayelle continua de réciter l'incantation jusqu'à ce que la pression cesse complètement dans sa tête.

– Est-ce mieux ainsi ? demanda-t-elle.

– Il n'y a plus aucune douleur, s'étonna-t-il. Alors, tu es réelle, et guérisseuse en plus ?

– Tout comme ma mère l'était avant moi. C'est un don rare chez les Elfes.

Il s'assit lentement sur son lit. Amayelle le couvait tendrement du regard. Il tendit une main tremblante vers elle pour toucher sa joue de satin. Elle s'en empara aussitôt et posa un léger baiser sur ses doigts.

– Ton père a-t-il changé d'idée à mon sujet ?

– Non. Je me suis enfuie.

Nogait fronça les sourcils en évaluant la portée de ce geste. Wellan avait tenté d'éviter un incident diplomatique en sollicitant l'intervention du Roi d'Émeraude, mais maintenant que la Princesse des Elfes se trouvait au château, le Chevalier sut que plus rien ni personne ne le persuaderait de la laisser repartir dans son propre pays.

– Il essaiera probablement de me reprendre, ajouta la jeune femme, mais je demanderai la protection d'Émeraude Ier.

– Et si cela n'est pas suffisant, je prendrai les armes contre ton peuple, même si je dois le faire seul, déclara Nogait sans réfléchir.

– Tu es très brave, mais ce ne sera pas nécessaire.

Elle posa un baiser sur ses lèvres et remarqua qu'il ne portait plus la pierre qu'elle lui avait offerte. Nogait sentit aussitôt sa question.

– Wellan l'a mise en lieu sûr, expliqua-t-il.

– Mais pourquoi ?

– Parce qu'elle a tenté de me tuer.

Les yeux verts d'Amayelle se remplirent d'effroi. Le Chevalier lui raconta de quelle façon la cordelette avait failli l'étrangler.

– Ce bijou possède des pouvoirs magiques que même mon père ne connaît pas, admit-elle. Il a été poli dans le pays de nos ancêtres par de grands mages. Comme je te l'ai déjà dit, chez moi, les enseignements sont strictement oraux, mais il arrive que certaines connaissances se perdent au fil des ans. Les Elfes sont loin d'être parfaits.

– Donc, vous ne savez plus très bien ce que peut faire cette pierre, comprit Nogait. En tout cas, moi, je peux t'assurer qu'elle n'aime pas les humains.

– Je suis désolée, *anyeth*. Je ne te l'ai pas donnée pour qu'elle te fasse du mal.

– Je sais.

Amayelle se faufila dans ses bras et le serra de toutes ses forces. Il n'y avait plus aucun doute dans l'esprit du jeune guerrier : elle était l'âme sœur que les dieux avaient choisie pour lui.

– Nous la donnerons à notre fils, susurra-t-elle.

Il l'enlaça à son tour et s'abandonna corps et âme à leur étreinte. Ce matin-là, ils firent l'amour sans se soucier de toutes les forces liguées contre eux. De nouveau heureux, Nogait s'assoupit auprès de cette femme qu'il aimait de tout son cœur.

ðe la visite ðe marque

À la fin de l'après-midi, lorsque le château recommença à s'animer, Nogait décida de révéler son secret à ses compagnons. Vêtus de leurs simples tuniques, les deux amoureux firent leur apparition, main dans la main, dans le hall bruyant des Chevaliers. Les jeunes soldats y taquinaient Kardey au sujet de sa nuit de noces dans les bras d'une Fée. Dès qu'ils les aperçurent au bout de la longue table, ils se turent les uns après les autres. Rayonnant de bonheur, Nogait prit par la taille la jeune femme qu'ils avaient déjà reconnue.

– Ai-je vraiment besoin de vous présenter la Princesse Amayelle du pays des Elfes ? lança Nogait pour briser le silence.

– Votre père vous envoie-t-il ? demanda Wellan en se levant.

– Il ne sait pas que je suis ici, sire Chevalier, l'éclaira la fille au regard fier. Il m'a expédiée sous bonne escorte au clan de ma mère afin que je m'y prépare à épouser l'homme qu'il avait lui-même choisi pour moi. J'ai fait mine de me soumettre, mais je me suis échappée au milieu de la nuit.

– Comment êtes-vous arrivée jusqu'ici ?

– J'ai emprunté une des petites embarcations que fabriquent les Elfes du clan Awanall et j'ai suivi la rivière jusqu'à la Montagne de Cristal. Ce château n'a pas été très difficile à trouver.

– Vous avez franchi tout ce territoire seule ?

– Il le fallait bien, puisque je voulais échapper à mes gardiens.

Wellan observa les amoureux : ils étaient sans doute inconscients du pétrin dans lequel ils venaient de placer leurs deux rois. Issue d'une race infiniment sensible, Amayelle capta ses craintes.

– Si j'étais appelée à remplacer un jour mon père à la tête de notre peuple, alors je serais profondément égoïste en agissant comme je le fais, déclara-t-elle en soutenant le regard empreint de reproche du grand Chevalier. Mais cet honneur ne revient jamais aux princesses, chez les Elfes. Le trône n'est cédé qu'aux hommes. Les femmes ne servent qu'à consolider les alliances entre les clans, même lorsqu'elles sont de sang royal. J'ai seulement décidé de prendre mon destin en main.

– Mais vous êtes une princesse, s'éleva Wellan. Vous savez donc qu'un code de conduite régit les relations entre les dirigeants d'Enkidiev. Votre père a parfaitement le droit de vous rappeler, même si vous demandez la protection d'Émeraude Ier.

– Le Roi Hamil n'a jamais mis le pied à l'extérieur du territoire qui fut autrefois attribué à son peuple par les Fées. Il ne se déplacera certainement pas pour moi. Ses fils sont plus importants à ses yeux que sa seule fille.

– C'est la même chose à Opale, maugréa Swan.

– Mais pas ici, intervint Kira. Au Royaume d'Émeraude, les filles sont respectées et bien traitées.

Wellan releva un sourcil : la dernière chose qu'il souhaitait en ce moment, c'était une conversation politique sur les droits des femmes.

– Mais, puisque je suis un Chevalier, quand j'aurai épousé Amayelle, elle ne sera plus vraiment une princesse, raisonna Nogait.

– C'est vrai, acquiesça Kevin, mais parce qu'elle en est une en ce moment, tu vas devoir demander au Roi d'Émeraude la permission d'unir ta vie à la sienne.

– Je ne vois pas pourquoi il me la refuserait ! s'offusqua le Chevalier amoureux. Je suis un honnête homme qui risque continuellement sa vie pour protéger ses sujets !

– Tu oublies qu'elle a été promise à un autre, fit Kerns.

– Il ne pourra jamais la rendre aussi heureuse que moi !

– Ne nous laissons pas emporter par nos émotions, coupa Wellan sur un ton autoritaire. Il est évident pour tout le monde que vous vous aimez, mais il y a des règles à respecter en diplomatie. Nous sommes de véritables Chevaliers d'Émeraude, pas des brigands devenus magiciens qui violent les lois comme bon leur semble.

Un cri de bête agonisante retentit à l'extérieur du château, glaçant le sang dans leurs veines. Wellan scruta magiquement les alentours. L'esprit d'Onyx...

– Qu'est-ce que c'était ? le questionna Wanda, plus curieuse qu'effrayée.

– Je ne trouve rien, même en projetant mon esprit jusqu'à la rivière, déclara Dempsey.

– J'ai capté une énergie dans le ciel, mais je ne ressens plus rien maintenant, indiqua Falcon en se tournant vers son chef.

– L'ennemi serait-il à nos portes ? s'étonna Kagan.

– Non, affirma Wellan. Il s'agit d'une tout autre affaire dont je vous parlerai tout à l'heure. Pour l'instant, revenons au problème qui nous préoccupe. Je ne m'oppose en aucune façon à ton mariage avec la Princesse des Elfes, Nogait, mais j'insiste pour que tu respectes le protocole. Le code nous oblige à prévenir le Roi d'Émeraude de la présence d'un personnage royal dans son château et c'est la première chose que nous ferons aujourd'hui.

– Quand pourrai-je la demander en mariage ? s'informa le jeune homme, qui semblait finalement vouloir respecter la loi.

– Dès qu'ils auront échangé les paroles de courtoisie habituelles, lui expliqua Wellan. Aussi bien lui faire connaître tes intentions tout de suite, au cas où le Roi Hamil rappliquerait.

Le grand Chevalier s'avança vers le couple toujours debout à l'extrémité de la table. Dans les bras de sa mère, Jenifael se mit à protester contre son départ. Bridgess l'intéressa alors à son bol de céréales en y remuant bruyamment sa cuillère. Il lui faudrait apprendre tôt ou tard que son père remplissait d'importantes fonctions sur le continent et qu'il ne pouvait pas toujours demeurer près d'elle.

– Je crois que nous devrions y aller tout de suite afin que le roi comprenne qu'il ne s'agit pas d'un enlèvement, suggéra Wellan.

– Je ferai tout ce que tu me demandes si cela me garantit la main d'Amayelle, se soumit Nogait, les yeux remplis d'espoir.

Wellan les accompagna jusqu'aux appartements d'Émeraude Ier, à qui il demanda audience. Il savait bien que le monarque le recevrait sur-le-champ, à moins qu'il se soit endormi dans son fauteuil. Dans le large couloir percé de fenêtres, Wellan observa discrètement les amoureux tandis qu'ils attendaient la réponse du monarque. Ils se tenaient nerveusement la main et se regardaient dans les yeux en échangeant des émotions qui n'appartenaient qu'à eux seuls.

Le serviteur revint quelques minutes plus tard pour les conduire dans un petit salon où le souverain prenait le thé avec son scribe. L'homme de lettres rassembla rapidement ses affaires et sortit par une petite porte dissimulée derrière d'épais rideaux. Wellan et Nogait mirent immédiatement un genou en terre devant le roi, tandis qu'Amayelle se contentait d'incliner la tête avec respect.

– Tu arrives à point, Wellan, car je pensais justement à toi, l'accueillit Émeraude Ier. Je vous en prie, relevez-vous, Chevaliers.

Ils ne portaient pas leurs belles cuirasses comme l'exigeait le code, mais cela ne choqua pas le vieux roi qui connaissait déjà leur valeur.

– Et qui est cette charmante enfant ? demanda-t-il.

– C'est la Princesse Amayelle, fille du Roi des Elfes, annonça Wellan en surveillant sa réaction.

– On m'a lu une missive à son sujet tout à l'heure. Il semble bien que le Roi Hamil l'ait promise à un jeune homme de son peuple capable de lui offrir une vie digne de son rang.

– Mais incapable de combler son cœur, alors que ce beau Chevalier l'a conquis d'un seul regard, Majesté, répliqua Amayelle d'une voix de satin qui ressemblait fort à celle de la défunte Reine de Shola.

– Je vois... Êtes-vous venue à Émeraude avec votre père ?

– Non, Votre Altesse. Je me suis enfuie pour échapper à ce mariage et je suis venue jurer fidélité au Chevalier Nogait.

Elle glissa de nouveau ses doigts entre ceux du jeune homme, même s'il était contraire au protocole d'afficher un comportement aussi intime devant un roi. Mais le geste démontra à Émeraude Ier qu'elle n'avait pas quitté le Royaume des Elfes seulement pour défier Hamil.

– J'implore aussi votre protection, car mon père tentera de vous convaincre de me renvoyer chez moi.

– Et, de mon côté, je viens vous demander de m'accorder sa main, ajouta Nogait.

– Je veux bien vous offrir mon hospitalité et ma protection tant et aussi longtemps que nous n'aurons pas mis cette situation au clair avec le Roi Hamil, mon enfant, soupira le roi en s'adossant contre son fauteuil. Et je veux bien lui vanter ta valeur, Nogait, mais je ne peux pas vous promettre qu'il cédera.

– C'est tout ce que nous attendions de vous, répondit la princesse.

– Bien sûr, il faudra bien vous conduire pendant que vous êtes sous mon toit, sinon je ne pourrai plus rien faire pour vous.

Elle baissa la tête pour indiquer sa soumission. Wellan remarqua encore sa ressemblance avec la première femme qu'il avait aimée : la texture soyeuse de ses cheveux, la légèreté de ses gestes, la douceur de ses yeux. Le roi le sortit brusquement de sa rêverie en priant ses serviteurs de préparer une chambre digne de leur invitée. La princesse le remercia, bien qu'elle eût préféré dormir dans le petit lit de son Chevalier bien-aimé. Elle serra doucement les doigts de Nogait entre les siens pour lui faire sentir que cette rencontre s'était bien passée, puis suivit les domestiques en le laissant seul avec Wellan et le roi.

– Il ne sera pas facile de raisonner le seigneur des forêts, avoua Émeraude Ier à ses Chevaliers lorsque la princesse fut partie. Je vous saurais gré de n'intervenir dans ces négociations que si je vous le demande.

– Il sera fait selon votre volonté, évidemment, affirma Wellan.

– Ne fais surtout pas jaser mes gens, Nogait. Comporte-toi avec respect et courtoisie envers cette princesse d'Enkidiev. Vous aurez tout le reste de votre vie pour vous ébattre ensemble lorsque j'aurai persuadé son père de la laisser sous ma protection.

– Cela va de soi, Majesté, certifia le prétendant en rougissant.

Les deux Chevaliers s'inclinèrent devant le souverain et quittèrent ses appartements. Dès qu'ils se furent éloignés des oreilles curieuses des serviteurs, Nogait se tourna vers son chef avec un air angoissé.

– Pourra-t-elle quand même participer à nos activités quotidiennes ? s'inquiéta-t-il.

– Je préférerais qu'elle évite de se battre à l'épée, répondit d'un ton moqueur Wellan.

– Je faisais référence aux repas et aux balades dans la campagne.

– J'avais compris, assura le grand Chevalier en lui entourant les épaules d'un bras chaleureux. Je ne vois aucune raison de l'empêcher de passer du temps avec toi, à condition que nos activités ne soient pas périlleuses.

– Mais je ne mettrais jamais la vie d'Amayelle en danger, tu le sais bien !

Wellan comprenait exactement ce qu'il ressentait, mais il ne pouvait pas encourager un de ses soldats à avoir un comportement rebelle.

53

UN DANGER ÉCARTÉ

Wellan et Nogait retournèrent au hall des Chevaliers. Leurs compagnons les y attendaient, désireux d'entendre ce que leur chef savait au sujet du cri qu'ils avaient entendu. Nogait reprit docilement sa place entre Kevin et Sage. Son expression leur fit supposer que sa rencontre avec le roi s'était bien déroulée. Quant à lui, Wellan choisit de rester debout. Lorsqu'il posa les mains sur ses hanches, ses soldats comprirent qu'il s'agissait d'une affaire sérieuse.

– Donc, tu sais ce qui a survolé le château tout à l'heure, commença Falcon.

– Oui et ce n'est pas un essaim d'abeilles géantes, répondit Wellan. C'est plutôt un vieil ennemi que nous avons déjà affronté.

– Asbeth ? demanda Kira, prête à le vaincre à nouveau.

– Non. Onyx.

La jeune femme mauve perçut aussitôt la terreur de son époux assis près d'elle. Elle saisit sa main pour le réconforter. Sage avait de bonnes raisons de craindre le retour de l'esprit du Chevalier renégat, qui lui avait volé quatre années de sa vie, mais il ne l'affronterait pas seul, cette fois.

— Mais Onyx ne sait pas voler ! protesta Volpel.

— Surtout qu'il a été emmuré dans la tour d'Abnar ! leur rappela Bailey.

— Il avait prévu le geste du Magicien de Cristal et préparé son évasion de façon magique, expliqua Wellan, sachant fort bien qu'il en était responsable. Il est très important que vous ne touchiez pas aux objets qui lui ont appartenu jadis. Plusieurs d'entre eux se trouvent dans la collection privée du Roi d'Émeraude. Je m'assurerai que cette salle soit scellée jusqu'à ce que nous ayons remis la main sur ce fantôme, puisqu'il ne semble pas vouloir profiter des grandes plaines de lumière.

— Et son journal ? s'inquiéta Kira.

— L'Immortel s'en est occupé. Si nous voulons nous débarrasser une fois pour toutes du renégat, il est très important qu'aucun de vous ne cède à la peur, car c'est ainsi qu'Onyx choisit ses victimes.

Wellan fixait évidemment Sage : il avait du mal à respirer tellement il était affolé. Son lointain cousin Farrell ne semblait pas en proie aux mêmes émotions, sans doute parce qu'il ne savait pas ce dont était capable l'esprit de son ancêtre.

— Explique-nous comment capturer Onyx, fit Kagan.

Wellan ouvrit la bouche pour répondre, mais n'en eut pas le temps. À ses côtés apparut le Magicien de Cristal, dans une pluie d'étincelles dorées, l'air aussi sévère qu'à l'accoutumée.

– Ce ne sera pas nécessaire, avisa-t-il l'assemblée de vaillants soldats. J'ai traqué l'essence du Chevalier Onyx pendant plusieurs jours et je l'ai finalement terrassée.

Kira sentit le corps de Sage se détendre. Le jeune Chevalier s'empara de son gobelet de vin et le vida d'un seul trait.

– Cela explique donc le hurlement que nous avons entendu tout à l'heure, conclut Chloé en se rappelant l'angoisse qu'il recelait.

– Nous vous remercions de votre assistance, déclara poliment Wellan.

Les deux grands hommes se regardèrent dans les yeux pendant un moment et il fut impossible aux Chevaliers de deviner ce qu'ils se disaient silencieusement.

– Par contre, vous seriez aimable de nous avertir lorsque vous décidez de vous absenter pendant de longues périodes de temps, ajouta Wellan sur un ton plutôt tranchant.

Un voile de colère traversa le visage habituellement impassible du Magicien de Cristal. Tous craignirent qu'il ne punisse Wellan pour son insolence. Mais Abnar ne donna pas au Chevalier contestataire l'occasion de poursuivre ses reproches. Il se dématérialisa sans rien répliquer.

– Vous êtes un homme courageux, sire Wellan, constata Kardey, fort impressionné par ce qu'il venait de faire.

– Ou suicidaire, se moqua Ariane.

– C'est le rôle d'un commandant de veiller à la sécurité et au bien-être de ses hommes, dit Wellan en se détendant.

Il retourna à sa place. Jenifael le reçut en sautillant sur les genoux de Bridgess pour manifester sa joie. Wellan se demanda si c'était une bonne chose d'exposer ses yeux innocents à une telle magie. Même si elle était la fille de la déesse de Rubis, Bridgess et lui souhaitaient l'élever de la façon la plus normale possible. Il eut sa réponse en s'asseyant près de la petite. Croyant faire plaisir à son père, Jenifael secoua sa petite main potelée devant son gobelet d'argent et le fit disparaître dans un jaillissement d'étincelles écarlates semblables à celles d'Abnar lorsqu'il s'était évaporé.

Le silence tomba sur les Chevaliers qui avaient recommencé à bavarder joyeusement. Tous les yeux se posèrent sur le bébé magique. Sensible à leur étonnement et à leur crainte, l'enfant se retourna dans les bras de Bridgess et éclata en sanglots en cachant son visage dans son cou. Bouleversé par sa réaction, Wellan saisit sa fille par la taille. Il la fit pivoter vers lui en l'embrassant tendrement sur le front. La petite se mit à marmonner dans son langage enfantin tout en continuant à sangloter, comme si elle se lamentait sur son sort.

— Mais personne ne t'a fait de reproches, Jeni, susurra le grand Chevalier avec une douceur que bien peu de ses hommes lui connaissaient. Ici, la magie est encouragée, mais il est préférable d'attendre de savoir au moins marcher avant de la pratiquer.

— Mais nous marchons et nous n'avons jamais été capables de faire disparaître des objets ! s'indigna Kevin, encore sous le choc.

Jenifael lui décocha un regard courroucé avant de se blottir contre la large poitrine de son père.

– Ce serait bien que tu me rendes mon vin, maintenant, réclama Wellan en lui chatouillant gentiment les côtes.

Elle se laissa tomber en position assise sur les genoux du grand Chevalier et agita doucement la main. La coupe réapparut sur la table, ce qui étonna une fois de plus les soldats.

– Merci, fit le père avec un sourire amusé.

La fillette leva un visage triomphant sur lui en arrêtant ses larmes. Wellan comprit qu'elle était le plus beau cadeau que les dieux lui aient fait.

– Jamais je n'aurais pensé qu'un bébé pouvait posséder de tels pouvoirs, s'extasia Kardey, admiratif.

– Ce n'est pas étonnant, puisque les hommes d'Opale ne se préoccupent pas de leur progéniture, grommela Swan. Il y a des enfants magiques là-bas comme partout ailleurs, mais vous ne les voyez pas.

– Les futurs magiciens naissent avec leurs facultés magiques, expliqua Kagan au capitaine. Certains sont encouragés à les développer, comme la plupart d'entre nous. Certains le font seuls, comme Sage et Farrell. D'autres ne s'en servent jamais.

– Et les enfants des magiciens naissent-ils avec des pouvoirs eux aussi ? voulut-il savoir.

– Pas forcément, réfuta Chloé. Le fils de Jasson est un enfant enchanté, mais pas les filles de Bergeau.

– Alors, si Ariane et moi devions concevoir des enfants, ils pourraient être aussi démunis que moi ?

– Je pense qu'ils seraient quand même magiques, intervint Wanda, parce qu'en plus d'être un Chevalier d'Émeraude, Ariane est une Fée.

Wellan les laissa poursuivre cette conversation sans y participer. Il était hypnotisé par les yeux noisette de sa fille où apparaissaient parfois de petites flammes. En réponse aux flots d'amour qui inondaient le cœur du grand Chevalier, la petite lui murmura des mots incompréhensibles.

– C'est presque l'heure de son bain, l'avertit Bridgess en caressant la petite tête de plus en plus blonde.

– C'est moi qui m'en occuperai ce soir, s'empressa Wellan en serrant l'enfant contre lui.

Les Chevaliers quittèrent la table les uns après les autres. Puisqu'ils étaient toujours épuisés par les festivités de la veille, la plupart allèrent dormir encore un peu.

54

Deux princesses

Comme la plupart de leurs compagnons, Kira et Sage regagnèrent leurs appartements pour se reposer. Les exercices à l'épée et la balade à cheval attendraient au lendemain. Le jeune homme se dirigea d'abord vers la grande cage afin de vérifier les progrès de la couvée. Le faucon sembla comprendre ses intentions et quitta un instant son nid pour lui permettre de contempler ses petits trésors.

– Si tu continues comme cela, nous devrons leur céder la chambre, se moqua Kira en s'asseyant sur le lit.

– Une fois qu'ils seront grands, les oisillons s'établiront sur un autre terrain de chasse, affirma Sage. Malgré toute leur affection pour leurs petits, les parents les forceront à partir et à vivre leur propre vie.

– Mais ton amoureuse à plumes en aura d'autres.

– Ce n'est pas mon amoureuse, protesta Sage en se retournant vers elle.

Au même instant, de petits coups furent frappés à la porte. Leurs sens invisibles les avertirent qu'il s'agissait d'une femme... Amayelle. Kira se précipita pour ouvrir. La princesse lui parut tremblante et effrayée.

– Majesté, fit Kira en s'inclinant avec respect. Dites-moi ce qui ne va pas.

– Le Roi d'Émeraude m'a donné une chambre somptueuse non loin dans le couloir, mais je n'ai jamais habité une maison humaine.

Cachant son amusement, Kira avertit Sage par voie télépathique qu'elle passerait les prochaines heures en compagnie de leur invitée.

– Ne sera-t-il pas fâché que vous passiez tout ce temps loin de lui ? s'inquiéta Amayelle.

– Sage ? Non. Il sait que des époux ont parfois besoin de latitude pour réfléchir ou faire autre chose. Et nous sommes des Chevaliers d'Émeraude, alors nous sommes parfois séparés lors de nos missions.

– Et vous réussissez à préserver votre bonheur ?

– L'amour ce n'est pas seulement une forte attirance physique pour un autre être. Enfin, pas pour Sage et moi. Ni la distance ni le temps n'altéreront jamais les sentiments que nous éprouvons l'un pour l'autre.

Kira la raccompagna dans ses appartements. Elle lui montra le fonctionnement de tout ce qui l'entourait. Amayelle écouta ses explications en ouvrant de grands yeux étonnés, puis s'assit sur le matelas moelleux de l'énorme lit.

– J'aimerais aussi porter des vêtements humains, ajouta la Princesse des Elfes, maintenant rassurée.

– Rien de plus facile, répondit Kira. Je possède un grand nombre de belles tuniques que je n'ai jamais eu l'occasion de porter et nous sommes de la même taille.

Kira s'empressa d'aller chercher toutes ses robes roses, bleues, vertes et jaunes, car elle préférait porter du violet ou du blanc. Elle les offrit à Amayelle qui caressa les tissus soyeux avec l'émerveillement d'une enfant. Chez les Elfes, il n'existait qu'une seule étoffe, grise ou verte, très mince mais résistante, qui protégeait le corps d'une façon étonnante.

– Comment les humaines coiffent-elles leurs cheveux ? voulut savoir la princesse.

– La plupart les attachent ou les tressent.

Kira s'installa derrière la jeune Elfe. Elle glissa ses griffes dans ses cheveux fins aussi pâles que le soleil et les entrelaça en une longue tresse dorée semblable à celle que portait Ariane. Elle en attacha ensuite le bout avec une petite lanière de cuir, puis tourna Amayelle en direction d'une glace retenue dans un cadre de bois ouvré. Un magnifique sourire apparut sur le beau visage de l'étrangère.

– Nogait vous aime telle que vous êtes, Amayelle, lui dit Kira en la regardant admirer son reflet. Vous n'avez pas besoin de devenir humaine.

– Je ne le fais pas pour lui, mais pour moi, répliqua la princesse. J'ai envie d'une existence différente, Kira. J'ai envie de cesser de ressembler à toutes les autres femmes de mon peuple. Je veux partager la vie d'un homme parce que je l'aime et parce qu'il fait vibrer tout mon être. Je ne veux pas le faire parce que c'est mon devoir. Est-ce que vous comprenez ?

– Oui, probablement mieux que quiconque.

Kira lui raconta sa vie au Château d'Émeraude et tous ses efforts pour s'assurer une place dans un monde où personne n'était de la même couleur qu'elle.

– C'est vraiment difficile d'être appréciée quand on est mauve, soupira-t-elle.

– Mais tu es la plus belle femme qu'il m'ait été donné de rencontrer, assura Amayelle.

La Princesse des Elfes prit la main de Kira pour la serrer dans la sienne avec amitié. Elle était sincère et cela réchauffa le cœur du Chevalier. Elles continuèrent de bavarder de tout et de rien jusqu'à tard dans la nuit. Lorsque Kira retourna chez elle, elle trouva Sage endormi. Elle jeta un coup d'œil au faucon qui couvait toujours ses œufs, se défit de ses vêtements et se faufila sous les couvertures. Elle avait enfin une véritable amie, quelqu'un qui la comprenait parce qu'elle vivait exactement la même chose.

55

La nouvelle maison de Swan

Quelques jours plus tard, en revenant des bains, Swan décida d'aller explorer pour la première fois les terres que le Roi d'Émeraude lui avait données en cadeau de mariage. Ses compagnons d'armes avaient offert de l'accompagner et de l'aider à jeter les fondations de sa maison, car la jeune guerrière était pressée de la construire avant la naissance de l'enfant.

Elle entra dans sa chambre en essorant ses boucles brunes dans une serviette et trouva son mari endormi. Elle le contempla longuement en se demandant si leur fils lui ressemblerait. Elle caressa les cheveux noirs de Farrell et l'embrassa sur les lèvres.

– Réveille-toi, dieu du sommeil.

– Laisse-moi dormir encore un peu, gémit-il en se retournant.

– Pas aujourd'hui. Mes frères seront bientôt dans le hall. Je ne veux pas qu'ils changent d'idée.

– Swan, juste quelques minutes.

– Non.

Elle le harcela jusqu'à ce qu'il pousse un cri agacé. « Il est beau même avec les cheveux en bataille et les yeux à peine ouverts », constata-t-elle. Il referma brusquement ses bras sur elle et la fit basculer près de lui en parsemant son visage de baisers.

– Tu dois aller te purifier, protesta-t-elle en se débattant.

Mais, malgré sa grande force physique, elle n'arriva pas à se défaire de l'emprise du paysan et finit par céder à ses caresses. Après l'amour, elle demeura blottie contre lui un moment.

– Comment un homme mort depuis des centaines d'années peut-il représenter un danger pour vous maintenant ? demanda soudain Farrell.

– Onyx était magicien, rappelle-toi, répondit Swan en s'asseyant. Nous pensons qu'il a perfectionné son art en exil, puisqu'il a trouvé la façon de faire survivre son esprit à son corps. Heureusement, maître Abnar l'a détruit, comme il a anéanti tous les anciens Chevaliers d'Émeraude qui ont abusé de leurs pouvoirs.

Swan le poussa du lit et lui fit enfiler une tunique.

– De quoi Sage avait-il si peur, hier soir ? voulut-il savoir.

– D'Onyx, qui s'est emparé de son corps pendant quatre ans afin de se venger du Magicien de Cristal. Abnar a réussi à le débarrasser du renégat, mais il n'arrive pas à oublier ses souffrances. Maintenant, va. Je te raconterai le reste plus tard.

Elle ouvrit la porte de leur chambre pour expédier son mari dans le couloir. Décidément, cette femme Chevalier finissait toujours par gagner. Il alla jusqu'aux bains où il rejoignit ses beaux-frères qui bavardaient comme des pies dans l'eau chaude.

Dès qu'il fut parti, Swan mit le nez à la fenêtre. Le temps était radieux. Contrairement à Kardey et Ariane, qui avaient décidé de vivre au château, elle habiterait la campagne : l'enfant qu'elle portait grandirait ainsi en toute liberté. Elle s'habilla et rejoignit ses sœurs dans le hall où le repas du matin était servi. Même la Princesse des Elfes déjeunait avec elles, vêtue d'une tunique vert tendre toute simple, ses cheveux blonds tressés dans son dos.

Lorsque les hommes revinrent finalement des bains, ils avalèrent une bouchée avec les femmes. Assis près d'Amayelle, Nogait faisait de gros efforts pour ne pas donner libre cours à ses pulsions. Cela fit sourire Kira. « L'amour a finalement eu raison de son insouciance », se dit-elle. Après le repas, toute la bande se dirigea vers l'écurie. Wellan déposa Jenifael dans les bras de Bridgess, montée sur son cheval, et trouva amusant de voir la petite serrer les lèvres avec inquiétude. Mais puisqu'elle était la fille de deux puissants Chevaliers, elle allait devoir un jour ou l'autre s'habituer à ce mode de transport.

Les soldats d'Émeraude ne portaient pas leurs cuirasses ce jour-là. L'atmosphère était à la camaraderie. « Qu'ils en profitent », pensa Wellan. Nogait avait fait asseoir sa belle derrière lui. De son côté, Swan avait décidé de donner à Farrell sa première leçon d'équitation. De toute façon, ils se rendaient tous au même endroit, alors il y avait bien peu de risques que la bête entraîne le néophyte vers un royaume voisin. Il se hissa en selle avec difficulté sans cacher sa peur.

– Je suis passé par là, le réconforta son cousin Sage. Il n'y a rien à craindre. Ces chevaux sont bien dressés.

Farrell lui adressa un sourire mal assuré, mais ne répliqua pas. Après avoir sondé le cœur de ses compagnons, Wellan laissa ses sens invisibles parcourir le continent sans y déceler de danger potentiel. Il mettait le pied dans l'étrier lorsque le petit Lassa apparut devant lui.

– Emmenez-moi avec vous, sire, implora-t-il. Il est injuste que je reste tout seul ici quand les autres s'amusent à la campagne.

« Il a bien raison », admit en lui-même le grand Chevalier en le saisissant par la taille. Il le déposa sur sa selle. L'Immortel n'allait certainement pas être content de cette initiative, mais puisqu'il ne captait aucun péril, Wellan ne voyait pas pourquoi l'enfant ne profiterait pas lui aussi d'une journée de plein air. Il grimpa derrière Lassa et prit avec Bridgess la tête de la colonne de cavaliers.

Ce fut dans les rires et les plaisanteries que les Chevaliers quittèrent la forteresse. Ils suivirent le chemin de terre qui plongeait en direction de la rivière Wawki. La ferme de Swan était plus près du château que celles de Jasson et de Bergeau : ils y furent en une heure à peine. C'était une vaste étendue de terres, défrichées au sud et protégées par de grands arbres centenaires au nord. Tout au fond coulait la rivière. « Un endroit magnifique et tranquille où le couple pourra élever sa progéniture en paix », approuva Wellan.

Ils s'arrêtèrent près des pierres que les paysans avaient ramassées pour eux. Il y avait aussi du sable et d'autres matériaux dont ils auraient besoin pour commencer la construction de la maison. Jasson et Bergeau vinrent à leur rencontre, en compagnie de leurs épouses et des trois bambins.

– Vous en avez mis du temps ! s'exclama Bergeau.

– C'est Farrell qui ne voulait pas se lever, rétorqua Swan.

– Je ne savais pas que vous aviez convenu d'une heure précise pour vous rencontrer, protesta le jeune marié.

– Ils essaient seulement de te faire fâcher, lui dit Gabrelle en lui tapotant le dos. Ne mords surtout pas à l'hameçon.

Ils installèrent les chevaux à l'ombre des arbres, puis inspectèrent la région pour choisir le meilleur emplacement. Sans attendre le résultat de leurs délibérations, Swan marcha lentement dans l'herbe en laissant ses sens invisibles la guider. Sa fille dans les bras, Wellan l'observa sans rien dire, car cette décision ne lui appartenait pas.

– Je cherche un endroit protégé, déclara la jeune femme en se tournant vers ses compagnons. Vous pourriez me donner un coup de main au lieu de me regarder !

Tenant Liam par la main, Lassa s'élança devant les Chevaliers et s'arrêta net près des plus vieux arbres en ressentant une curieuse énergie sous ses pieds.

– Ici ! s'écria-t-il.

Santo, qui possédait les mains les plus sensibles, dut avouer que le gamin avait tout à fait raison. Le sol à proximité de la vieille forêt vibrait de façon positive.

– Et il y a aussi de l'eau en grande quantité dans la terre, annonça-t-il pendant que le petit Lassa dansait joyeusement sur place avec les autres enfants.

– Ce sera donc ici que nous creuserons le puits, trancha Swan.

– Je m'en occupe, s'empressa Farrell.

– Alors, aussi bien commencer maintenant si nous voulons avoir de l'eau à temps pour la naissance du bébé, se moqua son épouse en faisant rire tout le monde.

Mais elle avait oublié que Farrell savait influencer les éléments. Sans se préoccuper de l'hilarité du groupe, il ferma les yeux et repéra la nappe phréatique. Utilisant toute la magie que lui avaient accordée les dieux, il creusa la terre avec son seul esprit. Il toucha le liquide froid et pur qui n'attendait que le moment de désaltérer les êtres vivants. Tout à coup, l'eau gicla du sol comme une fontaine, arrosant ceux qui se trouvaient à proximité. Lassa se mit à chanter d'allégresse en sentant les gouttes glacées traverser sa tunique et entrer en contact avec sa peau. Quant aux Chevaliers, ils échangèrent un regard impressionné.

– Maintenant, il ne te reste qu'à construire le puits avec des pierres, indiqua Swan en embrassant son époux sur la joue.

Les soldats se divisèrent en plusieurs groupes afin d'accomplir les différentes tâches. Bientôt, des paysans qui habitaient le village non loin vinrent leur offrir leur aide et leur expérience en construction.

Wellan déposa Jenifael sur une couverture près de Bridgess et l'embrassa sur le nez. La petite se lamenta en le voyant s'éloigner, mais lorsqu'elle s'aperçut que son père demeurait dans son champ de vision, elle se calma. Le grand chef se mêla à ses hommes et transporta magiquement les premières pierres qui détermineraient le pourtour de la chaumière.

Laissant les jumelles de Bergeau poursuivre des papillons dans le pré, Lassa et Liam prirent place devant la petite fille blonde qui mâchait son poing en guettant les adultes.

– Je m'appelle Lassa, fit le petit prince, ce qui fit sourire le bébé.

– Et moi, c'est Liam, se présenta son jeune copain. Es-tu capable de dire mon nom ?

– Elle est encore trop jeune pour..., commença Bridgess.

– Las...sa, articula Jenifael sur le bout de la langue, au grand étonnement de sa mère.

– Ce n'est pas son nom à lui que tu dois dire, mais le mien ! protesta le fils de Jasson.

– Li...am, lui dit le bébé pour son plus grand bonheur.

– Est-ce qu'elle peut venir jouer avec nous ? demanda le porteur de lumière.

Bridgess allait répondre qu'elle ne marchait pas encore, mais se ravisa. « Qui sait ce dont cette petite déesse est vraiment capable ? » pensa-t-elle. Les deux garçons prirent les mains du bébé et l'aidèrent à faire quelques pas. Jenifael éclata de rire. Bridgess accompagna donc les enfants dans les champs pour veiller sur sa fille.

Les travaux se poursuivirent dans la joie et la bonne humeur. Wellan continuait de sonder les alentours pour s'assurer qu'ils ne couraient aucun danger. « Qu'il fait bon de pouvoir se détendre ainsi », conclut-il en déposant une pierre par-dessus celles de la première rangée.

56

UN PÈRE MÉCONTENT

Pendant ce temps, au Château d'Émeraude, le Roi des Elfes venait de franchir le pont-levis, entouré d'une dizaine de jeunes hommes de son peuple. Le père d'Amayelle était parti à la recherche de sa fille dès qu'il avait appris qu'elle s'était enfuie. Il avait bien tenté de la contacter avec son esprit, mais la princesse n'avait répondu à aucun de ses appels.

Les Elfes avaient suivi la rivière Mardall qui descendait vers le sud, puis la route à travers les terres d'Émeraude menant tout droit à l'imposante forteresse de pierre. Bien peu de villageois avaient remarqué leur passage, puisque les Elfes avaient le don de se fondre dans leur environnement grâce à des vêtements qui changeaient de couleur selon le décor. Les gardiens des portes avaient été fort surpris de les voir surgir devant eux alors qu'il n'y avait personne sur la route quelques minutes plus tôt. Le Roi Hamil rejeta son capuchon sur ses épaules, s'identifia et demanda à voir Émeraude Ier sur-le-champ.

Il fut conduit au palais avec son cortège. Ses yeux verts examinaient tout ce qui l'entourait : les bâtiments, leurs diverses entrées, les enclos, les paysans et les serviteurs qui allaient et venaient. On le fit pénétrer dans un hall richement décoré de vert et d'or où il pourrait attendre la réponse du roi. De l'eau fraîche fut apportée aux Elfes et ils se désaltérèrent volontiers.

Le souverain d'Émeraude ne s'étonna pas d'apprendre qu'il avait un visiteur aussi important. Depuis que Wellan lui avait raconté les récents événements au pays des Elfes, il prévoyait une prompte réaction de la part de Hamil. Il enfila une tunique royale, mais ne porta aucun bijou sauf sa couronne la plus modeste, car il savait que les habitants des forêts étaient des gens simples. Il les recevrait dans la grande salle d'audience.

Hamil et son escorte suivirent les serviteurs jusque dans l'immense pièce aux carreaux brillants et aux murs de pierre polie où étaient suspendues de belles tapisseries proclamant les étapes importantes du règne des ancêtres d'Émeraude Ier. Ce dernier les attendait, assis sur son trône doré, entouré uniquement de ses conseillers personnels. Le Roi des Elfes inclina légèrement la tête devant son pair, mais les jeunes hommes autour de lui demeurèrent immobiles comme des statues. Vêtus de tuniques grises chatoyantes, ils avaient des cheveux blonds soyeux qui leur atteignaient la taille et ils fixaient calmement le maître des lieux de leurs yeux pâles.

— Soyez les bienvenus chez moi, fit Émeraude Ier, amical.

— Je vous remercie de votre hospitalité, mais notre séjour sera court, répondit Hamil. Je suis venu chercher ma fille. Comme je vous l'ai déjà fait savoir dans mon courrier, elle s'est enfuie de la maison de sa mère au moment où elle devait unir sa vie à celle d'un prince de mon peuple.

– Elle m'a en effet avoué avoir quitté votre royaume sans permission, admit Émeraude, car elle s'est éprise d'un jeune Chevalier.

– Nous avons de bonnes raisons de croire que cet homme l'a séduite pour assouvir ses sens et qu'il l'abandonnera lorsqu'il se sera lassé d'elle, répliqua l'Elfe sur un ton tranchant.

– Les Chevaliers d'Émeraude sont des hommes de valeur, Hamil. Ils ne donnent jamais leur parole ou leur cœur à la légère.

– Êtes-vous en train de me dire que vous avez consenti à l'union de ma fille avec un humain ? s'alarma le seigneur des bois.

– J'ai écouté les requêtes des deux amoureux. Pour tout vous dire, je n'ai pas prêté attention à leur race, car il y a des gens de tous les coins du continent dans mon château. Amayelle a imploré la protection du Royaume d'Émeraude et mon Chevalier m'a demandé sa main. Je leur ai dit que j'y réfléchirais.

– Mais vous n'êtes pas en position d'autoriser cette union, Émeraude, protesta l'Elfe, de plus en plus impatient.

– Les conventions que nos pères ont jadis signées m'en donnent parfaitement le droit, mais j'ai préféré discuter d'abord de cette affaire avec vous.

Le Roi d'Émeraude le vit alors faire de gros efforts pour ne pas céder à la colère. Il attendit patiemment sa réplique.

– Amayelle est jeune et vulnérable, lança-t-il finalement. Laissez-moi d'abord m'entretenir avec elle.

– Il en sera fait selon votre désir, mais vous devrez patienter jusqu'au repas du soir, car elle est partie à la campagne avec mes Chevaliers pour y bâtir une maison.

– Ma fille ? s'étonna Hamil. Mais elle déteste les travaux manuels !

– L'amour peut transformer les gens, mon ami. Nous ne reconnaissons pas non plus notre soldat depuis que la princesse a ravi son cœur.

– Où sont-ils ? demanda le Roi des Elfes.

– Au sud du château, à environ une heure de marche.

Hamil salua poliment son interlocuteur. Il se retira de la salle d'audience sans attendre les serviteurs. Puisqu'il avait mémorisé sa route dans le palais, il retrouva facilement les portes d'entrée et sortit dans la cour avec toute sa suite. Les gardes les laissèrent partir, mais l'un d'eux alla tout de même s'assurer que c'était bien la volonté d'Émeraude Ier que leurs visiteurs les quittent avec autant d'empressement.

Les Elfes n'eurent aucun mal à trouver les Chevaliers dans les champs, car ils étaient fort nombreux. Ils travaillaient à l'orée d'une forêt de grands arbres, ne portant ni cuirasse ni armes. Tous étaient affairés à élever les fondations d'une maison de pierre. Certains transportaient des matériaux grâce à leurs facultés magiques, d'autres mélangeaient les ingrédients requis à la préparation du mortier. Il y avait même des enfants qui couraient entre les adultes, portant à la main de petites épées de bois. C'était une facette de la vie des Chevaliers d'Émeraude que Hamil ne connaissait pas.

Hamil et les autres Elfes s'avancèrent prudemment sur le chantier de construction. Il reconnaissait plusieurs des soldats humains qui avaient débarrassé son pays des abeilles géantes. Ayant ressenti l'approche des étrangers depuis la route, Wellan avait cessé toute activité pour sonder leurs intentions. Autour de lui, ses soldats étaient bien trop occupés pour constater qu'ils avaient d'aussi illustres visiteurs. Ils continuaient d'ériger les murs avec entrain.

Le Roi des Elfes s'arrêta net lorsqu'il aperçut Amayelle à genoux devant un grand trou creusé dans la terre, dans lequel elle mélangeait avec ses mains du sable gris et de l'eau ! Sa tunique était souillée de boue et le mortier collait à sa peau de satin. Comment les humains osaient-ils traiter ainsi une princesse ?

La jeune femme leva la tête et étouffa un cri de surprise lorsqu'elle l'aperçut. Craignant d'être reprise de force par les gens de son peuple, elle prit la fuite en direction des fondations où Nogait répandait du mortier sur les pierres avec ses compagnons. Il avisa le groupe d'Elfes et poussa aussitôt sa belle derrière lui pour la protéger.

– Ne crains rien, lui murmura-t-il.

Le souverain apostropha sa fille dans sa langue tout à coup moins mélodieuse. Tous les Chevaliers se retournèrent vers les étrangers en même temps. Comprenant que le Roi Hamil n'avait quitté ses belles forêts que pour reprendre Amayelle et sachant que leur frère d'armes avait la ferme intention d'épouser la princesse, ils abandonnèrent leurs tâches pour venir l'appuyer.

En écoutant les reproches de son père, la jeune femme baissa la tête sans se défendre. *Derek, que lui dit-il ?* demanda Nogait à son camarade né au pays des Elfes.

– Ce que j'ai à dire à ma fille ne concerne aucun d'entre vous ! tonna Hamil qui avait intercepté cette transmission de pensée.

– Amayelle est sur le point de devenir ma femme, sire, rétorqua Nogait. Alors, je suis en droit de le savoir.

Sentant venir l'orage, Wellan se fraya un chemin parmi ses frères immobiles. Même les enfants avaient cessé de courir et observaient les adultes avec inquiétude. Le grand chef s'arrêta près de Nogait. Il posa un regard de glace sur le Roi des Elfes.

– Je suis venu chercher ma fille et vous n'avez pas le droit de la retenir, l'avertit Hamil.

– Je ne suis qu'un serviteur du Roi d'Émeraude, il est vrai, concéda poliment Wellan. Je ne peux pas vous dicter votre conduite. Mais cette décision revient à mon souverain, puisqu'il a accordé sa protection à Amayelle. Permettez-moi de vous escorter jusqu'au château.

L'un des jeunes Elfes qui accompagnaient le roi s'avança de quelques pas. Il s'adressa pendant de longues minutes à Amayelle, dans sa langue, d'une voix triste et douce. Il était grand, mince et deux longues mèches de ses cheveux blonds étaient tressées sur ses tempes. « Il s'agit probablement du prince à qui Amayelle a été promise », comprit Wellan.

Il lui parle de la vie qu'il a à lui offrir dans son village, traduisit Derek avec son esprit, permettant ainsi à tous ses compagnons de suivre la conversation. Amayelle ne répondit à son prétendant que par deux phrases plutôt courtes, sans même le regarder. D'après la désapprobation qu'il lut sur le visage des Elfes, Nogait sut que ce devait être un refus catégorique. Il décocha un regard insistant à Derek pour qu'il interprète les paroles de sa bien-aimée. *Elle lui a dit qu'elle ne pouvait pas l'épouser parce qu'elle a déjà partagé ta couche et... le reste, elle te le dira elle-même*, s'exécuta le Chevalier Elfe.

– Je veux parler à ma fille seul à seul, vociféra Hamil, les yeux rivés sur elle comme des poignards.

– Je me dois d'insister, Majesté, pour que cette discussion ait lieu en présence du Roi d'Émeraude, s'entêta Wellan.

– Alors, soit, obtempéra Hamil, mécontent, mais elle ne paraîtra certainement pas devant lui dans cet état.

Wellan examina la jeune femme couverte de boue et dut convenir que le seigneur de la forêt avait raison. *Il n'est pas question que tu rentres seul au château avec tous ces Elfes qui n'attendent que le moment de s'emparer d'Amayelle*, le prévint Bergeau dans son esprit. Le grand chef se tourna vers son compagnon en réfléchissant à l'avertissement. *Mais ce ne sont pas des gens violents, Bergeau*, répliqua Chloé. *Il a raison quand même*, insista Volpel. *Il y a dix Elfes, alors prends neuf d'entre nous avec toi, Wellan. De cette façon, ils ne seront pas tentés de poser un geste téméraire.*

Le grand Chevalier ne craignait aucun de ces Elfes, mais la suggestion de son soldat était pleine de sagesse. Il choisit donc d'emmener Falcon, Wanda, Derek, Kevin, Sage, Kira, Morgan, Herrior et Nogait avec lui au château. Il se tourna ensuite vers Santo et, d'un regard, lui demanda de s'occuper du reste de ses hommes en son absence. Le Chevalier guérisseur inclina doucement la tête pour lui faire comprendre qu'il acceptait volontiers cette responsabilité.

Wellan consulta ensuite les deux femmes de sa vie. Bridgess lui fit un clin d'œil en lui pointant sa fille assise à ses pieds : Jenifael dessinait des symboles étranges dans le sable à l'aide d'une petite branche d'arbre. « C'est le moment ou jamais de partir sans lui causer de détresse », remarqua son père. Il croisa ses bracelets et le vortex apparut.

– Après vous, dit-il au Roi des Elfes.

57

UN CŒUR AMOUREUX

Le petit groupe réapparut quelques secondes plus tard au palais d'Émeraude. Amayelle avait glissé ses doigts entre ceux de Nogait et demeurait pressée contre lui, le plus loin possible des hommes de sa race. Les Elfes furent priés de patienter dans le hall pendant que les Chevaliers allaient se laver sommairement et que Kira emmenait la princesse à ses appartements.

Les Chevaliers revinrent chercher leurs hôtes quelques minutes plus tard. Ils les escortèrent dans la salle d'audience où Wellan avait l'intention d'expliquer lui-même la situation à son monarque, tout en gardant l'œil sur les Elfes. Ces derniers n'avaient aucune intention hostile, mais c'était le devoir des soldats d'Émeraude de protéger leur bienfaiteur.

Émeraude Ier était assis sur son trône. Ses conseillers n'étaient plus là. La présence de Wellan parmi ses Chevaliers le fit sourciller : avait-il accompagné ses visiteurs parce qu'il était le chef des Chevaliers ou parce qu'il voulait surveiller de près l'homme qu'il continuait de blâmer pour la mort de la Reine de Shola ?

Des fauteuils furent installés en rond devant le souverain. Chacun prit un siège. Wellan remarqua que le prince éconduit était la plus malheureuse créature de tout l'univers. Il résuma alors les attentes de Hamil à Émeraude Ier et le laissa ensuite mener la discussion.

– Qu'avez-vous à dire à votre fille, Hamil ? demanda le souverain.

– Je veux tenter une dernière fois de la persuader d'épouser le Prince Elbeni.

– Et où est la jeune femme en question ?

– Elle fait un brin de toilette, sire, répondit Wellan.

Le roi fit donc chercher des rafraîchissements pendant qu'ils attendaient l'arrivée de la princesse. Amayelle entra finalement, flanquée de Kira. La belle Elfe portait une tunique immaculée, décorée de petites perles et lacée de fils dorés. Dans son dos, ses longs cheveux avaient été tressés avec des rangs de perles et de pierres précieuses et lui donnaient un air de déesse. « Une tenue de noces », comprit Nogait en sentant son cœur se gonfler d'amour. Quant à Wellan, c'est plutôt avec appréhension qu'il observait la scène.

Les Elfes exprimèrent entre eux leur déplaisir de voir la fille du roi se présenter aux siens dans des vêtements humains. Sans leur accorder un regard, Amayelle marcha jusqu'au Roi d'Émeraude tandis que Kira allait rejoindre son époux parmi les Chevaliers. La princesse vêtue de blanc s'inclina respectueusement devant Émeraude Ier, puis se tourna vers son père en posant des yeux très calmes sur lui. Wellan sentit tous ses muscles se tendre, comme si quelque chose de terrible allait se produire.

– Jamais tu n'as fait preuve d'autant d'insolence envers moi, déclara Hamil en elfique.

– Le protocole exige que vous parliez la langue des humains en leur présence, lui signala Amayelle d'une voix sûre.

– Soit, fit le père contrarié. Ce que tu nous as révélé change considérablement mes plans. Je n'insulterai certainement pas davantage la famille d'Elbeni en l'obligeant à élever l'enfant d'un humain. Mais je suis disposé à oublier ton étourderie de jeunesse et à te ramener parmi les tiens si tu le laisses ici.

Nogait n'était pas certain d'avoir bien compris les paroles du monarque. Il tourna la tête vers Wellan, mais le regard glacé du grand chef demeurait fixé sur les visiteurs.

– Père, je vous en prie, écoutez-moi, implora la princesse. Les temps ont changé et la survie de toutes les races du continent dépend de leur volonté à travailler ensemble pour le bien commun. Votre opinion des humains est erronée. Vous avez eu l'occasion de vous en rendre compte lorsqu'ils ont répondu à votre appel. Ils ont sauvé les Elfes des insectes volants. J'ai aussi constaté à quel point ils sont braves et remplis de compassion. Les humains ne sont pas une race inférieure, ils sont simplement une race différente. Ils possèdent un trésor dont ils pourraient faire profiter les Elfes. Ils ont des émotions et ils s'y abandonnent corps et âmes, ce que nous ne savons pas faire.

– Parce que les Elfes ont compris, il y a fort longtemps, que les émotions embrouillaient leur jugement, argumenta Hamil.

– Mais la colère qui vous habite en ce moment en est une.

Hamil lui décocha un regard courroucé, mais ne répliqua pas. La jeune femme avait raison.

– Notre peuple a oublié la joie que procurent les gestes spontanés, les marques d'affection entre parents et amis, le murmure de mots tendres au creux de l'oreille. Les humains doivent apprendre à respecter davantage la nature, tandis que les Elfes ont besoin d'écouter davantage leur cœur. Prenez Elbeni, par exemple. Ce n'est pas de la tristesse qu'il éprouve à l'idée de perdre une femme qui l'aurait comblé, mais de la honte, car il devra annoncer à sa famille que celle qui lui était promise a préféré épouser un humain. S'il m'avait vraiment aimée, peut-être aurais-je consenti à l'épouser, mais je ne suis qu'un objet de prestige à ses yeux, rien de plus. C'est cela qui différencie les humains des Elfes.

Le silence de Hamil était éloquent. D'une certaine manière, Wellan comprenait sa déception. Il n'était jamais facile de recevoir une leçon de la part de ses rejetons.

– Nogait m'aime de tout son cœur, continua Amayelle, la tête haute. Je sais que son amour ne tarira jamais. Le dieu Vinbieth lui a dit que le ciel lui-même bénissait notre union. Pouvons-nous vraiment nous opposer à sa volonté? Père, je souhaite être aimée et respectée tout au long de ma vie. Je ne veux pas partager la vie d'un homme seulement parce que c'est mon devoir. Je voudrais que mon mariage avec ce merveilleux Chevalier soit le début d'une ère nouvelle pour notre peuple. Il est temps que les Elfes sortent du long hiver dans lequel ils ont passé les derniers siècles et qu'ils profitent enfin du radieux soleil de l'été que leur offrent les humains.

Elle affrontait son père avec beaucoup de courage, ce que les femmes des forêts ne faisaient jamais. Soudain, Hamil se surprit à se sentir fier d'elle. Cette bravoure était-elle l'œuvre de ce jeune homme qui se tenait à quelques pas d'elle, les yeux remplis d'adoration ?

– C'est une dure critique à l'endroit du peuple qui t'a donné le jour, lui reprocha le Roi des Elfes.

– Je veux seulement vous expliquer que ce qui me pousse à unir ma vie à celle de Nogait c'est l'amour et non une volonté de rébellion contre votre autorité.

Le regard de Hamil se tourna vers son futur gendre. Il était un soldat comme Wellan, mais il ne captait pas en lui la même agressivité, la même suspicion. Toutes ces années, il avait fondé son opinion des humains sur les mercenaires de la première invasion et sur le comportement violent de Wellan.

Il sonda aussi le cœur des autres Chevaliers et constata qu'ils portaient tous en eux de la compassion. Il considéra ensuite Derek : né de parents Elfes, il avait été élevé par des humains, car il avait affiché des pouvoirs magiques différents de ceux de son peuple. Il y avait en lui de la bonté et de l'indulgence, en plus de sa logique d'Elfe et de son sens du devoir.

– Laissez-moi changer le monde à ma façon, insista doucement Amayelle.

Il y eut un long silence. Wellan jeta un coup d'œil de côté au Roi d'Émeraude pour s'assurer qu'il ne dormait pas. Mais le vieil homme était alerte et ses yeux clairs observaient la scène avec beaucoup de plaisir.

– Accordez-lui ma main, père, supplia la princesse.

Elle recula lentement pour se placer à la gauche d'Émeraude Ier et attendre sa réponse. Rassemblant tout son courage, Nogait posa un genou sur le sol devant le Roi des Elfes.

– Je ne suis qu'un humain, il est vrai, sire, déclara le jeune homme, mais j'ai un bon cœur et mon bras est vaillant. Si vous m'accordez la main d'Amayelle, je vous jure de la protéger et de la chérir jusqu'à mon dernier souffle.

Tous les sens de Wellan étaient aux aguets, car c'était un moment où son frère s'avérait très vulnérable. Si Hamil avait réussi jadis à écraser les voies respiratoires de jeunes dragons, il était bien capable de tuer un homme. Mais le seigneur des bois eut une réaction fort différente de celle à laquelle il s'attendait.

– N'es-tu pas le gamin qui accompagnait le Chevalier Jasson lorsqu'il est venu me convaincre de creuser des pièges pour les dragons il y a plusieurs années ? avança-t-il en plissant le front.

– Oui, sire. C'était ma première visite au pays des Elfes.

– Tes pouvoirs étaient déjà impressionnants à l'époque.

– Pas plus que ceux des autres Écuyers. J'étais seulement plus téméraire.

Wellan réprima un sourire amusé, car c'était la vérité. Mais ce n'était pas tout à fait sa faute, puisqu'il avait été éduqué par son turbulent compagnon Jasson.

– On me dit aussi que tu as du sang royal dans les veines, fit Hamil.

– Je suis en effet le fils du Roi Toma de Turquoise, mais en acceptant de devenir Chevalier d'Émeraude, j'ai renoncé aux privilèges de mon rang. Je suis désormais un serviteur du continent, je n'en suis plus un prince.

« Il se défend fort bien », pensa Wellan sans abaisser sa garde. Le Roi Hamil fixa le prétendant dans les yeux un long moment.

– Très peu d'Elfes ont eu le privilège de recevoir en personne les conseils du dieu de la forêt, souligna-t-il, les sourcils froncés.

– C'était bien involontaire, mais je ne regrette pas une seule seconde cette rencontre. J'ai beaucoup de respect pour tous les dieux qui veillent sur Enkidiev.

– Si je t'accorde la main d'Amayelle, me permettras-tu de connaître mes petits-enfants ? demanda Hamil.

– Mais évidemment, Majesté ! s'exclama Nogait dans un style qui lui ressemblait davantage.

– Dans ce cas, je ne m'oppose plus à votre mariage.

Nogait fut incapable de le remercier, ses émotions lui paralysant la gorge. Les larmes dans ses yeux firent comprendre à tout le monde qu'il était le plus heureux des hommes.

– Que diriez-vous de célébrer cela ce soir, lorsque tous les Chevaliers seront de retour ? suggéra Émeraude Ier, fort content de la tournure des événements.

– Le plus tôt sera le mieux, répondit Hamil en décochant un regard aigu à sa fille.

Il fut alors permis aux Elfes de circuler à leur guise dans le château pendant que les serviteurs se hâtaient de faire les préparatifs du mariage. Mais Elbeni et les membres de son clan quittèrent les lieux en cachant leur honte sous de grands airs de fierté. Seuls deux Elfes du clan de Hamil demeurèrent à Émeraude avec lui.

Comme leur chef pouvait fort bien veiller seul sur la princesse, Falcon et Wanda retournèrent sur le chantier de construction avec leurs jeunes frères. Quant à eux, Kevin, Sage, Kira et Wellan restèrent au palais et prièrent leurs compagnons de ramener leurs chevaux à la fin de la journée.

58

UN PÈRE COMBLÉ

Tandis que Kevin et Sage emmenaient Nogait dans l'aile des Chevaliers pour qu'il se prépare, Kira tint compagnie à Amayelle. Wellan en profita pour faire visiter la forteresse aux Elfes. Hamil enregistra tous les menus détails des installations de pierre en se demandant comment les hommes arrivaient à survivre aussi loin de la forêt. Les trois visiteurs se retirèrent ensuite dans le hall du roi pour conférer entre eux. Les jeunes gens s'opposaient à ce que leur princesse épouse Nogait d'après les coutumes des humains. Cependant, Hamil savait bien que sa fille n'accepterait jamais de retourner dans son pays pour procéder à cette cérémonie selon les rites elfiques.

Après avoir fait sa toilette et enfilé ses vêtements d'apparat, Wellan alla consulter à la bibliothèque des livres sur la diplomatie. Il marcha le long des rayons en réfléchissant aux activités des derniers jours. Tous ces plaisirs grandement mérités ne devaient surtout pas lui faire oublier les plans de conquête d'Amecareth.

Le soleil commençait à descendre dans le ciel lorsqu'il ressentit l'approche de ses compagnons épuisés. Falcon avait dû leur annoncer la bonne nouvelle, puisque Jasson et

Bergeau chevauchaient parmi eux avec leurs familles. Le grand Chevalier s'approcha de la fenêtre et vit entrer les cavaliers dans la cour. Le petit Lassa était assis avec Bridgess sur son cheval... Effrayé de ne pas voir Jenifael avec elle, Wellan lança tous ses sens à sa recherche. Il la trouva endormie dans les bras de Santo. Son frère guérisseur arrêta sa monture près des enclos et se glissa souplement sur le sol en gardant la petite contre lui. Le grand chef sut tout de suite que s'il devait lui arriver malheur sur le champ de bataille, Jenifael bénéficierait de la protection du meilleur père qui soit.

Wellan fit ensuite une pause à la chapelle du château. Il prit place devant la magnifique statue rouge de la déesse de Rubis pour la remercier de tous les bienfaits qu'il avait reçus durant sa vie. Quelqu'un s'assit alors doucement près de lui. Il tourna vivement la tête et rencontra les yeux bleus de son fils.

— Elle accepte vos remerciements, lui apprit Dylan.

Wellan serra le petit Immortel avec joie. Même s'il grandissait rapidement d'une apparition à l'autre, il semblait ne jamais prendre de poids et il était toujours aussi léger qu'une plume.

— On dirait bien que tu es souvent avec Theandras, s'amusa le père.

— C'est elle qui m'enseigne à maîtriser le feu, mais elle passe plus de temps à parler de vous qu'à me montrer ce que je dois savoir.

La moquerie dans la voix de Dylan réchauffa le cœur du grand Chevalier. « Il change, remarqua-t-il, il laisse progressivement l'enfance derrière lui. Bientôt il sera un adolescent, puis un homme. Ces demi-dieux grandissent-ils au même rythme que les humains ? »

– Je n'en sais rien, père. Tous les Immortels que je connais sont déjà grands.

– Alors, nous verrons bien.

Ils entendirent gronder le tonnerre au loin. Dylan fit de son mieux pour cacher son inquiétude. Il se pendit à son cou et l'embrassa sur la joue.

– Elle veut aussi que vous sachiez qu'il se trame un complot dans son monde et qu'elle fera bientôt appel à vous.

– Je suis son serviteur, assura Wellan, même s'il ne voyait pas comment il pourrait intervenir dans les affaires divines.

– Je dois partir maintenant, mais je reviendrai vous en dire plus long. Je vous aime, père.

– Pas autant que moi.

Un nuage immaculé et zébré d'éclairs fulgurants se matérialisa au milieu de la chapelle. Des bras lumineux se saisirent de l'enfant. Puis, tout disparut sans laisser de trace.

« De quel genre de conspiration peut-il s'agir ? » s'inquiéta Wellan. Il apprendrait sans doute la suite à la prochaine visite de Dylan. Il ignorait que l'enfant de lumière avait mis sa vie en péril pour lui porter ce message secret.

Une petite créature entra alors en rampant sur le plancher brillant du temple en poussant des cris de plaisir.

– Jenifael ? s'étonna Wellan en pivotant sur ses fesses.

Le bébé, nu comme un ver, trottinait allégrement vers lui, à quatre pattes. Wellan fut stupéfait de la voir arriver ainsi toute seule.

– Jeni ! cria Bridgess dans le couloir.

La femme Chevalier fit irruption dans la pièce éclairée par un millier de chandelles au moment où la petite atteignait enfin les longues jambes repliées de son père.

– Depuis quand se promène-t-elle comme ça ? demanda Wellan en la prenant dans ses bras.

– Depuis cet après-midi. Liam lui en a fait la démonstration, répondit Bridgess, qui avait enfilé une tunique en vitesse par-dessus son corps trempé. Elle dormait lorsque je l'ai déposée sur son drap de bain il y a à peine dix minutes. Le temps de me retourner, elle n'était plus là.

Bridgess s'assit devant eux, ses cheveux blonds laissant échapper de grosses gouttes sur le plancher de marbre. Wellan contempla son visage inquiet et les formes de son corps à travers ses vêtements mouillés en pensant qu'elle était la plus belle femme du monde. Jenifael tira sur les cheveux de son père pour ramener son attention sur elle.

– J'ai une rivale, on dirait, dit Bridgess en riant, maintenant rassurée d'avoir retrouvé le bébé. Allez, mademoiselle, ce sera bientôt l'heure du mariage de ton oncle Nogait et tu n'es pas encore prête.

Bridgess voulut la prendre, mais l'enfant protesta en s'accrochant à la cuirasse de son père. Wellan décida donc de la porter lui-même jusqu'à leur chambre.

– Je suis vraiment un père comblé, déclara-t-il à son épouse en déposant l'enfant sur le lit.

– Cela me fait plaisir de te l'entendre dire, avoua Bridgess, émue.

Ils s'embrassèrent tendrement, à quelques pas de la petite qui les observait avec intérêt. Elle se mit à geindre en marchant à quatre pattes jusqu'à ses parents.

– Tu veux choisir sa robe pour la cérémonie ? murmura Bridgess dans l'oreille de son époux.

Jenifael fut plus rapide qu'eux. D'un mouvement de sa petite main potelée, elle décrocha magiquement une belle robe rouge de son crochet sur le mur. Elle la fit voler jusqu'à Wellan qui la reçut en plein visage.

– Jeni, que t'ai-je dit au sujet de la magie ? lui reprocha son père en s'accroupissant devant elle.

Jenifael éclata de rire et le grand Chevalier comprit qu'elle le tenait désormais en son pouvoir. Il habilla l'enfant selon ses désirs, puis la petite famille rejoignit les autres soldats dans la salle d'audience.

59

PARANDAR

Dylan fut emporté dans un tourbillon formé de milliers de rayons éblouissants. La lumière était si intense qu'il ne pouvait même pas distinguer les gardiens qui s'étaient emparés de lui. En l'espace de quelques secondes, il se retrouva devant Parandar lui-même. Le chef de tous les dieux se tenait debout, l'air grave. Tout son corps était parcouru d'éclairs dorés.

– Je t'avais prévenu, Dylan, déclara-t-il froidement.

– Mais..., commença le gamin.

Un bâillon de voile blanc se plaqua sur sa bouche, l'empêchant d'expliquer la raison de sa brève visite à Enki-diev. Il voulut s'en défaire, mais ses geôliers lui saisirent les bras.

– Tous les Immortels ont une part de sang humain, poursuivit la divinité courroucée. Pourtant, aucun d'eux ne m'a défié ainsi. Je ne peux pas garder à mon service un enfant de lumière qui s'amuse à me désobéir.

Dylan tenta de crier à l'injustice, mais le bâillon ne laissa échapper aucun son. *Mère !* appela-t-il avec son esprit. Il savait que son appel ne pourrait pas être entendu par les mortels, mais Fan était un maître magicien. Elle capterait sa détresse peu importe où on l'avait dépêchée. Parandar fit un pas vers lui. Le gamin ouvrit des yeux terrifiés.

– Elle ne viendra pas, Dylan, lui dit le dieu.

Un autel de cristal transparent apparut entre le petit Immortel et Parandar. Les gardiens voulurent soulever l'enfant pour l'y déposer. Comprenant qu'il s'agissait du lieu de son exécution, Dylan se débattit furieusement. Les doigts lumineux s'enfoncèrent davantage dans sa chair tendre. *Père !* hurla-t-il intérieurement.

– Même s'il t'entendait, que pourrait-il faire ? répliqua Parandar.

L'enfant fut finalement maintenu sur la table de verre. Une épée transparente apparut dans la puissante main du chef des dieux. Il allait mettre fin à l'existence d'un Immortel et son visage n'exprimait pas le moindre chagrin.

– Tu ne sentiras rien, Dylan.

Wellan, Kira et Fan apparurent dans l'esprit du condamné. Pourquoi les dieux n'étaient-ils pas aussi conciliants qu'eux ?

– Avant de te renvoyer dans le grand vide d'où nous sommes tous issus, je veux bien t'accorder une dernière faveur, décida Parandar en lisant ses pensées.

Le bâillon se volatilisa.

– Laissez-moi renaître dans le corps d'un enfant humain et connaître l'amour de véritables parents, articula le petit, la gorge serrée.

– Il m'est difficile de comprendre qu'un être aussi parfait que toi puisse désirer une telle épreuve, mais si c'est ce que tu veux...

Le gamin garda le silence, mais des larmes se mirent à couler sur ses joues, étonnant le chef des dieux, puisque les Immortels ne pleuraient jamais. Dylan était décidément une anomalie de la nature. Empoignant l'épée à deux mains, Parandar récita de douces paroles que le petit garçon ne comprit pas. En transe, le dieu leva la lame magique en visant le cou dénudé de sa victime.

Dylan aurait pu fermer les yeux pour ne pas voir venir sa dernière heure, mais il choisit d'affronter bravement la mort. La lame fendit l'air en sifflant... pour se briser au-dessus de lui en une pluie d'étincelles rouge feu.

– Mais que signifie..., s'étonna Parandar.

– Je ne te laisserai pas mettre à mort l'Immortel qui me sert d'intermédiaire avec le monde des humains, s'emporta une voix de femme.

Malgré sa terreur, Dylan parvint à se tourner légèrement. Un grand soulagement l'envahit lorsqu'il vit s'approcher la déesse de Rubis dans ses voiles incandescents.

– Tu oses t'opposer à moi ? rugit le chef des dieux.

– Je t'empêche de commettre une bévue, Parandar.

Le grand dieu fit disparaître son arme, mais les éclairs qui parcouraient sa peau devinrent encore plus éclatants, signe évident de son déplaisir.

– Lorsque le Conseil des Anciens t'a accordé ton titre, il t'a précisé que seule ta sœur pourrait te rappeler à l'ordre lorsque tu abuserais de tes pouvoirs, poursuivit Theandras.

D'un geste de la main, elle fit s'évaporer les gardiens qui retenaient Dylan sur l'autel. Ce dernier sauta prestement sur le plancher de marbre et courut se réfugier dans ses bras enflammés.

– Depuis combien de temps utilises-tu Dylan sans m'en parler ? tonna Parandar.

– Il y a plusieurs années que j'épie les Immortels, cher frère. Parce qu'il n'est qu'un enfant et qu'il est profondément attaché à son père humain, Dylan peut circuler entre les deux mondes sans éveiller leurs soupçons.

Theandras caressa les cheveux transparents du gamin en fixant son frère avec défi.

– Tu n'as pas le droit de confier une telle mission à un Immortel, si petit soit-il, siffla Parandar entre ses dents. Si tu n'étais pas ma sœur...

– Au lieu de te mettre en colère, laisse-moi plutôt te dire ce que j'ai découvert jusqu'à présent.

Le silence de Parandar fit comprendre à la déesse qu'elle avait réussi à l'amadouer. Elle se pencha pour embrasser Dylan sur le front et lui chuchota qu'il pouvait retourner à sa chambre où elle le rejoindrait sous peu.

– Surtout, tiens ta langue, lui rappela-t-elle.

Dylan hocha vivement la tête, reconnaissant. Il s'élança vers les marches immaculées qui menaient au pays des Immortels. Sans s'arrêter une seule fois pour regarder derrière lui, il regagna sa cellule le plus vite qu'il put. Pour la première fois de sa vie, il s'y sentit en sécurité. En boule sur sa couche moelleuse, il attendit sa protectrice, mais ce fut sa mère qui se manifesta à lui.

– Où étais-tu ? demanda-t-elle sur un ton sévère.

– Avec la déesse de Rubis, répondit l'enfant en se redressant.

– Sauska te cherchait et comme elle n'arrivait pas à te trouver, nous avons imaginé le pire.

– Le pire ? fit innocemment Dylan en la fixant de ses yeux humains.

– Je te l'ai déjà expliqué, mais tu t'entêtes à ignorer mes avertissements. Il y a des sorciers sur Enkidiev qui ont le pouvoir de détruire les Immortels et nous avons cru que...

– Vous vous souciez vraiment de ce qui m'arrive ? s'égaya le petit.

– La prochaine fois que tu iras te balader au pays des dieux, je veux que tu me préviennes.

Craignant d'ouvrir davantage son cœur à cet enfant aussi impossible que son père, Fan se dématérialisa prestement.

60

NOGAIT ET AMAYELLE

Les Chevaliers convergèrent vers la salle royale où le cortège des dignitaires, Émeraude Ier et Hamil les attendaient. Ils s'entassèrent devant les monarques, vêtus de leurs armures. Tous y étaient, sauf Kira et Amayelle. Wellan les chercha avec son esprit. Il les repéra finalement dans le grand escalier. Les deux jeunes femmes longèrent le couloir et entrèrent dans la salle éclairée par de nombreux flambeaux. Kira laissa la princesse continuer seule jusqu'au trône pendant qu'elle rejoignait Sage parmi ses compagnons.

– Tes petits œufs te font dire bonsoir, murmura-t-elle à son oreille.

« Impossible de me venger de sa moquerie devant toute cette belle assemblée », déplora Sage. Elle se tint tranquille pendant la cérémonie et fut tout émue lorsque le Roi Hamil présenta lui-même la main d'Amayelle à son nouvel époux.

– Tu n'aurais probablement pas aimé que le père insecte de Kira fasse la même chose lors de ton mariage, souffla Kevin à Sage.

L'image d'Amecareth lui lançant Kira dans les bras fit sourire l'Espéritien, mais provoqua la colère de son épouse qui tenta d'atteindre Kevin avec ses griffes. Son mari lui saisit la main au vol pour l'en empêcher.

Les trois Elfes assistèrent au festin. Ils furent bien surpris de la quantité de nourriture que les serviteurs déposèrent sur les tables. Leur étonnement s'accrut encore lorsque des musiciens jouèrent des airs allègres sur leurs flûtes et leurs harpes et que les Chevaliers se mirent à danser. « Le choc de deux cultures », pensa Wellan en les observant de sa table.

Assis l'un près de l'autre, les jeunes époux ne mangeaient pas. Ils se chuchotaient mutuellement de douces paroles, comme des tourtereaux. Ce soir-là, il devint évident, pour la délégation des Elfes, qu'ils s'aimaient profondément. Après une longue nuit de réjouissances, les convives se retirèrent dans leurs appartements et le Roi Hamil accepta l'hospitalité d'Émeraude Ier.

Puisque la mariée était de sang royal, les deux monarques décidèrent qu'elle occuperait des appartements dignes de son rang dans le palais, plutôt que de partager la sobre chambre du Chevalier. Nogait guida donc Amayelle dans le long couloir jusqu'à la porte de leur nid d'amour. Il la souleva dans ses bras en l'embrassant et la transporta jusqu'à leur grand lit coiffé d'un baldaquin de voile diaphane.

– Nous sommes unis pour toujours, *anyeth*, susurra Amayelle en frottant le bout de son nez sur l'oreille du soldat.

– Et je suis le plus heureux des hommes.

Elle l'aida à détacher les courroies de sa cuirasse et à enlever ses vêtements. De son côté, il délaça patiemment le fil d'or de sa robe blanche tandis qu'elle fredonnait dans sa langue si mélodieuse.

– Demain, j'aurai une surprise pour toi, déclara-t-elle entre deux baisers.

– Demain...

Nogait la renversa sur le lit, incapable de maîtriser plus longtemps les pulsions de son corps.

Les visiteurs des forêts ne repartirent qu'à la fin de la journée suivante. Wellan leur offrit de les ramener rapidement au Royaume des Elfes en utilisant sa magie. Il promit à Bridgess de rentrer avant la nuit. Jenifael tempêta lorsqu'elle vit son père entrer dans le tourbillon avec les Elfes et éclata en sanglots lorsqu'il se dissipa. Bridgess la ramena dans le palais pour la calmer.

Dès que le Roi Hamil eut quitté le Royaume d'Émeraude, Amayelle entraîna Nogait sur le pont-levis, puis sur la route de campagne qui menait vers les villages et la rivière Wawki. Ils marchèrent pendant un moment en admirant les bandes de nuages qui s'allongeaient sur un ciel orangé.

– Pourquoi m'as-tu emmené jusqu'ici ? demanda le Chevalier, plus étonné qu'inquiet.

– Pour t'apprendre quelque chose que tu sembles bien être le seul à ne pas savoir. Mon père l'a mentionné à quelques reprises hier, mais tu n'as pas porté attention à ses paroles.

Nogait savait bien qu'il était le plus distrait de tous les Chevaliers d'Émeraude, mais lorsqu'on parlait d'Amayelle, il faisait pourtant de gros efforts pour ne pas laisser errer son esprit. Devant sa mine déconfite, la jeune épouse ne put que sourire. Les Elfes captaient absolument tout ce qui se passait autour d'eux. Elle devrait donc s'habituer aux humains et à leur insouciance.

Elle prit la main de Nogait et l'appuya doucement sur son ventre en le regardant droit dans les yeux. Le Chevalier ressentit tout de suite l'étincelle de vie qui y remuait. Pourquoi ne l'avait-il pas décelé avant ?

– C'est tout récent, assura Amayelle, rayonnante.

– Est-ce pour cette raison que tu as repoussé Elbeni ?

– Mais non, Nogait ! réfuta-t-elle avec découragement. Même si nous n'avions pas conçu cet enfant, je n'aurais pas accepté de l'épouser, parce que c'est toi que j'aime !

Rassuré, il l'enlaça et savoura son bonheur en silence, de peur de mal exprimer ses sentiments s'il ouvrait la bouche. Elle se blottit contre lui en se promettant d'en apprendre davantage sur sa race avant la naissance de leur fils, car elle voulait qu'il soit élevé selon les coutumes de ses deux parents.

61

Le retour du serpent

Ⓜ algré les appréhensions de Wellan, il ne se produisit aucun autre raid durant les mois qui suivirent le mariage de Nogait, mais le grand Chevalier savait que le cerveau de l'Empereur Amecareth fonctionnait plus lentement que le sien. De plus, cet homme-insecte avait une espérance de vie dix fois plus longue que celle des humains, alors rien ne le pressait. Wellan se doutait aussi que le sorcier Asbeth se préparait à se venger.

La vie reprit toutefois son cours normal au Château d'Émeraude. Nogait et Amayelle commencèrent à préparer la chambre de l'enfant qui naîtrait au début de la saison chaude. À la campagne, Swan et Farrell poursuivirent la construction de leur maison avec l'aide des autres Chevaliers. La magnifique demeure ne fut achevée qu'au début de la saison des pluies. Elle était assez grande pour loger une famille de plusieurs enfants, mais lorsque le couple décida de recevoir toute la troupe pour un festin de remerciement, ils s'y trouvèrent plutôt à l'étroit. Personne ne s'en plaignit. Les Chevaliers et leurs conjoints burent en l'honneur de tous les heureux événements des derniers mois et mangèrent en se serrant les coudes.

Jenifael n'arrêtait pas de grandir sous les yeux étonnés de ses parents. Wellan se mit à craindre qu'elle n'atteigne leur taille avant la fin de sa dixième année. Elle se tenait debout toute seule, maintenant. Elle était même capable de marcher lorsque Liam et Lassa lui tenaient les mains. Ces trois enfants étaient devenus très proches, probablement parce qu'aucun d'eux n'avait de frères ou de sœurs.

Quant à Broderika et Proka, les jumelles de Bergeau, elles préféraient jouer entre elles et écouter le cœur du nouveau bébé qui dormait dans le ventre de Catania, leur mère. Sa naissance était attendue pour bientôt. Les parents étaient contents que ce soit un garçon.

Coincé entre Bridgess et le jeune Chevalier Kumitz, Wellan buvait lentement son vin en observant sa fille qui jouait par terre avec des blocs. Un enfant ordinaire se serait contenté de les assembler en pyramide, mais la petite déesse aux cheveux blond roux préférait utiliser sa magie pour les faire voler dans les airs autour d'elle. Ses pouvoirs étant rudimentaires, quelques-uns des cubes de bois atterrirent dans l'assiette de certains des convives, mais sa maladresse fut pardonnée avec un sourire aimable.

Kira avait emmené Lassa à cette fête. Le petit prince lui demandait sans cesse pardon pour la réaction qu'il avait eue lorsqu'il avait appris ses origines. Le Chevalier mauve le rassurait en lui disant que cette faute était oubliée depuis longtemps.

Assis près d'eux, Sage profitait de ce répit loin de sa petite famille ailée, car les deux œufs avaient éclos. Les minuscules créatures étaient recouvertes de duvet et avaient un bec énorme. Elles réclamaient sans arrêt de la nourriture. Sa chambre à coucher était donc devenu un corridor aérien où les parents faucons se relayaient pour aller à la chasse. Tous les jours, Sage devait débarrasser le fond de la cage des restes de leurs nombreux repas et d'autres choses moins agréables. Il avait bien hâte que les oisillons prennent leur envol.

– Tous les parents pensent exactement la même chose que toi, se moqua Kira.

– J'aime bien mes faucons, mais je crois qu'il est temps qu'ils retournent à l'état sauvage, soupira Sage.

– Alors, tu t'y prends d'une curieuse manière. Tant que tu leur donneras le libre accès à nos appartements et que tu continueras de les caresser comme tu le fais, je ne crois pas qu'ils soient tentés de partir.

– Il a un grand cœur, que veux-tu ? plaisanta Nogait.

Kevin avait pris place en retrait de ses deux amis, qui étaient désormais mariés et qui n'avaient plus beaucoup de temps à lui accorder. Au lieu de chercher à tisser des liens avec d'autres Chevaliers de son âge ou avec des Chevaliers plus jeunes, il avait choisi de s'isoler et de pratiquer le tir à l'arc de façon régulière dans la campagne d'Émeraude. Mais avec les pluies diluviennes qui allaient s'abattre sur le pays pendant les prochains mois, il allait bientôt s'ennuyer au château.

Il cherchait lui aussi une épouse, mais aucune de ses sœurs d'armes ne faisait battre son cœur comme Bridgess jadis. Il avait jeté un coup d'œil dans les villages environnants, mais les jeunes paysannes ne l'intéressaient pas non plus. Peut-être était-il comme Santo condamné à demeurer célibataire jusqu'à la fin de ses jours...

Lorsque la soirée s'acheva, les Chevaliers utilisèrent leurs bracelets pour rentrer au palais, évitant ainsi d'être trempés jusqu'aux os sur la route. Swan referma la porte sur leur dernier invité et se tourna vers son époux épuisé. La maison n'était pas encore décorée à leur goût, mais ils étaient enfin chez eux. Elle appuya contre Farrell son ventre maintenant bien rond.

– Tu es un homme important, maintenant, ronronna-t-elle dans son oreille.

– Grâce à toi.

Ils s'embrassèrent un long moment avant d'éteindre toutes les chandelles et d'aller se coucher dans leur grand lit près de l'âtre. Farrell rêvait d'emmener sa femme et son fils, dès sa naissance, au village de son père, afin de montrer à ce dernier qu'il n'était pas un bon à rien comme il le lui avait si souvent répété pendant son enfance. Il s'endormit, le bras autour de Swan, en profitant de la chaleur que la maison avait accumulée durant la fête.

Au milieu de la nuit, il fut réveillé par des grincements étranges venant de l'extérieur, comme si l'un des volets oscillait sur ses écrous. Il se glissa hors du lit sans réveiller Swan. Une curieuse lueur bleue filtrait à travers les panneaux de bois pourtant bien clos. Prudemment, il s'approcha de la fenêtre pour voir de quoi il retournait. Il détacha le verrou et poussa doucement les contrevents.

C'est alors qu'il aperçut un étrange serpent diaphane qui flottait devant ses yeux. Avant qu'il puisse repousser les battants pour se protéger, la mystérieuse bête fonça sur lui. Le jeune paysan voulut alerter son épouse Chevalier, mais la créature magique pénétra dans sa bouche et l'étouffa.

Farrell tomba sur le dos. La carpette tressée amortit sa chute sur le plancher de pierre. Il porta les mains à sa gorge en se débattant furieusement, puis la douleur cessa. Il ressentit un grand froid dans sa poitrine et dans sa tête. Une autre conscience s'installait graduellement en lui !

Onyx recommença à voir le monde en images plutôt que sous la forme de sensations énergétiques. La dernière attaque du Magicien de Cristal l'avait terriblement affaibli, mais elle ne l'avait pas anéanti. Il avait tout de suite repéré un nouveau corps jeune et compatible qui lui permettrait de survivre encore quelques années. Il se vengerait d'Abnar, mais il s'y prendrait d'une autre façon, cette fois.

Il n'avait pas été assez prudent lorsqu'il avait utilisé le corps de Sage et le Chevalier Jasson l'avait facilement démasqué. Il allait donc accomplir ses desseins avec davantage de discrétion. De toute façon, il n'était plus assez fort pour déloger complètement l'esprit de Farrell. Il le persuaderait plutôt d'agir selon sa volonté avec des méthodes plus douces... mais il n'était plus pressé.

Ébranlé, Farrell se releva avec difficulté. Il referma les volets en tremblant et retourna à son lit d'un pas mal assuré.

La chaleur de Swan le réconforta aussitôt. Pas question de la réveiller. Il lui raconterait au matin sa curieuse aventure. Il ignorait évidemment que le Chevalier renégat avait d'autres plans pour lui.

62

TRAÞISON

Persuadé d'avoir éliminé Onyx une fois pour toutes, Abnar balaya tout Enkidiev avec ses sens magiques. Cinq cents ans plus tôt, Parandar lui avait confié ce continent en lui demandant de protéger ses rivières, ses lacs, ses forêts, ses animaux et ses habitants. Le Magicien de Cristal avait d'abord éprouvé beaucoup d'affection pour les humains, mais le comportement belliqueux des premiers Chevaliers d'Émeraude l'avait déçu.

Ne ressentant aucun danger sur son territoire, l'Immortel décida de rendre à Nomar la visite qu'il lui avait promise. Il lui tardait de savoir pourquoi des hybrides continuaient d'errer sur Enkidiev, car Nomar avait promis aux dieux de mettre toutes ces créatures en sûreté, hors de portée de l'Empereur Noir. Il voulait aussi comprendre ce qui l'avait poussé à faire d'Onyx un magicien avec d'aussi grands pouvoirs.

Abnar jeta un dernier coup d'œil au porteur de lumière qui dormait paisiblement. Rassuré, il se dématérialisa pour réapparaître, quelques secondes plus tard, au sommet de la Montagne de Cristal. Le faîte de chaque pic d'Enkidiev était chargé d'une énergie surnaturelle que les Immortels pouvaient utiliser lorsqu'il leur était impossible de faire un saut dans leur domaine invisible.

Les pieds fermement plantés dans la neige, à l'entrée de sa caverne, Abnar ferma les yeux. Il augmenta sa puissance afin de repérer son aîné. Son attention fut immédiatement attirée par un rayonnement au milieu du Désert, vers le sud. Le Magicien de Cristal savait que cette immense étendue abritait plusieurs tribus, mais elles se concentraient surtout autour des oasis, à l'est. Son collègue Immortel avait donc choisi un autre lieu isolé pour dissimuler les derniers enfants du seigneur des insectes.

Abnar se concentra davantage et son esprit survola Enkidiev à la manière d'un aigle, très haut dans le ciel. Il s'arrêta à l'endroit où il continuait de capter la présence de Nomar, mais n'y trouva que du sable à perte de vue. Il tendit les bras, paumes vers le sol, et comprit que le protecteur des hybrides avait une fois de plus décidé de vivre sous la terre. L'Immortel prononça de douces paroles dans la langue des mages. Brusquement, le sol l'aspira.

Il aboutit dans une immense caverne aux murs polis comme des diamants. Au centre de la grotte, une source lumineuse d'origine inconnue se reflétait sur toutes les facettes de cristal, éclairant entièrement l'antre de Nomar. Intrigué, Abnar s'approcha de la paroi brillante et la caressa pour en comprendre la composition.

— C'est la terrible chaleur des anciens volcans qui a créé ce décor féerique, expliqua une voix familière.

Le Magicien de Cristal reconnut l'intonation de l'ancien seigneur du Royaume des Ombres. Il pivota vers lui avec une confiance naïve.

— C'est un refuge digne des dieux, admit Abnar. Quel nom lui avez-vous donné ?

– J'aurais aimé faire référence à l'aspect cristallin de cette caverne, mais je ne voulais pas vous offenser, alors j'ai opté pour le Royaume de Zircon. Cela lui va à merveille, avouez-le.

– C'est un bon choix. Et où sont vos protégés ?

– Cette caverne compte de nombreuses galeries. Je les ai installés dans un endroit moins accessible. Venez, je vais vous montrer.

Abnar marcha aux côtés de Nomar sur le sol parsemé de cailloux transparents. Ce lieu existait certainement depuis longtemps, alors pourquoi en avait-il toujours ignoré l'existence ?

– Est-ce une visite de courtoisie ? s'enquit l'aîné.

– J'ai plusieurs questions à vous poser au sujet des hybrides et d'un Chevalier d'Émeraude à qui vous auriez vraisemblablement enseigné une magie redoutable.

– Sire Wellan ?

– Non. Il s'agit d'un homme ayant participé à la première guerre. Il s'appelait Onyx.

– Onyx ? s'étonna Nomar. Ne faisait-il pas partie des soldats dont vous aviez la responsabilité ?

– C'était un des lieutenants du Roi Hadrian lors de la première tentative d'invasion de l'Empereur Noir. Il m'a échappé lorsque j'ai voulu lui retirer ses pouvoirs.

– Il est mort depuis longtemps, alors pourquoi réveiller maintenant cette vieille histoire ?

– Parce que cet homme a survécu en transposant son esprit dans ses armes. Il a réussi à s'emparer du corps d'un innocent. Il s'agit d'un pouvoir que je ne possède pas, mais...

– Fréquent chez les sorciers, termina Nomar. Vous avez sûrement raison de vous inquiéter de son retour, Abnar, mais pourquoi me pointez-vous du doigt ?

D'un geste gracieux de la main, Nomar invita son jeune collègue à entrer dans une vaste galerie dont les murs étaient également recouverts de cristaux chatoyants.

– Je sais qu'il a été votre élève à Émeraude et l'un de vos protégés au Royaume des Esprits, répondit le Magicien de Cristal.

– Je lui ai enseigné à lire et à écrire, il est vrai.

Nomar s'immobilisa et laissa l'autre Immortel poursuivre seul sa route. Un sourire venimeux étira ses lèvres : il attendait que son hôte se rende compte du piège dans lequel il était tombé.

– Je l'ai vu à l'œuvre, poursuivait Abnar. Seul un très grand mage ou un sorcier aurait pu lui enseigner ce qu'il sait. Il n'a pas pu l'apprendre seul.

Constatant finalement que Nomar ne marchait plus près de lui, il se retourna et le vit à l'entrée de la galerie de verre.

– Il est regrettable qu'Onyx n'ait pas réussi à vous éliminer, déclara le traître sans sourciller, car je n'ai pas reçu des dieux la faculté de le faire moi-même.

– Mais que dites-vous là ? s'inquiéta Abnar en revenant sur ses pas.

Il se heurta à une barrière invisible et tituba vers l'arrière, ébranlé.

— Est-ce vous qui créez cet obstacle ?

— Votre innocence est vraiment touchante, Abnar.

— Les dieux vous ont-ils demandé de me traiter ainsi ?

— Les dieux ? se mit à rire l'hypocrite. Ils ne savent même pas ce qui se passe dans le merveilleux monde qu'ils ont façonné. Ils ne méritent sûrement pas de régner sur l'univers des êtres matériels !

— Dans ce cas, qui servez-vous ?

— Personne.

Nomar s'approcha du mur d'énergie qui les séparait, le visage déformé par la haine.

— On me connaît sous plusieurs noms, mon jeune ami. Pour les dieux et les Immortels, je suis Nomar. Pour les hommes-insectes et leur empereur, je suis Ucteth.

Sa tunique blanche devint entièrement noire et sa physionomie se transforma sous les yeux du Magicien de Cristal. Sa peau prit l'apparence de celle des reptiles, mais avec des traits plus délicats. Son long museau était parsemé de dents triangulaires particulièrement menaçantes. Un halo bleuâtre se forma autour de son corps. « Comme celui du renégat », se rappela Abnar.

— Parandar sera implacable lorsqu'il entendra parler de cette trahison ! le menaça-t-il.

– Et qui le lui dira ? persifla Nomar.

Abnar pivota pour étudier sa prison. L'Immortel félon n'avait pas choisi ces cavernes au hasard : le cristal qu'elles recelaient possédait une charge magique.

– Ne perdez pas votre temps, mon cher. Vous n'arriverez jamais à sortir d'ici. Vos jeunes protégés sont désormais sans défense. Il ne sera pas difficile de les éliminer.

– Kira vous démasquera avant que vous puissiez mettre vos plans à exécution.

– Elle n'aura plus aucune raison d'exister sans le porteur de lumière. Lorsque votre absence commencera à les effrayer tous, je me présenterai à Émeraude pour prendre votre place et ces pauvres imbéciles m'accueilleront à bras ouverts.

– Non ! hurla Abnar.

Nomar reprit sa forme d'Immortel et tourna les talons, laissant son captif en proie à une terrible vision de la fin d'Enkidiev.

BIENTÔT

Les Chevaliers d'émeraude

TOME VII
L'ENLÈVEMENT

Une main glacée se posa sur la bouche de Wellan, le sortant brutalement de sa réflexion. Wellan avisa l'attitude crispée de l'adolescent de lumière agenouillé près de lui. Dylan retira sa main de ses lèvres.

– Père, vous êtes en danger, l'avertit l'Immortel.

– De quelle façon ? s'alarma Wellan en s'asseyant.

– Le sorcier approche avec des soldats.

– Est-ce ici qu'ils se dirigent ?

– Les bateaux se sont divisés pour attaquer toutes les plages du continent.

Wellan ferma les yeux pour scruter magiquement la côte. Il ne capta pourtant pas la présence de l'ennemi. Rêvait-il qu'il parlait à son fils ?

– Personne ne peut les ressentir à cause d'un sortilège du sorcier, expliqua Dylan.

– Mais toi, tu le peux ?

– Je ne suis pas comme les autres Immortels. J'ai des pouvoirs qu'ils ne possèdent pas. Je vous en prie, père, réveillez vos soldats et armez-vous, sinon ils vous assassineront dans votre sommeil.

Dylan s'évapora, laissant Wellan inquiet. Il commença immédiatement à concevoir sa stratégie. *Chevaliers !* appela le grand chef. Les guerriers qui dormaient autour de lui sursautèrent. Ceux qui se trouvaient dans les autres royaumes répondirent sur-le-champ. *Qu'y a-t-il, Wellan ?* s'informa Jasson. *L'ennemi est presque sur nous !* leur apprit Wellan en se levant et en revêtant sa cuirasse verte. *Plantez des flambeaux dans les galets et allumez-les lorsque l'ennemi aura débarqué !*

Quelques minutes plus tard, le groupe de Wellan courait sur la plage, armes au poing. Les Chevaliers s'empressèrent de placer à intervalles réguliers les torches préparées durant la journée. Ils se placèrent ensuite de chaque côté de leur chef pour inspecter l'océan à l'aide de leurs sens invisibles.

– Mais je ne capte rien du tout ! s'emporta Hettrick.

– Es-tu bien certain qu'ils sont là ? douta Curtis.

Ils sont protégés par de la sorcellerie, affirma Wellan par télépathie pour que tous ses soldats profitent de cette information. Il continuait de fouiller du regard les vagues sombres. *Soyez prêts à tout !* Le grand Chevalier regretta de ne pas avoir demandé plus de détails à son fils. Il ne savait pas combien d'embarcations fonçaient sur eux ni le nombre de guerriers impériaux qui se trouvaient à leur bord. Avaient-ils emmené des dragons avec eux ? Il ignorait évidemment que le sorcier Asbeth, lui, connaissait l'exact emplacement de chaque groupe de soldats humains.

Wellan allait rappeler Dylan lorsqu'il perçut un son étranger au milieu du roulement des vagues. D'un geste de la main, il alluma les torches. Les flammes leur révélèrent la coque d'un vaisseau s'échouant dans les galets. Ils en cherchèrent d'autres, en vain.

Ils arrivent ! annonça Chloé qui assistait à une scène semblable au Royaume des Fées. *Mais il n'y a qu'un seul bateau !* s'étonna Dempsey. Les groupes de Falcon, Bergeau et Jasson remarquèrent la même chose. Wellan vit alors s'abattre sur la plage une énorme passerelle. Ce n'était plus le moment d'essayer de deviner la stratégie de l'empereur.

Détruisez les embarcations avant que l'ennemi puisse en descendre ! ordonna-t-il, en pensant qu'il avait encore le temps d'empêcher les combats. D'un même mouvement, tous les Chevaliers allumèrent leurs paumes. Ils projetèrent des rayons incendiaires sur le vaisseau qui prit rapidement feu en illuminant toute la plage. Mais Wellan ne voulait pas crier victoire trop rapidement. Il observa le vaisseau qui se consumait, prêt à attaquer ceux qui tenteraient de s'en échapper.

Des planches fumantes commencèrent à se détacher du bateau. Le premier devoir d'un Chevalier consistait à offrir à son ennemi l'occasion de se rendre sans répandre son sang, mais l'empereur avait depuis longtemps refusé ce choix. Jamais Wellan ne laisserait les insectes s'emparer de son monde et le réduire en esclavage.

Tous ses sens aux aguets, le grand chef surveillait attentivement le brasier. Les documents anciens prétendaient que les insectes détestaient l'eau et qu'ils pouvaient être détruits par le feu. Mais le journal d'Onyx lui avait aussi appris que les véritables guerriers d'Amecareth étaient supérieurs aux soldats qu'ils avaient affrontés jusque-là.

Ils ne brûlent pas ! fit Bergeau, stupéfait. Avant même que Wellan puisse réviser ses ordres, Bridgess réclama son attention. Au milieu des flammes s'avançaient une vingtaine de soldats-insectes d'une nouvelle espèce. Ils étaient plus grands que Wellan. Leur corps musclé semblait entièrement recouvert d'une carapace noire sur laquelle l'incendie se reflétait. Leurs yeux brillaient comme des braises. Dans leurs mains armées de longues griffes, ils tenaient des lances argentées.

Que les Écuyers se replient et qu'ils aillent prévenir tous les rois si nous tombons au combat ! commanda Wellan. *Et que les dieux soient avec nous !* Il chargea ses mains de la terrible énergie qu'il avait appris à maîtriser au Royaume des Ombres. Les serpents électrifiés se mirent à danser entre ses paumes. Sans attendre que l'ennemi approche davantage, il projeta les éclairs fulgurants sur les premiers insectes. La décharge les frappa en pleine poitrine, où elle se brisa en un millier d'étincelles crépitantes en ne leur causant que des blessures superficielles. N'ayant reculé que de quelques pas sous le coup, les guerriers noirs ne se montrèrent nullement incommodés par l'intervention de Wellan.

– Comment allons-nous les arrêter ? paniqua Bailey.

Wellan se remémora rapidement un passage du journal d'Onyx. Seules des épées ensorcelées pouvaient venir à bout de ces monstres, à condition qu'elles frappent un endroit précis de leur corps... *Le coude !* s'exclama le chef. *Il faut les frapper à l'intérieur du coude et sectionner leurs bras !*

« Facile à dire », pensa Bridgess en guettant ces gigantesques adversaires. La seule façon d'y arriver, pour elle et ses sœurs d'armes moins fortes que leurs frères, consistait à déstabiliser les guerriers impériaux tout en évitant la pointe acérée de leurs lances.

Dès qu'un groupe aura vaincu l'ennemi, qu'il aille prêter main-forte à un autre groupe ! exigea Wellan, surtout pour redonner du courage à ses hommes, car il n'était pas certain qu'une dizaine de Chevaliers par royaume puissent vaincre facilement ces guerriers noirs deux fois plus nombreux qu'eux.

Les scarabées géants avançaient avec une cadence lente et égale. Les humains pouvaient maintenant entendre le cliquetis métallique de leurs mandibules. Puisque leur magie ne servait à rien contre ces épaisses carapaces, les Chevaliers empoignèrent solidement leurs épées. Wellan espéra que les Écuyers suivent ses ordres, car il n'avait plus le temps de s'occuper d'eux. *Dispersez-vous !* conseilla-t-il à ses soldats.

Les Chevaliers s'empressèrent d'obéir. Ils s'espacèrent de façon à pouvoir combattre sans risquer de blesser leurs compagnons. La manœuvre désorienta le groupe compact d'insectes noirs qui avaient visiblement pour stratégie de foncer dans leurs rangs à la manière du soc d'une charrue. Ils échangèrent des sifflements stridents, puis se séparèrent afin d'attaquer les Chevaliers.

Wellan se planta sur ses pieds en tenant fermement son épée. Il pria Theandras de lui venir en aide. Avant que son premier adversaire puisse s'approcher de lui avec son javelot pointé sur son cœur, le grand chef fonça.